ダンスシューズで雪のシベリアへ

あるラトビア人家族の物語

サンドラ・カルニエテ
黒沢 歩……訳

新評論

ラトビアに戻れなかった
私の母方の祖母エミリヤ・ドレイフェルデ（旧姓ガーリニャ）と祖父ヤーニス・ドレイフェルズ、
父方の祖父アレクサンドルス・カルニエティス、そして、生き抜いて戻った私の父方の祖母ミルダ・カルニエテ（旧姓カイミニャ）に捧げる。

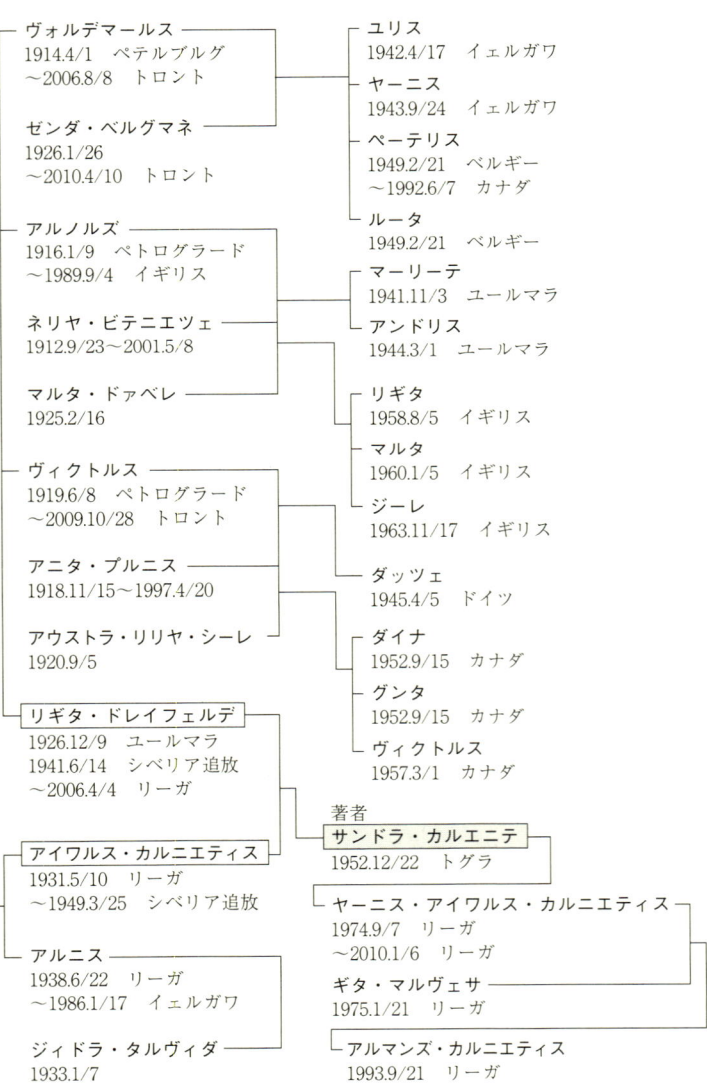

ヴォルデマールス
1914.4/1　ペテルブルグ
～2006.8/8　トロント

ゼンダ・ベルグマネ
1926.1/26
～2010.4/10　トロント

ユリス
1942.4/17　イェルガワ

ヤーニス
1943.9/24　イェルガワ

ペーテリス
1949.2/21　ベルギー
～1992.6/7　カナダ

ルータ
1949.2/21　ベルギー

アルノルズ
1916.1/9　ペトログラード
～1989.9/4　イギリス

ネリヤ・ビテニエツェ
1912.9/23～2001.5/8

マルタ・ドァベレ
1925.2/16

マーリーテ
1941.11/3　ユールマラ

アンドリス
1944.3/1　ユールマラ

リギタ
1958.8/5　イギリス

マルタ
1960.1/5　イギリス

ジーレ
1963.11/17　イギリス

ヴィクトルス
1919.6/8　ペトログラード
～2009.10/28　トロント

アニタ・プルニス
1918.11/15～1997.4/20

アウストラ・リリヤ・シーレ
1920.9/5

ダッツェ
1945.4/5　ドイツ

ダイナ
1952.9/15　カナダ

グンタ
1952.9/15　カナダ

ヴィクトルス
1957.3/1　カナダ

リギタ・ドレイフェルデ
1926.12/9　ユールマラ
1941.6/14　シベリア追放
～2006.4/4　リーガ

アイワルス・カルニエティス
1931.5/10　リーガ
～1949.3/25　シベリア追放

アルニス
1938.6/22　リーガ
～1986.1/17　イェルガワ

ジィドラ・タルヴィダ
1933.1/7

著者
サンドラ・カルエニテ
1952.12/22　トグラ

ヤーニス・アイワルス・カルニエティス
1974.9/7　リーガ
～2010.1/6　リーガ

ギタ・マルヴェサ
1975.1/21　リーガ

アルマンズ・カルニエティス
1993.9/21　リーガ

著者の家系図

クリスタプス・ドレイフェルズ
1851.1/11　スクルンダ地方
～1903　（ペテルグルグ）

パウリーネ・クレペレ
1855.1/11　エンブーテ
～1936　ユールマラ

ユリス
1919～行方不明

アレクサンドリナ
1881～1937
（スターリンの弾圧で死亡）

ヤーニス・ドレイフェルズ
1878.1/6　ペテルブルグ
1941.6/14　シベリア追放
～1941.12/31　ヴィヤトラグ第7収容所

エミリヤ・ガーリニャ
1892.1/2　サライキ
1941.6/14　シベリア追放
～1950.2/5　トグラ

インドリキス・ガーリンシュ
1866.5/19　サカ
～1922　リエパーヤ

リーバ・アンドラウスカ
1868.8/8　サカ
～1951　リエパーヤ

カールリス
(1889)～1956

ヘインリフス（文中ではエイニス）
1894～1985

ヤーニス
1890～1970

エリザベテ（ロシアにて行方知れず）

アンナ
1903～1998

ペーテリス・アウグスツ・カイミンシュ
1875.9/24　ヴァルミエラ郊外
～1930.12/28　リーガ

マチルデ・エグリーテ
1878.10/20　ヴァルミエラ郊外
1952　ベールゼ

ヴォルデマールス
1903～1976

ミルダ・カイミニャ
1908.5/7　リーガ
1949.3/25　シベリア追放
～1975.11/5　リーガ

アレクサンドルス・カルニエティス
1907.3/5
1945.11/13　NKVDに逮捕される
～1953.2/18　ペチョルラグAA-274収容所

主要登場人物

Jānis Dreifelds
ヤーニス・ドレイフェルズ

Ilze Emilija Dreifelde
(イルゼ・)エミリヤ・ドレイフェルデ

Ligita Dreifelde
リギタ・ドレイフェルデ

Aleksandrs Kalnietis
アレクサンドルス・カルニエティス

Milda Kalniete
ミルダ・カルニエテ

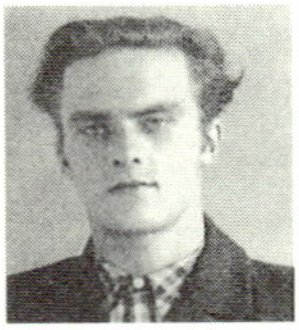
Aivars Kalnietis
アイワルス・カルニエティス

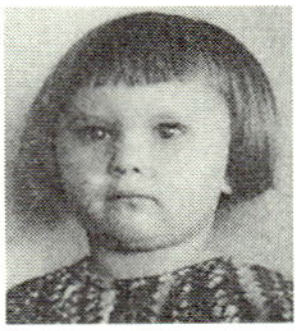
Sandra Kalniete
サンドラ・カルニエテ

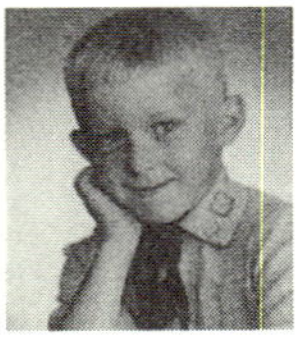
Arnis Kalnietis
アルニス・カルニエティス

Voldemārs Dreifelds
ヴォルデマールス・ドレイフェルズ

Arnolds Dreifelds
アルノルズ・ドレイフェルズ

Viktors Dreifelds
ヴィクトルス・ドレイフェルズ

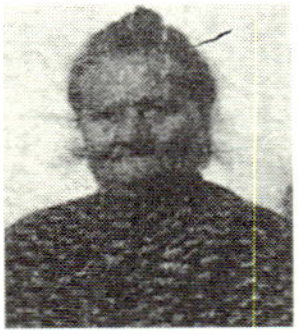
Paulīne Dreifelde
パウリーネ・ドレイフェルデ

Indrikis Gāliņš
インドリキス・ガーリンシュ

Lība Gāliņa
リーバ・ガーリニャ

Anna Dumpe, dz. Gāliņa
アンナ・ドゥンペ

Pēteris Augusts Kaimiņš
ペーテリス・(アウグスツ)・カイミンシュ

Berta Matilde Kaimiņa
(ベルタ)・マチルデ・カイミニャ

Voldemārs Kaimiņš
ヴォルデマールス・カイミンシュ

ラトビア主要都市および本文に登場する地名

本文に登場するラトビアの主な地名と原語表記

地方名

クルゼメ Kurzeme
ヴィッゼメ Vidzeme
ラトガレ Latgale

町、村名

リーガ Rīga
ヴァルカ Valka
ツェーシス Cēsis
シグルダ Sigulda
リーガトネ Līgatne
ストラウペ Straupe
ツァルニカワ Carnikava
ユールマラ Jūrmala
サラスピルス Salaspils
ユンプラヴァ Jumprava
ビルズガレ Birzgale
オァグレ Ogre
トゥクムス Tukums
スクルンダ Skrunda
クルディーガ Kuldīga
ヴェンツピルス Ventspils
リエパーヤ Liepāja
ヴァーネ Vāne
ズーラス Zūras
レーゼクネ Rēzekne
マスリェンキ Masļenki
ジルペ Zilupe
ダウガウピルス Daugavpils

文中に登場するロシア圏の主な地名

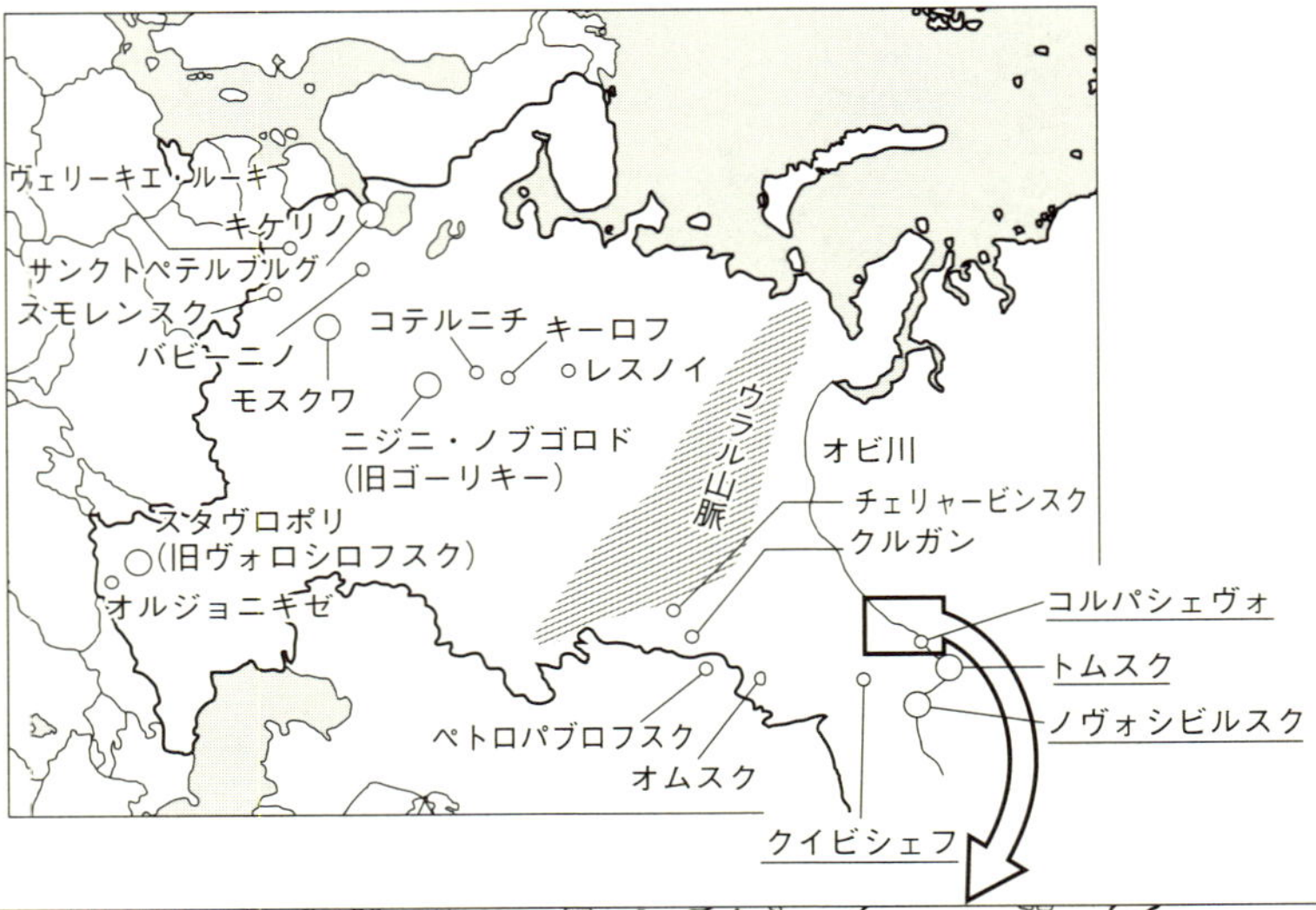

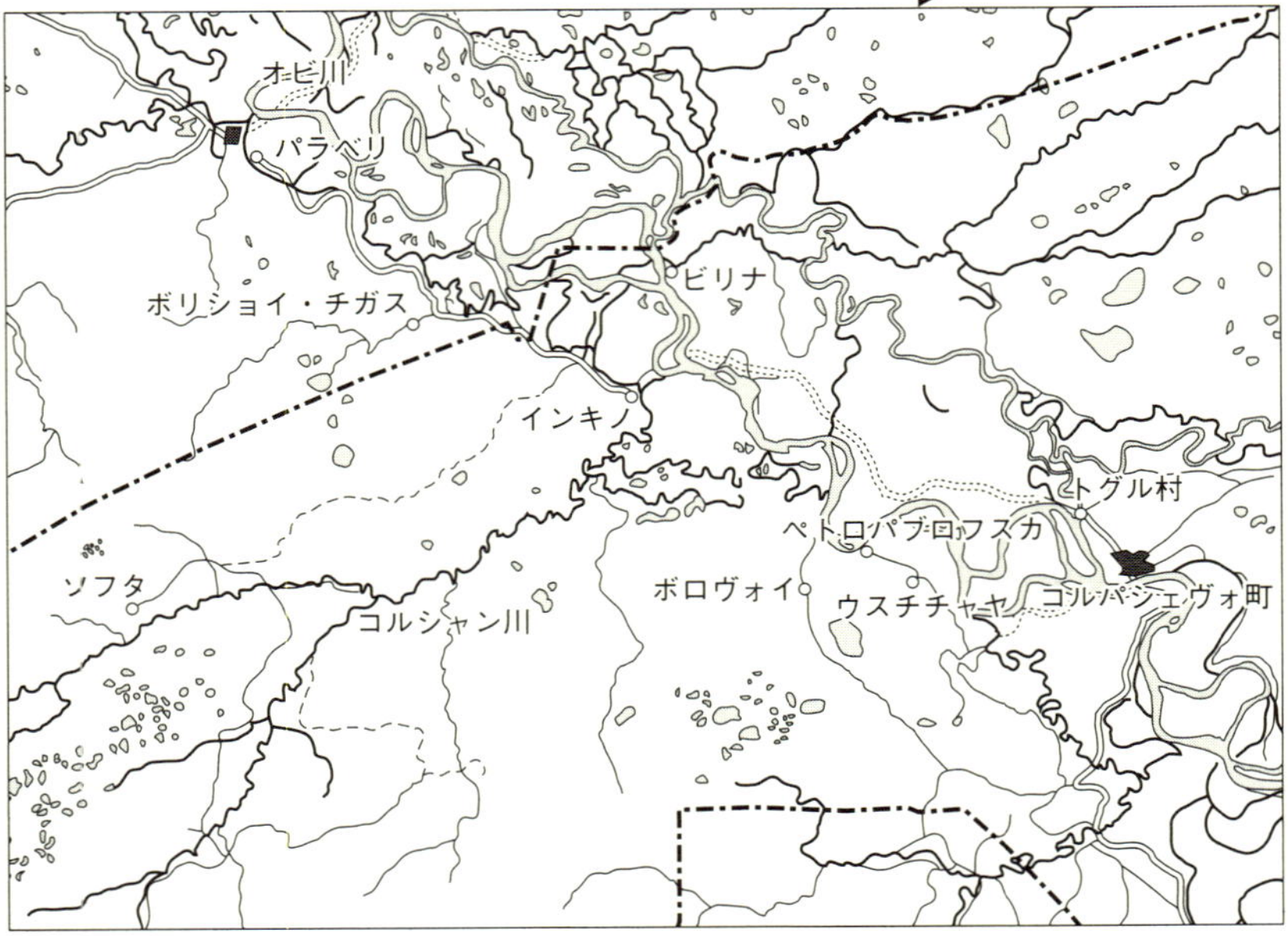

文中に登場するロシア地名の原語表記

バビーニノ　Бабинино
サンクトペテルブルグ　Санкт-Петербург
ヴェリーキエ・ルーキ　Великие Луки
オルジョニキゼ　Орджоникидэе
スタヴロポリ Ставрополь
（旧ヴォロシロフスク　Ворошиловск）
キケリノ　Кикерино
ヴィヤトラグ　Вятлаг
ユフノフ　Юхнов
スモレンスク　Смоленск
ニジニ・ノヴゴロド　Нижний Новгород
（旧ゴーリキー　Горький）
コテルニチ　Котельнич
キーロフ　Киров
レスノイ　Лесной
ウスチ・ヴィムラグ　Усть-Вымлаг
ペチョルラグ　Печерлаг
ヴェリスク　Вельск
チェリャービンスク　Челябинск
クルガン　Курган
ペトロパブロフスク　Петропавловск
トグル　Тогул
トムスク　Томск
コルパシェヴォ　Колпашево
オムスク　Омск
ノヴォシビルスク　Новосибирск
ボリショイ・チガス　Б. Чигас
パラベリ　Парабель
ビリナ　Былина
ソフタ　Сохта
コルシャン川　Коршан
オビ川　Обь
ウスチチャヤ　Усть-Чая
クイビシェフ　Куйбышев
ボロヴォイ　Боровой

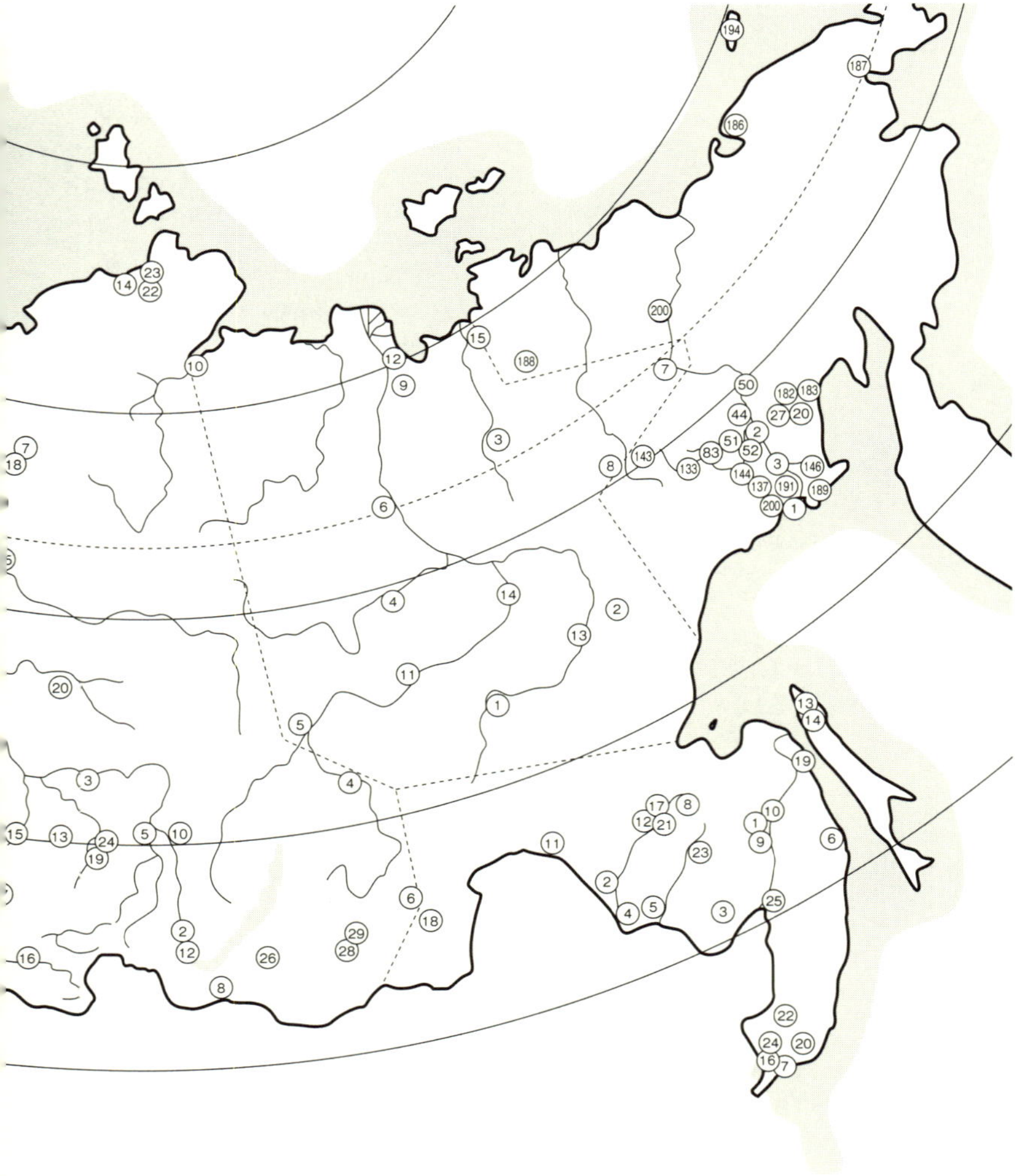
194
187
186
23
14
22
200
15
188
12
10
9
7
50
182
183
44
27
20
2
3
7
18
51
83
52
143
8
133
3
146
144
137
191
189
200
1
6
2
4
14
13
11
20
1
5
13
14
19
4
3
17
8
12
21
1
10
15
13
24
5
10
19
11
9
6
23
2
25
4
5
3
6
18
2
29
28
12
26
16
8
22
24
20
16
7

グラグ（強制労働収容所本部）地図

Ļ. Domburs, R. Ozoliņa 編、「リーガの記憶」協会、リーガ、1993

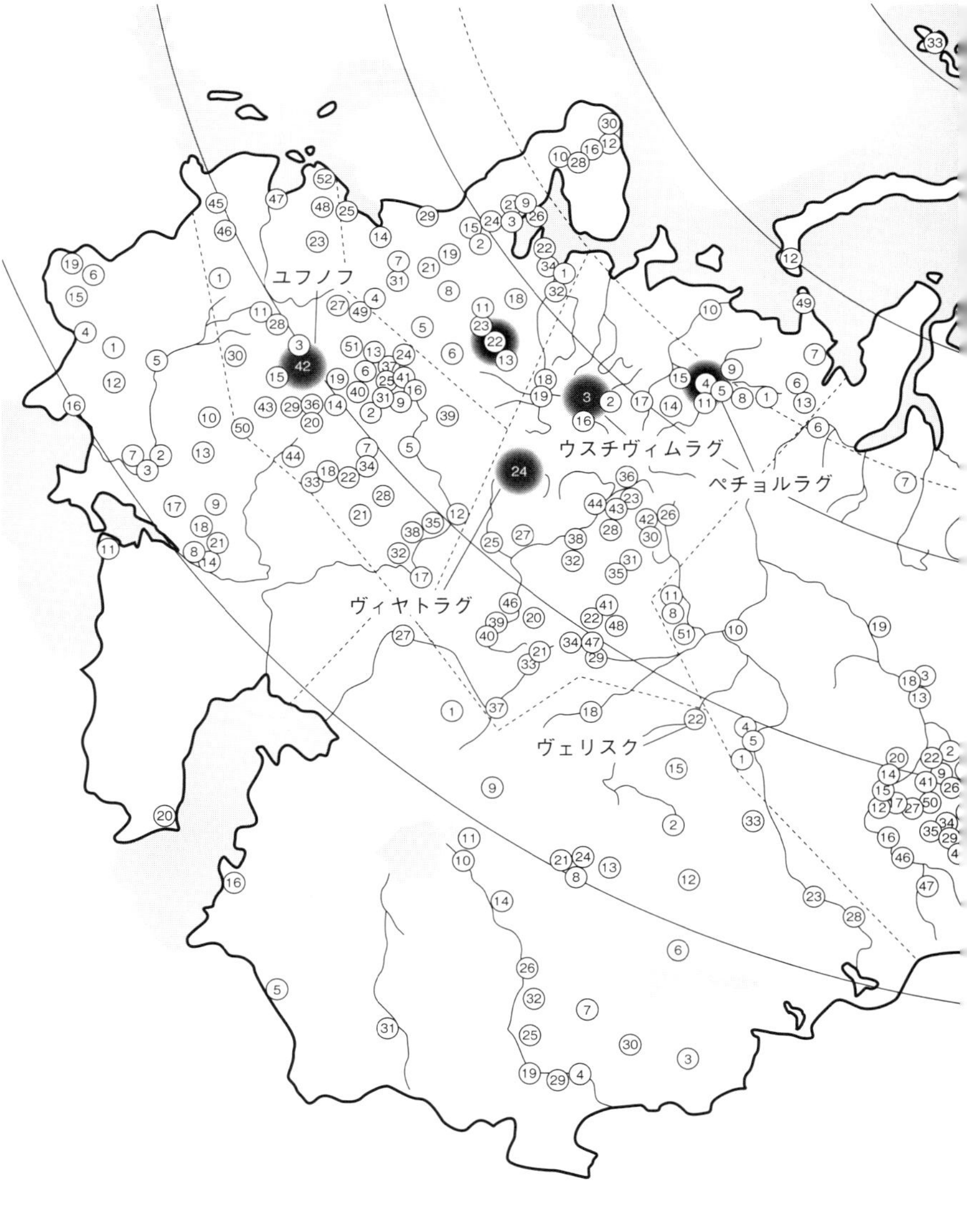

もくじ

凡例

・本文中の［　］内文章は訳者補記とした。
・ソ連の表記について、現在は存在しないことから「旧ソ連」とすべきところ、原文のまま「ソ連」または「ソビエト」を使用した。
・本文中の固有名詞の日本語表記は、すでに定着しているものは慣例に従ったが、その他は現地音主義をとった。外来語の固有名詞のカタカナ表記には「ヴ」を使用したが、ラトビア国名については、日本外務省および在日ラトビア大使館が推奨する「ラトビア」を使用した。
・人名表記について、慣用されている「名→姓」と、公的文書における公式表記「性→名」との位置の逆転が併用されているが、原則的に原文に従った。さらに、同一人物に複数の名前がある場合には（ベルタ・マチルデ、イルゼ・エミリヤ）、原文で頻用されるほう（マチルデ、エミリヤ）に単一化した。ロシア語の姓名に使われる父性は、文脈上の支障がないかぎり一部省略した。
・看護婦という表現は、現在「看護師」と表記すべきであるが、時代性を考慮してあえて「看護婦」を用いた。

用語解説

・ロシア・ソビエト社会主義共和国を「ソビエト・ロシア」、ラトビア・ソビエト社会主義共和国を「ラトビア・ソビエト共和国」と簡略化した。
・革命当初の「反革命・サボタージュ・投機取締非常委員会（Чрезвычайная комиссия по борьбе с контрреволюцией и саботажем, 略称チェカ ЧК）」は、NKVD, NKGB, MGB, KGB と改名を重ねているが、各時代区分は原注に基づく。原則的に原文のまま略称を用いたが、一部、著者が記す略称の時代区分と食い違うことがある。なお、「チェカ」と「チェキスト（чекист）」は、時代区分にかかわらず政治警察とその機関員を指す呼称として、原文に即して使用した。
・ラーゲリ（Лагерь）は政治犯収容所または収容所複合体を指す。
・グラグ（ГУЛАГ）は収容所総管理本部（Главное управление лагерей）の略称であるが、広義で収容所体制そのものを指す。

ダンスシューズで雪のシベリアへ——あるラトビア人家族の物語

この翻訳作品は、ラトヴィア文学センター、ラトヴィア文化基金、
ラトヴィア共和国文化省からの助成金を得て出版されました。
The publication of this work was supported by a grant from the Latvian Literature Centre,
State Culture Capital Foundation and Ministry of Culture of the Republic of Latvia.

LATVIJAS
LITERATŪRAS
CENTRS

VALSTS
KULTŪRKAPITĀLA FONDS

MINISTRY OF CULTURE
REPUBLIC OF LATVIA

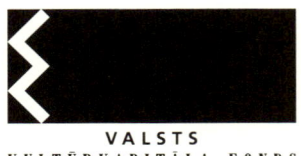

はじめに

私たちは、きれいにごちそうを並べた食卓についている。ロウソクが灯っている。私の父は、家族三人が揃うときにはいつもロウソクに火をつける。クリスタルのグラスには、私のフランス土産であるワインがきらめいている。

私たちは母手製のシチューを食べながら、パリでの私の仕事と暮らし、父と母の日常のこと、そして私が前回リーガを発ってから今日までの間に起きた出来事などの話をしている。ふと、母はパンを一切れ取り、それを手慣れたしぐさで半分にちぎって片方を父にわたした。そして、二人は皿に残っているソースをパンですくい、なめつくすようにきれいにした。

シベリアから戻って四四年もすぎているというのに、二人がそこで体験した飢餓は一生涯消えることのないものとなった。どんなに豪勢な場に招かれようとも、招待主によって卓上の食器が取り替えられるたびに、母の視線は料理の残りやソースの跡がまだ見える皿を未練がましく追いかけている。さすがに社会的節度がシベリアでの体験に勝るのか、母がパンの一切れを取り返すことはない。

私の母はリギタ・ドレイフェルデという。一九四一年六月一四日、ソ連体制下において、両親とともにシベリアへ強制的につれていかれたときは一四歳六か月だった。私の祖父ヤーニスは、ロシアのバビーニノで家族から引き離された。それ以来、私の母も祖母も、祖父の消息を知ることはできなかった。

一九九〇年四月、母はラトビア・ソビエト共和国ＫＧＢから、祖父が一九四一年一二月三一日、六三歳の誕生日を迎える六日前に死亡したとの知らせを受けた。私の祖母エミリヤは、一九五〇年二月五日にトグルの土になった。

母の三人の兄であるヴォルデマールス、アルノルズ、ヴィクトルスは、追放から逃れることができた。上の二人のヴォルデマールスとアルノルズは逮捕のときには不在であったし、ヴィクトルスは家の物置きに隠れて、怖さと諦めに身を震わせながら両親と妹が連行される様子に耳をそばだてていた。終戦近く、ソ連の脅威を恐れたラトビアの二四万人の難民と同じく、三人の兄たちはそれぞれの家族を引き連れて西側に脱出した。そして、延々と続いたドイツの難民収容所での退屈な日々を経て、三人はカナダとイギリスに新しい居住地を見いだした。

私の父はアイワルス・カルニエティスという。一九四九年三月二五日、自らの母ミルダとともに強制的なシベリア送りとなった当時は一七歳だった。二人が「無法者」の家族と見なされたの[1]は、私の祖父のアレクサンドルスが戦後もソ連の占領に抵抗し続けたパルチザン組織「森の兄弟」

に属していたからである。アイワルスの弟アルニスが運よく追放を免れたのは、逮捕されたときに祖母の田舎にいたからである。その祖母はまもなく亡くなり、幼いアルニスは両親が生きているにもかかわらず孤児となってしまった。

私の祖父アレクサンドルスは一九四五年の秋に国家治安人民委員部に逮捕され、チェカ［ЧК・反革命・サボタージュ・投機取締非常委員会の略称］の地下室で執拗な拷問を受けたあとに、でっちあげの裁判の結果シベリア送りとなった。そして、一九五三年二月一八日、コミ［Коми］ソビエト自治共和国にあるラーゲリで獄死した。他方、私の祖母ミルダはシベリアを生き抜いて、私たちとともにラトビアに戻ってきたが、二二年後の一九七五年一一月五日にリーガで息を引き取った。

私の両親はシベリアで出会い、一九五一年五月二五日に結婚した。私はというと、一九五二年一二月二二日、トムスク州コルパシェヴォ郡トグル村［Томская область Колпашевского района Тогурская деревня］で生まれた。毎月二回、両親は警備司令部に出頭しなければならなかった。ソ連の治安当局が、追放者たちが指定の居住地を無断で離れていないかどうかを確認

(1) 一九〇五年以降の帝政ロシア下のラトビアにおける革命期に登場した、弾圧を逃れて森の中に身を隠したラトビアの独立を求める活動家たちの総称。その活動は、第二次世界大戦後のソ連時代まで続けられた。

するためである。

私が生まれて一か月後、父は私のことも警備司令部に登録しなければならなくなった。つまり、私もまた自由な身分ではなかったということである。父と母は、これ以上ソ連体制のもとで奴隷[子どものこと]を捧げたくはなかった。私には、弟も妹もいない。

一九五七年五月三〇日、私たちはラトビアに戻ってきた。

前兆

一九三九年八月の夕暮れどき、バルト海が血の色に染まったという。年老いた女たちは、深紅の夕焼けを見つめて気味悪がった。その真偽は、今となっては知る術《すべ》もないし、その意味もない。民族に記憶される出来事や現象は、大きな歴史の流れの辻褄を合わせるためふるいにかけられ、継ぎはぎされたものとなる。戦争前夜にあった当時のヨーロッパを振り返ろうとするならば、史上最悪の血まみれとなった戦争の前兆を誰でも記憶のなかに手繰《たぐ》ろうとするだろう。

一九三九年八月二三日の日没も、血のように赤かったことだろう。少なくとも私は、そう信じたい。珍しいほどの晴天続きで南東の風が気温を二三度に高め、いつになく暖かいラトビアの八月下旬の日々を人々は穏やかに過ごしていた。農民は、春に植えた作物とライ麦の収穫をほとんど終えて豊作を祝っていた。バルト海の水はミルクのように温かくなめらかで、人々は海水浴に興じたり菜園づくりに勤しんだり、または森にキノコ狩りに出掛けたりと、誰もが小春日和を満喫していた。

前日の新聞は、ソ連とドイツが不可侵条約を締結することを報じていたが(原1)、そこに潜む恐怖については、多くの人たちにとっては意識外となっていた。欧州における勢力の均衡に変化が起き、バルト三国が脅威にさらされることを懸念する記事の隣に、「バルト三国の独立と安全にとって（中略）不可侵条約は良好以外の何物でもない」(原2)という独ソ側の懐柔論が掲載されていた。

「モロトフ・リッベントロップ協定（Molotov-Ribbentrop pact）」とも呼ばれる不可侵条約に秘密議定書が付帯されているという情報がリーガの外交筋を通じて流れたが、それを決定づけるだけの確証はなかった。戦後になって、アメリカがドイツ外交文書のなかに秘密議定書を発見し、ニュルンベルク裁判(1)で公表したとき初めて、独ソ間にヨーロッパを二分割して支配する合意があったという事実を世界中が知った(原3)。

そこでは、ラトビア、リトアニア、エストニアはソ連の勢力下に置かれることになっていた。条約締結の七日後にドイツがポーランドに侵攻すると、連合軍が「ダンツィヒに命を捧げるか(原4)」と良心の呵責を慰めているかたわらで、ソ連はラトビア、リトアニア、エストニア、ポーランド東域、ベッサラビアとフ

（原1） Vācu prese paziņo par Vācijas un Padomju Savienības neuzbrukšanas līgumu（ドイツは独ソ不可侵条約を報じた）Jaunākās Ziņas〈ヤウナーカース・ジニャス紙〉1939. 22. augustā.

（原2） Vācijas ārlietu ministrija par Baltijas valstu drošību（バルト三国の安全保障に関するドイツ外務省）〈前掲紙〉1939. 24. augustā.

（原3） Lettonie-Russie. Traités et Documents de Base in Extenso/réunis par Ansis Reinhards. -Riga: Collection "Fontes" Bibliothéque Nationale de Lettonie, 1998. -p.117.

（原4） ロカルノ会議（1925年）後のチェンバレン・イギリス首相の発言「ポーランド回廊はイギリス近衛歩兵の一本の骨にも値しない」は、1939年の政治語彙に汎用された。T/Taylor, Munich: The Price of Peace -New York: Vintage Book, 1980, p.201. 参照。

インランドを軍事的に支配しようとしていた。

私の母リギタと父アイワルスは、この年の八月二三日を特別な日としては記憶していない。リギタは一二歳と九か月、アイワルスは八歳だったのだから、それも仕方がないであろう。では、彼らの親たちはどうだったのであろうか。不可避の戦争を覚悟していたのか、それとも政治に無関係な大衆の常で、時が経てば一件落着し、まさか第一次世界大戦［一九一四～一九一八］の恐怖は再来しないだろうと甘い期待に身を委ねていたのだろうか。

第一次世界大戦中の四年間、ラトビアはロシアとドイツという二つの帝国が衝突する舞台となり、ラトビア人は絶望の淵をさまよった。言うまでもなく、土地も家畜も打撃を受け、数万人のラトビア人が難民となってロシア中央へ、さらにシベリアやアルタイ地方にまで逃れた。

戦時中、アイワルスの母ミルダの一家はペテルブルグ(2)にいた。というのも、ミルダの父ペーテリス・カイミンシュが強靭な体格と風貌でセミョノフスカ護衛団(3)に従軍する名誉を得て、皇帝一族を護衛する任務にあたっていたからである。すでに日露戦争において従軍歴のあるペーテリスは、ニコライ二世［Николай Ⅱ・一八六八～一九一八］のために二度目の出兵となり、六歳の

（1）一九四五年一一月二〇日～一九四九年四月一四日にわたって開催されたドイツの戦争犯罪を裁く国際軍事裁判。
（2）原文のママ。現サンクト・ペテルブルグの名称は、一九一四年～一九二四年は「ペトログラード」と改名されていた。
（3）（Лейб-гвардии Семёновский полк）一六八三年に帝政ロシアにて結成された特権的な護衛団。

娘ミルダと一〇歳の息子ヴォルデマールスを妻のマチルデに託して、戦争初日にオーストリア・ハンガリー帝国の国境に送られた。

我が家に、ペーテリスが幼い娘ミルダに送った写真が残されている。「この写真を大きくなるまで大切にとっておきなさい。パパが恐ろしい敵と戦った兵士だったことを忘れないように。キスを一〇〇回送る」と、写真の裏には記されている。

ヨーロッパじゅうの数千人の子どもたちのように、写真が父親の形見となるという不幸からミルダは免れ、ペーテリスは運よく負傷することなく家族のもとに戻ってきた。一方、アイワルスの父アレクサンドルスは孤児だったことしか分かっていない。おそらく、第一次世界大戦で両親を亡くしていたのだろう。

私の母リギタの両親ヤーニスとエミリヤは、一九一二年に結婚して、ヤーニスが営む商店のあったサンクトペテルブルグ近郊に住んでいた。つまり、私の父と母の家系は、互いに関係はないが、奇遇にも第一次世界戦時中には同じロシアの片隅にいたことになる。一九一七年にボリシェヴィキ革命(4)が勃発して財産が国有化されると、一九一九年にリギタの家族はラトビアに戻った。そして、その一年後にアイワルスの家族も戦争で荒廃したリーガに戻った。

リギタの両親が、歴史が繰り返されるという警告と不吉な前兆に気付かなかったはずがない。それでも、第一次世界大戦で味わった苦労と混乱が蘇ってくるたびに、垂れこめそうな憂鬱をあえて追い払っていたのだろう。

一九三九年の晩夏はあまりにも美しく、不安を感じるような気配がなかった。エミリヤは毎晩のようにヤーニスに寄りそって、海岸沿いの散歩をゆっくりと楽しんでいた。三人の息子たちはそれぞれ独立しており、末っ子のリギタだけがたまに散歩を一緒に楽しんだ。

顔も体つきも近ごろめっきり女らしくなってきたリギタは、心ときめく毎日を送っていた。そんな娘の成長を見守る二人は、すぐそこのポーランドではじまった戦争のことを考えないように努めていた。「この戦争は、どうせラトビアを素通りするさ」、「そうよ、娘には関係のないことよ」と言いながら。

一九三九年、八歳の元気で無邪気な少年アイワルスは、祖母マチルデ・カイミニャの所でいつものように夏を過ごしていた。マチルデは夫を亡くしたあともリーガ近郊にあるユンプラヴムイジャ［Jumpravmuiža］の土地を借り続け、テンサイ［砂糖大根とも言う］の栽培で生計を立てていた。

アイワルスは近所にいるガチョウを相手に遊んだり、友達と戦争ごっこをしたり、付き添ってくれる大人がいるときにはダウガワ河［Daugava］で水遊びもした。でも、何よりも読書が好きで、最新の「犯罪小説」が手に入ると、家畜小屋の裏に隠れてわくわくする冒険物語を読みふけった。そんなとき、アイワルスの耳には手伝いを求める祖母の大声も届かなかった。

（4）「十月社会主義革命」のこと。ボリシェヴィキ（большевики）は多数派を意味する。

私の母リギタが裕福な幼少期を送ったのに比べて、父アイワルスは幼いころからひどく貧しかった。生まれたときにはすでに父親を肺病で亡くしており、母の手ひとつで育てられた。母のミルダは当時の女性としては立派な教育を受けており、近代的で自立した考え方をもっていた。「私の親だけが、娘に宗教を教えないでほしいと教師に頼んだのよ」と、ミルダは孫の私によく自慢話をしたものである。先にも述べたように、ミルダには時流に流されない勇敢な父親ペーテリスがいた。貧しい靴職人だったペーテリスを、私は誇りに思っている。

ペーテリスは生活難に屈することなく、精神的には靴職人の身分を超越していた聡明な人だった。人は学問によってのみ救われると信じて、田舎の学校を卒業すると独学で知識を深め、自分の子どもにも教育を受けさせようとした。しかし、ミルダが高校を卒業するころには家計がさらに悪化し、兄のように進学できなかった。

それでも、ミルダは不平を言うこともなく、進学を諦めて自ら進んで看護婦となった。そして、看護婦という職業で達成感を知り、自らの選択を後悔することはなかった。その職場で、ミルダは二番目の夫となるアレクサンドルスに出会っている。退屈な病院で暇をもてあましていた入院患者が看護婦と恋に落ちる、古典的とも言える恋物語だ。

水色の制服に身を包み、修道女のごとく白いスカーフを被ったミルダ、そのどこにアレクサンドルスは惹かれたのだろう。小柄なミルダは看護婦姿になるとまるで小娘も同然で、とても三〇歳には見えなかった。腰にくびれのない制服と前掛けに隠された魅力を見いだすのには、かなりの想像力を要したことだろう。

しかし実際には、彼女の最大の武器である女らしい丸みのある腰と、きれいな足が制服の下に隠れていた。頭を軽くうしろにもたげて足を組み、さりげなくスカートをたくしあげて膝を見せ、細く華奢な靴先をそっと揺らせば効果はてきめんだった。いわゆる美人ではなかったが、ミルダには異性を惹きつけるだけの色気が備わっていた。

病院が誘惑の場でないことは言うまでもない。何よりも明るく親切で、よく気がきくミルダにアレクサンドルスが目を留めたのは、看護服を着ても隠せなかったその美しい瞳のせいかもしれない。彼女の大きく澄んだ青い瞳で見つめられれば、ほとんどの人が夢の世界へと誘われる。その瞳の輝きは、最後の苦しみの間際まで失われることはなかった。ともかく、アレクサンドルスはミルダにぞっこんとなったわけである。

アレクサンドルスは、ミルダに冷たくあしらわれても諦めなかった。嫌われないように気を付け、新聞を読むふりをしながら紙に空けた小さな穴から彼女の動きを追っていた。次第に豊富な話題を提供するようになったアレクサンドルスは、ようやくミルダの心を射止め、一九三七年の暮れに結婚をした。

ミルダの心を射止めることになった決定打は、息子アイワルスを養子にするという彼からの提案だった。それは結婚後にすぐさま実行され、アイワルスの姓は「カルニエティス」となった。実父を知らずに育ったアイワルスは、抵抗なくアレクサンドルスのことを「父」と呼ぶことができた。だから、私はアレクサンドルスとは血のつながりがないが、「小さい山」という意味をもつ美しい苗字カルニエテ[5]を受け継いだ彼を自分の祖父だと思っている。カルニティスの苗字は、私の息子ヤーニスと孫のアルマンズにも受け継がれている。

アレクサンドルスに話を戻すと、まもなく新婚夫婦に息子アルニスが生まれたため、アイワルスが母を独占できた時代は終わりを告げた。

一九三九年八月、この時期、アレクサンドルスとミルダの関心は政治どころではなかった。気性の荒いアレクサンドルス、一方のミルダも負けず劣らず強情者だった。夫の病的なまでの嫉妬深さは、自立心が強く社交的なミルダにとっては我慢できるものではなかった。両親のあふれる愛情を受けて育ったミルダには、自信過剰で性急な夫の内側に、幼くして両親を亡くした恐怖心が癒されないままの少年が潜んでいることが理解できなかった。

アレクサンドルスは妻を独占しようとし、妻が留守だと必ずパニックに襲われた。その恐怖を紛らわせようとして酒をあおれば、またミルダの怒りを買うことになる。妻に裏切られたと思い込んだ彼は、世界中のあらゆる罪を妻になすりつけては怒鳴った。穏やかなラトビア人気質には珍しいほどの激しさで、意地を張りあう二人の喧嘩はすさまじいものだった。アイワルスは、目前で火花を散らす両親のやり取りを見て、子ども心にも理由もなく苦しめられる母が哀れで胸が張り裂けそうだった。

このようにリギタの両親もアイワルスの両親も、当時の大部分の人々と同じようにウルマニス大統領(6)が敷いた家長体制のもと、平穏にすぎる日常にかまけていて、八月の条約調印とドイツのポーランド侵攻後に避けられない災難が迫っていることを示す諸々の事件については見て見ぬ振りをしていた。他方で知識人と軍人たちは、大統領がラトビア人にふさわしい勤勉さと国家の中立を痛ましいほど熱弁するその姿にいら立ちを深めていた。まさに中立の状態こそ、国家の独立を維持するためには危険をはらんでいたからである。

ラトビアの政府官僚は、「親ドイツを目指すべきだ」、「いや、英仏の支援を期待する」、「いや、条件付きでソ連と寄りそおう」といった具合に同盟国を選ぶ段階で分裂していた。親ソ連派が大きな支持を得なかったのは、一九一九年のラトビアにおけるボリシェヴィキの蛮行(7)が記憶に生々しく、ソ連に対する恐怖心に人々が深く蝕まれていたためである。そして、ドイツとソ連の間に不可侵条約が成立したことにより、もはや同盟先を選択する余地を失ったラトビアは、一九三九年九月一日、中立を宣言するしかなかった。

(5) ラトビア語の姓は、通常、男女によって語尾が変化する。男性形は -s, -is で、女性形は -a, -e となる。
(6) (Kārlis Ulmanis・一八七七～一九四二) 第四代ラトビア共和国大統領。在位は一九三六年～一九四〇年。
(7) 「赤いテロ」とも呼ばれる。モスクワにおいて樹立が決定されたラトビア社会主義共和国政府は、ラトビアの領土内に複数の強制収容所を設立しただけでなく、革命軍事裁判の設置などを通して約一〇〇〇人を銃殺にしたほか、宗教者を厳しく弾圧し、さらにドイツ人のシベリア追放を発令している。

一九三九年九月、「国内にソ連の基地を配備させよ」というソ連からの要請承諾を、まずエストニアが強いられた。一〇月二日、ラトビアが同じく要請を突き付けられると、その数日後、ヴィルヘルム・ムンテルス外務大臣［Vilhelms Munters・一八九八～一九六七］はスターリン［Иосиф Сталин・一八七八～一九五三］とモロトフ［Вячеслав Молотов・一八九〇～一九八六］の圧力に屈して、ソ連との相互援助条約に調印した。その援助とは、ソ連側の解釈によれば、「基地と飛行場の特定地域に、ソ連が厳定した陸空軍を配備する権利を有する」ことであった。(原5) それからまもなく、ラトビア軍の総力よりやや少ない二万一〇〇〇人という大軍のソ連兵がやって来た。(原6)

条約締結後、リギタが通っていたギムナジウム(8)では上級生が集められ、ウルペーンス校長がソ連兵のラトビア駐屯の理由をくどいほど説き、ソ連兵とは友好的に接するようにと繰り返し言い聞かせたという。説明不可能なことを説明せざるをえなかった校長、なんと哀れなことか。

ソ連兵たちは特定地域外においては用心深く振る舞っていたため、その存在はほとんど目立つことがなかった。そのため、人々が抱いた不安は次第に薄れ、これまで通りの日々の暮らしに戻っていった。

（原５） 1939年以降、赤軍駐屯兵数は21,000。Vīksna D. Octobra līgums（10月の条約）//Lauku Avīze.-〈ラウクアヴィーゼ紙〉2000.-5. oktobrī. 参照。

（原６） ラトビア軍は27,000人～29,000人で構成されていた。1939年の春以降、緊迫した状況にともない、軍指導部が予備兵を繰り返し徴兵したため、ラトビア軍の構成は大幅に増加していた。Bērziņš V., Bambals A. Latvijas armija（『ラトビア軍』）//LZA Vēstures inst.; LCVKA. Rīga: Zinātne, 1991-87., 93. lpp.

――大国の基地があるのはラトビアだけではない、戦争だってすぐにはじまるわけではないし、抜け道はきっとある。一部の食料品に対する制限が導入され、工場生産のための原料が不足し、国民に発給されていた旅券が無効にはなったが、それ以外の平穏な日々に潜む魔力は消えることがなかった。事実上、国家の独立が失われ、ラトビアがソ連領となったことを理解したのは情勢の変化に敏感な一部の人だけだった。

二つ目の不吉な前兆は、バルト系ドイツ人の本国大量帰還が一一月に開始されたことである。[原7] 一〇月六日、ドイツ国会でヒトラー総統［Adolf Hilter・一八八九～一九四五］は、ラトビアとエストニアに住むドイツ民族は本来の祖国へ帰るようにと勧告した。バルト系ドイツ人はバルトの地に数世代にわたって居住し、つい最近まで支配層にあったが、彼らの一部は新生国ラトビアの政策（当時、世界的に見てもっとも急進的な土地改革）によって広大な土地財産を国有化され、経済力を奪われただけでなく特権を失って憤っていた。[原8]

この政策のおかげで、母方の祖母エミリヤの三人の兄（エイニス、ヤーニス、カールリス）も、農奴制廃止の一八一七年まで先祖の所有だったクルゼメ地方にあるカプ

（8） 中等教育機関は中高一貫校に相当する。

（原7） バルト系ドイツ人の帰還に関し、独ソは1939年９月28日に秘密議定書に調印した。

（原8） ラトビアにおける農地改革は1920年に開始された。

セーデ［Kapsēde］荘園近郊の土地を「遺産」として獲得している。何世紀もの間、先祖が無一文の農奴として、そののちには日雇いや小作人として耕してきた土地に、その子孫にあたる兄弟が鍬《すき》を振り下ろすのは勝利と至福の瞬間であっただろう。

バルト系ドイツ人たちは、ヒトラーに呼び戻された以上、深い絆で結ばれた土地を去るしかなかった――彼らにとって事実上の祖国はラトビアであり、ヒトラーの第三帝国は見知らぬ故郷でしかない。第三帝国を崇拝することはできても、愛することはできないにもかかわらず……。

一二月一二日までに四万五〇〇〇人のドイツ人が、うしろ髪を引かれる思いでラトビアを去っていった。(原9) 去っていくドイツ人に、ラトビアの人々はさまざまな反応を示した。「やっと、せいせいした。二度と戻ってくるな」と歓迎する声もあれば、沈没船からの脱出だと見なす者もいた。

リギタが通うドゥブルティ［Dubulti］ギムナジウムにも、バルト系ドイツ人の生徒が数人いた。同級生だったグナール・クレイスラーも去っていった。「僕たちはきっと戻ってくるよ！」と、別れ際に言い残して。

単なる空威張りの言葉だったのか、それとも親の口真似をしただけなのだろうか。実際、一九四一年の夏、勝利したナチス軍が侵入してきて二回目となるラトビア占領がはじまると、バルト系ドイツ人の一部が戻ってきた。そのころすでにシベリアへ向かって

（原９） Andersons E. Latvijas vēsture. 1920~1940.（ラトビア史1920～1940年）Ārpolitika. -2. sēj.〈外交第２巻〉Stockholm: Daugava, 1984.

いたリギタは、その様子を見ていない。

ソ連軍の配備とバルト系ドイツ人の移住退避に恐怖を感じたとしても、同じ時期、クレムリンの裏側でラトビアにおけるソビエト体制の樹立を目的とした社会主義革命だけでなく、最初の大々的な弾圧計画までもが完了しつつあったことを、ラトビア人の誰一人として悪夢にも見る者はいなかった。私の家族を含めて弾圧を被った人々の運命は、ソ連との援助条約締結からほんの五日後の一九三九年一〇月一一日に、イワン・セロフ[Иван Серов・一九〇五〜一九九〇]ソ連共産党国家治安人民委員代理がバルト三国の反ソ分子追放処置に関する発令第〇〇一二二三号に署名したときに概ね決まっていたのだ。(原10)

追放処置という創造的な「ジャンル」は、内務人民委員部の創設以来完璧を極めており、命令を新たに書き直す必要がなかった。(原11)前例通りに「地

(原10) PSRS IeTK valsts drošības tautas komisāra vietnieka I.Serova pavēle Nr.001223" Par pretpadomju element deportācijas procedūru Lietuvā, Latvijā un Igaunijā"//Via dolorosa: Staļinisma upuru liecības.『スターリン体制の犠牲者の証言』-1. sēj. -Rīga: Liesma, 1990. -32. lpp. 1939年にソ連の占領下にあったポーランド東部に対し作成され、実行された大規模な追放計画は、1941年のバルト三国およびモルダヴィアからの大量流刑にも汎用された。Okupācijas varu politika Latvijā,(ラトビアにおける占領政策)red. Pelkaus E. (Rīga: Nordik,1999) 152~154; Riekstiņš J.1941.gada jūnija deportācija Latvijā「ラトビアにおける1941年6月の追放」//Aizvestie『連れ去られた者たち』, red. Pelkaus E. (Riga: LVA, Nordik, 2001), 9-25

(原11) KGBの名称は時期によって多様に異なる。NKVD(内務人民委員部)1940年6月17日～1941年1月30日、NKGB(国家治安人民委員部)1941年1月31日～1946年3月24日、MGB(国家治安省)1946年3月25日～1953年4月13日(1953年4月13日～1954年4月10日の短期間は内務省に統合された)、KGB(国家治安委員会)1954年4月10日～1978年9月7日。これ以下、原則的に該当する時期の公式の略称を用いることとする。

域性」を補足すれば、次なる弾圧作戦の実施手順は完成していたのだ。ソ連らしい官僚的かつイデオロギー的な言い回しに慣らされているこの私でさえ、「武器戦闘準備」、「派遣団」、「収集地点」、「護送」、「家長の分離」、「積み込み」、「積み下ろし」、「運搬」といった手順上に使用された非人間的な用語にはぞっとする。その不気味さは、文字通り冷徹で、犯罪的なソ連体制の本質をさらけ出している。

一九三九年秋のモスクワで、これに類似した指示がどれだけ作成されたかについては完全に公開されることはないだろう。ソ連がフィンランドの予想外の抵抗にあわなかったならば、バルト三国の占領は半年早かったであろう。

一〇月初めにラトビアと同じ要求を突き付けられたフィンランドは、ソ連軍の進入も基地としての領土提供も拒否した。これにはクレムリンが驚いた。他国を威嚇するためにも小国フィンランドを見せしめにしなければならないと、ソ連は軍事介入の準備に入った。数発も打ち込めばフィンランドは降伏するだろう。

――そのように考えていたロシア人の確信は誤算となり、電撃戦は失敗した。

スターリンによる弾圧で優秀な統率者を失っていたソ連軍は、長きにわたる抵抗に慣れていなかった。同盟国もなく、果敢に単独で大国に対峙したフィンランドの一〇五日間を、世界は畏敬の念をもって好意的に見守っていた。

一九四〇年三月一三日、冬戦争はフィンランドの降伏によって終わったが、事実上はソ連の敗北であった。なぜなら、フィンランドに社会主義革命を起こし、ソ連邦への加盟要請を強制する計画が失敗したからである。二万三〇〇〇人のフィンランド人を戦場で失い[原12]、領土の一割をソ連に引き渡すという高い代償を払って[原13]、フィンランドは独立を固守したわけである。

多数の犠牲者を出した冬戦争の結末を眺めていたラトビアは、ソ連の要求に譲歩して、民族の一掃を免れるという選択の正しさを改めて確認した。とはいえ、その慰めも欺瞞でしかなかった。ソ連、ドイツ、ソ連と立て続けに三度の占領をラトビアが味わうことになり、わずかに先延ばしがされたといっても血を代償とするということを、当時、誰一人として考えていなかったのである。

冬戦争前のフィンランドとラトビアの生活水準は、同等というよりはむしろラトビアのほうがいくらか高かった。しかし、約五〇年後の一九九一年にラトビアが独立を奪回したとき、フィンランドはまさに半世紀をかけてはるか先を歩み続けていた。

(原12) Andersons E. Latvijas vesture. 1920~1940.(ラトビア史1920~1940年) Ārpolitika. -2.sēj.〈外交第2巻〉Stockholm: Daugava, 1984、-322.
(原13) 前掲書、336ページ。

占領

一九四〇年六月一七日、月曜日、アイワルスはユンプラヴムイジャの祖母の畑に母ミルダと弟アルニスといた。母と祖母がテンサイを引き抜いているかたわらでアイワルスはダウガワ河岸を走り回り、赤ん坊のアルニスは草の上に敷いた毛布に寝転がっていた。いつもと変わりのない、ごく平凡な一日だった。避けようのない事態となって、ソ連軍がラトビアに侵攻したことを示すものは何もなかった。最新情報を得る唯一の手段であるラジオですら、祖母の家どころか隣近所にもなかった。

家族が衝撃的なニュースを知ったのは、いつも通りに平穏な一日を過ごした翌日の朝である。アイワルスはユンプラヴムイジャの空き地に数機のラトビア空軍機が着陸するのを見つけ、少年らしい好奇心にかられて飛行機を見に行った。そこでパイロットと近所の男たちの興奮した会話の節々からアイワルスに分かったことは、ロシア人がリーガに侵入し、駅前広場に戦車が乗り入れられ、モスクワ地区［リーガ市内にある一地区の名称］で赤旗が振り回されているということだった。

このように、六月一七日のラトビアの地方では、リーガの悲劇を誰も知らなかったのだ。情報の氾濫する現代においては想像しがたいことだが、仮にラジオが聞けたとしても放送局はとっくにソ連軍に掌握されており、新聞も事件の真相を報じることはなかった。

六月一六日と一七日に実際に何が起きたかについては、諸外国に紛れ込んだ文書と独立回復後のラトビアにおいて入手された記録、さらに世界中に散ったラトビア人の記憶と遺物が丹念に収集され整理されているので、今では詳細までかなり明確なものとなっている。とはいえ、いまだにラトビアの歴史研究者には、ラトビア占領準備の全容を解き明かすことになる旧ソ連の人民委員会評議会、外務省、ＮＫＶＤおよびＫＧＢの公文書については入手が許されていない。(原1) 明らかとなっているのは、六月一六日午後、フリツィス・コツィンシュ［Fricis Kociņš］駐モスクワ・ラトビア大使からソ連の最後通牒の暗号電を受信したあとの大統領府の動きと、政府要人と軍指導部、そして国境警備隊の動きである。

保管されている政府の議事録によれば、政府は国民の不必要な犠牲を避けるためにラトビアを無抵抗で引きわたす苦渋の決断を下したとなっているが、要人たちは切迫した歴史の転回を具体的にはほとんど理解できていなかった。

日曜日であったこともあり新聞は休刊で、最後通牒についての報道はされなかった。

（原１）　現在のところ、ラトビアの対ロシア協力委員会は歴史資料および公文書研究の政府間協力協定の調印に至っていない。

それに、六月一五日の深夜に国境付近のマスリェンキで起きたソ連による攻撃も報じられることはなかった――国境警備隊員三人が銃殺され、国境警備隊員一〇人と民間人二七人が人質となっていたにもかかわらずだ。(原2)

リトアニアに赤軍が侵攻しているという噂が流れて不穏な気配が漂ったが、ラジオから流れるラトガレ地方で開催されていた合唱祭の歌声が人々の不安をかき消していた。

――決死の事態なら、祭りなど祝っている場合ではないはずだ。

青い湖に囲まれたラトビアらしい豊かな自然の美しさを賞賛するラトガレ合唱祭は、独立期のラトビアにおいて最後に地方で開催された合唱祭となった。そし

1873年以降、５年に一度開催されてきた歌の祭典は、国家的な大行事である。現在ではユネスコ世界遺産に登録されている。(写真は2008年の時のもの)

(原２)　アンドレイス・フレイマニス「1940年６月15日のマスリェンキ警備隊への攻撃については、誤りと不正確な記述が散見される」Feldmanis A. E. Masļenku traģēdija—Latvijas traģēdija（マスリェンキの悲劇――ラトビアの悲劇), Rīgā: OMF（占領博物館財団）2002年 279～287ページ。

て図らずも、身の毛のよだつような陰気な影に包まれて、深い悲しみの祭典として歴史に残ることになった。

合唱祭に参加していたすべての人々の記憶にも、悲しい伝説として刻み込まれている。歌い手と聴衆は、その後の数日間に起きた多くの悲劇的な出来事を関連づけて思い出し、ウルマニス大統領がソ連軍のラトビア侵入を発表したのは合唱祭の最中であったと思い込んでいる者も少なくない。リギタの兄であるヴィクトルスも士官学校合唱団の一員としてこの合唱祭に参加していたが、まさにそのように記憶している。

実際には、その日のラトビア政府はソ連の最後通牒をいまだ受諾していなかったことから、大統領はソ連軍の侵入を発表するわけにはいかなかった。午後五時ごろ、ラジオを通じて合唱祭の会場に流された大統領の演説は、危機的な状況を少しも伝えてはいない。

「今週、私たちがこれまで経験したことのない速さで、国際的な事態が展開しています」(原3)

切迫した危機は、この言葉によってごまかされたようなものだ。聴衆にも、合唱団にも、国境付近にソ連軍の戦車と歩兵隊が集結し、リトアニアにソ連軍が侵入したというニュースがすでに知れわたっていただけに、大統領が事実を言明しなかったことこそが

(原3)　Jāvalda savstarpējai uzticībai（相互の信頼を保たなくてはいけない）//Jaunākās Ziņas〈ヤウナーカース・ジニャス紙〉. -1940. 17. jūnijā.

最大の脅威であると思われた。

合唱団と聴衆は不安と希望に苛まれ、ラトビア国歌『神よ、ラトビアを讃えたまえ（Dievs, svētī Latviju!）』を繰り返し三度歌った。ヴィクトルスもまた、母なる大地を救いたまえと神に祈る思いで歌った。国歌の斉唱が終わると士官生たちには、至急兵舎へ戻り、ラトビア国境へ出動せよという極秘命令が下された。日暮れにラトガレ合唱祭が終わり、参加者たちはそれぞれ散っていった。

翌六月一七日の月曜日の朝、いつもの一日がはじまりかけようとしたときにソ連軍の爆撃機がリーガ上空を旋回した。その数時間後、戦車が町の中心部に入ってきた。[原4] 最後通牒、内閣総辞職、軍隊の進入といったことが、まるで一瞬にして起きた衝撃は大きい。内閣の退陣とソ連が六月一六日に突き付けた最後通牒の全容は、事後に初めて公表された。

「ソ連とラトビア間の相互援助条約の実施を強固に確実なものとするラトビア政府を至急組閣する。ソ連とラトビア間の相互援助条約の実施を確保し、またラトビアにおいてソ連軍駐屯部隊に対し起こりうる挑発行為を回避するのに必要不可欠な軍隊をラトビアの最重要地点に配置するため、ラトビア領土におけるソ連軍部隊の無制限の進入を至急保証する」[原5]

（原４）　ラトビアとその国境地帯の軍事基地には、兵士30万から50万人、装甲車約1,000台以上、空軍機500機が配備され、これに対峙して国境の向かい側では空軍機最大2,000機および装甲車2,500台強があった。Andersons E Latvijas vēsture. 1920～1940.（ラトビア史1920～1940年）Ārpolitika. -2. sēj.〈外交第２巻〉Stockholm: Daugava, 1984. 445. lpp.; Bērziņš v., Bambals A. Latvijas armija（ラトビア軍）//LZA Vēstures inst.; LCVKA. Rīga: Zinātne, 1991. 93. lpp.

同じ新聞報道の下の欄には、ラトビア政府はソ連の要請に同意し、「六月一七日未明にソ連軍部隊がラトビアの国境を越えた」こと、そして大統領が内閣総辞職を承認したことが太字で記されていた。(原6)

こんな発表があったというのに、〈ヤウナーカース・ジニャス紙〉の一面に掲載された前日の合唱祭における大統領の穏やかな演説は、あまりにも不釣合いで時勢に適していない。まるで、別世界、別次元の演説のようである。

もはや何もかもが手遅れであり、自然発生的な抵抗も落胆の悲鳴もなかった。駅前広場に共産党員が組織した小さな群集を除けば、リーガ市民は驚いて声を失ったかのように広場や街頭に存在する戦車と身なりの貧しい赤軍兵を見つめていた。そして、その午後には大統領と閣僚が逮捕されたという噂が広がり、国中が漠然とした不安に覆われた。

ところが、午後四時ごろ、ウルマニス大統領がオープンカーでリーガの通りを大統領府に向かっていく姿が見られた。大統領は無事なのだ、と社会は安堵した。同日二二時一五分、大統領は国民に向けて最後の演説をした。その一か月後、大統領は逮捕されてロシア地域に追放され、場所も状況も不明のまま亡くなった。(原7)

このような背景から、最後の大統領の演説は悲劇の重みを増し、時が経過するにつれて一語一文が幾通りにも解釈され、さまざまな神話を生み出すことになった。

(原5) Valsts prezidents pieņēmis valdības demisiju(大統領は内閣総辞職を承認)// Jaunākās Ziņas.〈ヤウナーカース・ジニャス紙〉— 1940. — 17. jūnijā.

(原6) Jaunākās Ziņas.〈ヤウナーカース・ジニャス紙〉— 1940. — 17. jūnijā.

もっともよく引用される演説の締めくくりの言葉、「私は自分の場にとどまります。みなさんは、みなさんの場にとどまってください」を耳にして、深い感慨をもたないラトビア人はいないだろう。この言葉を目にし、耳にするたびに、私の目に涙が込みあげてくる。それでも、占領の当日にこの言葉がどのように国民に響いたのかを想像すると、私は混乱してしまう。

夜の大統領演説は、不可解極まる一日の末に納得のいく説明と安心を求めていた人々の期待にこたえることなく、婉曲な表現と精神論が唱えられるばかりで、安心どころか不安と混乱を深めただけだった。ソ連軍を友好的に迎え入れ、過度の好奇心を控えて法と秩序を乱さぬようにと言う大統領の呼びかけに、人々は逆に切羽詰まった状況を読み取った。次に挙げる大統領の演説は、翌日の新聞において報じられている。

これまで通り協力してそれぞれ自分の立場で勤勉に励み、我々みんなに尊く神聖な国家と国民全体の利益のために尽くしましょう。(原8)

(原7)　ラトビアの占領後、カールリス・ウルマニスはソ連のオルジョニキゼに追放された。ソ連の対独戦争開始時にはヴォロシロフスクに収監されていたが、前線が近づいて避難した。その後、病気のためソ連トルクメン(Туркмения)のクラスノヴォツク(Красноводск)刑務所に収監され、1942年9月20日に死亡。埋葬場所は不明。Okupācijas varu politika Latvijā. 1939 — 1991. — Rīga: Nordik, 1999. — 140. — 143. lpp.

(原8)　Es palikšu savā vietā, jūs palieciet savās. Valsts prezidenta aicinājums tautai(私は自分の場にとどまります。みなさんは、みなさんの場にとどまってください。大統領の国民への呼びかけ)Jaunākās Ziņas.〈ヤウナーカース・ジニャス紙〉1940. — 17. jūnijā.

新しいラトビアの繁栄時代に培われた信念と民族の精神力を態度で示してください。そうすれば、今後起きることはすべて我が国と我が国民の将来にとって有益であり、また東の強大な隣国であるソ連との友好関係にとっても有益であると確信します。(原9)

大統領は感傷的に訴えているが、今後の政府の動向については具体性に欠けており不可解としか言いようがない。

　政府が今後発表するであろう法令が、場合によっては困難で過酷なものであったとしても、みなさんの理解を得られるものと確信しています。国民の平和と繁栄以外にその目的はないのですから、心して従ってください。(原10)

世界が覆しようのないフランスの降伏を息を潜めるように見守っていた六月、その同じ日を選んでソ連が最後通牒の通達を行い、バルト三国の占領を実行したのは単なる偶然ではない。(原11)

六月一七日に第一次世界大戦の英雄ペタン元帥［Philippe Pétain・一八五六〜一九五一］が軍の抵抗を止めさせると、数日のうちにドイツ軍がパリのエリゼー広

(原９)　前掲紙。

(原10)　前掲紙。

(原11)　ソ連は最後通牒を６月14日にリトアニアに、６月16日にエストニアに対し提示した。両国ともこれに応じた。

場を凱旋した。コンピエーニュ［Compiègne］の森において、一九一八年にドイツが降伏を強いられたときと同じ列車の中で、今度はドイツ第三帝国がフランスに停戦に調印させることで屈辱を晴らした。

こうして、ヒトラーは復讐に酔いしれた。ヨーロッパはおろか世界を震撼させたこの劇的なドラマに比べたら、小さなバルト三国の運命に何の意味があっただろう。つまり、私たちは絶望の淵に取り残されたわけである。

正式にはまだ独立国であったラトビアに、ソ連人民委員評議会のアンドレイ・ヴィシンスキー［Андрей Вышинский・一八八三〜一九五四］副書記長が、社会主義「革命」を演出するための総監督としてモスクワから送り込まれてきた。スターリン時代の粛正の熱烈な執行者として実績のあるこの人物は、ほんの三四日間で任務を完了し、一九四〇年八月五日にラトビアは第一四番目のソビエト社会主義共和国となった。それに先立ち、ヴィシンスキーはウルマニス大統領に新政権の閣僚名簿を突きつけ、大統領に変更を加える権限のない旨を告げた。

ウルマニス大統領は言われるがままにこれに同意し、同じく他の書類にも署名することによって、自身が一九一八年以来、政治家として丹念に築き上げてきたもののすべてを滅ぼしてしまった。「自分の場にとどまる」ことで事態を合法化し、ソ連の成すがままにラトビア国家を清算する急先鋒となったことを、果たして大統領は自覚していたのだろうか。

今日そう問うことは簡単だが、当時は何もかもが不明瞭で複雑を極めていた。ウルマニス大統領の同時代人の記述では、自分の存在こそ最高の任務であり、自分の存在をもってラトビアの未来を救い、弾圧と流血を最小限に抑えられると、最後まで信じていたことが明らかとなっている。(原12)

こうした大統領の姿勢を、万人が理解して受け入れたわけではない。進行する事態に納得していなかった軍隊の上層部と下士官兵たちは、六月一五日以降、敵の優勢も省みずに祖国を守る決死の覚悟があった。それなのに、予想に反して「ソ連軍を無抵抗で受け入れよ」との命令が下されたことに対する屈辱は、流血でしか払拭することができなかった。

六月二一日の朝、ルドヴィグス・ボルシュテインス［Ludvigs Bolšteins］将官が絶望の抵抗を示して銃で自殺した。そして、ラトビア軍の幹部数人がこれに続いたのだ。

六月の日々、社会は途方もない不穏に包まれ、まるで嘘のような噂が渦巻いていた。新聞とラジオが占領者に牛耳られて以来、政界要人の動きはほとんど分からなかった。新聞各紙はそのまま発行されていたが、その論調は短期間のうちに一変し、こぞってソ連を礼賛しはじめた。「大多数の労働者が支持する新政府」、「ラトビア人とソ連兵の友好」、「平和を愛する

(原12)　ウルマニス大統領の同時代人による複数の記録に基づく。Bērziņš A.Labie gadi.（良い時代）— New York: Grāmatu Draugs, 1963. — 290. lpp.、Dunsdorfs E. Kārļa Ulmaņa dzīve.（カールリス・ウルマニスの生涯）— Stokholma: Daugava, 1978. — 442. lpp.;、Valters M. Mana sarakste ar Kārli Ulmani un Vilhelmu Munteru Latvijas traģiskajos gados.（悲劇の時代のカールリス・ウルマニスとヴィルヘルム・ムンテルスと私の文通）— Stokholma: Jaunā Latvija, 1957. — 90. — 93. lpp., 122. — 125. lpp.

偉大なソビエト民族」、「英雄スターリン」など、友好的なソ連軍を歓迎する熱狂と愛情を物語る感動のストーリーが新聞に掲載されはじめたわけである。

しかし、現実の「歓迎」は苦々しく、屈辱感は日を追って増していった。人々は街頭や広場を行進するソ連の軍人を目にするたびに、心を突き刺す激痛を感じずにはいられなかった。それは、過酷な現実をまざまざと思い知らされる存在だった。

次第に、自由記念碑に花が捧げられる日が絶えなくなった。私の祖母ミルダもまた、職場からの帰宅途中に自由記念碑に立ち寄り、失われた独立を多くの人々とともに嘆いた。自由記念碑に跪き、子を哀れみ見放すなかれと「母なるラトビア」に祈る者もあれば、教会の信者は天の父なる神に同じ願いを祈った。民族の危機に瀕したラトビア人は、古代から受け継いできた民俗信仰の「母」(2)と、のちに伝授されたキリスト教の天の父に分け隔てなく救いを求めたのである。

(2) (māte) ラトビア民族のフォークロアにおいて、自然は「大地の母」、「風の母」、「森の母」など、しばしば「母」の隠喩を用いて信仰の対象となってきた。

自由記念碑 (Brīvības piemineklis) 1935年、リーガ市中心地に独立を記念して国民の寄付金で建立された。

ラトビアの歴史を通じて、自由記念碑は常に重要な存在である。ラトビア第三の独立運動もまた、長い占領の時代を経て自由記念碑の下ではじまり、独立を回復して終わった。それは、一九八七年六月一四日に反体制派グループである「ヘルシンキ86(3)」がソ連体制下の長い沈黙を破り、シベリアで死亡した人々への追悼の意を込めて自由記念碑に花を供えるよう呼びかけた運動である。

呼びかけの当日に勇気をもって行動した者は決して多くはなかったが、その後の数日間は一人で、または数人で連れ添って記念碑に向かう姿が絶えなかった。この私もまた一日に何度もそこを訪れ、人の群れに紛れて、一九四〇年の夏と同じように母なる大地ラトビアに跪き、祈りを捧げる人々の様子を涙目で見つめていた。

私には、民警とチェキスト［KGB要員の呼称］が監視の目を光らせるなか、静かに共感を寄せる人の群れを抜け出して、道を向こう側にわたるだけの勇気がなかった。そんな自分がいまいましかったが、私には追放者の家族という目に見えない恐怖心がしみ込んでいた。私にとっての自由への再生は、まさにその日、自由記念碑を前にしてはじまったのだ。

母リギタが記憶する占領の最初の年は、暗く恐ろしいものではなかった。むしろ、奇異な思い出となっている。同じように多くの人が語る当時の回想は現実感に乏しく馬鹿げていて、意外にも、悲壮するよりはむしろ笑い話と化している。

上層部の変化は、一見して、日常生活に何の障害ももたらしてはいなかった。店、工場、映画館はいつも通りで、夏、バルト海のリゾート地であるユールマラ海岸は大いに賑わっていた。リーゴ［Līgo・夏至祭］の夜は焚き火を囲んで陽気に祝われ、コンサートやガーデンパーティーも開かれていた。ただ、しま模様のパジャマを着たロシア人の保養客という、一風変わった姿が浜辺に出現していた。

私の祖父母のエミリヤとヤーニスは、夜の浜辺の散歩をやめていた。ソ連の制服姿が目障りになってきて、どこに行こうとその姿を目にせずにはいられなかったからだ。日曜日ごとに海辺や野外舞台でソ連の行進曲を威勢よく鳴り響かせるようになっていた赤軍の楽団は、まるで文化友好という使命に取りつかれたかのようで、その幼稚な熱狂ぶりは落ち着いたラトビア人気質にとってはあまりにも異質なものだった。ただし、いかに不快であっても別段脅威ではなかったため、人々は平静を取り戻していった。

「何とかなるよ。ロシア人のことならよく分かっている。彼らはある意味愚鈍なだけなのだ。付き合い方は私にまかせておきなさい」

ヤーニスは現実を受け入れて、不安そうな妻を慰めた。それは、若いころの経験に根ざした考えであったが、過去の二〇年間に人々はボリシェヴィキによって洗脳され、善悪の見境もなく無

（3）（Helsinki-86）一九八六年、ラトビアの地方都市リエパーヤにおいて結成された人権擁護グループ。

実の人を弾圧する課題を義務として受容したことをまさか想像だにしなかった。ヤーニスは、のちに収容所で残酷な仕打ちを受けたとき、自分の過去の判断の狂いにもだえ、見通しの甘さを叱咤したにちがいない。とはいえ、遅かれ早かれ犠牲となったのだから、それも無駄なことだった。

普通の人間が予測不可能なことを予測し、ソ連体制の常軌を逸した根絶メカニズムよりも巧妙に立ち回れるはずがない。その六月、自力で状況を切り抜けられると信じていたヤーニスは、先々のために食料と灯油をせっせと買い込んでは備蓄していた。また、多くの人々がしたように、紙幣をより安全な銀貨に交換した。

人が集まれば、時代遅れで物知らずの占領軍を物笑いの種とした。ラトビア人は自らを「解放者」と称する軍人や兵士を嘲笑することで、占領における屈辱の深い溝を埋めようとしたのである。それが自尊心を保ち、少なくとも胸の内では占領者に対する優越感をもとうとする心理的な防衛反応であった。実際、相手を笑いの対象とすれば、賢者は常に強者に勝るという幻影の世界に逃避できた。

「ロシア軍人の妻たちは、絹のレースのネグリジェ姿で劇場に現れたのよ」

「赤軍兵は売店の売り子に、白パンとバターが毎日好きなだけ買えるって本当か、と何度も聞き直したわ」

どれも、ソ連の占領期を通じて各家庭で語り継がれた逸話である。私も子どものころに、祖母ミルダに聞かされて笑ったものである。そして、祖母から聞いた話を、私もまた自分の息子に聞かせた。

占領後の数か月分の新聞を眺めると、事態が深刻に受け止められなかった訳がよく分かるような気がする。「山の鷲レーニン」、「ソ連は世界最大の国、モスクワは世界でもっとも美しい町」など、まさしくソ連的に誇張された煽動的なフレーズは、レトリックもそのままにラトビア語に訳されていたが、それらは国外に出たことがなく、かろうじて文字が読める程度のソ連人ならともかく、大学生と大卒の学歴保持者の数で当時のヨーロッパにおいては最高水準にあったラトビア人の耳にはいかにも馬鹿げた話であり、納得できるものではなかった。(原13)

ウルマニス大統領の独裁体制や政府官僚の汚職をあげつらった左翼系学者による論調は、その狙いとはまったくの逆効果を及ぼした。ラトビア人の目に悲劇のヒーローと化していた大統領と政府要人に対する誹謗中傷は、大きければ大きいほどその名声を高める結果となった。のちにソ連の歴史教科書で繰り返し教え込まれた労働者のデモも、当時のリーガ市民には単なる茶番にすぎず、冷笑を誘っていた。

どこからともなく現れた人々が真面目な面持ちで見知らぬ先導者に従い、隊列を組んでレーニンやスターリンの、またはリーガ市民に馴染みのない巨大な

(原13)　1936年の学年度における住民1万人当たりの大学生数は、ラトビアが30.4人、フランスは20.8人、イギリスは16人と、欧州諸国におけるラトビアの数値の高さは際立っている。Latvija citu valstu saimē. Kulturāli saimniecisks apskats.（他国群におけるラトビア、文化的経済概要）— Rīga: Militārās literatūras apgādes fonds,（軍事文学出版財団）1939. — 38. lpp.

肖像画を掲げて行進していたが、いったい彼らは何者だったのか。人気《ひとけ》のない通りを目的もなく行進していた人々が、ラトビアの人々の意思の真の代弁者だなどとどうして信じられよう。ましてや、ラトビア人の誰一人として、彼らと肩を並べようとする者はいなかった。監督と主役を演じる役者、その他大勢が登場する不条理劇さながらの行進において、ラトビア国民には観客の役割しか残されていなかった。

恐怖感が、じわじわと生じはじめていた。逮捕の噂が初めて流れ、新聞や雑誌の語彙が過激なものとなり、自警団や社会団体の活動が禁止された。最初の痛烈な一打は、七月九日に民主同盟の活動家が大量に逮捕されたことだ。

七月一四日と一五日のサエイマ［Saeima・ラトビア共和国議会］選挙が公示されると、たったの一〇日間というお粗末な選挙運動期間にもかかわらず、ラトビアの熱心な政治家たちは民主同盟に結集した。ところが、彼らの候補者名簿は受理されなかった。ヴィシンスキーのシナリオでは、ラトビア労働人民連盟［Latvijas darba tautas bloks］にのみ社会主義革命の任務が与えられていたのだ。

勇気ある民主主義者たちは、めげずに選挙運動を続けた。極秘に印刷された選挙運動のチラシが手から手にわたり、「二番目の候補者名簿に投票しよう」と口々に伝えていった。国民的な抵抗が勢いを増すと、「民主的」な選挙期間中に、好ましくないあらゆる事件を防ぐためとして民主同盟の活動家が次第に数百人規模で投獄されていった。(原14)

(原14)　Andersons E. Latvijas vēsture. 1920~1940.（ラトビア史1920～1940年）Ārpolitika. 2. sēj.〈外交第２巻〉Stockholm: Daugava, 1984. 483

恐ろしいニュースはあっという間に広まり、浮かれ気分をたちまち冷ますことになった。選挙に投票すると旅券に捺印される。旅券にその捺印がなければ、家族が災難を被る。私の祖父母も、棄権するというリスクを冒せないことをよく知っていた。ラトビア国立公文書館で閲覧できる祖父アレクサンドルスの書類に含まれている没収品のなかに、私の曾祖母にあたるマチルデ・カイミニャの旅券が含まれている。その旅券には、一九四〇年七月一四日の選挙で投票したことを証明する捺印がある。私の祖父母のヤーニスとエミリヤ、そしてアレクサンドルスとミルダの旅券にも同じ印があったことだろう。

ソ連の公式統計によると、ラトビアの有権者の九四・八パーセントが投票し、そのうちの九七・八パーセントが労働人民連盟を支持したとある。[原15] それを信じた者は、当時もソ連時代のラトビアにも、また今日もいない。投票期間は、エストニアとラトビアでは一五日まで、リトアニアでは一七日までであったのに、ソ連の〈タス通信〉はうっかり七月一四日にバルト三国の選挙結果を報じてしまっていた。[原16] そして、その誤報の数字は三日後に出た公式の選挙結果とすべて一致していた。

ヴィシンスキーソ連特使は、社会主義「革命」の難関を乗り越え、残すはサエイマの初回招集を指揮するのみとなった。厳選された国会議員には、各議員がな

(原15)　Latvijas PSR vēsture（ラトビア・ソビエト共和国史）/ LPSR ZA vēst. un materiālās kultūras inst.; Atb. red. K. Stradiņš. — 3. sēj. No 1917. gada līdz 1950. gadam. — Rīga: LPSR ZA. — 1959. — 387. lpp.

(原16)　Andersons E. Latvijas vēsture. 1920~1940.（ラトビア史1920～1940年）Ārpolitika. 2. sēj.〈外交第２巻〉Stockholm: Daugava, 1984. 484

すべき適切な発言および適切な法案がソ連大使館であらかじめ用意周到に作成され、ラトビア語に翻訳されていたことから想定を外れるはずがなかった。ヴィシンスキーはそれを読み直し、不自然な箇所には自ら訂正を加えていた。

サエイマの招集はなんなく進行し、新しく選ばれた議員たちは物分かりよく課題をこなし、全会一致で「ソビエト社会主義共和国連邦を構成する共和国としてのラトビアの加盟を承認するよう請願する」旨を議決した。(原17) そして、七月三〇日、操り人形となったアウグスツ・キルヘンシュテインス［Augusts Kirhenšteins・一九八二〜一九六三］首相率いる議会代表団はモスクワに発ち、ソ連最高会議に「労働者の熱い願い」を叶えてほしいと願い出た。

こうしてラトビアはソ連を構成する一部となり、一九四〇年八月五日に国家としての存在を事実上閉じた。私の母と父は、この悲劇的な事実を次のような滑稽な四行詩で記憶にとどめている。

スターリンのドアを叩くキルヘンシュテインスの青い顔
その請願書が求めるのはパンと塩
下げた頭からボロボロと涙がこぼれ
スターリンは笑って足蹴りをくらわした、くそったれ！

(原17) Saeimas deklarācija "Par Latvijas iestāšanos Padomju Sociālistisko Republiku Savienības sastāvā". (サエイマ宣言「ラトビアのソビエト社会主義共和国連邦加盟に関し」) Sk. Sociālistiskās revolūcijas uzvara Latvijā 1940. gadā. Dokumenti un materiāli / LPSR ZA Vēstures inst.; LPSR CVA. — Rīga: LPSR ZA, 1963. — 296. lpp.

恐怖は、八月五日を機にすべてのラトビア人の生活の一部となった。社会的な著名人たちだけでなく、周囲の知人までもが次々と行方不明になった。人々の笑顔が消えて表情はこわばり、よそよそしい相互不信の毒が社会をクモの巣のように張りめぐらした。厳しい試練のときの常として、不健康な空気が人間に潜む猜疑心をはびこらせ、気弱な者であればあるほど妬みや怠惰、憎しみに駆られて体制に媚び、密告者の役割を担った。彼らは地域の裏切り者となって、ソ連の役人が人民の敵を洗いだし、モスクワが課題とする「社会的危険分子」を孤立化させる片棒を担いだ。(原18)

一九四一年六月一四日、恐怖が頂点に達した。一夜にして、ラトビア人の一万五四二四人が強制追放となった。(原19)追放者のなかには、幼児二九〇人、六〇歳以上の人が五五人含まれていた。(原20)ちなみに、最高年齢者は八四歳だった。

シベリアへ向かう列車の家畜用車両の中で、多くの子どもが生まれては死んでいった。六月末の数日間に、逮捕され追放された者の数は一万三〇七七人も増えた。ソ連に最初に占領された年に殺害された者と行方不明となった者を含めれば、犠牲者の総数は三万四二五〇人に

(原18) 1941年6月、ラトビアから5,770人がユフノフに、1,180人がベルバルトラグに、1,000人がオネガ収容所に、6,850人がクラスノヤルスク地域に追放された。"PSRS Iekšlietu tautas komisariāta 1941. gada jūnijā sagatavotais deportācijas plāns Lietuvā, Latvijā, Igaunijā un Moldāvijā" //Okupācijas varu politika Latvijā. 1939 — 1991. — Rīga: Nordik, 1999. — 143. lpp.

(原19) Aizvestie. — Rīga: LVA, Nordik, 2001. —14. lpp.

(原20) Stradiņš J.Atmiņai, atskārsmei un cerībai（記憶、洞察、そして希望のために）Via dolorosa: Staļinisma upuru liecības.（スターリン体制下の犠牲者による証言）—1. sēj. — Rīga: Liesma, 1990. — 9. lpp.

達した。(原21)

逮捕され追放された人数の正確な統計はないが、複数の出典によれば数百人の差で推移している。占領の初年、ラトビア人、ユダヤ人、ロシア人、その他の民族を含むラトビア住民一〇〇〇人当たり一八人が失われた概算になる。(原22)

追放に使用された家畜用車両（撮影：Vilnis Auziņš）

(原21)　ドイツ占領期に実施された調査に基づく数値であり、ユダヤ人の犠牲者は含まれていない。近年の調査では、人数はこれを下回る可能性が示唆されている。Kangeris K. Latvijas statistikas pārvaldes materiāli par Baigo gadu Hūvera institūta arhīvā（フーヴェル研究所所轄の「恐怖の年」に関するラトビア統計局資料）Latvijas arhīvi 2（1994）：87～90

(原22)　Zālīte I., Dimante S. Četrdesmito gadu deportācijas. Struktūranalīze（40年代の追放、機構分析）Latvijas Vēsture. — 1998. — Nr. 2. — 78. lpp.

追放

一九四一年六月一四日の大々的な追放作戦がどのようにして密かに組織できたのか、私には想像もつかない。名簿の作成、家畜用車両の配備と連結、逮捕者を連行する車の確保、逮捕要員の動員など、多くの手配を要したにちがいない。このような大掛かりな準備は、いつのまにか遂行されていた。噂となり、不吉な予感がそっとささやかれてもおかしくはなかったのに、このときの犠牲者たちの誰もが何の前触れもなく不意打ちをくらったこととしか思い出せないのは、私の母の家族と同じである。誰かがどこかで小耳に挟んだ話は噂として発展しなかった。

ソ連での生活を経験して歪んでしまった私の考えでは、人は何かを知ると、自分に罪があろうがなかろうが、例外なく罪人になったような恐怖を感じるのが当然と思われる。無実の人が、まるで罪人のように真夜中に家を引きずり出され、家畜用の車両に押し込まれて見知らぬ土地に追放されるようなことは、法治国家に暮らす人々には絶対起こりえないということすら忘れてしまう。ラトビアの平和な時代にもそんな経験はなかったし、世界の自由な国々もそのような経験はないだろう。だからこそ、無実の人は身の安全を確信し、恐れも用心もしていなかったのだ。フランス、アメリカ、イギリスに住む人々も、同じ立場だったら自らの身の安全を信じたことだろう。もちろん、ヤーニスとエミリヤも、アパートを貸していた鉄道員のシュヴェヘイメルスさんの警告を聞き流してしまった。

六月一二日、ヤーニスは家畜用車両が人の輸送のために長々と連結されたのを見たという、不安げな彼の話を聞いた。それなのに、ヤーニスもエミリヤも警戒しようとさえ思わなかった。自分たちは政治に無関係の庶民にすぎないのだから、心配はない。それに、その数日前にヤーニスは警察署に呼ばれて、人のよさそうなソ連の民警に、家族と親類、財産のことを根掘り葉掘り聞かれていた。

「みんながあなたのような正直者なら、世の中はよくなるでしょう」

ロシア人の警官は、ヤーニスを褒めちぎって帰宅させた。

「これでもう、我が家は何の心配もないだろう。さあ、安心して暮らせるよ」

戻ってほっとしたヤーニスは、妻にこう言った。軍人と自警団に対する弾圧の噂は聞いていたから、家族のなかで心配の種があるとすれば、ラトビア軍の士官であった末息子のヴィクトルスくらいだろう。とはいっても、自分たち家族には何の罪もない。我が家には無関係だ、とヤーニスとエミリヤは思い込んでいた。そうでなかったら、ヤーニスが六月一三日に家族を残して一人でキェメリ［Ķemeri］にある農場に出掛け、一五日までの予定で留守にしていたはずがない。

六月九日、ヤーニスの逮捕状がムチンス巡査によって作成され、シュスティンス・ラトビア・

ソビエト共和国NKGB委員長によって「極秘」扱いで承認されていたことを二人は知る由もなかった。[原1] 逮捕令状はまるで完了済みのごとく過去形で記されているが、実際の逮捕までにはまだ四日もあった。

巡査によるヤーニスの逮捕理由は、過激派集団「雷十字」[原2]に所属し、反ソ活動に従事したとされている。言うまでもなく、それは詭弁にすぎない。できるだけ政治にかかわりあいをもたないようにしていたヤーニスは、政治組織に入るどころか逆に害悪と見なしていた「雷十字」に加わるなどありえなかった。社会的な活動といえば、地元ユールマラの家主組合くらいであった。

ムチンス巡査は、罪をこじつけて所定の用紙に自らの判断を記入した。

「逮捕者**ドレイフェルズ・ヤーニス**の家族、以下家族構成、**息子ドレイフェルズ・ヴィクトルス**、一九一九年生まれ、ラトビア・ソビエト共和国外に追放[原3]」

ムチンス巡査の決定は、ガバルスNKGB秘密政治部長によって「同意」と記されて承認された。

当初の決定は、エミリヤとリギタに言及していなかった。手抜かりに気付いたチェキストは、すかさず追放を決定する書類をつくり直して、

（原１） LVA, 1987. f., 1. apr., 20293. l., 12. lp.（ラトビア国立公文書館所蔵ファイル）

（原２） （Pērkonkrusts）1930年に創設され、反ユダヤ主義を強調する点でファシズムに類似した思想をもつ団体。ウルマニス大統領によって1934年にラトビア領域における活動を禁止されたが、1941年６月、ドイツの占領以降に組織は活動を再開した。Latviju enciklopēdija（ラトビア百科事典）、ed. Arved Švābe, (Stockholm' Trīs Zvaigznes, 1950) 231.

（原３） 太字部分は手書きとなっていた。

息子ヴィクトルスに加えてヤーニスの妻エミリヤと娘リギタを追加した。(原4)NKGBの奇妙な論理では、上の二人の息子のヴォルデマールスとアルノルズは「社会危険分子」とは見なされず、追放の対象にはならなかった。ただし、二人が住んでいたヴェンツピルス市とスクルンダ町のNKGBでは、何らかの決定がなされた可能性は排除できない。

リギタは、迫りくる人生の過酷な転機を知らずに、当時、ユールマラの民家が国有化されて設けられた労働者用の食堂で同級生と一緒にアルバイトをはじめて三日目が経っていた。リギタは、「働かざる者食うべからず」というソ連の原則に何の抵抗も感じていなかった。事実、家族のみんなもいつも働いていた。

学年末の九科目の試験で優秀な成績をとってギムナジウム一年を終えたリギタの夏休みは、はじまったばかりだった。両親は、パスした試験の数だけパーティーを開いていいと約束してくれていた。まずは明日、六月一四日のダンスパーティーである。

何日も前から、若い娘らしくリギタは待ちに待ったパーティーで着る服と髪型のことで頭がいっぱいだった。数日前には母と仕立屋に行き、この夏に新調する服を試着した。緑色のシルクの上下揃いのスーツ、リギタはこのきれいなスーツを着るとすっかり大人びて見えた。母は、スーツには同じ素材の丸い緑の帽子が似合うだろうと言った。

「リギタちゃん、同じ緑のシルクでつくりましょう。リーベナさん［裁縫士の名］に頼んでおきましょうね」

（原4） LVA, 1987. f., 1. apr., 20293. l., 13. lp.（ラトビア国立公文書館所蔵ファイル）

「うん、ママ」と、リギタは嬉しそうに頷いた。

その夜に帰宅したヴィクトルス兄さんが、リギタにプレゼントをくれた。靴底がコルクのスエード革のダンスシューズだ。「気に入ったかい。履けるかな」と尋ねる兄に、リギタは大喜びで抱きついた。さっそく履いてみた靴は、まるで彼女のためにあつらえたかのようにぴったりだった。それが追放された最初の冬を過ごすたった一足の履物になることを、リギタはまだ知らない。

――ダンスシューズでシベリアの雪の中を歩くことを。

その夜、リギタは親の寝室で寝ていた。それが、父が出張か農場に出掛けて留守の夜にリギタに与えられた特権だった。そんなときのリギタは、サテンの毛布にくるまり、ママの隣で心地よい眠りに浸った。ところが、その夜の眠りは激しく戸を叩く音で遮られた。母が起き上がって戸を開けに行くのを、リギタは寝ぼけ眼で聞いていた。この夜のことを、二人はシベリアの打ちのめされそうな長い夜に何度も思い返すことになる。

午前三時ごろだった。エミリヤは戸を開く前に階段に駆け寄って、二階にいるヴィクトルスに警察が来たと伝えたという。ヴィクトルスは、呑気な両親の傍らで何かを予感していたかのように、その夜は電球を引き抜いていた。そのため、エミリヤが電灯をつけようと手間取っていると、戸を叩く音が強まって怒声が聞こえてきた。悪い予感に心を震わせて戸を開けたエミリヤは、おびえのあまりに六、七人の男がいたように感じた。

実際は、そこにいたのは五人だったことが、ブリエディス作業班長の「作戦実施」報告で確認できる。[原5]ドゥンベルグス、ボゴラド、シュテインバウムス、ソゾノフという、四人の姓も記されている。男たちは、家の角と玄関先に武装した警備を残して、家に入り込むと一階を素早く探索してから二階に上りかけた。

「上に誰がいる?」と、ブリエディス班長が尋ねた。

「間借り人が住んでいます」エミリヤは平静を装って答えた。

それでも彼らは、それを確かめるために上がっていった。エミリヤは、息子の部屋のドアが叩かれ、開かれるのを聞いていた。男たちは、しばらくして下りてきた。ヴィクトルスが何と言ったのかは分からないが、驚いたことに、必死の嘘はまかり通ったのだ。

隣人の注意を引かずに「罪人」をできるかぎり慎重に捕らえるように指示されていた男たちは、無駄な騒ぎを起こしたくなかったのだろう。[原6]エミリヤは、追放とその先にある確実な死から息子を救ったわけである。[原7]その夜、ヴィクトルスはずっと隠れたまま両親と妹が連行される様子を、耳をそばだてて聞いていた。

リギタは怖さのあまり毛布に顔を埋め、不気味な騒ぎと見知らぬ荒々

（原５） LVA, 1987. f., 1. apr., 20293. l., 13. lp.（ラトビア国立公文書館所蔵ファイル）

（原６） ソ連 NKVD 代理イワン・セロフ作成の「リトアニア、ラトビア、エストニアの反ソ分子追放処置」令によれば、作戦は「騒音と混乱を起こさず、また追放者のみならずソ連に反目する人々による抗議行動、その他の混乱なしに遂行されるべきである」Via dolorosa: Staļinisma upuru liecības.（スターリン体制下の犠牲者による証言）—1. sēj. — Rīga: Liesma, 1990. — 32. lpp.

しい声を聞いて、怖くてたまらなかった。やっとママが寝室に戻ってきたと思うや否や、そのうしろから制服姿の兵士がドカドカと入ってきた。ブリエディスだ。

「リギタちゃん、起きなさい」エミリヤの優しい声を遮ぎるように、「服を着て荷物をまとめろ」と男がきつい口調で命令した。すぐそこの町オァグレに住居を移動するのだと言う。

「ヤーニスとヴィクトルスはどこか？」と、男が聞いた。

エミリヤは、息子のことは分からないけれど夫は農場にいる。一家の主なしにはどこにも行けない、と答えた。

男たちは数人を残して、ヤーニスを探すために農場まで車で向かった。もし、このときにエミリヤが夫の居場所を教えなかったら、ヤーニスはシベリアでの苦悩と死を免れたかもしれない。事実、六月一四日、見つからずに命拾いしたケースもあった。しかし、このときのエミリヤは、自分たちを待ち受けている苦難の道を知らない。ここドゥブルティからほんの七〇キロメートル先のオァグレの町へ移住させられるというのに、夫なしで出られるわけがない。

一家の主を探索中、残った男たちは家宅捜査を続けていた。エミリヤ

(原7)　殺害されたラトビアの士官および兵士に関する完全な統計はない。入手可能な数値では、ラトビア軍の6人に1人に値する30,843人が弾圧で殺害されたことが確認できる。1940～1941年の合計で、軍人4,665人が弾圧され、そのうち3,395人が行方不明。Bambals A. 1940./41. gadā represēto latviešu virsnieku piemiņai（1940年1941年に弾圧されたラトビア軍人を追悼して。士官達のゴルゴタの道と強制収容所における運命）// Latvijas Okupācijas muzeja gadagrāmata（ラトビア占領博物館年鑑）1999. Genocīda politika un prakse. —Rīga, 2000. — 149. lpp.

はおろおろと娘と荷物をまとめながら、夫の帰りを待ちわびた。何を持つべきか、なぜ移住させられるのか、答えのない問いが頭をかけめぐり、荷物をまとめる手が震えて物を落とした。ああ、一刻も早く帰ってきて——。こんなとき、夫なら何でも心得ている。

やっと、トラックのエンジン音が家の前で止まった。夫だわ。もう大丈夫、もう何も怖くない。ヤーニスがいつものように何とかしてくれる。内戦で荒廃したロシアから、家族を安全なラトビアに連れ戻したように。

帰宅したヤーニスは、妻と娘にてきぱきと荷造りの指示を出した。毛布と枕にシーツ、衣類と履物、それに必要最低限な日用品を持つこと。上の階に住むマチャンスさんが階下の騒ぎを聞きつけ、門の外に止まっているトラックを見つけて何事かと思って下りてきた。彼女は戸を開けた途端、驚いて思わず後ずさった。男たちは見知らぬ女性を見つけると、唐突に中に入るように命じて問いただし、何者かを見極めようとした。そして、ドレイフェルズ家の親類でないと分かると、「計画終了」までそこで待つようにと命じた。(原8)

落ち着きを取り戻したマチャンスさんは、荷造りの手伝いをはじめた。

(原8) ソ連NKVD代理イワン・セロフ作成の「リトアニア、ラトビア、エストニアの反ソ分子追放処置」令によれば、「作戦遂行中に追放者の家屋に入った者すべてについては、(中略)作戦終了まで拘束し、追放者との関係を明確にすべし。(中略)逮捕に関与しない人物であると確認できた場合(中略)、解放するべし」とある。Via dolorosa: Staļinisma upuru liecības.(スターリン体制下の犠牲者による証言)—1. sēj. — Rīga: Liesma, 1990. — 158

「バターはあるだけ全部持つのよ」と五リットルの容器に入れ、「オァグレまでなら食料はこれで足りるわ」と、食品貯蔵庫からベーコンの燻製とライ麦パン一斤を取り出してくれた。その間、ヤーニスは机の引き出しから現金を取り出して、妻の手にこっそり握らせた。エミリヤは、それを肌着の内側に隠した。

第一次世界大戦時のロシアで飢饉と荒廃を体験していたヤーニスは、もはや他人の力をあてにしていなかった。すでに一九四〇年、ロシアが侵入してきた直後に納屋の床下に穀物と小麦粉と砂糖と燻製ベーコンなどの食料を隠しておいたのだが、ソ連体制の規則下でそのような備蓄が見つかれば厳罰を処されることから、男たちにその隠し場所を見せることはできない。それ以外にも、納屋のそばの角の薪の下には銀細工とエミリヤの宝石も埋めてあったし、納屋にはヴィクトルスが軍隊で使っていた銃も隠してあった。そのままにしておいて、そのうちオァグレから取りに戻ってこよう。

男たちは納屋の鍵を見つけてその銃を没収したにもかかわらず、ブリエディィス班長の報告書には「納屋の発見物なし」と記述されている。家宅捜査で没収された「摘発物」は、タイプライター、火薬、狩猟用の弾丸、各種書類、納屋の鍵、納屋にあったセメントと石灰の建設資材、灯油タンクなどだった。(原9) 大したものは略奪できず、武器も反革命文学も外国通貨もなく、どの没収品も起訴事実を立証するだけの助けにはならなかった。

のちに、ヤーニスの息子たちが納屋の下に埋めてあった貴重品を掘り出しに行ったと

(原9) LVA, 1987. f., 1. apr., 20293. l., 14. lp.(ラトビア国立公文書館所蔵ファイル)

き、そこにはもう何もなかった。誰かに先を越されたのだ。一家の貴重品は雲散霧消となってしまった。今ごろどこかで、あれから三代目の世代が「ED」(エミリヤ・ドレイフェルデの頭文字)と刻まれた古い銀食器を眺めて、これはどこから来たのかしら、と首をかしげているかもしれない。

一方、リギタは、小さな青いトランクに荷物を詰めていた。「必要最低限のものを持たなくちゃ、化粧クリーム、香水、マニキュア……向こうでもダンスパーティーはあるし、女の子なら着飾るはずだわ。オァグレもラトビアよ。きれいな所で悪いことなんか起きないわ」と、無邪気に自らに言い聞かせていた。

「ぐずぐずしてないで」いつになくきつい母の声がした。母は、リギタが一つ一つ並べていた大切な品々を毛布の上に放りだして、毛布ごと丸めてトランクに押し込んだ。リギタは泣きべそをかきだした。世界が瞬く間に過酷なものになり、夢に満ちた楽しい時代は終わりを告げていた。

男たちが三人を急かした。農場を往復したせいで、予定がひどく遅れているという。「早くしろ、早く！　荷造りは終わりだ」と、怒鳴った。

いよいよ出発だ。リギタは玄関を出たところで中庭を振り返った。そして、愛犬に別れを告げようと走りだしたところを、男に門のほうに引き戻された。リギタは、家の角に頭をこすりつけて声を上げて泣きだした。

「大丈夫よ、リギタちゃん。行きましょう」

リギタの肩に手を回して、物悲しく言った母も涙声だった。ヤーニスは心を痛めながらも、わざと男たちに聞こえるような声で言った。

「さあ、乗りなさい。悪党に涙は通用しないんだよ」

その声は、二階に隠れていたヴィクトルスにも届いた。それが、彼の聞いた父の最後の声となった。

三人がトラックの荷台によじ登って乗り込むと、そこには同じ不幸に見舞われた地元警察官のアンシュキンスさん夫妻と娘のネリヤが待っていた。走りだしたトラックは、どこにも止まることはなかった。

最初に到着したトルニャカルンス［Torņakalns］駅では、すべての車両がすでに満杯だということで、護送車は「運搬物」を別の「積み込み地点」に運ぶように指示された。ヤーニスたちを乗せたトラックがシュキロータヴァ［Šķirotava］駅に着いたころ、夜はもう明けていた。アンシュキンス一家とヤーニスたち三人は、そこで降ろされた。

別のトラックが次から次へと、不幸な人々を運んできた。家畜用の車両の暗い扉口のそばは女と子どもと老人たちであふれ、嘆き声と泣き声に満ちていた。ヤーニスたちはその様子を見て、オァグレに行くのに家畜用の車両に乗せられる理由が分からずに混乱した。行く先がオァグレでなければ、いったいどこへ行くのか。人混みのなかに、ヤーニスは知り合いの工場主であるムシュカさんを見つけて挨拶を交わした。

そのうちに、車両の一つに乗り込むように命令された。どの車両もすでにギュウギュウ詰めなのに、扉は何度も開かれて新たな家族が押し込まれてきた。

ソ連体制は、車両に「家具」を巧みに設置していた。車両の両端に二枚の幅広の板がぞんざいに打ち付けられていて、その上のほうに小さな格子窓があった。打ち付けられた板に挟まれた車両の真ん中が空間となっていて、壁際には用足しの穴が開けられていた。穴のすぐ横の壁際には、煉瓦型のライ麦パンが山積みされていた。リギタたちが乗ったその車両には、小さな子どもも含めて四〇人ほどがいた。

家畜用車両の側面
（撮影：Vilnis Auziņš）

六月一四日から一六日までの三日三晩、貨車をつないだその列車はシュキロータヴァに停車したまま動かず、押し込まれた人々は車両の外に出ることが許されなかった。用を足すのさえ、車両の中の人前でしなくてはならなかった。周囲がいくら目のやり場に困って視線をそらしても、屈辱には変わりなく、とくに娘や若い女たちは、恥ずかしさのあまりに匂いが鼻を突く暗い穴に近寄ることができなかった。ようやく誰かがシーツを取り出して、なんとか人目から隠すようにしたが、衛生的には何ら変わることはなかった。

水は、一日に数回運び込まれるバケツ二杯だけだった。一人当たりの飲料水は半リットルばかりで、顔や身体を洗うなどもってのほかだった。器になるものを持ち合わせていた人は、逮捕されたショックで必要最低限の日用品すら持ってこなかった人々に貸した。

みんな、板や車両の中に置いた荷物の上にかがみこむように座っていた。陰鬱な空気に混じって、嘆き声やすすり泣きが響いていた。時間をおいては誰かが高い所に上って、格子窓から外の気配をうかがった。外ではトラックが絶え間なく往来しており、降ろされた人々が車両に押し込まれ続けていた。

車両の中の人々に食物が与えられたわけではないが、みんな食欲そのものを失っていた。(原10) ヤーニスは妻と娘に手持ちの食料を食べるよう言い聞かせたが、パサついた食べ物は喉を通らなかった。飲み水が不足しているためひどい喉の乾きに悩まされたが、それ以上の飲料水は「犯罪者」［原文のママ］には与えられなかった。

六月一六日の昼ごろ、NKGB職員が車両を回って追放者の名前を点呼し、何だかの文書に署名をさせた。その後、一七日の未明に列車が動きだした。人々は小さなメモを車窓から外へ放り投げて、自分の行方を親類や知人に知らせようとした。無数の紙切れが走り去る列車の風にひるがえって、白い蝶々のようにヒラヒラと沿線に舞った。のちに、沿線に住む住民たちがそれらの紙を丹念に拾い、

（原10）　1941年作成のNKGB追放計画によれば、「移送中の追放者に対する食糧の配給は鉄道ビュッフェを通じて行い、（中略）600グラムのパンを含めて１人当たり１日３ルーブルの計算を基本とすべし」。Okupācijas varu politika Latvijā.（ラトビアにおける占領政策）1939 — 1991. — Rīga: Nordik, 1999. — 144. lpp.

記されている住所に送っている。リギタたちは失意のどん底にいて、メモを残す気力すらなかった。

明け方近く、列車はジルペでラトビアの国境を越えた。

「さようならヴィッゼメ、もうここには来ないだろう」

リギタは父と母とともに涙にむせび、ラトビア民謡を口ずさんだ。

それから八年後の一九四九年三月、アイワルスが母親とラトビアの国境を越えてシベリアへの苦難の道をはじめたとき、やはり同じ歌を歌っている。シベリア送りとなった多くの人々がラトビアを去るときに歌った歌（国歌であったり、民謡の『風よ　吹け（Pūt, vējiņi）』や『祖国の歌（Es dziedāšu par tevi, tēvu zeme）』など）を覚えている。

こうして、ラトビアが占領されて一周年となる一九四一年六月一七日に、リギタたちは一万五〇〇〇人以上の不幸な人たちとともにラトビアを去った。ある者は二度と帰らず、ある者は何年もの長期にわたって……。

ラトビアの国境を越えると何と景色の変わることか――傾いた小屋、荒れ果てた農地、老衰し痩せ細った家畜――これがソ連なのか。ソ連体制の初年に耳にした、スターリンの英知による統治下で何不自由なく豊かに暮らす幸福で自由なソ連人から何と程遠い光景だろう。列車はさらにロシアの奥深くへと進んだ。途中でどこかの駅に止まっても、下車することは誰にも許されなかった。一日に数回だけ扉がガタガタと開かれて、水運びのために二人だけが降ろされた。

そのたびにガリガリに痩せたみすぼらしい子どもたちが列車に駆け寄ってきて、パンをねだった。追放者たちは、空腹の子どもらにパンの塊を投げてやった。それは、同情心からでもあるが、車両に積まれていたパンにはカビが生えていた。手持ちの食料がまだ残っていたから、いかにもまずそうなパンには誰も手をつけていなかったのだ。薄汚い身なりの女たちは、ゆでたジャガイモやわずかな牛乳を貨車まで売りに来て、ラトビア人が嫌うパンと喜んで交換していった。

ヤーニスは護送兵の一人に現金を握らせて、食べ物を買ってきてくれと頼んだ。「犯罪者」に対する同情的な行為は厳しく罰せられたためほとんどの場合は断られたが、なかには誘惑に負ける護送兵がいた。こうしてリギタたちがありついたのは、味気のないパサパサのビスケットだった。駅の売店にはそんなものしかなかったのだ。

ヤーニスはまた、自分たちをどこに輸送するのかと聞きだそうとした。これには、護送兵たちは答えなかった。護送兵たちもおそらく知らなかったのだろう。護送兵の代わりに考える幹部が別にいるのだ。行き先が明らかにされないことは、追放された者たちにとっては苦痛以外の何物でもなかった。車両の中の話題は、旅の終着点についての推測と不安ばかりだった。格子窓の外に見えるような、貧窮した田舎に移住させられてはたまらないと思われた。これから体験するシベリアの飢えと寒さに比べれば、このような寒村に住むほうがましだということを誰も想像することはできなかった。

五日後、列車はバビーニノ駅に着き、しばらく停車した。新しい居住地に着いたのだろうか。

やっと車両の戸が開いたと思うと、女と子どもだけに降車が命じられた。これにはさすがの女たちも逆らい、激しく抵抗し、夫や息子、兄弟や父親から離れることを拒絶した。強制するだけではことが運ばないと察したチェキストは、終着地点で家族は合流するのだと言ってなだめた。男女の分離はソ連の人道的措置である、男女を狭い空間に長期間置くことは不道徳であり、ソ連の規律に適さない、というわけである。(原11)

それなら仕方がない。リギタとエミリヤも、大勢の女と子どもたちに続いて渋々車両を降りた。別離はほんの二、三日のことだと信じて、互いにきちんとした別れの言葉も交わさなかった。ヤーニスのほうも同じ思いでなければ、妻と娘を小さなトランク一つだけで手放したはずがない。たとえチェキストが荷物を分類する時間を与えなかったとしても、手際よいヤーニスなら必ず妻と娘にもっとたくさんの荷物を持たせたことだろう。そのときは、妻と娘に重い荷物を引きずらせたくはなかったのだ。妻と娘を守るためなら、どんな困難も背負ってきた。

こうして、リギタとエミリヤはバビーニノ駅でヤーニスと別れた――それが生涯の別れになるとは知らずに。それから一九九〇年の春まで、ヤーニスの消息は一切分からなかった。

(原11) 作戦遂行指示によれば、家族に男女の分離を告知する必要はなく、分離に際し、一家の主に男女別の衛生検査を実施するために持ち物を分割するよう知らせることとされた。Okupācijas varu politika Latvijā.(ラトビアにおける占領政策)1939 — 1991. — Rīga: Nordik, 1999. — 150. lpp.

私の祖父ヤーニス

私は、祖父ヤーニスのことをよく知らない。幼いころ、親戚がくれた写真をじっと見つめたものだ。そこに写る祖父の顔つきは強張ってずんぐりとしていて、写真で見るかぎり怖くて近寄れそうにもないし、きっとそばで遊ぶ気にもならないだろうと思った。そのような祖父に感じたよそよそしさを、母には打ち明けることができなかった。母リギタが思い出すヤーニスは、愛情にあふれる父だったのだ。

三人息子のあとに生まれたリギタは、両親にとって待望の女の子だった。一九二六年にコウノトリがようやく娘を運んできたとき、ヤーニスは四八歳を目前としたところだった。息子たちには厳しかった父も、リギタが小さな手を巻きつけてどんなに甘え、どんなにいたずらをしようともただ微笑むだけだった。

大人になってから私は、ヤーニスに、厳しい家長でなく一人の男性の魅力を見いだした。見栄を張ったかのような厳しい写真の印象は薄れ、その代わりにがっちりと堂々として逞しく、生き生きとした目に魅せられた。ヤーニスは、父親のクリスタプスがサンクトペテルブルグ近郊の荘園で森林警備の仕事をしていたためロシアで生まれている。子どものころから活発で決断力があったヤーニスは、義務教育を終えるとすぐに働きだした。利発で行動的で、瞬く間に商店と食堂を経営するようになった。

そして、そろそろ婚期を迎えた一九一二年、父親と祖父の生まれ故郷であるラトビアのスクルンダに花嫁を探しに出掛けた。その途中、リエパーヤの町で大きな店を商う叔母を訪ねたとき、その店で売り子をしていた若くて美しいエミリヤ・ガーリニャに出会い、一目ぼれをした。エミリヤに、自らの妻と将来の母親を見たのである。

二人は当時の厳格なしきたりに従い、文通での付き合いをはじめた。「親愛なるガーリニャさん」、「尊敬するドレイフェルズさん」と、互いに姓で呼びかけあう丁寧な文通を続けた半年後、ヤーニスはリエパーヤの町を再訪した。そして、エミリヤをデートに誘い、市民の憩いの場であるバラ園まで来るとヤーニスは求婚し、それをエミリヤは二つ返事で受け入れた。

婚約者となった彼女の手にヤーニスは口づけをした。そのまま唇に接吻されそうになると、エミリヤは恥じらい深く顔をそらした。その日、エミリヤには金の婚約指輪とブレスレットが贈られた。これが、二人の二度目の出会いだった。

求婚を二つ返事で受け入れたエミリヤは、相手の気持ちをそれとなく知っていて、すでに心構えができていた。正直なところ、断られたくなかったヤーニスは、叔母に将来の計画を打ち明け、エミリヤの気持ちを確かめておいてほしいと頼んでいたのだ。そこで叔母はエミリヤに、ヤーニスがどんなに素晴らしい甥であるか、またどんなに将来有望かを話して聞かせた。エミリヤの抱いていたロマンチックな大恋愛への憧れは次第に薄れ、叔母に聞かされるヤーニスに関心を抱くようになっていった。エミリヤの母親のリーバも周囲の叔母たちも、そろってヤーニスを褒めちぎったことだろう。

当時の標準から見たヤーニスは、文句のつけようがないほど裕福で、家族の安泰は約束されていた。一方、六人の子どもを養うためにヘトヘトになるまで苦労する両親の姿を見て育ったエミリヤは、貧困というものを知っていた。目の前にかざされた求婚は、望んでいた現状からの脱出であった。それがゆえに、ヤーニスからの求婚を断らないことは暗に伝えてあった。それどころか、彼が約束通りに再訪する日を待ちわびていたのだ。

果たして、彼女はヤーニスを愛していたのだろうか。仮に愛していなかったとしても、もうすぐ結婚するという思いと将来の豊かな暮らしを想像して心は弾んでいた。二〇世紀初頭の結婚とは、思いつきの行為ではなく、このような合意のうえで成立していた。それは第一に義務であると見なされ、運がよければ義務が愛へと変わっていった。少なくとも、エミリヤは運がよかった。彼女は、ヤーニスを愛するようになったのだ。

エミリヤとヤーニスが三度目に会ったのは結婚式のときである。一九一二年の秋、二人はリエパーヤで式を挙げた。結婚するまで、二人はまだキスもしていなかった。新婚初夜、スイートルームが用意されたホテルの部屋で初めて二人きりとなった。二人がベッドを前にしたときの気持ちを、私は想像することができない。何と言っても、それまで二人は他人同士だったのだ。エミリヤはビクトリア調的ともいうべき厳しさで育てられ、幸せな結婚のために「そのことを我慢する」のが女の義務だと躾けられていた。

このときのエミリヤは、積極的で意志が強かったと言える。結婚したとはいえ、キスをしたこともない他人を前にして、羞恥心に打ち勝って肉体を許すことは簡単なことではない。幸せになる決心があっても、その決心と実行には数千歩の差があった。一方、ヤーニスは、妻の気持ちを酌む配慮と忍耐強さを兼ね備えていた。エミリヤの妹であるアンナ伯母さんによると、エミリヤはまもなくヤーニスを深く愛するようになったそうだ。そのことこそ、彼の人格を示す証明となる。二人の結婚は幸せいっぱいで幕を開けたわけである。

結婚して一週間後、エミリヤは夫のプレゼントである毛皮のコートを羽織って、ロシアのサンクトペテルブルグからそれほど遠くないキケリノに向かって出発した。二人の結婚生活はそこでスタートした。

ヤーニスは人生の大部分をロシアで暮らしてきており、ロシア人の温かさと寛大さを愛していた。キケリノに住むラトビア人のなかには、ヤーニスの妹のアレクサンドリナ・ヴィルニーテが夫と三人の子どもとともにいた。しかし、エミリヤにとってはロシアはまったく未知の土地でしかなく、初めはラトビアが恋しくて仕方がなかった。

結婚前、エミリヤはヨーロッパを旅したことがあった。子どもがいなかった親戚のネヴィゲルス船長夫妻が、若い姪を喜んで航海に連れていってくれたのだ。そのため、ヨーロッパの大きな港町であるアムステルダム、ロッテルダム、ハンブルグなどの生活水準がリーガやリエパーヤと変わらないことを知っていた。ところが、キケリノの人々の暮らしはラトビアやヨーロッパに比べればずっと貧しく、広大なロシアの平野に気が滅入っていた。

エミリヤのロシア語はキケリノでどんどん上達した。もともと、一八八五年のアレクサンドル三世［Александр Ⅲ・一八四五〜一八九四］の決定(原1)によって帝政ロシア全域での学習言語はロシア語に限定されたこともあり、ある程度は理解していた。ロシア語化政策をとったのは、皇帝の絶対権力を脅かした学生の自由思想や革命家に対峙する手段であり、同じ言語で話す者は支配しやすいと考えられたわけである。

エミリヤが姑パウリーネを手伝って食堂で働きだしたおかげで、ヤーニスは木材商の仕事により多くの時間を費やせるようになった。しばらくして、エミリヤが妊娠した。生まれてくる子どものことで頭がいっぱいになると望郷の念は消え、ヤーニスのほうは自信とともに幸せを感じるようになり、妻を最大限いたわるようになった。

一九一四年四月一日に生まれた息子を「ヴォルデマールス」と名づけ、夫婦は新しい充足感に満ちあふれた。ヤーニスは、妻が出産を経て、恥じらう娘から自尊心のある女性に開花していく変化を愛おしく見守った。エミリヤ自身も、それまで知らなかった強

(原1) Suzanne Champonnois and Francois de Labriole, La Lettonie (Paris, Edition Karthala, 1999) 176.

い意志を自らのなかに感じ、肉体美そのものが自分と夫に与える力を意識しはじめた。二人は性の魅力を知り、愛を分かちあう喜びに浸るようになった。しかし、幸せの絶頂にあった平穏な生活がまもなく終わろうとしていることにはまだ気付いていなかった。

戦争に向かう暗雲がヨーロッパ中に見え隠れしていた。六月二八日、セルビアで東ハンガリー帝国の皇太子が殺害され、八月一日にはドイツがロシアに宣戦布告をした。第一次世界大戦の恐怖が世界の秩序を混乱させ、オーストリア・ハンガリー帝国とロシア帝国は崩壊した。一九一七年二月にニコライ二世［Николай Ⅱ・一八六八〜一九一八］がロシア皇帝の地位から引きずり降ろされ、ロシア史上初めて民主主義を打ち立てる希望が生まれたが、ドイツ皇帝のヴィルヘルム二世［Wilhelm Ⅱ・一八五九〜一九四一］はこれを機にロシアをさらに弱体化かつ分裂させようと考え、ロシアのボリシェヴィキ党の指導者をドイツ経由でロシアに戻らせた。

権力掌握の野心に燃えていた共産党が、悪政と戦渦に苦しめられた人民を煽動することは容易なことだった。一九一七年一〇月二五日、ボリシェヴィキが国家転覆に成功して臨時政府の要人を投獄したことで、それから七〇年間、ロシアにおける民主主義の発展は止まってしまった。ボリシェヴィキが約束した平等な国家に寄せられた当初の期待は、まもなく労働者階級による血なまぐさい独裁に変貌した。ロシアの貴族階級、知識層、官僚、企業家、商人など、努力し成功した人々はヨーロッパ中に難民となってあふれた。

ラトビアで起きていた騒ぎのことはヤーニスとエミリヤも親類からの手紙によって知っていたが、一九一二年一一月の結婚式後一週間で去った二人は平穏で豊かな状況しか知らず、大きく荒廃したラトビアを想像することはできなかった。ロシア軍はクルゼメ［クールランドともいう］地方を後退しながら家や田畑を焼き尽くしたうえ、すべての成人男性は徴兵された。そして、一九一五年五月八日にはドイツ軍がリエパーヤを占拠した。

このときエミリヤは、自分の両親がクルゼメ地方を去った四〇万人の難民のなかにいたのかどうかが分からず、心を痛めた。(原2) 実際、彼女の両親は失う財産もなく、体制がどのように変わっても正直に働く者は必要とされるはずだと考え、町に残っていた。その一年後、八五万人以上のラトビア人が祖国を捨ててエストニア、さらにロシアへと去っている。(原3)

ラトビアの領土は、三年間にわたって戦場の前線となった。新しく結成されたラトビアのライフル部隊がドイツ軍と決死の戦いをしたと新聞各紙が賞賛したが、その兵士と大勢の市民が犠牲となったことは報じられていない。戦後、第一次世界大戦の戦死者と行方不明者が調査され、市民のほかに兵士三万人が犠牲となっていたことがラトビアの歴史研究書の年譜に付記された。(原4)

（原２） Latvju enciklopēdija（ラトビア百科事典）/ Red. A. Švābe. —1. sēj. — Stokholma: Trīs Zvaigznes, 1950. — 231. lpp.

（原３） Bartele T., Šalda V. Latviešu repatriācija no Padomju Krievijas 1918. — 1921.（ソビエト・ロシアからのラトビア人の帰還1918〜1921）// Latvijas Vēsture. — 1998. — Nr. 4. — 28. lpp.

（原４） Lismanis J. 1915 — 1920. Kauju un kritušo karavīru piemiņai. — Rīga: NIMS, 1999. — XII lpp.（1915〜1920年、戦闘で戦死した兵士を追悼して）

ヤーニスの兄ユリスも行方不明となった。戦後、家族は彼の消息を探し続けたが、結局分からずじまいだった。一九一七年のボリシェヴィキ革命が勃発した以降にヤーニスとエミリヤが受け取った知らせは、断片的なうえに矛盾ばかりで、混乱が終わるのをロシアで待つべきか、それともすべてを投げだしてラトビアへ避難するべきかと二人は迷っていた。

第一次世界大戦後のラトビアの状況も、ロシアと同じように劇的な展開をしている。一九一八年一一月一一日、ドイツがコンピエーニュの森で連合国に対する無条件降伏を受諾した一週間後の一一月一八日、リーガでラトビア人民評議会が召集されて新生ラトビア国家の独立が宣言されたが(原5)、その独立はもろいもので、早くも同年の一二月にはボリシェヴィキ党からの圧力に脅かされることになった。

ラトビアのライフル部隊は、戦時中にロシア皇帝側の無能な指揮によって無駄な犠牲を払ったことから、兵士の一部が部隊を離れてボリシェヴィキ側を支持するようになっていた。しかし、ライフル部隊はその不運な選択によって高い代償を払うことになった。一九三四年と一九三七年のスターリンによる粛清でソ連に残留していたラトビア人が約七万人弾圧されたが、そのなかにボリシェヴィキ革命で戦った元ライフル部隊の退役軍人が多く含まれていた(原6)。一九一九年にロシアによるラトビア干渉を実行したのも、ラトビアにペトログラード(1)とほぼ同じシナリオで労働者と農民のソ連国家を樹立させたのも、

(原5) Latvijas valsts pasludināšana 1918. gada 18. novembrī.(1918年11月18日ラトビア国家宣言)— Rīga: Madris, 1998. — 113. lpp.

同じライフル部隊の銃剣であった。

共産党は貧しい人々の支持を急速に失うことになった。当初は好意的に受け入れていた彼らも、共産主義の脅威が何たるかを察知しはじめたのだ。ボリシェヴィキ勢力の拡大を恐れた西側連合国はラトビア新政府を支持し、ラトビアに忠誠を誓っていたライフル部隊と国土防衛隊は、独立に際して敵対したボリシェヴィキとも、ドイツ軍のゴルツ［Rüdiger Graf der Goltz・一八六五〜一九四六］司令官とベルモント・アヴァロフ［Bermondt-Avalov・一八七七〜一九七三］が率いる軍事組織とも戦い、長期にわたって戦闘を繰り返した。エミリヤの三人の兄であるエイニスとヤーニスとカーリスも、ラトビアの独立戦争に従軍した。そして、一九二〇年二月、ラトビアの領土は外国の軍隊から完全に解放された。

ソビエト・ロシアは敗北を認め、一九二〇年八月一一日、

(1)（Петроград）現サンクトペテルブルグの、一九一四〜一九二四年の名称。

（原6）ソ連による弾圧で殺害または拷問されたラトビア人についての正確な統計は入手できない。多くの情報源では、概数で7〜8万人とされる。1939年1月時点における国勢調査によれば、ソ連在住のラトビア人は128,345人であり、1926年の調査より23,065人減少している。Beika A. Latvieši Padomju Savienībā — komunistiskā genocīda upuri (1929 — 1939) // Latvijas Okupācijas muzeja gadagrāmata 1999. Genocīda politika un prakse. — Rīga: Latvijas 50 gadu okupācijas muzeja fonds, 2000. — 89. lpp.（ソ連におけるラトビア人——共産主義虐殺犠牲者（1929〜1939年）。ソ連 NKVD イェズホフ委員の第00447号「元富農、犯罪者および反ソビエト分子に対する弾圧作戦」令によれば、最初の弾圧は1937年8月5日に開始され、ラトビア人を含む47,150人の銃殺と140,950人の弾圧が計画されていた。Okupācijas varu politika Latvijā.（ラトビアにおける占領政策）1939 — 1991. — Rīga: Nordik, 1999. — 36. lpp.

リーガにおいてラトビアとの平和条約を締結した。

「(中略) ロシアは、ラトビア国家の独立と自立および主権を無条件に認めるとともに、、ラトビア国民と領域に対するあらゆる権利を、自発的かつ永遠に放棄する(原7)」

この条約も、一九四〇年にソ連側がほかの五つの相互条約とともに破る妨げとはならなかった。(原8) そして、一九二一年一月二六日、国際連盟は「ラトビア共和国を国家として法的に承認する」決議を採択した。(原9)

ヤーニスは、ロシアの内戦と動乱を目にし、長きにわたって暮らして慣れ親しんできた国とは似ても似つかない別のロシアができた現実を苦々しい思いで認めるしかなかった。ボリシェヴィキの凱旋は間近に迫ってきており、もはやロシアに残るか去るかの選択に迷っているだけの余裕はなかった。全力を傾け、苦労して成し遂げた仕事も財産も投げ捨てることは辛かったが、物価の高騰が理由で貯蓄はその価値を失っており、着の身着のままでラトビアに向かって発つ以外に道はなかった。

「行きましょう、助かるためにも。初めからやり直せるわ。ともかく、みんな無事にラトビアに帰ることよ」と、エミリヤは夫を促した。

(原7) Miera līgums starp Latviju un Krieviju 1920. gada 11. augustā, Rīga // Likumu un valdības rīkojumu krājums.(「1920年8月11日付ラトビアおよびロシア間の平和条約」法令および政府条例集) — 1920. — 7. burtn. — 18. septembrī. — 1. — 21. lpp.

(原8) Lettonie — Russie. Traités et Documents de Base in Extenso/ réunis par Ansis Reinhards. — Riga:Collection "Fontes" Bibliothèque Nationale de Lettonie, 1998. — p.98.

(原9) Reconnaissance "de jure" de la Republique de Lettonie le 26 Janvier 1921 par la Conference interaliée. 前掲書42ページ。

こうして、ヤーニスは自分の母と妻リギタと三人息子を救うため、ラトビアに戻る決心をした。しかし、ヤーニスの妹アレクサンドリナは家族とともにロシアに残った。その妹からの便りは一九三七年を最後に受け取ることがなくなり、(原10)消息は途絶えたが、一九三七年のスターリン時代の粛清の犠牲となって夫とともども処刑されたと考えられる。

とにかくヤーニスは、母親と家族を連れて祖国ラトビアに向けて出発した。ロシアでもラトビアでも内戦が続いていただけに、その道のりは危険なものであった。どのようにラトビアに辿り着いたのかは分からない。鉄道に乗ったのか、それとも馬車を使ったのか、何はともあれ、一九一九年の末にラトビアに着いている。(原11)それは偶然にも、ラトビアが最後の自由をかけた戦いの最中の帰還であった。

ヤーニスとエミリヤは、失ってしまった財産のことを嘆かず、息子たちが無事であることをともかく喜んだ。若くて元気な働き者は、どこであれ生活の糧を稼ぐことができる。ロシアにおける悲惨さと恐怖を体験して祖国に戻ってきた多くの人々のなかでも、ヤーニスの一家はまともな暮らしを再開することができた。ヤーニスは叔父が所有していたユールマラの土地と家を相続して住まいを確保し、生活再建に向けてエミリヤの兄に借りた資金をもとにして薪の商売をはじめた。

こうしてヤーニスの家族は、一九二〇年にラトビアがロシアと平和条約に調印した

(原10)　LVA, 1987. f., 1. apr., 20293. l., 5. lp.（ラトビア国立公文書館所蔵ファイル）
(原11)　同上。

時点で、ロシアに残留したラトビア難民の多くが遭遇した困難からのがれることができた。

ラトビアが主権国家となったことから彼らには、ロシアに移住する以前にラトビアに居住していたことを示す証明書の所持と、ソビエト・ロシアへの入国許可証の取得が求められた。また、平和条約が定める難民帰還に関する特別条項[原12]にはソビエト・ロシア政府はラトビア国籍者の帰還を妨害しないという合意があったにもかかわらず、実際は大きく違っていた。しばしば、ロシア側の官僚は必要書類の発行を故意に引き延ばしただけでなく、ラトビア人に帰国する権利があることを告知しようとはしなかった。

戦時中のロシアに創設されたラトビア難民委員会に対してもさまざまな妨害がなされ、広大なロシアの大地に離散したラトビア人との連絡に支障をきたすことになった。そのため、約一五万人のラトビア人が一生涯ソビエト・ロシアに残留することとなった[原13]が、それは多くの人々にとっては自らの選択ではなかったということになる。

財産は努力すればきっと取り戻せるというエミリヤの信念は、ラトビアに戻ってから二〇年後に現実のものとなった。ドレイフェル

(原12) Bēgļu reevakuācijas līgums starp Latviju un padomju Krieviju // Likumu un valdības rīkojumu krājums.（ラトビアおよびソビエト・ロシア間難民帰還条例、法令および政府条例集）— 1920. — 7. burtn. — 18. septembrī. — 19. — 21. lpp.

(原13) 多くの出版物においてしばしば引用されるのは20万人であるが、1926年全ソビエト国勢調査によれば、ソ連在住のラトビア人は151,410人であった。Beika A. Latvieši Padomju Savienībā — komunistiskā genocīda upuri (1929 — 1939)（ソ連におけるラトビア人、共産主義虐殺犠牲者）// Latvijas Okupācijas muzeja gadagrāmata 1999. Genocīda politika un prakse. — Rīga: Latvijas 50 gadu okupācijas muzeja fonds, 2000. — 46. lpp.

ズ家は裕福とは言えないまでも、ラトビアの標準から見れば何不足ない中流階級となった。貸しアパート四つを含む二階建ての住宅ローンも、一九三八年には返済を終えている。材木商の経営も順調で、銀行には預金もできた。

ヤーニスとエミリヤは、すでに穏やかに老後を暮らす計画を立てていた。田舎育ちの二人は自然に囲まれた生活が夢だったので、一九三六年にキェメリに七ヘクタールの農場を購入して家を建てているが、そばに小川が流れていたその農場を「ウッピーテ（小川）」と名づけた。息子たちは学業を終え、長男のヴォルデマールスは農学部を卒業し、三男のヴィクトルスは軍の学校を終えて士官としてのキャリアを積みはじめていた。学問が苦手だった次男のアルノルズは、手先の器用さを生かして鍛冶職人となった。そして、末の愛娘リギタはギムナジウムの生徒で、大学生になることを夢見ていた。兄たちが経験した帰国直後の貧しさや辛さも知らずに、リギタは新しい家で何不自由なく育った。

これが、一九四〇年六月一七日にソ連軍がラトビアに侵攻した当時のドレイフェルズ家の暮らしぶりである。ソ連の論理に照らせば、ヤーニスは「労働者と農民階級の搾取のうえに富を築いた」労働者階級の敵ということになり、ソ連NKVDの一九三九年一〇月一一日の決定に従って、ラトビアから追放されるべき「社会的危険分子」に分類されたのだ。(原14)

（原14）　極秘の「リトアニア、ラトビア、エストニアおよびモルドヴァにおける追放計画」は、1941年にNKVDグラグ主任ナセドキン（В.Наседкин）が作成し、すでに追放が開始されていた６月14日にベリヤ［Lavrenti Beria,1899-1953。スターリンの右腕として、人民弾圧の執行者］が承認した。Okupācijas varu politika Latvijā. 143-145, Riekstiņš, 13lpp.

レスノイ村そばに立てられたヴィヤトラグに収容されたラトビア人を慰霊する十字架

ヴィヤトラグの十字架

二〇〇〇年七月、私はラトビア国立公文書館［Latvijas Valsts arhīvs］で一冊のファイルを手にした。黄ばんだ薄っぺらの表紙に、ロシア語で「一三二〇七号　ドレイフエルズ・ヤーニス・クリスタポビッチ[1]書類[原1]」と記されていた。三九ページで作成されているファイルは、一九四一年六月一四日にはじまって一九四二年三月三日に終わっている。ファイルを前にして、私は体の力が抜けて息が詰まりそうになり、それを開くだけの勇気がなかった。

一九四一年六月、祖母エミリヤと母リギタがバビーニノ駅で列車から降ろされてから、一人引き離された祖父ヤーニスの行方を明らかにする書類に、この私が縁者として初めて触れようとしていた。なんと薄っぺらなファイルだろう。ペラペラの冊子に、祖父の苦しみと死、そして祖母と母の追放の一六年間がまとめられているなんてとても信じら

（1）ロシア語の人名には父性が加わる。ヤーニスの父親クリスタプスの父性はクリスタポビッチ。

（原１）　Jāņa Dreifelda Kristapa dēla izmeklēšanas lieta Nr. 13 207.（表題以下書面はすべてロシア語）. LVA, 1987. f., 1. apr., 20293. l., 51. lp.

れなかった。やっと覚悟を決めて私は表紙を開いた。

　最初のページは、一九四一年一二月一七日付の逮捕状であった。実際に逮捕されてから六か月後に逮捕状が出たというのはどういうわけだろうか。さらにページをめくっていくと、個人情報、尋問記録、起訴の決定、判決など書類のすべてが同じ一二月一七日付となっている。続く書類は横九センチ、縦一二センチほどの灰色の紙切れで、何か殴り書きがあった。私の頭は混乱して、二、三の単語と「一九四一年一二月三一日」という日付しか判読することができなかった。

　これがヤーニスの死亡証明書だった。何かのページを引き剥がしたちっぽけな紙切れが祖父の死を証明していた。気を落ち着けて一文字ずつ追ってみたが、読みにくい筆跡はやはり解読できなかった。それで私は、歴史研究者のアイナールス・バンバルスに助けてもらった。ヴィヤトラグ第七収容所(原2)の診療所で発行されたその書類には、肺炎と慢性心筋炎が理由でヤーニスが一九四一年一二月三一日に死亡した、と記載されていた。

　強制収容所の残酷な死のメカニズムに触れた動揺から立ち直った私は、もう一度一ページ目から順を追って注意深くファイルを読みだした。動揺している場合ではない。ヤーニスのファイルを読み終えたら、その次は父方の祖父アレクサンドルスのファイル、それに祖母と父アイワルスのファイルと全九冊が控えているのだ。それなのに、わずか四ページ目にして新たな衝撃に見舞われた。祖父の囚人としての署名の脇に指紋があったのだ。涙が込みあげてきたが、自分の指をその指紋に重ねてみた。祖父の手に触れたような気がした。

ХРАНИТЬ ВЕЧНО

Ansons

С С С Р

НАРОДНЫЙ КОМИССАРИАТ ВНУТРЕННИХ ДЕЛ

Rīga

ДЕЛО № 13207

По обвинению Дрейфельде Яниса Кристаповича

Начато 14 июня 1941 г.

Окончено 1941 г.

В 1 томах

Том №

После судебного рассмотрения и вступления приговора в силу, настоящее дело подлежит немедленному возвращению в

указать название органа НКВД

К делу должна быть приобщена копия приговора.

Основание: приказ НКВД, Прокуратуры и НКЮ Союза ССР № 00359 от 10 апреля 1939 года.

Передача находящихся в производстве следственных дел, а также взятых из архива дел в другие отделы или органы НКВД, хотя бы и временно, производится исключительно через

название учетного аппарата

Передача следственного дела оформляется постановлением, утверждаемым начальником соответствующего управления НКВД или его заместителем.

202930

Арх. №

Сдано в архив „ “ 194 г.

УНИЧТОЖЕНО В 1962 г.

RANCĀNS

ヤーニス・ドレイフェルズに関する書類の表紙

(原2) ヴィヤトラグあるいはソビエト矯正労働機関 K-231 は、20以上の強制収容所の総合体であった。Sk. Bambals A. 1940./41. gadā represēto latviešu virsnieku piemiņai (弾圧されたラトビア軍人を追悼して)// Latvijas Okupācijas muzeja gadagrāmata 1999. Genocīda politika un prakse. — Rīga: Latvijas 50 gadu okupācijas muzeja fonds, 2000. — 140. lpp.

ヤーニスの起訴をでっちあげたのは、ソビエト・ラトビアNKGBが派遣した捜査班のヴィッズ取調官だった。NKGBで悪名高いヤーニス・ヴェーヴェリス（Jānis Vēveris）を首班とするこの班は、八月半ば以降ヴィヤトラグとウソリラグ（Усольлаг）で活動し、起訴状に猛烈なスピードでゴム印を押して、キーロフ州裁判所やソ連内務人民委員部特別審議に引き渡していた。

一二月一七日、ヴィッズ取調官は「ヤーニス・ドレイフェルズの犯行の関連資料を調べ」、四つの賃貸アパート付きの建物、年収一万二〇〇〇ラット、農場所有に基づく罪状をもって、裁判までヤーニスをヴィヤトラグ収容所に拘留するのが適切であると見なした。「誠実な」ヴィッズ取調官は、容疑者がすでに七月九日からそこに拘束されていた明白な事実に少しも惑わされることなく拘留処置を書き終え、作成まもない事情聴取に基づ

ヤーニス・ドレイフェルズの死亡通知

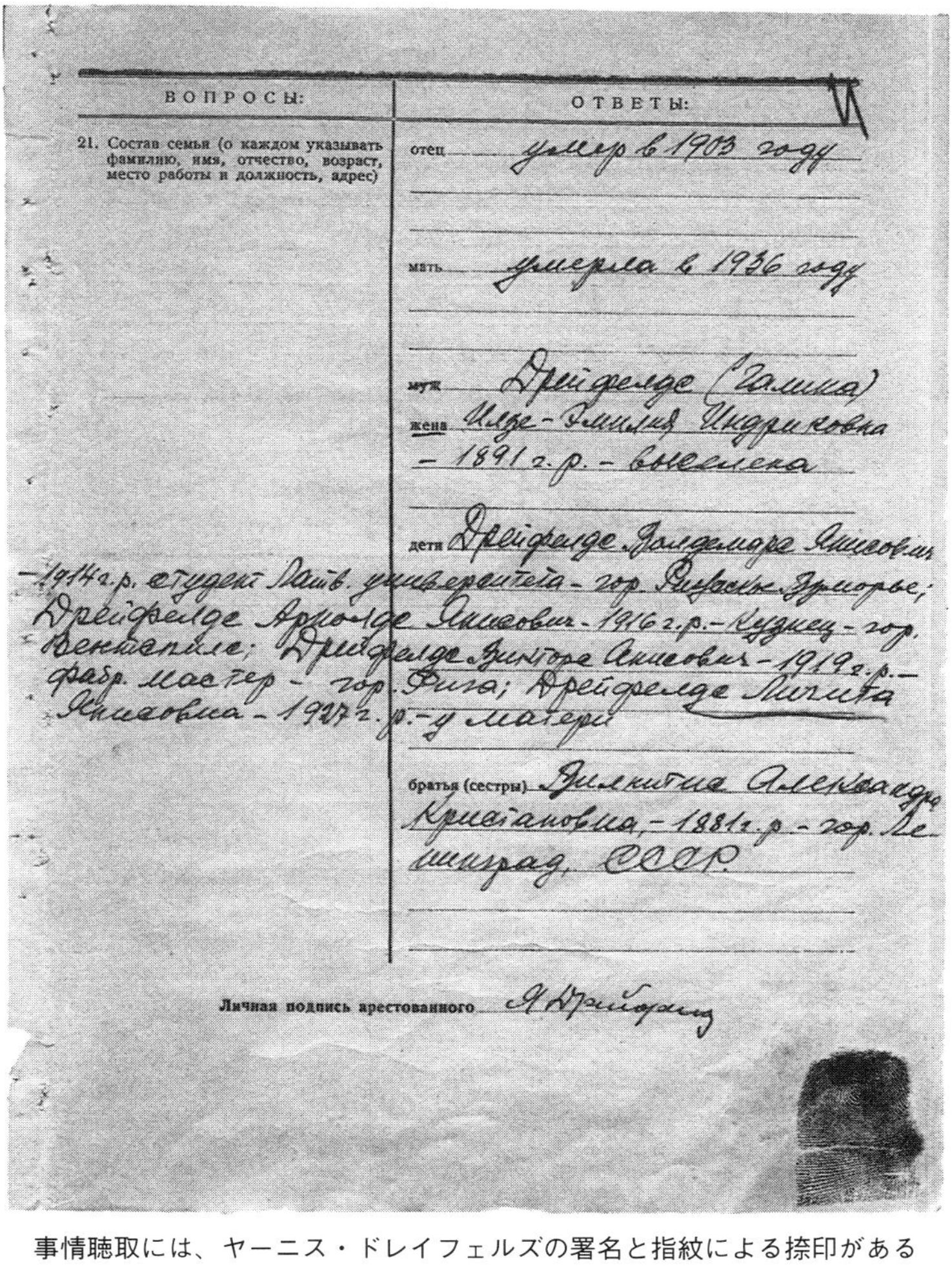

ВОПРОСЫ:	ОТВЕТЫ:
21. Состав семьи (о каждом указывать фамилию, имя, отчество, возраст, место работы и должность, адрес)	отец умер в 1903 году
	мать умерла в 1936 году
	муж Дрейфелдс (Гамина)
	жена Илзе-Эмилия Индриковна – 1891 г.р. – выселена
	дети Дрейфелдс Волдемарс Янисович – 1914 г.р. студент Латв. университета – гор. Рига; Дрейфелдс Арнольдс Янисович – 1916 г.р. – кузнец – гор. Вентспилс; Дрейфелдс Викторс Янисович – 1919 г.р. – фабр. мастер – гор. Рига; Дрейфелде Лигита Янисовна – 1927 г.р. – у матери
	братья (сестры) Вилкитис Александра Кристиановна – 1881 г.р. – гор. Ленинград, СССР.

Личная подпись арестованного Я Дрейфелдс

事情聴取には、ヤーニス・ドレイフェルズの署名と指紋による捺印がある

いて尋問をはじめた。

尋問は一時間半だけだった。それなら、殴る蹴るの拷問は受けなかっただろう――そう思って、私は自分を慰めた。

ヴィッズ取調官は、ヤーニスの所属組織、資金を提供した組織、弾圧を受けた親類の有無などを聞きだそうとしたが、起訴事実となる答えはなんら引き出すことができなかった。そこで、仕方なく反ソ活動への関与の有無というありきたりの質問に移ったが、ヤーニスはこれをきっぱりと否定した。

「正直に述べていないようですね。ラトビアでソ連政権に対する不満をどう表現したかを言いなさい」(原３)

ヴィッズ取調官が怒鳴っても、ヤーニスは落ち着き払ってソ連政権に満足している、と言った。取調官は衰弱した老人にうんざりした。

チェキストの職務とは何と困難なものであっただろう。非文明的な不快極まりない政治犯収容所に何か月間も住み込み、伝染病に冒され、シラミがとりついたつまらない人間相手に来る日も来る日も尋問する。そのうえ、有罪の証拠まで創作しなくてはならない。

慣例通りにヤーニスの財産と収入を取調官が調べていると、容疑者の調書のなかに興味深い点を見つけた。

――容疑者の妹はロシアに住んでいる。そこに、何かしらの反革命的な行動の形跡が見

（原３）　LVA, 1987. f., 1. apr., 20293. l., 5. lp.（ラトビア国立公文書館所蔵ファイル）

つからないだろうか。いや、だめだ。兄と妹は一九三七年に連絡を絶っている。妹のアレクサンドラは正体が暴かれて処罰済みだろうが、それはあとで調べるとしよう。昼食時となって、尋問は中止となった。

こうして、一二月一七日の正午にヤーニスに対する尋問は終わった。その日の午後、ヴィッズ取調官は残っていた書類を書き終えた。ソ連にとって文句の付けようのない内容でまとめられた起訴状は、特別審議に提出する準備が整えられた。起訴事実に「ドレイフェルズ・ヤーニス・クリスタポビッチを、四つの賃貸アパートとその一年当たりの家賃収入一二〇〇ラット、七ヘクタールの農場、被雇用者一人と年収一万二〇〇〇ラットの店を所有したことで起訴する」と記述された(原4)。そして、その罪に対して、ソ連の遠隔州へ流刑五年間という求刑がなされた。

流刑された大多数の人々が刑期二〇年間か死刑を言いわたされていたのと比べると、ヴィッズ取調官の起訴事実は珍しく慈悲深いものであった。ヤーニスは老衰がひどく、まもなく死ぬだろう、それ以上の求刑をする必要がない——豊富な経験からそう判断したのだろう。まさしく、ヤーニスはその一四日後に死んでいる。

私は再度ヴィッズ取調官の努力の成果にざっと目を通して、ソ連の司法制度が合法的な幻影を創造することに甚だしい労力を費やして大量殺戮を隠そうとした理由を考えた。時間と労力を無駄に費やし、膨大な数の要員と裁判人員がこのために動員されている。書類

(原4)　前掲書9ページ。

の山などつくらず、抹殺したほうがずっと楽だったはずだ。なぜだか分からないが、ソ連の綿密なプロセスの遵守はしきたりとなっていたようだ。それがゆえに、超現実的な悲劇性を帯びることとなったのだ。

不当に家から引きずり出され、家族から引き離され、飢えで衰弱した囚人たちは合法とされる茶番劇を演じさせられた。起訴を「適正に」成立させるために、容疑者は六回署名を強いられている。

まずヤーニスが署名をさせられたのは、拘留処置に関する決定だった。次に、ロシア語で作成された事情聴取を立証する署名。三つ目は尋問に対する自供書で、「私の自供書をラトビア語で読み上げられて確認した」ことを認めたものだ。

なんと奇妙なことだろう。ロシア語の記録を、ロシア語をよく理解したヤーニスにラトビア語で読み上げる必要があったのだろうか。ヤーニスは、ロシア語を読んでも聞いてもよく理解していたはずだ。おそらく、それが捜査の因習的な手段であったのだろう。または、内容の如何にかかわらず、無駄な労力を費やすことなく署名を強要することができる実際的な手段であったと思われる。取り調べを受けた大部分の人がロシア語を理解していなかったのだし、ヤーニスの場合を見ても明らかなように、ロシア語を解しようがしまいが、そこでは何の意味も成さなかったのだ。

求められる署名には、ただ従うしかなかった。署名を強いる取調官も、さほど労力を必要としなかった。囚人たちは肉体的にも精神的にも弱りきっており、ほとんどの人が抵抗する力を失っていたのだ。もし署名を拒否すれば、応じるまでその場で殴り続けられた。それでも拒否すれば、マイナス五〇度の厳寒の屋外に一晩中立たされ、他者への見せしめとされた。その後、その人物の調査は継続する必要がなくなった。さすがのソ連の手続きといえど、死体を起訴するほど間は抜けていなかった。

訴訟ごっこの次なるステップは起訴事実の立証であり、それは被告に対するレトリックな質問で終わるのが常であった。「起訴事実に基づき自分の罪を認めるか」――認めないという回答の余地があったとでもいうのだろうか。(原5)

言うまでもなく、ヤーニスも大多数の人と同様に自らの罪を認めた。そして、不条理劇の最後に与えられた役割は、捜査終了を示す記録に署名することだった。文章は印刷されており、意図的に開けられた余白には取調官の走り書きがある。

「ドレイフェルズ・ヤーニス・クリスタポビッチは証言に追加することを望まず、供述済みの証言を正しいと認めた」(原6)

さらなる訴訟ごっこにヤーニスは登場しなかった。ソ連内務人民委員部の特別審義(原7)で訴訟内容が精査される前に死んだのだ。一九四二年三月二五日に捜査の中断が決定され、訴訟ファイルは記録保管所に収められた。

(原5) 前掲書7ページ。
(原6) 同上。

ヴィッズ取調官が創作した判決に至らなかったヤーニスに関する起訴状は、一九四一年六月一四日に追放された家族の書類とともに一冊にまとめられた。行政的強制移住扱いとなったエミリヤ・ドレイフェルデ（ドレイフェルズの女性形）とリギタ・ドレイフェルデは、個人の名前が表紙に記載されることもなく、ヤーニスのファイルに含まれている。リギタは一六年間も追放されていたというのに、個々のファイルをもつにも値しないとは何とも理解しがたいことである。あたかも付録やモノか家具であるかのように、二人に関する書類はヤーニスのファイルに加えられているだけなのだ。ヤーニスはとうの昔に死んでいるのだが、その存在は一六年後の一九五七年だけでなく、その後も家族の運命に影響を及ぼし続けた。

ファイルが最後に開かれたのは、一九八八年一二月二九日、ラトビア・ソビエト共和国のインドリコフス［Zenons Indrikovs・一九三八〜］内相代理がラトビア人民戦線[原8]の活動家であるサンドラ・カルニエテとヤーニス・ドレイフェルズとの関係を確認したときである。[原9]

（原７） ソ連内務人民委員部特別審義は法的機関から独立して活動し、被疑者の起訴案件を欠席裁判で行った。この機能はソ連において35年間存続し、判決に対して上告することはできなかった。Jacques Rossi, Le manuel du GOULAG (Paris、Cherche Midi Editeur, 1997) 95（『ラーゲリ（強制収容所）註解事典』内村剛介監修、恵雅堂出版、1996年）

（原８） ラトビア人民戦線（1988年）は、共産党に代わる民主的な人民運動としてラトビア独立の復活を掲げて結成された。1990年３月18日、ラトビア・ソビエト共和国最高会議の選挙において多数派を獲得し、1990年５月４日にラトビア共和国の独立回復宣言法案を採択成立させた。独立回復後に政党制度が発達するとともに存在意義を失い、1999年に解散した。

「適切に」練りあげられたヤーニス・ドレイフェルズの訴訟記録は、バビーニノ駅のあと、最初の記載日である一二月一七日までについては何一つ触れていない。それまで祖父がどこで何をしていたのか、ヴィヤトラグまでの移動方法は、エミリヤとリギタが列車から降ろされたあとにヤーニスの手元に残った荷物の行方は、食事はどうしたのか、そもそも食べることができたのか、衣類は、どういう病気だったのか、栄養失調だったのか、死因は、埋葬場所は？

——ソビエトの超現実的な訴訟手続きは、これらの事実に関心はなかった。階級闘争に心が奪われており、闘争の主体となる人間には無関心だったのだ。

祖父の苦難の道を想像するためには、ヴィヤトラグを体験して生還してきた人々の断片的な記憶と歴史家の調査に頼るほかない(原10)。そこから再現することが単なる仮定にすぎないことは重々承知している。ヤーニスが必ずしも他者と同じ時期に同じ場所にはいたわけではないから、彼の体験はほかの人たちの体験とは異なるだろう。とはいえ、囚人たちは大筋では同じ道を辿っている——バビーニノからユフノフ中継収容所へ、そしてユフノフから再びバビーニノを通ってヴィヤトラグ第七収容所へという道である。

（原９）　LVA, 1987. f., 1. apr., 20293. l., 39. lpp.（ラトビア国立公文書館所蔵ファイル）

（原10）　再現を試みるにあたり使用した文書。Beržinskis V. Atmiņas.（記憶）OMF, inv. Nr. 2514; Stradiņš A. Ērkšķainās gaitas.（刺々しい道のり）OMF, inv. Nr. 3009; Auzers R. Mēs vēl esam dzīvi. Mēs jums nepiedosim（私たちはまだ生きている。私たちは君たちを許さない）// Atmoda. — 1990. — 12. jūnijā; Šneiders J. Uz dzīvības robežas（生　死　の　境）// Literatūra un Māksla. — 1989. — 11. februārī.

占領博物館［Latvijas Okupācijas muzejs］の資料室で、私は新たな衝撃に見舞われた。今までのところ、記録としてもっとも完璧に近いものである流刑者および収容所で死亡したラトビア人名簿に、ヤーニス・ドレイフェルズの名がないのだ。祖父は犠牲者名簿に記載されるという名誉まで剝奪されたのか。その博物館で働く女性は、自分の家族の名前もまたどの名簿にも見つけられないと言って、私を慰めてくれた。

ヤーニスは氷山の一角でしかなく、個人調査ファイルで確認できるはずの死亡も、混乱した収容所の名簿からは苗字が消されたのか、見落としや不注意で別の行政区域に記載された可能性がある。ＮＫＧＢはヤーニスをロシア生まれと記録しているため、祖父の苗字がヴィヤトラグで死亡したラトビア人名簿から消えたのかもしれない。

祖父の名は、二〇〇一年六月一四日に追放された人々を追悼して、ラトビア国立公文書館が編纂出版した『Aizvestie（連れ去られた者たち）』の五六〇ページにやっと見つけることができた。(原11) ただし、この書物でさえ完全ではないだろう。ラトビアの歴史研究者には、いまだ官僚、外交官、軍幹部の訴訟ファイルの入手許可が出ていないことから、彼らが亡くなった状況と場所は今も不明のままである。

（原11） Aizvestie, 1941. gada 14. jūnijs / LVA. — Rīga:Nordik, 2001. — 560. lpp.、ヤーニス、エミリヤ、リギタ・ドレイフェルズの姓は、These Names Accuse. Nominal List of Latvian Deported to Soviet Russia in 1940-1941 (Stockholm, LNF, 1982）に見つけられる。リストは、データの正確さを精査する機会をもたずに諸外国へ難民となったラトビア人たちによって作成され、世界にラトビア民族の悲劇を初めて知らしめることになった。

エミリヤとリギタを含む女性たちが別の家畜用の車両に移されて出発した直後、残された男たちは車両から降ろされた。シュネイデルス医師は、隊列の組み方などを次のように記述している。

「……一人ずつ手荷物を検査され、筆記用具もナイフも爪ヤスリまでも没収された。駅では、個々に座る役人の机の前で金銀、時計、宝石などが取り上げられた。荷物と鞄が高く積まれ、私たちは六列縦隊に並ばされた。周りを、歩兵と騎馬の護送兵たちがどう猛な犬どもを引き連れて取り囲んだ(原12)」

おそらくヤーニスも、そのようにしてバビーニノとユフノフの境界まで数キロメートルを歩かされたのだろう。その距離についての囚人たちの記憶には大きな差がある——一五キロメートル、または三〇か四〇キロメートルだった、と。

言うまでもなく、距離感には個々の疲労度や心理が反映される。実際のところ、バビーニノとユフノフの距離は五〇キロメートルである。

囚人の隊列は、大勢の足によって踏み固められた土の上を、しばしばぬかるみに足をとられながら進んでいった。たとえ彼らにラトビアで蓄えていた余力があったとしても、飲み水が与えられなかったために喉の渇きに苦しめられた。列を離れることも遅れることも許されず、逆らうと「撃つぞ!」と警告され、遅れをとれば銃口で殴られてせかされた。歯が折られたり、体に大きな青あざができたりした。衰弱しきった祖父は、叩か

(原12) Šneiders J. Uz dzīvības robežas (生死の境) // Literatūra un Māksla. 〈文学と芸術〉— 1989. — 11. februārī.

れなかったのだろうか。

　何時間も歩かされたあと、カラスの鳴き声に気付いた囚人たちが見上げると、黒い雲のようなカラスの群れが、遠くに見えた建物の上を旋回していた。ユフノフ中継収容所に近づいていたのだ。かつては領主の館だった収容所には、ラトビア人たちが連行される前、ソ連に占領されたポーランド各地から流刑となったポーランド人の士官たちが住んでいた。囚人たちはがらくたやガラスの破片が散らばる野菜畑に集められ、そこで再度登録され、身体の検査をされた。頭上には、興奮したカラスがしきりに鳴いて旋回をしていた。地面は掘り返されており、嫌な匂いが漂っていた。囚人たちにはそれが死体の匂いのように思え、これで最期かとささやきあった。

　ここで死ぬのかと思って耐えきれなくなった一人が、隠し持っていた安全ナイフを振り回して自らの額を切った。血が飛び散った。「伏せろ！　撃つぞ！」と、チェキストと護送兵が慌てて怒鳴りたてた。血だらけになった男は、数歩よろめいて倒れた。

　こうしてユフノフは、ラトビア人の血によって洗礼された。

　予期せぬ事件を片づけた護送兵は囚人の登録を続け、彼らを一〇〇人ずつに分けた。一〇〇人にまとまったグループは、収容所に向けて駆り立てられた。それなら、ここですぐに銃殺されるわけではないのだと囚人たちはかすかにほっとした。一〇〇人のグループは全部で八〇できたという。(原13) 柵の向こうにはラトビアの軍人がおよそ三〇〇〇人、また別の柵

（原13）　前掲書。

の向こうには女性のグループが隔離されていた。

夏至祭の夜［六月二三日］が近づいていた。ユフノフ収容所にいた男たちは、収容所の廃棄物のなかにドラム缶を見つけて、ラトビアの夏至祭に欠かせない火を焚いた。焚き火を取り囲み、空元気を振り絞って歌う不幸の仲間を眺めながらヤーニスは、妻と子どもたちに会いたいと、込みあげてくる喉のつかえを抑えていたことだろう。

去年の夏至祭では、可愛い娘にひどくハラハラさせられたものだ。あのとき、ヤーニスと妻は隣の医師宅に招かれ、歌も歌い尽くし、夜もたけなわを過ぎて明け方に帰宅してみるとリギタがいなかった。なんてことだ、メイドに言伝《ことづて》もせずに家を抜けだしたとは。

その数時間後にリギタが頬を火照らせて陽気に帰ってくると、ヤーニスは娘を怒鳴りつけた。

「無断で、どこで何をしていたのだ！」

妻がさりげなく娘をかばったが、ヤーニスは態度を変えず、ひどく心配させられたことに激怒し、意固地になって怒鳴り続けた。

「来週いっぱいは外出禁止だ！」

「私、悪いことなんかしていないわ。アイナと夏至の焚き火を見るために海岸に行っただけよ。少し散歩してから菖蒲の葉で叩きっこをして、アイナのお母さんの家の小屋で休んでいたの」

リギタは涙目になって言い返すと、二階に駆け上がって部屋に閉じこもってしまった。妻が自分に非難の目を向けながら娘のあとを追っていくと、途端にヤーニスの怒りが冷めた――ただの子どもじゃないか。

そのとき、窓の外で祝いの歌が響いた。毎年、夏至祭にヤーニスの名前の日を祝いに来る楽隊である。その音を聴きつけると、エミリヤもリギタもさっきまでのことを忘れてしまった。エミリヤは窓に近寄るとカーテンの端を上げて覗き、夫に「今回は六人いるわ」とささやいた。それで楽隊に払うべきチップの額を決めるのだ。リギタは今こそ仲直りをするときだと判断して、父に駆け寄って両手で抱きついた。「ごめんなさい、パパ」

ああ、愛しい妻と娘よ、今いったいどこにいるのか、そう思う彼の目は涙にあふれた。そして、すぐに深く息をして立ち上がった。幻想と絶望に陥っている場合ではない、こんな狂気じみたことが永遠に続くはずがない、必ず元通りになる、そう信じて耐えるしかない。

夏至祭と前後して、運転手から新聞を入手した囚人によって開戦の噂が広がった。六月二二日にドイツがソ連を攻撃したと口々に伝わると、囚人たちは動揺した――戦争で自分たちは自由になり、ラトビアに帰れるかもしれない。ソ連の抵抗はそう長くは続かないだろう、戦争は二、三か月のうちに終わる、そうなればソ連のラトビア支配も終わりだと、熱い議論が囚人たちの間で交わされた。

ついにスモレンスク方面で大砲が鳴り響くと、収容所内の緊張が高まった。スピーカーが切られ、パンの配給が減らされ、警備兵たちはピリピリとして乱暴になり、ラトビア人たちを「ファシスト」と、いっそう激しく罵しりはじめた。

　六月二五日には早くも収容所からの囚人の護送がはじまり、そのまま残される者は移送されていく者の行方を案じ、また自らの運命を思って切なくなった。再び銃殺の恐怖が噂される一方で、引き離された妻や家族の待つ場所に行けるのではという期待もささやかれた。六月二九日、最後の数百人がユフノフ中継収容所を出発した。ということは、祖父ヤーニスも、その四日間の間に再び隊列に並ばされて監視のなかをバビーニノ駅まで追い立てられたことはまちがいない。

　そこでは、一週間前に放置したまま雨にさらされ、中身を荒らされた自分の荷物を受け取ることが許された。ヤーニスは、妻と娘を思って必需品をできるだけ多く抱えたにちがいない。そして、五〇人ほどを乗せた家畜用の車両か、九〇～一〇〇人を詰め込める大型牽引車に押し込まれて移動したはずである。

　囚人「輸送」は、バビーニノからモスクワまでの二一五キロメートルほどの距離を、駅があるたびに長く停車しながら延々と回り道をして二日から五日もかけて移動した。列車の動きをさらに遅らせたのは、彼らとは逆方向の西の前線に向かって進む、兵隊と武器の途切れることのない長い隊列だった。

　ひどく暑い季節だったが食料は一切与えられず、車両の中は息苦しく、飲み水も不足していた。喉の渇きと暑さで囚人たちは次々に気を失っていった。駅では放送も流れず、囚人たちは外界から遮断されており、誰が戦争の勝利者であるかさえ分からなかった。シュネイデルス医師は、モスクワに停車中の車両の壁の隙間から、空爆に備えた阻塞《そさい》気球を見たという。それは、ドイツ空軍がモスクワに迫っていたということである。

囚人らを運ぶ列車は、モスクワを発ったのちゴーリキー［現ニジニ・ノヴゴロド］、コテルニチ、キーロフへと進んだ。列車がキーロフで停車した数日間、囚人たちは車両に閉じ込められたままだった。それからさらに北上した列車が次に止まったのはルドニツカヤ村［Рудницкая］、そこがヴィヤトラグ収容所複合体のはじまりとなる地点であった。

チェカの記録では、ラトビアからの流刑者が最初に収監の場所に到着したのは七月九日となっている。翌一〇日に他の大部分が続き、一三日までに最終グループが到着している。一九四一年の秋、ラトビアから送られた総勢三二八一人がヴィヤトラグ第七収容所に収監されていた(原14)。

ヤーニスを含むラトビア人の大部分が最初に収容されたヴィヤトラグ第七収容所については、シュネイデルス医師の回想記が多くのことを教えてくれる。そこで衰弱した者や病人の苦しみを和らげようと手助けをしたこの医師を、祖父は知っていたかもしれない。

到着後、囚人たちは再び検査の列に並ばされ、手荷物のすべてが没収された。そ

(原14)　Bambals A. 1940./41. gadā represēto latviešu virsnieku piemiņai（弾圧されたラトビア軍人を追悼して）// Latvijas Okupācijas muzeja gadagrāmata 1999. Genocīda politika un prakse. — Rīga: Latvijas 50 gadu okupācijas muzeja fonds, 2000. — 140. lpp.

れらは釈放されるときに返すということで手わたされていた領収書は、身体検査でそっくり取り上げられてしまった。いつも母のリギタが、「あのとき、家族三人の手荷物はすべてヤーニスに託した」と言っていたので、それならヤーニスは服の重ね着をすることができただろうし、寒い思いをせずに物々交換で食料も何とかなったのだろうと私はずっと思っていた。ところが実際には、エミリヤとリギタがシベリアの片隅でひもじく凍えていたころ、ヴィヤトラグでは三人の荷物は盗まれたか、どこかの倉庫の隅で腐り果てていたのである。

囚人たちが手荷物を没収されたのちに押し込まれた木造のバラックには、南京虫が板の寝台の隙間にじっと隠れて餓えをしのいで待っていた。南京虫たちは、生身の人間の体温を受けて生き返ると、数千匹に増殖して新参者の身体にこびりついた。

バラック内の床にはゴミが散乱して汚れきっており、寝床の下には薪が積まれていた。冬、その薪で一日中ストーブを焚き続けても壁には氷が張っていた(原15)。夜は外側から鍵をかけられた囚人たちは、用足しにパラシャ(巨大な金属のたらい)を使い、その中身は朝になってから外に捨てていたため、排泄物の悪臭が空気と衣類と肉体と食料に強烈に染み込んで、小屋の外でも、作業中の森林でも、囚人の身体から消えることはなかった。収容所内にある清掃されたことのない便所は、

(原15) 1939年1月20日付の視察報告書に詳細な状況が記載されている。1941年時点の状況については、改善どころか、むしろ悪化していたと推測される。Berdinskij V. Vjatlag. — Kirov: Kirovskaja oblastnaja tipografija, 1998. — s. 22.; Applebaume A. GULAG: A History. 19. 411~419.(『グラーグ　ソ連集中収容所の歴史』川上洸訳、白水社、2006年、第19章)

冬場には凍った糞が山となっていた。

朝六時から夜八時まで使役があり、急ぎの場合には夜中もこき使われた。始業前に整列させられた囚人たちは、見張りに固められて森林に入った。一日のノルマを果たすと食料の配給で、パン一切れと薄いスープかひしゃく一杯の粥が与えられた。時には、そこに小魚がぽんと投げ込まれた。もし、ノルマが果たせなかったらどうかというと、冷たく暗い独房に閉じ込められ、食料はほとんど何も与えられないうえ、さらにしつけと称して体罰が加えられることもあった。

ラーゲリの規則に従って、ヴィヤトラグの囚人は三つの班に分けられた。A班は酷使に耐える者、B班は補足的作業に適切な者、そしてC班とされる「採算に適さない身体障害者」および取り調べ継続中の囚人は、体力があればやはり重労働を強いられた。

ヤーニスは、言うまでもなくC班に入った。食料の配給量も規則通りにカテゴリー別に分配され、ノルマ一日当たりのパンの配給量は、A班が五〇〇グラム、B班とC班が四〇〇グラムとなっていた。(原16) A班とB班の者は、ノルマ以上の作業さえすれば配給量を増やしてもらえたが、C班の者にはその機会さえなかった。もっとも、パンが追加されたからといって、消耗した体力が戻るわけではなかったが。

戦争がはじまると、収容所への定期的な食料配給が途絶えがちとなり、配給があったとしても減量された。締め付けが厳しくなり、ラジオ放送も新聞の配達もなくなり、文通と

(原16)　前掲書24ページ。

荷物の受け取りが禁止されるようになった。(原17) 氷海に浮かぶ恐怖の島となった収容所の囚人たちは、ますます外部からの情報を遮断されることになった。ラトビア人たちは、殺人者を含む凶悪犯たちと共同のバラックに入れられていた。教養のある知識階級は収容所の惨い掟に服従させられ、犯罪界独特の卑劣な環境のもとで苦しんだ。しかも収容所の看守は、「秩序を保つ目的で」、「うぬぼれの強いインテリ」と「反逆者」に対する犯罪者の卑劣な行為を見て見ぬふりをした。

六三歳だったヤーニスは、元来体力が自慢だったのだが、流刑される以前からすでに老いを感じており、少し気弱になっていた。「あなたは風邪を引きやすくなっているのですよ」という妻の忠告を聞いて、しぶしぶ食事療法をしながら身体を冷やさないようにしていたが、さすがにシベリアの森の中での肉体労働には無理があった。

最初は何らかの作業をしただろうが、飢えと寒さでたちまち衰弱して病気になった。当時を回想する人によれば、体力のない者は早ければ八月初めに腫れ物、化膿、壊血病となって衰弱したそうだ。彼らは何とかして栄養失調からのがれようと、松の葉を煎じて飲んだという。体格がしっかりしていたヤーニスは、飢えを強いられ、見分けがつかないほど変わり果てた姿になっていたことだろう。飢えで身体が膨れただろうか、それとも栄養失調で痩せ細っていたのだろうか。

隣接するヴィヤトラグとウソリラグの収容所を生き抜いたラトビア人たちは、一九四一

(原17) 前掲書26ページ。

年から一九四二年にかけての過酷な冬の厳しさをとくに記憶している。体重は半減し、三五キロにまで痩せた者もいた（原18）。調査隊「ヴィヤトラグ、ウソリラグ、95（Vjatlags—Usoļlags'95）」によれば、一九四一年から翌年七月までに、ラトビアから収監された三分の二以上に当たる二三三七人が死んでいる。ヤーニスを含む一六〇三人は、取り調べの途中で死んだとされている（原19）。

収容所の幹部はヤーニスらを「生産の数値」を乱す無駄と見なし、「採算にあわない身体障害者」を「生きた在庫品」から削除できるよう、速やかに始末しようとした。そのような幹部の態度は、すべてにおいてまず計画を優先するソ連らしさをよく反映している。

収容所における生産計画が囚人に比例して作成された一方で、中央機関は、いかに囚人を使役して生産計画を遂行できたかで収容所の所長の成績評価をしていた。「労働力」に最低限の衣食や休息を与えなくては使役不能だという理屈は、中央機関にとっては関心外のことであった。

（原18） 前掲書25～26ページ。ヴィヤトラグ収監者の死亡率に関して入手可能な統計によれば、初年の1941～1942年に甚だしい人命が失われたことが明かである。ラトビアからの列車が到着後の７月15日の収監者17,890人は、1944年１月１日には11,979人に減少している。その間、旧ヴォルガ・ドイツ人自治共和国から送り込まれたドイツ人3,000人が増加している。戦前と比較して、Ｃ班に区分される弱体者は７％から30％に増加し、Ａ班は15％にすぎなかった。収容所における死亡率の公式統計は、1942年25％、1943年20％であるが、それは「ほぼ確実に過小評価されている」とアップルボームは記している。

（原19） Grīnberga M., Brauna A. Nomocīto sarakstus dabū neoficiāli（苦しめられた人々のリストを非公式に入手）// Diena.〈ディエナ紙〉— 2000. — 14. jūnijā.

戦争がはじまるとただでさえ長くなる一日の労働時間だが、軍需産業における材木と燃料の需要が増えたために三時間も延長された。(原20) さらに、戦時体制で前線の人員確保が急務となり、「内部の敵」との闘争が一時的に減速気味となったため流刑者数は減った。それが理由で、収容所の生産計画は現行の囚人数で達成されなければならなくなった。当時の囚人の惨状は、ヴィヤトラグ収容所のレヴィンソン所長による地区共産党活動家集会での発言から次のように推し量られる。

収容所には電灯も暖のとれる部屋も風呂場もなく、寝床にはマットもなかった。囚人は一日一六時間、力尽きるまで働かされ、食堂では食料が盗まれ、減量された配分さえ与えられなかった。履物と衣類が不足し、風邪を引いているというのが常だった。(原21)

レヴィンソン所長が囚人の環境改善を主張したからといって、この人物を人道主義者だとうっかり勘違いをしてはいけない。所長が何よりも懸念していたのは、むしろ自分の将来なのだ。スターリン体制下では、誰しもが例外なく「ソ連体制を妨害する敵」というレッテルを貼られる脅威に晒されていたことから、筋金入りのチェキストであれば、二本足の家畜に餌をやらなければ計画が達成できないうえに、達成されなかった計画に対して非を負うのが自分であるということをよく理解していた。

一九八九年二月、シュネイデルス医師が記録したヴィヤトラグでのラトビア人死亡

(原20) Berdinskij V. Vjatlag. — Kirov: Kirovskaja oblastnaja tipografija, 1998. — s. 26
(原21) 前掲書。

者四〇九人の名簿が発行されたとき、[原22] 身内に追放者のいる大勢の人々と同じように私たち家族もまた、目を皿のようにして祖父の姓を探すために活字を追った。その名簿で親類の死亡を初めて確認できたという人が多い。しかし、私の祖父の姓はそこになかった。名簿の出版当時、祖父の行方は誰も知らず、「広大なソ連領」に分散するどこか別の収容所で死んでいても不思議ではなかった。

一九八九年六月、私の母リギタはとうとう勇気を振り絞ってKGB本部に出向き、ヤーニスの消息を尋ねた。そして、一九九〇年八月二一日、その回答を受け取った。「ドレイフェルズ・ヤーニス、クリスタプスの息子、一八七八年生まれ、一九四一年六月一四日収監、ヴィヤトラグにて一九四一年一二月三一日死亡、一九九〇年四月六日名誉回復」

私がヴィヤトラグの意味を理解できたのは、それからずっとあとのことだ。祖父は、八月一四日までシュネイデルス医師と同じ第七収容所にいた。その後、医師はラトビア人九〇〇人とともに第一一収容所に移され、そこで森林使役をしている。医師が死亡者の名簿作成をはじめたのは八月二六日、要するに第七収容所を出てからのことだった。

ヤーニスの死亡証明書に書かれている死因は、肺炎と慢性心筋炎である。他者の死亡報告書も、ほぼ似たような診断となっている。シュネイデルス医師によるヴィヤトラグ第一一収容所の死亡者名簿とチャマニス医師（二人の医師とも収容所に収監されていた

(原22)　Šneiders J. Uz dzīvības robežas（生死の境）// Literatūra un Māksla. — 1989. 11. februārī.

が）の話（原23）では、劣悪な環境、食料不足による栄養失調、そして過酷な使役が病気と死の直接の要因であることは疑いないとなっている。死因の大多数は、腸炎とチフス、脳膜炎、肺炎、肋膜炎などの炎症の併発、さらに結核、脳卒中、心臓麻痺、腎炎、耳炎、筋萎縮症などである。

ほかの収容所にいた人々も、似たような病名と死を追想している。収容所内の診療所に薬はほとんどなく、瀕死なら助かることはなかった。衛生室は「死体置き場」と呼ばれ、衰弱し、生き伸びる見込みのない者が押し込められた。衛生室に入ることは死を覚悟することであり、実際に生きて出てきた者はいなかった。

ヤーニスもまた、迫りくる死期を予感したことだろう。死の床で何を思ったのだろうか。きっと、家族を思って打ひしがれたことだろう。戦争がはじまった年は、外界との接触が一切禁じられていた。

——妻と娘もどこか別の収容所で苦しんでいるのだろうか。それとも、もう死んでしまったのだろうか。

ヴィヤトラグには女囚もいたから、当然このように想像したことだろう。一二月一七日にヤーニスを取り調べたヴィッズ取調官が、「搾取者であって、社会的危険分子」に妻と娘について情報を与えたとは考えられない（原24）。階級闘争で鍛えあげられた生粋のチェキストは、階級の敵に対して同情などするはずがない。

（原23） ārsta Silvestra Čamaņa stāstījums filmā “Ekspedīcija Vjatlags — Usoļlags’ 95”, režisors I. Leitis.（レイティス監督映画『ヴィヤトラグ、ウソリラグ調査95』に登場するチャマニス医師の話）

ヤーニスは、妻と娘だけでなく、三人息子の消息も知らないまま他界した。息子たちも、チェカが決めた別の日に、父のあとを辿って家畜用の車両に押し込まれてシベリア送りとなったのだろうか。一家を支える柱として常に家族を守ってきたヤーニスは、責任感のあまりに、家族の不幸を思って自らを責めたのかもしれない。もはや遠い過去となった六月一四日の深夜から死に至るまで、彼は自責の念に繰り返し襲われたことだろう。

――自分はあのとき鉄道員の話を聞いた。それなのに家族を救えなかった。田舎の農場でもリエパーヤの妻の兄弟の所でも、いくらでも隠れることができたのに。妻の兄弟もシベリアにいるのだろうか。もしかしたら、すべてのラトビア人がシベリアに送られ、ラトビア民族はいなくなったのだろうか。ラトビアがもはや存在していないのと同じように……。

一二月の厳寒のなかでヤーニスは息を引き取った――ソ連の伝統的な大晦日の祭日に。収容所の看守たちは、まるで慣例のように泥酔した。ウォッカがガチガチの心を融かし、口を柔らかくした。彼らは、チェキストとしての特権で戦場での確実な死から救われたことを忘れ、地の果てに追いやられた運命を呪った。そして、哀愁あふれる歌を歌うことで、スラブ人としての心を癒した。彼らもまた同じ人間であり、偉大なスターリンが約束する美しい

（原24）　本書がラトビアで出版されてまもなく、2003年の夏、かつてヴィヤトラグに収監されていたプシュケヴィッチスがキーロフ地域からヤーニス・ドレイフェルズの41468号書類を私に届けてくれた。そこに、1941年11月22日付の収容所所長に宛てた、ヤーニスによる「エミリヤとリギタの行方を知らせてほしい」と記した請願書を見つけた。請願書には、「NKGB組織は、親類の探索に従事しない旨回答」とメモされている。

人生を求めていた。スターリンはモスクワのクレムリンでまばゆいクリスマスツリーを見つめながら、きっと遠くの自分たちを思ってくれているにちがいない、と信じて。

ヤーニスの死は孤独なものだった。室内には瀕死の者もいて、ある者は神の名を叫び、ある者は運命を呪い、またある者は呻きながら妻と子どもの名を呼んだ。死者のボロボロの服は剥がされ、熱湯で消毒されたのちに息のある者にあてがわれた。死体の首には収監番号を記した木札をつけた針金が巻かれ、多くの裸体が荷馬車に積まれて凍土に掘った穴のある場所まで運ばれた。穴に投げ込まれた死体は凍土の塊で埋められた。死んでも名前も姓も返してもらえず、「労働力集団物資」目録から不要物資目録に書き換えられただけである。

祖父は今も、第七収容所があったすぐそばに眠っている。近くのレスノイ［Лесной］村に住む高齢者たちだけが、ラトビア人が埋葬された場所を知っている。風がそよぎ白樺がすらりと茂るその土地は、死体によって肥えているかのようだ。木々はすり抜ける風を受けて、北国の短い夏を謳歌する無邪気な喜びにカサコソと音を立てている。

一九九五年、ラトビア人の苦難の地に向けて巡礼に出た「ヴィヤトラグ、ウソリラ、95」の調査隊のメンバーは、ヴィヤトラグから生還したクニャギスとプシュケヴィッツス、死亡者の子孫たち、そして歴史家のバンバルスとシュリッツスとカメラマンのレイティスである。

八月一六日、調査隊はレスノイ村そばのヴィヤトラグの中心にある丘に木製の十字架を立てた。十字架の土台の銅板には、「共産テロの犠牲者となったラトビア共和国市民のために　ラトビア一九九五」という言葉がラトビア語とロシア語と英語の三か国語で刻まれている。

その十字架の麓には、一九四一年の犠牲者の一部を埋葬するリーガ森林墓地（Rīgas Meža kapi）に立つ大十字架の地面の土がひと握り入れられた陶器のカップが埋められた。その代わりに調査団は、ヴィヤトラグの土をひと握りラトビアに持ち帰り、リーガの大十字架の地面に埋めた。そこには、ソ連各地のグラグ［強制労働収容所］に散ったラトビア人が埋葬されている土地の土がひと握りずつ埋められている［七二ページの写真参照］。

十字架が見下ろすレスノイ村の周辺には、グラグの全盛期にむやみに伐採された跡地が泥沼となって広がっており、秋には道が泥水に埋もれて通行不可能となる。そこでは、一九四一年六月一四日に追放された人々を苦しめたときと同じように、早くも九月に雪が降りはじめ、それからまもなく零下二〇度、時には零下五〇度という厳寒を迎える。村の中心には今もレーニンとジェルジンスキー(2)の銅像が立ち、公共墓地の墓碑銘には、スターリン時代のチェキストである私の祖父やその他のラトビア人たちの看守、取調官、そして拷問者たちの名が見られる。

ヤーニスが収容されていた第七収容所は焼けて跡形もなくなったが、村には元チェキストの子孫が住み続けており、今なおヴィヤトラグに存在する閉鎖更生施設二三一番に勤務している。彼らは、「共産主義」と「テロ」が表裏一体であるということをいまだに理解していない。

（2） Феликс Дзержинский（1877～1926）は、反革命・サボタージュ取締全ロシア非常委員会（チェカ）の創設者。

ラトビアにおける戦争

戦争がはじまった直後、アイワルスの祖母マチルデが住んでいたユンプラヴムイジャのそばにある未完成の飛行場が爆撃された。そのとき、私の父アイワルスは、シュキロータヴァ貨物駅（六月一四日、リギタたちはこの駅から家畜用の車両で追放された）から一キロメートルほどの所で片足を負傷している。駅を横切る幹線道路であるダウガウピルス自動車道を、ソ連軍がリーガへ向かって退散していたときのことである。

アイワルスは好奇心を抑えきれず、祖母の言いつけを破って興味津々に道端の茂みを這っていた。すぐそばでドイツ軍の砲撃を受けてロシア軍の対空砲が爆発したのだが、恐怖がアイワルスの怖いもの見たさに火をつけてしまった。赤軍兵が数人、溝に逃げ込もうとしたのが、耳をつんざくような爆発の寸前に記憶した場面である。爆発の余波でアイワルスはゴム鞠のように吹き飛ばされ、地面に倒れたときに脳震盪を起こすとともに足を骨折した。

祖母のマチルデは気が動転した。そこらじゅうで爆弾が破裂し、孫を運ぶ馬もなく、駆け込んで診てもらえる医者もいない。言うまでもなく、戦争で通信が途切れていたため娘に孫の災難を知らせることもできなかった。

　ミルダが息子の負傷を知ったのは数日後である。平時であれば腕利きの医者に診てもらうこともできたが、戦中と戦後の混乱で適切な処置がされることはなかった。治らないまま、アイワルスは生涯足を引きずることになった。

　ドイツ軍は六月二二日の深夜にソ連を攻撃し、数日後、あっという間にラトビアとの国境を越えて侵入してきた。その急激な早さにソ連軍は、スターリンの命令通りに有益となるものをすべて破壊し、敵が利用しうる専門的な技能をもつ住民を連行するだけの余裕もなかった。(原1) 赤軍兵とソ連官僚は大混乱のなか退散し、リーガのユグラ［Jugla］橋からシグルダに続く車道沿いには、略奪品や兵服、ガスマスク、地雷、破壊された自動車などが投げだされ、武器さえ持ち帰ることができなかった。

　七月一日、ドイツ軍がリーガにやって来た。ラジオではほぼ一年ぶりにラトビア国歌が流され、赤白赤の横縞のラトビア国旗が街頭にはためいた。ラトビア人の目は国旗の美しさに酔いしれ、その隣にはためく黒いカギ十字をつけた赤旗（ドイツ第三帝国旗）の影を見ることはなかった。自由記念碑には解放の喜びを表して花が捧げられ、教会では感謝の祈りが捧げられた。

　リトアニアとエストニアを除くヨーロッパの国々で、ラトビアほどナチスドイツ軍を歓迎して迎え入れた所はない。ヨーロッパ人が今なおその事実に驚くのは、ラトビアの

（原１）　戦争博物館（Latvijas Kara muzejs）の統計によれば、ラトビアから５万人余りが赤軍とともに逃避した。

歴史の急転と共産主義体制の犯罪を知らないからである。ファシズムの脅威を経験した西洋諸国においても、共産主義体制と、その平等と社会正義については、優雅な部屋の中で無邪気な知的談義が熱く交わされることも珍しくない。実際には、ファシズムも共産主義体制も人種差別と民族的偏狭を実践し、大量殺戮を糾弾されるべき罪深い全体主義体制であった。

ラトビアは、宿命的な歴史の展開によって共産主義とその支配のほうをまず先に経験した。一年間にわたってソ連に占領されていた六月一四日に大量強制追放を体験した直後だっただけに、ドイツ軍をソ連恐怖支配からの解放者として歓迎したのだ。この事実を逆手にとって戦後のソ連は、ラトビア民族は親ファシストであり、反ユダヤ的だと西側諸国に言い散らしている。ラトビアがドイツ軍の侵攻を歓迎した理由を忘れたのか。今なお、ヨーロッパのテレビ番組では当時の映像を流し続けている。無知な番組プロデューサーは、ソ連がラトビアを占領した年の実態を視聴者に説明しない。

七月四日、中央刑務所で九八の死体が掘り起こされたというニュースが流れ、リーガじゅうを震撼させた。チェキストたちは大慌てで撤退した際、ラトビア全土で大量の人々を銃殺していたのだ。刑務所は行方の分からなくなっていた親類を探す人々で囲まれ、ソ連の恐怖と、追放されたり行方知れずとなった親類縁者のことがようやく明るみに出るようになった。

新聞は、何段にもわたる訃報欄と「行方不明者の捜索願い」を掲載した。日を追うごとにチェキストによる犯罪が明らかとなり、役人や軍人だけでなく老人や生徒や女性、さらに子どもまでが地下室で拷問を受けていたことが分かった。(原2)人々は、ソ連の監視の目を恐れて苦しみと恐怖を胸に秘めてきたために、このときまでその恐るべき犯罪の全体像を把握していなかった。

ソ連の蛮行を次々に暴きながら、ナチスドイツはボリシェヴィキに対する人々の恐怖心を組織的にあおるという方法でプロパガンダに利用している。つまり、ドイツ第三帝国の傘下でこそラトビア民族の明るい未来がある、ということである。それは、当時のラトビア人にとってはどうでもよいことだったが、死体も、苦しみもまた、たしかに偽りではなかった。

すべての人に悲劇が襲い、子どもたちも親とともに悲嘆にくれた。私の父アイワルスには銃殺や追放の犠牲となった身近な人はいなかったが、開戦の夏、祖母の家のそばで目にした共産テロの犠牲者の姿によって、それまで知らなかったとてつもない悲憤を感じた。

——ルンブラ［Rumbula］村のそばで拷問を受けた死体が掘り返され、それが白い布に包まれて荷馬車に積まれ、ドイツ兵とラトビア国土防衛隊の警備のもとに通りすぎたのだ。虐殺された人々のなかにカール

(原2) ラトビア国立公文書館所蔵の1986年版文書には、1940年6月17日から1941年7月までの間に7,292人（6月14日の追放者を除く）が逮捕されたという報告がある。Vīksne R. Represijas pret Latvijas iedzīvotājiem 1940. — 1941. un 1944. — 1945. gadā:kopīgais un atšķirīgais（1940～1941および1944～1945のラトビア住民に対する弾圧、共通と相違）Latvija Otrajā pasaules karā.（ラトビアの第二次世界大戦）Starptautiskās konferences materiāli, 1999. gada 14. — 15. jūnijs. — Rīga:Latvijas vēstures institūta apgāds, 2000. — 288. lpp.

リス・ゴペルス将軍も含まれていたそうだ、と口々に伝えられたが、のちの一九四四年春にその死体がウルブロカ［Ulbroka］の大量墓地で発見されたため、その噂はまちがいであったことが判明した。(原3)

中央刑務所で銃殺された人々のなかには、赤十字病院でミルダの同僚だった医師もいた。のちにミルダは〈Veselība（健康）〉という名前のソ連雑誌で同僚医師についての記事を見つけ、そばに孫の私がいるのを忘れて、チェキストが銃殺の前にした残酷な拷問の内容を読み上げたことがある。

――「爪の下に釘を何本も差し込み、その数本を引き抜いた」

私は驚いて目を丸くした。ファシストなら分かるが、チェキストにそんなことができるわけがない。チェキストは高潔な人間の鏡だと学校で教わったのだから、とても信じられない。幼い私は、学校で教わったことを何でも鵜呑みにしていた。学校で教え込まれた作り事を私が興奮して話すのを、両親はひたすら黙って聞いていたのだ。

驚いたことに、父はチェカの地下室を実際に見に行っていた。恐ろしい噂話の真相を、物好きにも自分で確かめたかったということらしい。一九四三年、ドイツは意図的にその場を公開していた。囚人の散歩用の中庭から地下室へ下りると、独房

(原3) チェキストは、1941年3月25日、中央刑務所においてゴペルス将軍を銃殺した。Latvijas brīvības cīņas. 1918. — 1920.（1918～1920年におけるラトビアの自由を求める闘い）Enciklopēdija.（『百科事典』）— Rīga:Preses nams,1999. — 341. lpp.

は気が滅入りそうなほど天井が低く、壁には犠牲者の名簿がピンで留めてあった。処刑室の壁に銃砲の痕がなくとも、血を流し出したであろう溝が十分に銃殺を物語っていた。

噂に偽りはなかった。さらにアイワルスをぞっとさせたのは、ジェルジンスキーの肖像画が壁にかけられた取調室である。この悪名高いチェキストが高慢そうに見下ろしている机には、こん棒や剥がした爪を入れる箱などの道具が並べられていた。

私がこの本の執筆をはじめたとき、父はこのようなことを一切話したがらなかった。私が子どものころから、日常の家庭内のことで過去の話が話題に上ることはあっても、政治や歴史については決して触れられることはなかった。そのため、ソ連のプロパガンダに素直に影響されて育った私は、黙殺されたラトビアの真の歴史を知らなかったの

リーガに残る KGB 本部の外観
（撮影：Andris Tone）

だ。

答えの出ない疑いをもつことで我が子を危険にさらしたくない、そう願うがゆえの両親の自己検閲だったのだろう。自分たちが体験した悲劇を私に繰り返してほしくない、何と尊い沈黙であったことか。

だからこそ、私は幼少期を恐怖心で台無しにされることはなく、自由思想をもてば脅かされる危険も、ソ連体制の残忍さも知らずに育った。両親が黙っていてくれたからこそ、私は学校や人前で表面的に取り繕って嘘をつく後ろめたさを知らずにすんだ。のちに物事を深く掘り下げて考えるようになり、ソ連体制の不条理な実態に気付いたとき、私は揺らぐこともなくソ連体制に対峙することとなった。

自治を形成して、平等に政治参加したいというラトビアの政治家らの請願がドイツ統治にことごとく拒絶されると、すぐさまラトビア人は、薄っぺらな「解放」の興奮から目を冷ますことになった。ヒトラーはラトビア人の考えを聞くこともなく、七月一七日、まもなくエストニア人とリトアニア人とベラルーシ人とともにドイツ東方保護区［Reichscommissariat Ostland］を形成すると発表した。喜ばせたつもりだったのだろう。リーガは名誉にもドイツ東方保護区の首都に選ばれ、安全保障と行政の全機関が集中するということだった。(原4)

新聞と文化活動がソ連時代と同じように厳しく検閲され、(原5)ラトビアの民族主義は迫害されなかったとはいえ、伝統行事は家庭内だけに制限された。

ソ連時代と同じく、一一月一八日をラトビア国家の独立宣言日として祝うことも禁止された。ラトビア国旗も消え、国歌も流れなくなり、自由通りは「ヒトラー・シュトラッセ」に改名された。新聞は、スターリンの代わりにヒトラー総統の肖像画を掲載し、赤軍の代わりに英雄ワイマール兵士を解放者として讃え、ロシア語に代わってドイツ語学習が奨励されるようになった。

新しい領土を支配する目的で、ドイツ第三帝国の役人二万五〇〇〇人がラトビアに入った。(原6) なかには、バルト系ドイツ人も家族を引き連れて大勢舞い戻り、復讐に酔いしれた。一九一八年にバルト三国で奪われた政治的な権利の相続権はナチスドイツにあると、ヒトラーに耳打ちしたのはバルト系ドイツ人であった。

戦後にラトビアを植民地化するにおいて、植民者の誘致には土地と家屋が不可欠となることから、それは申し分のない提案である。だからこそ、ドイツ政権はソ連時

（原4） ドイツ占領期初期、ラトビアの政治家らはラトビア人組織に結集して国家機構を形成しはじめたが、7月17日にヒトラーは東部領域行政の特別省を設置し、バルト系ドイツ人のローゼンベルグを総督に任命した。新たな行政機関は「ドイツ東方保護区」と呼ばれ、ローズが帝国行政長官に任命され、ドレシュラーがラトビアの行政総督となった。名目上、地域住民を代表したラトビアの自治組織は権限をもたず、概ねドイツの命令を遂行した。諸処の組織はラトビア人を長とした。Latvju enciklopēdija.（ラトビア百科辞典）1962 — 1982 / E. Andersona red. — 3. sēj. — Rockville: ALA Latviešu institūts, 1987. — 303. lpp.

（原5） Žvinklis A. Latviešu prese nacistiskās Vācijas okupācijas laikā（ナチスドイツ占領期のラトビアの出版）/ Latvija Otrajā pasaules karā. Starptautiskās konferences materiāli,1999. gada 14. — 15. jūnijs, Rīga. — Rīga:Latvijas vēstures institūta apgāds, 2000. — 353. lpp.

（原6） Aizsilnieks A. Latvijas saimniecības vēsture.（ラトビア経済史）1914 — 1945.Stockholm: Daugava, 1968. — 885. lpp.

代に国営化された財産を返還することはなく、密かに国営化を続行していた。(原7) さらに、一九二〇年代に行ったラトビアの農業改革を認めないばかりか、「七〇〇年前から継続される財産権」を復権させる計画を打ち出した。この計画が実施されると、法的にはラトビアの農民はかつての所有地の管理人となったが、土地そのものはドイツ第三帝国の所有となった。

ソ連による占領期、ロシア人がモスクワに持っていかなかったものはすべてドイツ人がベルリンに持ち去った。不当な歩合でドイツマルクとの為替レートが設定され、価格が凍結された店頭の品々は数か月でドイツ人に買い尽くされてしまった。そして九月一日、ドイツ人らしい厳格さで綿密な配給制度が導入されている。

政府公報紙〈Dzimtene〉(祖国)〉で人々が細心の注意を払って見入ったのは、そこに定期的に掲載された供給手帳と配給券、それに食品配給量に関する規則と注意事項であった。長引く戦争で食品と生活必需品の一人当たりの割当量がどんどん減らされたために闇市が横行し、ダフ屋がドイツの監督官から罰金を巻きあげられるという事態は国家的な恐喝とも言えるものだった。

農村は重税にあえぎ、食物が多少なりともあった農民は、禁止の目をくぐって食料調達に来た町の人々と物々交換を行った。「第三帝国ドイツ人」と「現地人」との差別を強化する規則と条例が何のためらいもなく採択され、食品の配給においては最高三三パ

(原7) Strods H. Latvijas lauksaimniecības vēsture.(ラトビア農業史)Rīga: Zvaigzne, 1992. — 189. lpp.

ーセント、給料に至っては最高五〇パーセントの差が生じた。(原8)

不平等があからさまになると、当初の歓迎熱はたった数か月で苦味に変わり、「解放された者」には別の占領がはじまり、ラトビアに自治が形成される見込みのないことを思い知らされた。ラトビア人は再びドイツ人に支配される「小作人」の地位に戻ってしまったのだ。独立の二〇年を経たのちの服従は、想像以上に辛いものであった。

新学期がはじまる秋、アイワルスは骨折した片足を引きずってリーガに戻った。母ミルダは、幸いにも戦時中に略奪されなかった一角である、労働者街のメーネス［Mēness］通りに立つアパートを間借りしていた。町の中心にある家々の窓は黒煙にまみれ、空が見わたせるほど割れていたが、ミルダのアパートの窓はひび一つ入っていなかった。リーガの旧市街は瓦礫の山と化し、聖ペトロ教会［Svētā Pētera baznīca］もリーガ自慢のブラックヘッドの館［Melngalvju Nams］も焼け崩れ、ダウガワ河の橋も爆破されていた。それが、アイワルスがリーガで目にした光景である。

学校の教室は、ラトビア人生徒に関しては明るい三階から一階と地下室に移った。上階にドイツ人官僚とその家族が寄宿したためである。病院通りと平和通りに囲まれた「ドイツ庭園」と呼ばれていた界隈にもバルト系ドイツ人が戻ってきた。ラトビアの少年たちは、上階から下りてくるヒトラーユーゲントの制服姿の「ドイツ兵」を階下で待

（原８）　Aizsilnieks A. Latvijas saimniecības vēsture.（ラトビア経済史）1914 ― 1945. ― Stockholm: Daugava, 1968. ― 909., 933. lpp.

ち構えて一撃を与えた。教師たちも、目に見えない愛国心にかられていた。文学の先生がアレクサンドルス・グリーンス［Aleksandrs Grīns・一八九五〜一九四一］の小説『Dvēseļu putenis（心の吹雪）』にある「ラトビア軍の自由の戦い」の一節を読み上げたとき、教室がシーンと静まり返ったことをアイワルスは覚えている。ラトビア人教師の本心を、生徒たちはよく理解していた。

このドイツ時代の教育水準の低さを、戦後、工科大学に入学したときにアイワルスは思い知らされた。植民地の労働力としか見なされていなかったドイツ東方保護区の人に教えられたのは初歩程度のことでしかなく、台数、幾何学、物理、化学という幅広い教科は贅沢で不要なものとされていた。アイワルスもまた、学校では算術と大ドイツ史しか教わっていない。

バルト三国をドイツの領土とするヒトラーのプランには、ドイツ東方保護区において知識層を形成する予定はなかった。ドイツ政府の「人道主義的な」学者の考えでは、ラトビア人は人種的な価値があると認められるためにドイツ化に値したが、ラトビア人であっても、知識層はもはや「更生不可能」であると見なされた。そのため、ラトビア人の知識層をロシアに送り込んで「第二階級」とし、「第三階級」のロシア人を支配する手先にできると見なした。(原9) ソ連であろうとドイツであろうと、占領されたラトビア人はひたすら東方への道を辿るという宿命にあったのだ。

（原９）　Ezergailis A. Holokausts vācu okupētajā Latvijā. 1941 — 1944.（ドイツ占領下のラトビアにおけるホロコースト　1941〜1944）Rīga:Latvijas vēstures institūta apgāds, 1999. — 69., 139., 142. — 144. lpp.

規則（Verordnung）、通告（Bekanntmachung）、配置（Anordnung）といったドイツ語が次第に身近なものとなったラトビア人たちは秩序ある生活を送った。私の祖母ミルダは、戦争開始後にリーガ第一病院［Rīgas Pirmā slimnīca］――ドイツ侵攻後、ドイツ病院となっていた――の看護婦となった。彼女は、戦争捕虜となったソ連兵の病棟に配属され、誠実に仕事を勤めていたが、退院した患者たちの行く先が戦犯収容所であり、そこでほとんどの人が例外なく死んでいることを知る由もなかった。

そのような収容所から、多くの捕虜が脱走を試みた。一九四二年の冬休み、アイワルスが祖母マチルデの家にいたとき、ソ連軍の兵服を来た捕虜が暖をとらせてほしいと言ってやって来た。サラスピルス戦犯収容所を逃走して、助けを求めにやって来たのだ。祖母が差し出した温かいスープをガツガツと平らげたやつれた男は、アイワルスの頭を撫でながら、「自分にも同じくらいの息子がいる」と言った。

折悪く、町からマチルデを訪ねてきた人にその光景を見られてしまった。マチルデとアイワルスは、食事をして暖をとった捕虜の「一晩泊めてほしい」という頼みを、心を鬼にして断った。ドイツの命令に反して、逃亡した捕虜の身を匿うという危険を冒すことができなかったのだ。翌朝、雪の上に残っていた足跡が遠くにある干し草小屋まで続いていた。そこで夜を明かしたのだろう。その後の、男の行方は分からない。

ドイツ病院には、ドイツ人の負傷兵や上官の患者もいた。ソ連兵の対応から昇格してアーリア人を看護する名誉を得るようになったミルダは、ドイツ人に対しても誠意を込めてあたった。身だしなみよく礼儀正しい上品なドイツ人の紳士は、溌剌とした看護婦を褒めそやした。板チョコをもらったりすればミルダはそっとしまって息子のために持ち帰ったが、上辺だけのドイツ人の人情にほだされることはなく、残忍な扱いを受けていたロシア人の戦争捕虜とユダヤ人に対して深い同情の念を抱いていた。

ミルダは息子を連れて田舎の母親を訪ねる道すがら、建設現場で使役させられているソ連兵の捕虜をよく見かけた。二月の厳寒のなか、ガリガリの身体に薄っぺらな布袋をかぶって青ざめていた捕虜たちが、地面に巣のような小さな穴を掘って厳しい風をしのいでいた。駅には、戦争捕虜を詰め込んだ列車の縦列車両がよく停車していた。家畜用の車両の小さな窓から捕虜たちは空き缶を布に縛りつけて垂らし、列車が動いたときに土手に積もった雪をすくおうとした。しかし、めったにうまくいかず、喉の渇きを癒す最後の望みを奪われた缶はけたたましい音を立てて線路脇に転がった。

自らの優越性を信じて疑わないドイツ人は、少しもためらうことなく残酷に捕虜を扱い、列をなして町中を歩かせた。ある朝、アイワルスが市場で物々交換によってわずかな食料を調達して帰る途中、自由通り（当時、ラトビア人は「ヒトラー・シュトラッセ」と呼ぼうとはしなかった）に沿って捕虜たちがドイツ人の衛兵に囲まれながら歩かされている光景に出会った。一〇〇人はいたろうか、捕虜はみんなみすぼらしい身なりをしていた。丸めた背中にセメント袋を巻きつけている人や、やっと身体を引きずるかのように歩いている人もいた。

捕虜の一人が倒れて気絶すると、一八歳ぐらいの衛兵が銃口で叩きだし、怒りが冷めるまでそれをやめなかった。倒れた捕虜は仲間に助けられて立ち上がり、足を引きずって歩きだした。このような痛ましい光景を目にしながら、道行く人々は（アイワルスも含めて）視線を落として黙って通りすぎた。目前の出来事に罪悪感を感じ、無力な自分が屈辱的でもあった。

シュキロータヴァ駅は、一九四〇年以降呪われたかのようである。そこは、死を免れない運命に置かれた大勢の人々にとって不幸な通過地点となってしまった。六月一四日の大量追放にはじまり、ドイツの侵攻後には、捕虜とユダヤ人を乗せた果てしない貨物輸送がここで「荷降ろし」され、転送されていくそのすべてを周辺の住民は目にしていた。

恐怖の頂点は、一九四一年一一月三〇日と一二月八日、駅からほど近いルンブラの森でリーガのゲットーから連行されたラトビアのユダヤ人二万四〇〇〇人と、ドイツのユダヤ人約一〇〇〇人が虐殺されたときである。イェケルン将官が完璧なまでに細心の注意を払った計画も、途轍もない大量虐殺を隠すことはできなかった。マチルデも目撃者の一人である。(原10)

ソ連による占領期、マチルデの家から数キロメートルの所に軍用飛行場の建設がはじめられた。ところが、開戦によって飛行場も滑走路も建設途中のまま投げ出され、滑走路の土手は水平線となり、マチルデの玄関先から四〇〇メートルあたりの所に一本残っただけである。

ある日曜日の朝、マチルデは大きなうめき声と叫び声を聞いて慄然とした。とっさに家を飛びだして目に入ったのは、長蛇の列となった人々（ユダヤ人、女と子どもと老人、男たち）が厳重に監視されて土手の道を歩くという恐ろしい光景だった。聞こえてくる衛兵の罵声はドイツ語とラトビア語だった。疲れきってか、絶望からなのか、群れのあちこちでよろめいて倒れる姿があった。もちろん、銃声も響いた。ルンブラに向けて歩かされる不幸な人々を、マチルデは凍りついたように見つめていた。

その日は、一日中途切れることなく銃声が轟いていた。その一週間後も、再び同じ光景が繰り返された。夜更けになってもマチルデの頭の中で銃声がこだまし続け、激しいショックから来る絶望のあまり、何がなんだか分からなくなった。隣人と話してみる勇気もなかったが、隣人もまた同じく、何も聞かず、見なかったふりをしていた。

週末に娘と孫が訪ねてきて、彼女はやっと恐怖について打ち明けることができた。そこでアイワルスは、「誰にも

（原10） イェケルン（Friedrich Jeckeln・1895～1946）の指揮のもと、ナチ党員によって詳細に作成されたルンブラ作戦を遂行した1,700人のうち、約1,000人はいたとされるラトビア人（ナチ党員350～400人、ゲットーの監視員80～100人、地域警察官450人）の任務は警備であった。リーガのゲットーにおいて、まず服従を拒んだユダヤ人約1,000人が虐殺された。虐殺には、ドイツ警察のほか、悪名高いラトビアのアラーイス（Viktors Arājs・1910～1988）の一団が関与した。戦後のイェケルンに対する裁判において、ルンブラでの銃殺にラトビア人は関与していなかったことが判明した。銃殺は指揮官が特任した12名の男たちによって、穴の中に横たわらせたユダヤ人のうなじを撃って実施された。ハンブルグにおけるイェケルンに対する裁判において、11月29日の夜まで作戦内容は側近にしか知らされず、ドイツの下士官およびラトビア人の士官達は前夜に知らされ、その全容については、現地ルンブラで知らされたことが明らかにされた。前掲書278、285ページ。

言ってはいけない」、「絶対にルンブラに行ってはいけない」と言い聞かされた。しかし、春が近づくと彼は、残雪の上をスキーで滑ってその場所に向かった。祖母の話からだいぶ時間が経っており、恐怖心は色あせていたのだろう。そして、そこで見たことを、アイワルスは生涯忘れることができなかった。

松林の中に大きめと小さめの空き地が二つあり、少しだけ解けだした雪の合間から、ラトビア旅券と外国旅券、そして見慣れない文字の書類や外国紙幣が見えた。ほかにも、小さい空き地に赤軍やラトビア軍の身分証明書、ラーチュプレーシス勲章(原11)があったのには驚いた。一方、大きい空き地の雪は解け、くぼんだ円錐形の穴が六つよく見えた。そばに穴掘り道具のシャベルが転がり、周辺には切れた革ベルト、びしょ濡れの靴下、真っ黒に黒ずんだ衣類の切れ端などが散らかっていた。無実の犠牲者が墓場に横たわり、銃殺される前に捨てさせられたものである。腐敗の匂いが漂っている光景を目の当たりにしたアイワルスは、膝が震え、吐き気をもよおした。とっさにクルリと向きを変え、一目散にそこを滑り去った。

虐殺の全容を知れば、嫌悪感はもっと強烈なものになっただろう。犠牲者たちは、小さな空き地で服を脱がされ、手持ちの品を指定された場所に整然と分類して置くように命じられた。ドイツにとって役立つものを無駄にしないためである。そして、すっ裸で穴のそばに立たされ、直前に銃殺された生温かい死体の上に横

(原11)（Lāčplēša ordenis）1915〜1925年のラトビア解放運動に著しく貢献した軍人を賞するラトビア国家勲章。1919年11月11日に導入され、1928年まで授与された。合計2,116人の授賞者には、ラトビアの独立の闘いに参加したリトアニア人、エストニア人、ポーランド人、フランス人、フィンランド人、その他の民族も含まれている。

たわって自らの番を待った。冷たい銃口が頭に突きつけられたが最後、一撃で命は永遠に消えた。

その後の一九四三年、ソ連軍に対してドイツの抵抗がもはや不可能だと判断したヒムラー［Heinrich Himmler・一八八九〜一九四五、ヒトラー内閣内務大臣］は、犯罪の痕跡を隠すために死体を掘り返して焼き払うように命じている。骨まで腐敗した身体が焼けて放つ煙は周辺の屋根の上にどんよりと垂れ込め、その汚臭がリーガにまで届いた。(原12)

大量虐殺の現場を逃げだしたアイワルスは、その五年後、シベリアに流刑されていたときにトムスク医学研究所での人体実験のために収容所から出た死体運びをさせられた。そのほとんどが数日前に亡くなったばかりの一〇歳から一二歳くらいの子どもで、どの顔もネズミに食いちぎられていた。親たちが、自分の子どもの姿を見なかったことだけが幸いである。

ドイツは占領の初日から過激な反ユダヤ運動を開始し、ユダヤ人に共産テロの濡れ衣をきせた。「ジィーズ」(1)という言葉は「チェキスト」と「ボリシェヴィキ」と同義語となり、さらにウルマニス大統領とラトビア政府の(原13)

（1）（žīds）ユダヤ人を意味する差別語。

（原12）　Ezergailis A. Holokausts vācu okupētajā Latvijā. 1941 — 1944. — Rīga: Latvijas vēstures institūta apgāds, 1999. — 298., 307., 415. lpp.
（原13）　前掲書91ページ。ラトビア共和国におけるウルマニス大統領体制は表現の自由を制限したとはいえ、反ユダヤ主義とは異なり、ユダヤ人は他の諸民族と同様の権利が確保されていた。1940年のソ連による占領まで、欧州諸国がドイツとオーストリアからのユダヤ難民の受け入れを拒否したときでさえ、ウルマニス大統領は彼らに対して国境を開いている。

官僚までが「ジィーズとフリーメーソンの配下」にあったとして弾劾された。(原14)

このような中傷は、独立国家ラトビアの体面を傷つけようという狙いのナチスドイツにとってはまたとないプロパガンダとなった一方で、チェキストに虐待された人々が眠る大量墓地と、六月一四日の大量追放がまだ記憶に生々しいラトビア人のほうは新たな憎悪に燃えていた。犠牲者の親類は、絶望のあまり根も葉もない作り話をまんまと信じ、(原15)ユダヤ人は一人残らず共産党員だという新しい神話が生まれた。つまり、罪をなすりつける対象が見つかって満足していたのだ。

同じことが一九七〇年代に起きている。ソ連が、ラトビア人を狂信的な「ユダヤ人殺害者」だと糾弾するというプロパガンダを展開したのだ。諸外国に亡命したラトビア人社会を陥れることを意図したソ連発表の「新事実」であったが、(原16)恐ろしいことに、一連のKGB出版物の多くがジェノサイド研究者の「出典資料」となっている。

そのどちらも事実無根であると多くの学者によって証明されているにもかかわらず、ラトビア人の特別な親ファシズム観と生粋の反ユダヤ主義という神話が、ヨーロッパの政治学と歴史学の研究書において今なお当然のように論じられており、それらを目にするたびに私の心は傷つき、屈辱を感じる。一人の農婦にすぎない(原17)マチルデは、助けを求めたソ連の捕虜にも収容所を逃げて忍び込んできたユダヤ人にも分け隔てなく少ないパンを惜しみなく与えたし、ミルダはソ連兵を看護しながら、友人の歯科医がユダヤ人の夫を匿っていることも知っていた。同じように、ラトビア人の多くが人として当然の哀れみをもっていたのである。(原18)

（原14） Martinsons J. Cīņa pret žīdismu（ユダヤ主義に対する闘い）Tēvija. — 1941. — 1. decembrī.〈テーヴィヤ紙〉

（原15） ドイツは、ソ連による弾圧の犠牲者にユダヤ人1,771人がいたことを公表しなかったが、ユダヤ人はラトビア在住の諸民族のなかで最も大きな迫害を受けた民族である。最新の統計によれば、追放者の比率は、ラトビア人0.85％に対し、ラトビアのユダヤ人1.93％となる。Aizvestie, 688。追放に携わった者の大部分がユダヤ人であったと見なす証拠はなく、ロシア人もラトビア人も加担した。私の母の家族を追放した班がよい例で、ロシア人２人（ボゴラドとソゾノフ）、ラトビア人２人（ブリエディスとドゥンベルグス）、ユダヤ人１人（シュテインバウムス）であった。

（原16） 最も特徴的な例：Silabriedis J., Arklans B. "Political refugees" Unmasked, Rīga: Latvian state publ. house,1965. — 225 p.; Dzirkalis J. Kāpēc viņi bēga. Patiesība par latviešu nacionālo fondu Zviedrijā.（彼らはなぜ逃げたか。スウェーデンにおけるラトビア民族財団の事実）Rīga: Zvaigzne, 1965. — 87 lpp.; Avotiņš E. Kas ir Daugavas vanagi.（ダウガヴァのヴァナギとは何か）, Rīga: LVI, 1962. — 125 lpp.; Birznieks M. No SS un SD līdz…（SS から SD へ）Rīga: Zvaigzne, 1979. — 175 lpp. 。これらの出版物の中で、ナチスの煽動組織に仕えていたとされるドゥツマニスという偽名の人物が登場する。Ezergailis A. Nazi/Soviet Disinformation about the Holocaust in Nazi-Occupied Latvia. Daugavas Vanagi: Who Are They-Revisited"（リーガ、占領博物館、2005）

（原17） ユンプラヴムイジャには、1941年12月上旬に仮設収容所が設けられ、1942年初頭に西欧のユダヤ人2,500人が幽閉された。その多くが1942年３月にビキェルニエキ（Biķernieki）の森で殺害された。Ezergailis A. Holokausts vācu okupētajā Latvijā. 1941 — 1944. — Rīga:Latvijas vēstures institūta apgāds, 1999. — 421. lpp.

（原18） ラトビア人35名は、イスラエル国の「諸国民のなかの正義の人」という名誉ある称号を授与された。その一人、ユダヤ人56名の命を救ったジャニス・リプケのほか、合計400人およびその家族1,500人がユダヤ人の救済にあたっている。（Vestermanis M. Retter im Lande der Handlanger Zur Geschichte der Hilfe für Juden in Lettland während der "Endlösung"（追従国における救い手。《最後の解決》の期間のラトビアのユダヤ人支援の歴史）Solidarität und Hilfe für Juden während der NS–Zeit.（ナチ体制期における協力と救助）— Berlin: Metropol, 1998. — S. 231. — 273.; Dribins L. Ebreji Latvijā.（ラトビアのユダヤ人）1996. — 29. lpp.; Gordons F. Latvieši un žīdi. Spīlēs starp Vāciju un Krieviju.（ラトビア人とユダヤ人、ドイツとロシアの狭間で）— Stokholma: Memento, 1994. — 64. lpp.

ナチスのリーガ侵攻以降、ヴィクトルス・アラーイス率いる一団がユダヤ人と共産党員とロマーニ人を銃殺した（原19）ことで、ラトビア人が「生まれながらの罪」を背負うことに私は納得できない。たった一つの例だけで、ラトビア人が狂信的な反ユダヤ主義者であるというのか。悪人はどの社会にもいる。全体主義と占領という状態は、野心的で不道徳な人々を都合のよい媒体として利用し、体制の忠犬として蛮行を犯させる。ナチスドイツがユダヤ人虐殺の場としてこの地を選んだからといって、占領下にあったラトビアとラトビア民族に責任を押しつけるということは納得できない。責められるべきは、ナチスドイツの支配者である。

占領とは異常な事態である。今なお数十年にわたって解放された国民を苦しめ、「正しい者」は不幸と犯罪の犠牲者として「正しくない者」をやり玉に挙げている。ナチスのフランス占領は五年間、他のヨーロッパ諸国もほぼ同じ期間であった。それらの国々では、今なお解決の難しい問題を抱えており、元ナチ協力者に関する熱論が交わされている。ラトビアが被った連続三度の占領は、二〇世紀のどのヨーロッパ諸国も及ばない五〇年間にわたった。だからこそ、それぞれの占領下における個々人の関与や追従の責任を追及する問題はとくに困難なものとなる。

（原19）　1941年７月末、アラーイス団には約100人がいた。11月には300人弱であった。26,000人を銃殺したうち、ラトビアのユダヤ人14,000人、外国のユダヤ人8,000人、ロマーニ人および知的障害者2,000人、ラトビアの共産党員2,000人。銃殺に直接関与したラトビア人は合計500人弱。約1,500人が処刑を監視した。Ezergailis A. Holokausts vācu okupētajā Latvijā. 1941 — 1944. — Rīga: Latvijas vēstures institūta apgāds, 1999. — 39., 218. lpp.

独立回復後、私たちは初めて他民族の体制によるデマとプロパガンダから浄化され、自国の歴史を論議するという自由を得た。ファシスト体制もボリシェヴィキ体制もラトビアで罪を侵し、ナチスかコミュニストかにかかわらず悪質な体制であり、その協力者は民間人に対して罪を負っている。ヒューマニズムに対する罪に時効はないのだ。

ヒトラーが計画した対ソ電撃戦は失敗し、一九四三年一月、パウルス［Friedrich Paulus・一八九〇～一九五七］陸軍元帥がスターリングラード［Сталинград・現ヴォルゴグラード］のボルガ［Волга］河で捕虜となると、ドイツに対峙した「親ユダヤ派」のルーズベルトとチャーチルとスターリンは結束し、一九四三年一〇月にモスクワで米英ソ外相会議を開いた。(原20) これを危惧したドイツは、リーガ、タリン、ヴィルニュスのドイツ東方保護区に大々的な抗議行動を組織するよう命じた。

一一月一三日の朝、職務と学業が中断され、あたかも労働組合の呼びかけのもとで配布されたプラカードを手にした人々が大聖堂広場に集められた。「自発的デモ」は、一九四〇年のソ連の「労働者による社会主義革命」に酷似した巧みな大衆操作であった。このとき、アイワルスも「英米の支援を受けたボリシェヴ

(原20)　1943年10月19～30日、英米ソの外相会議はモスクワで開催され、1943年11月28日から12月１日までのテヘラン会談を準備。同会談において、ルーズベルト、スターリンおよびチャーチルは第二戦線の形成に合意した。テヘラン会談におけるルーズベルトとスターリンの非公式会談にて、戦後のバルト三国のあり方について合意され、1945年２月４～11日のヤルタ会議において承認された。

イキによるラトビア民族の再度隷属化計画に抗議した一〇万人」の一人であった。(原21)

生徒たちは、大聖堂広場の、今は銀行となっている建物のそばに立っていた。広場に面する放送局の正面には、ドイツと赤白赤のラトビア国旗が大きく掲げられていた。どうやら、ドイツ東方保護区を統治するドイツのローズ委員が演説するそうだが、早朝から動員された少年たちは、予定の時間になってもはじまる気配がないので退屈していた。

群衆が押し合いへし合いしている間に爆音が炸裂した。九時三〇分、放送局の壁に備え付けられていたゴミ箱が爆破したのだ。どよめき、叫び声とわめき声が沸き起こったがパニックにはならず、誰一人その場から動くことが禁じられた。三人が即死し、二人が重症を負ったらしいが、その一人は一〇歳の少年らしいということが稲妻のような早さで伝わってきた。ちなみに、負傷者の一人はのちに死亡している。(原22)

この爆発の痕跡は、今も放送局の外壁を形づくっている花崗岩の端に残っている。一九八〇年代になって、アイワルスはその痕を観光ガイドの女性に示してみせたことがある。

大聖堂広場で、ガイドの女性が団体の観光客を前にして、ソ連の英雄的な地下組織について説明し、「ラトビアと欧州各国に響きわたった爆発は、ラトビア民族が

(原21) Mūsu atbilde Maskavai ir cīņa（我々のモスクワに対する回答は闘いである）Tēvija.〈テーヴィヤ紙〉1943. — 14. novembrī.

(原22) Boļševiki slepkavo latviešu strādājošos（ボリシェヴィキはラトビアの労働者を殺害した), Tēvija.〈テーヴィヤ紙〉1943. — 14. novembrī.

ソ連人民友好の永遠の仲間であろうとする確固とした決意の証明でした」[原23]と言った。たまたま通りがかったアイワルスは、その言葉を耳にした途端思わず叫んでしまった。「爆発で民間人が犠牲となったんだ」と。

それは、ソ連の公式見解とは矛盾していた。何も言えず、ガイドは黙っていた。観光客の目前で疑問を提示するということは、ソ連の正義を疑ったことを意味する。そんな勇気は誰にもなかった。この爆発こそ、戦時中の特筆すべき反ファシズムの抵抗だったとソ連の学校では教えられていた。毎年、この日には特別の記念式があり、学校では勇敢な青年共産党員のスドマリス、スクレイヤ、バンコヴィッチスを讃える作文を書かされたのだ。

私は、自分の父が爆発時に大聖堂広場にいたことを知らなかった。学校で教えられた通りに「正しく書かれた」娘の作文を読んだ父は、心中どんな思いであったのだろう。

祖父のアレクサンドルスに話を移そう。学はなかったが生まれつき器用だったアレクサンドルは、一九四一年一一月以降はドイツ軍の分隊で自動車技師として重宝された。誰もがお手上げとなるモーターも、祖父の手にかかれば息を吹き返した。

開戦後、彼はますます嫉妬深くなり、妻との関係は悪化の一途を辿っており、些細なことが言い争いの種となった。食事の席でミルダが客とグラスを交わすとき、礼儀

(原23)　Dzintars J. Komjaunieši Rīgas antifašistiskajā pagrīdē（リーガの反ファシスト地下組織における青年共産党員）// LPSR ZA Vēstis. — 1968. — Nr. 10. — 21. lpp.

的に相手と視線を交わせば、意味ありげな目つきだと言って、すかさずその男との関係を問いただした。ミルダが患者からちょっとしたプレゼントや花束をもらうと、アレクサンドルスは「それが感謝の意であるはずがない、どんな関係なんだ」と怒り、狂ったように花束を踏み潰した。ミルダが女友達とカフェで過ごして帰宅すると「逢い引きか」と怒鳴りつけ、「愛人は誰だ」としつこく問い詰めた。

結婚当初は、夫の嫉妬深さに困惑して、できるだけ刺激を与えないように努力していたミルダも、火のないところに嵐を巻き起こす夫に疲れ果てて、夫の嫉妬は自分とはまるで無関係なことと諦めることにしたようだが、それはかなり困難なことで、多大なる気力を要したことだろう。私が年頃になって初恋をしたとき、「嫉妬深い男だけは絶対に好きになっちゃだめよ」と忠告した祖母は、少し間をおいて、「最悪なんだから」と付け加えた。

夫婦関係は深刻な危機を迎え、夫はしばしば扉を蹴っては「家出をした」。それでも必ず戻ってきたアレクサンドルスは苦しめながらもミルダを愛していたのだが、妻の独立心だけは理解しようとはしなかった。

戦時のもっとも辛いときに夫を頼りにできなかったミルダは、成長期の息子二人を一人で養った。ミルダは病院で食事をとりながら、息子たちにスープを持ち帰ったことは一度や二度ではない。田舎にいる親戚と母マチルデが可能なかぎり助けてくれたが、食料は常に欠乏していた。

育ち盛りのアイワルスは、いつも空腹に苛まれていた。ミルダは息子に少しでも栄養をとらせように、夏になるとアイワルスを田舎の牧場に羊飼いとして送りだした。そこであれば食にありつけるし、冬の衣類とベーコン五キログラムを稼ぐことができた。一九四三年と翌年の夏、アイワルスは二つの牧場で羊飼いをした。牧場主は気前のいい親切な人で、牛乳なら好きなだけ飲ませてくれたが、食事は来る日も来る日も鯉を焼いたものか干したものだった。それが理由で、アイワルスはすっかり鯉料理が嫌いになった。

東部戦線の接近を察知したドイツ指導部は、ドイツ東方保護区の権利拡大を目的として、差別政策で失った現地の共感を取り戻すために懐柔策をとりはじめた。すると、一九四三年から公式演説のなかにラトビアの名がしばしば響くようになり、街頭に再び赤白赤のラトビア国旗がはためくようになった。

そして、二月にヒトラーの承認のもと国有化されていた私有財産の一部が返還されることになった[原24]。戦争初期には耳も傾けられなかったラトビア軍の形成については、戦況が変わって前線の兵士が不足してくると、ボリシェヴィキと無私無欲に戦うならば戦後に国家が回復されるということが、ラトビアの「自治」指導者にほのめかされるようになった[原25]。

一九四三年二月、ヒトラーがラトビア人の志願兵によるナチ親衛隊地方部隊[原26]の結成を命じた。「志願」の二文字が、占領地の住民を動員することを禁じた一九〇七年のハー

（原24） Aizsilnieks A. Latvijas saimniecības vēsture.（ラトビア経済史）1914 — 1945. — Stockholm: Daugava, 1968. — 896. lpp.

グ条約の戦争規則違反を隠す助け蓑となった。[(原27)] 計画されたこの動員は、年齢別および段階的に実施され、明らかに志願の意志はまったく考慮されていなかった。動員は三月九日に低年齢グループからはじまり、一九四四年七月一五日の総動員宣言まで続いた。

アレクサンドルスは年齢による動員を受けなかったが、一九四四年三月二六日に召集令状を受け取り、第一九師団に自動車技師として従軍した。そして、ドイツ降伏後、数千人のラトビア人とともにパルチザン組織「森の兄弟」の一員となった。

一九四三年秋から一九四四年の冬まで新聞とラジオは、ドイツの退却は反撃に備えて軍を集結させる戦術をとるためだ、と報じた。東部戦線は確実に接近していた。人々は定期的にイギリスのラジオを聞いており、アイワルスはイギリスの発表で知った前線の変化を自らつくった地図に国の旗印で書き込んでいた。

一九四四年二月、ソ連軍がラトビア国境に達して重苦しい恐怖が漂った。たとえドイツ人を好きにはなれなかったラト

(原25) ラトビアとエストニアにおける自治権拡大については、1942年にベルリンにおいて討論がはじまったが、何としても戦争に勝つことか、またはバルト地域のドイツ化を事前に達成するかで、政府レベルにおいて衝突した。自治と独立宣言を支持することで東方保護区の兵士25万人の増員が可能との考えに対し、これを妨害し、ラトビアとエストニアにドイツ人10万人を入植させるべきだとの考えがあった。1943年2月17日、ヒトラーの判断により、自治権の問題は戦後にもち込まれた。1942年11月を皮切りに状況改善の噂がラトビアに広まったが、ドイツ政府が地方部隊形成に対する市民の協力的態度を引き出す目的で意図的に流した噂であった。Strods H. Vācijas projekti Igaunijas un Latvijas autonomijai 1942. — 1944. gadā (1942〜1944年のエストニアとラトビアの自治に関するドイツの計画) Latvijas Vēstures Institūta Žurnāls.(ラトビア歴史研究所誌) 1992. — Nr. 1. — 102. — 118. lpp.

ビア人でも、ボリシェヴィキの占領は記憶に生々しい。ロシア人が戻ってきたら復讐は残忍を極めるにちがいないと人々は語り合い、恐怖心が膨張していった。

アイワルスたち青年も恐れた。ドイツの助けを借りて、ラトビア地方部隊が固守してくれるだろうという奇跡にも近い願いがかけられ、ドイツは今すぐにも魔法の武器を使い、戦争の気運が戻ってくるだろうとも噂された。

「まずやっつけるのはシラミに食われた奴ら。青い灰

(原26) 地方部隊はヒトラー武装親衛隊の一部として形成されたとはいえ、ナチスドイツとの政治的共通点はなく、またラトビアの自治行政府の立場では、部隊はさらなる独立性を得て西側戦線に参戦せず、ボリシェヴィズムに対峙する前線の戦闘部隊であった。最初の戦闘となったレニングラード近郊のヴォルクホフにおいて、西側の連合軍と市民およびユダヤ人に対する作戦に参加しなかった。1945年のオデル川下流域における最後の戦闘で、第15師団はドイツ幹部の司令により武装解除され、大部分の兵士は自ら進んでアメリカ軍に降伏した。国連救済復興機関委員会は、「バルトの武装親衛隊は、任務の目的、思想、行為および機構内の階級においてドイツの親衛隊とは異なる部隊であったと考えられる」とした。クルゼメ攻防戦に参加した第19師団は5月8日に降伏し、捕虜となったラトビア人兵士らはシベリア送りとなり、その多くが死亡した。生存者には、1955年に恩赦が与えられた。Ezergailis A. The Latvian Region. Heroes, Nazis or Victims. A Collection of Documents from OSS War Crimes Investigation Files 1945-1950 (Riga, Historic Institute of Latvia, 1997) 31-34, 38-40. ドイツ軍に従軍したとされるラトビア人兵士は、8万人から165,000人と数値に大きな開きがあり、最新の調査では、11万〜15万人に近いとされている。K.Kangeris, NacionālsociālistiskāsVācijas militārajos formējumos iesaistītie Latvijas iedzīvotāji（民族社会主義ドイツ軍事編成に関係したラトビア住民）Latvijas Kara muzeja gadagrāmata（ラトビア軍事博物館年鑑）Rīga, Latvijas karamuzejs, 2000, 139.

(原27) 軍に、占領地域の兵士およそ100万人が動員され、そのうち488,000人がソ連地域における動員であった。ドイツ側の巧妙な煽動によって、兵士の大多数はボリシェヴィズムとの闘いが目的であると信じていた。Strods H. Zem melnbrūnā zobena.（黒茶色の剣の下で、ラトビアにおけるドイツの政策）Rīga: Zvaigzne, 1994. — 93. lpp.

色の奴らはそのあとだ」

「シラミに食われた」ボリシェヴィキの再来から守るために、当面はドイツの「青い灰色」に耐えるという歌(原28)をラトビア地方部隊は歌いながら、祖国をかけた聖戦で命を落としていった。彼らは、ソ連兵を撃退すればラトビア国家再生の時が来るというドイツ指導部の約束を(原29)、心から信じていたのだ。

一九四四年の真夏、破局は疑う余地のないものとなった。八月にドイツ軍が撤退をはじめ(原30)、人々は路上で捕えられてドイツへ使役に送られるか、またはクルゼメでの土豪堀りに駆りだされた(原31)。しかし、ミルダには恐れるものがなかった。自分はドイツがまさに必要とする野戦病院で働いているし、アイワルスもツァルニカワで羊飼いをしていて安全だ。下のアルニスはリーガ郊外のマチルデに預けてある。それに、アレクサンドルスからはときどき便りもあった。

同じ八月、ミルダはドイツ病院に避難することをすす

(原28) 二つの占領体制は皮肉にも、クルゼメにおいてラトビア赤軍ライフル第130兵団をドイツ側のラトビア地方部隊第19師団に対峙させた。ソ連軍に従軍した総数10万人のラトビア兵の半数は、ロシア在住のラトビア人と1941年にソ連軍とともに退却したラトビア住民であって、残る半数は、1944年末から1945年初頭にソ連による第2次占領後にヴィッゼメとラトガレで動員された。

(原29) 終戦が近づくにつれ、ドイツ指導部は宥和策で地方部隊を戦争に駆り立てた。1945年1月1日、ラトビア第15師団の指導者オブウルツァーは「君達は独立国家ラトビアの再生のために戦っているのだ」と述べ、第6分隊の幹部クリエゲルは、「ラトビアは、自らの兵士による英雄的な闘いの結果存在するだろう」と言った。Neiburgs U. Latviešu karavīri Vācijas un PSRS armijās: galvenās problēmas（ドイツ軍とソ連軍におけるラトビアの兵士達、主要課題), Latvija Otrajā pasaules karā. Starptautiskās konferences materiāli, 1999. gada 14. — 15. jūnijs, Rīga. — Rīga: Latvijas vēstures institūta apgāds, 2000. — 201. lpp.

められ、一時はその誘惑に悩んだ。子どもたちは別に避難させて、のちにまた合流できると言うが、それが信用できるのか。もし、途中で何かが起きたら二度と会えないかもしれない。息子のいない人生なんて自分にはありえないし、混乱のときこそ家族は一つになっていることが一番大切だ。そう考えたミルダは、避難しないと決心すると、羊飼いの主人の反対を押し切ってアイワルスをリーガに連れ戻した。

数日後、マチルデもアルニスを連れてリーガに辿り着き、メーネス通りのアパートで家族揃って災難に備えた。一方、アレクサンドルスについては居場所も生存も分からなかった。

リーガへの空襲がはじまった。町中に警報が鳴り響き、人々は地下室に逃げ込んだ。しかし、ミルダはそんなことで助かるはずがないと判断し、運命に賭けて家族全員でそのまま室内にとどまることにした。

爆撃機の音がどんどん大きくなり、恐怖が迫った。ドン、ドン、ドンという爆音のたびに、今度こそ頭上に落ちてく

（原30） 1944年3月3日、ドイツ東方保護区の軍指導部はバルト撤退本部を設置し、300万人の連行計画を作成させた。ドイツ指導部に撤退の一致した意見がなく、7月、バルト諸国の固守を主張する意見が強まり、撤退は禁じられた。1944年7月9日、臨時に権限を与えられていたイェケルンは、地域住民を捕えてバルト固守の戦線作業もしくは戦闘にあたらせた。しかし、ソ連軍の急接近により8月15日に撤退が再開され、翌年の1月までに18万人がラトビアを離れた。Strods H. Zem melnbrūnā zobena. — Rīga: Zvaigzne, 1994. — 130. — 134. lpp. 戦中のドイツにおける強制労働者、軍人、難民を含むラトビア人総数概数は217,000人。

（原31） 1943年12月までに、総数16,800人がラトビアからドイツに強制労働者として連行された。Baltais M. K. Piespiedu iesaukšana darbam Vācijā, militārajam dienestam un evakuācija uz Vāciju// Okupācijas varu nodarītie postījumi Latvijā. 1940. — 1990. — Stokholma: Memento;Toronto: Daugavas Vanagi, 2000. — 193. — 199. lpp.

るような底知れない恐怖が走った。エンジン音が遠去かり、助かったと安堵したとき、マチルデの兄のエグリーテが息子のアルヴィーズを連れて荷馬車二台で迎えに来てくれた。ミルダの家族は凍りつく恐怖から救い出され、マチルデと二人の息子は田舎の農場（ストラウペ村）へ疎開することになった。

恐ろしい一夜だった。シグルダ自動車道は断続的に空襲を受けていた。北東に進んでいると、進行方向からドイツ軍の車と馬車が近づいてきた。途端に荷馬車の馬が狂ったようないなり声を上げ、車がクラクションを鳴らした。年長の少年として二台目の馬車の手綱を預けられていたアイワルスは、うっかり居眠りしていたために対向車と衝突しかけたのだ。アイワルスは激怒したドイツ人に頬を引っぱたかれて、「路上で何のまねだ。とっとと失せろ」と怒鳴られた。幸い、それだけで解放された。

そんな困難と恐怖のあげく、翌日、目的地に辿り着いた。リーガでの狂気の喧騒をすぎると、田舎の静けさと平穏さは不自然なくらいである。ぐったりとした彼らは、ライ麦パン、ベーコンとカッテージチーズでもてなされたが、貧弱な町の食料事情に比べたらとてつもないご馳走である。戦争などどまるでどこ吹く風というように、そこはまさに天国のような居心地だった。

他方、ミルダは一人リーガの町に残った。八月、ドイツ病院が避難し、ドイツ人スタッフは病院内の機材や薬品など、ドイツで役に立ちそうなあらゆるものを持ち去った。ドイツ病院は再びリーガ第一病院に戻り、ラトビア人医師が破壊された病院の引き継ぎ役を命じられていた。

一〇月一三日、リーガは再びソ連軍の手中に落ちた。占領軍はラトビア人をファシストであると見なし、強盗、暴力、銃殺、強姦の対象とした。ある夜、ロシア人兵士が集団でメーネス通りの中庭に入り込んだ。ミルダがカーテンの端から覗いて目にした兵隊たちは、色あせた貧相な身なりをしていた。彼らは階段に座り込み、携帯していた小瓶を回し飲みして、ロシア語を張り上げていた。

「よし、この足でベリルンまで行ってやるぞ！」

兵士の一人が、ロープで縛りつけた長靴の底を指さして笑っていた。ミルダは自分の目を疑い、思わず頭を振った――あんなぼろ切れで、誰がベルリンまで行けるものか、米英がじきに正気を取り戻してソ連との友好を断ち切り、ロシアによるヨーロッパ拡大を許す

現在のリーガ第一病院外観（撮影：Vilnis Auziņš）

はずがない。

ソ連軍のラトビア攻略は、クルゼメ地方を残すばかりとなった。クルゼメでは五月九日まで激しい戦闘が続き、ラトビア地方部隊第一九師団も戦っていた。(原32)

(原32)　7か月にわたる戦闘で、第19師団の兵士約3,500人がクルゼメで戦死。降伏後、14,000人が戦争捕虜となった。Freivalds O. Kurzemes cietoksnis. I daļa.（クルゼメの砦）Kopenhāgena: Imanta, 1954. — 178. lpp.

銃殺か、もしくは無罪を

一九四五年五月八日二三時〇一分、デーニッツ海軍元帥［Karl Dönitz・一八九一〜一九八〇］が連合国に対するナチスドイツの無条件降伏に調印し、翌九日、クルゼメとチェコ・スロヴァキアの首都プラハでドイツ軍が敗北した。ソ連が戦勝記念日を五月九日に祝ったのはそのためである。

戦争末期にラトビア地方部隊第一九師団第六分隊の自動車技師であったアレクサンドルスは、クルゼメ地方ヴァーネ［Vāne］村のそばで降伏を迎えた。五月七日夜、「どこでも好な所に行け」と言いわたされたアレクサンドルスと数名の兵士はトラックでヴェンツピルスに向かい、そこからボートでラトビアからの脱出を試みることにした。ところが、ヴェンツピルスのそばですれ違った人から、もう船が残っていないことを知った。壊れた船までが海に出てしまった、と。

アレクサンドルスは迷った――どうすべきか、リーガは危険だ。そこでは、ソ連が彼のような「祖国ソ連の裏切り者」を逮捕しようと躍起になっている。混乱したクルゼメのほうがまだましだが、地方部隊の兵服でふらつくのは狂気の沙汰だ。まずは着替えよう。

空き家に入って衣類を見つけたアレクサンドルスは、着替えてやっとひと息をついた。そばに車が乗り捨ててあったが、動かない。だが、ガソリンはある。これは、すべての望みが失われていないという運命のサインだろうか、もう一度ヴェンツピルスに運を賭けてみよう、スウェーデンに辿り着けさえすればいいんだ。そう考えたアレクサンドルスはモーターを直そうとしたが、だめだった。

そのまま何日も街を徘徊した。ドイツ軍は、武器庫の荷を処分する暇もなく退散していた。残された貴重な食料と酒は分捕り放題で、その光景は絶望と悲嘆に酔いつぶれた末の狂気の晩餐と化した。アレクサンドルスも、ラトビアを追悼してそこに加わった。彼は第一次世界大戦で両親を奪われ、今度は祖国と健康と家族のすべてを奪った憎い戦争を呪った。すべてを忘れ、感覚がなくなるまで飲み続けた。

翌朝、意識を取り戻すとその惨状の場を離れた。というのも、ソ連軍が車でパトロールをはじめていたのだ。森の中にしか安全はない。こうして、私の祖父はパルチザン組織「森の兄弟」の一員となった。

彼がパルチザンに加わったのは、自らの意志によるものではない。ドイツ軍に従軍した地方部隊員はソ連の裏切り者であったため、ほかに選択肢がなかったのだ。(原1) 最初の占領期においてチェキストによる弾圧を知る者にとっては、「祖国ソビエトの裏切り者」を待ち受けているのは責め苦でしかない。

（原１）　降伏直後、約4,000人がクルゼメ地方の森にこもった。ソ連側の記録によれば、1944～1956年の戦後期に約２万人が抵抗運動に関与していた。StrodsH. Latvijas nacionālo partizāņu karš. 1944 — 1956.（ラトビア民族パルチザン闘争1944～1956）Rīga: Preses nams, 1996. — 158. lpp.

一九四一年の就労命令(原2)でドイツ軍の技師になったという事実は、ソ連の役人には通じない。ドイツ軍の工場に勤務歴があるうえ、入隊拒否(原3)をしたとなると戦争裁判所行きを意味していた。民間人のように、逃げも隠れもできなかったわけである。また、一九四四年三月に動員されたとき、彼の左肺は結核が進行していた。一九四五年一月には健康上の理由で兵役を一時解かれたが、ドイツまで強制労働に送られている。

戦争終盤の三月二二日に再動員でラトビア地方部隊第一九師団に配属され、クルゼメ作戦では必死に戦った。アレクサンドルスと同じような運命を辿った数百万人もの人々は、自らの未来を決める機会を戦争によって奪われていたわけである。

アレクサンドルスの正確な動向については不明である。逮捕、拘留され、チェキストの拷問を受けた彼の自供はたびたび変わっている。しかし、三度目以降の尋問では、「森の兄弟」の拠点とメンバーについての証言は一貫するようになった。

——単独、ヴェンツピルスを出て歩き続けて数日後、ズーラス村に着いて同じ境遇の男たちに出会い、チェカ作成の書類で

(原2) 1941年8月15日の命令によって、全住民は就労行政府への登録を義務づけられ、組織的な国勢システムによって地域住民が労働から逃れられないよう管理した。Aizsilnieks A. Latvijas saimniecības vēsture. 1914 — 1945. — Stockholm: Daugava, 1968. — 938. lpp.

(原3) 1943〜1944年の動員に関する統計によれば、招集されたうち18%は動員を逃れようとした。1944年7月15日、イェケルン総督はドイツ東方保護区全域における総動員を宣言し、16〜55歳の男性を招集したが、この間の動員逃れは著しく増加している。Neiburgs U. Latviešu karavīri Vācijas un PSRS armijās: galvenās problēmas (ドイツ軍とソ連軍におけるラトビア人兵士、主要課題) // Latvija Otrajā pasaules karā. Starptautiskās konferences materiāli, 1999. gada 14. — 15. jūnijs, Rīga.: Latvijas vēstures institūta apgāds, 2000. — 197. — 204. lpp.

「シルス（松林）」と呼ばれるグループに勧誘された。七月半ばまでシルスと行動をともにし、その後、クルディーガ近辺で活躍する「ラビエティス」と呼ばれたオルゲルツ・ストゥーリス率いるパルチザンに入った。八月半ばにはビルズガレにいて、一〇月末にリーガの自宅を目指した。

アレクサンドルスは、数人の仲間とともにユンプラバでダウガワ河を越え、九月の初めからヴィッゼメにいたことを白状していない。ストラウペ近辺に住む妻ミルダの親類に迷惑をかけたくなかったのだろう。そんな証言をすれば、ミルダの親類が怪しまれて尋問されたかもしれない。もちろん、リーガに戻ってからの所在も明らかにしていない。「森の兄弟」のヴィッゼメの拠点というのはツェップリーシ農場だった。そこでなら食事ができ、サウナで温まり、清潔なシャツを着て穏やかに眠ることができたので、ほんのいっときだが人間に戻ることができた。

一〇月末のある夜、男たちがサウナを出て家畜小屋の屋根裏で寝ようとしたとき、銃声が鳴り響いた。小屋は、すでにチェキストに包囲されていた。アレクサンドルスはとっさに屋根裏の格

STRASSENTRANSPORTLEITUNG
Dienstausweis Nr. 37047
Kalnietis — Name
Alexander — Vorname
5.3.1907 — geb.
Kraftfahrer — Beruf
Riga — Wohnort
Himmelfahrtstr. — Strasse
Lette — Staatsangehörigkeit
Gebietskommissariat
IV
O.U., den 25.11.
I.A.
Eigenhändige Unterschrift des Inhabers
Unterschrift

職場が発行したアレクサンドルス・カルニエティスの身分証明書。194？年、ドイツ語表記

子戸から飛び降りて地面に転がり落ちると、銃弾を避けるようにジグザグに進んで近くの茂みに飛び込んだ。そのまま、銃弾が飛び交うなかを死に物狂いで走った。白い下着姿の彼は白ウサギのように格好の標的となったが、奇跡的に助かった。

追跡を逃げきり、冷たく湿った苔の上に疲れきって横たわっていた――まだ生きている、あとどれだけもつだろうか、秋はもう終わりかけ、冬は目前だ。

服も履物もなく、パンツとシャツだけの下着姿だった。結核の熱にうずく肺は厳しい森ではとても耐えられない。干草や穴に隠れて夜を明かすたびに、身体はげっそりとしていった。どこにいようと安心はできなかった。

ロシアがクルゼメを陥落させると、一六歳から六〇歳までの男たちはみな選別収容所(原4)に送られた。その直後から、「無法者」を標的とする森の一掃がはじまった。まだ無事に思われたヴィッゼメでも、チェカが躍起になって「森の兄弟」を襲撃しはじめた。

アレクサンドルスは、英米が助けてくれるという噂は空約束にすぎないと思っていた。――連合軍はロシアのヨーロッパ侵入を許し、対日戦ではソ連の支援を求めた。バルト三国ごときのために強大なソ連との関係を壊すはずがない。森にいても出口はない、よしリーガへ行こう。リーガなら人の群れに隠れて冬を越せるかもしれない。ミルダは助けてくれないだろう。最後の別れ際、二人の仲は冷えきっていたし、許しを乞うには苦しめすぎている。ただ、息子のアルニスにはひと目だけでも会いたい。

(原4) Strods H. Latvijas nacionālo partizāņu karš.（ラトビア民族パルチザン闘争）1944 — 1956. — Rīga: Preses nams, 1996. 129. lpp.

翌朝、アレクサンドルスは勇気を奮ってある一軒の窓を叩いた。ツェプリーシ農場で起きた銃撃のことは周囲に知れわたっており、誰もがその二の舞を恐れていた。そのため家の主は、粗末な袋布とパンの塊をアレクサンドルスの手に握らせると、とっとと失せてほしいというような素振りをした。アレクサンドルスもまたさっさと立ち去って、森に入って身の安全を図った。そして、森づたいにリーガを目指して歩きだした。

履物がないため早く歩くことはできなかった。寒さと木々のゴツゴツとした刺から足を守るため、道すがら拾ったぼろ切れを巻きつけた。施しのパンはあっという間に消え、空腹に苦しみながらも民家には立ち寄れなかった。

行き交う人とすれちがった折、思い切って食べ物乞いをした。その見知らぬ男が食料を取りに家に戻っている間、アレクサンドルスは身を隠して戻ってくる男が尾行されていないかどうか怖々として見つめていた。そして、やっと食べ物にありついた。

リーガトネ墓地までやって来ると、墓地の石壁のそばにピストルを埋めて隠した。のちに彼は息子アイワルスにその場所を教え、きちんと取り戻して隠しておくように言いつけている。アイワルスは翌年の夏にピストルを見つけ、リーガの家に持ち帰って屋根裏に隠した。ひょっとしたら、今もまだそこにあるかもしれない。そして一〇月三〇日、アレクサンドルスはリーガに辿り着いた。

夜更けに鳴った呼び鈴にアイワルスは驚愕した。戦後のリーガでは、深夜の呼び鈴は不吉な知らせだったのだ。その夜、母ミルダは夜勤で弟は祖母の田舎にいて、家にいたのはアイワルス一人だけだった。

「どなた?」アイワルスは用心深く尋ねた。一瞬の沈黙のあと、「父だ」という答えが聞こえた。アイワルスはすばやく扉を開けた。台所から漏れる明かりが、暗い廊下を背にして立つ父を照らしだしていた。

恐ろしい姿だった。汚れて擦り切れた布袋をまとい、肩にノコギリをかついでいた。醜い綿入り帽子で髭だらけの顔を隠していたが、それより哀れに見えたのは、ぼろ切れを紐で巻き着けた足元だった。これが、帰宅した父の姿である。

ミルダは、長らく消息の絶えていた夫の生還を喜んだ。戦争末期に見た大勢の難民とボリシェヴィキの脅威(原5)を考えると、夫との不仲は遠い過去のちっぽけなことに思えた。弱り果てた夫を抱擁した途端、ミルダのなかに女としての感情が蘇った。その日から夫が逮捕されるまでの一三日間、ミルダは妻として最後の日々を生きた。

三七歳のミルダは夫を愛しく受け入れながらも、その存在が息子二人に及ぼす危険を考えると憂鬱になった。熟慮の末、ミルダは夫に、「警察に出頭して、法律上の正当性を承認してもらう」よう説得した。

(原5) リーガを含めラトビアのほとんどの地域は、1944年10月に占領されていた。1944年12月1日までにNKGBは4,914名を逮捕し、軍反逆諜報部隊は2,127名を勾留した。10月16日、ラトビアにおいて逮捕者専用の最初の収容キャンプがレーゼクネ近郊の291号、ダウガウピルス近郊の292号、さらに三つ設置された。大量逮捕のために既存の収容所は収容人数を超過し、党活動家は学校および病院の要員不足を党本部に訴えるほどであった。前掲書124〜127ページ。

——最悪でも刑務所に入るくらいよ。私たちに恐怖が降り掛かるはずはないわ、つつましく暮らしている庶民だもの、夫は何も罪を犯していないのだし。

これが、せっぱ詰まった状況を前にして判断が狂い、息子を守るためなら占領期の恐ろしい体験をも封じ込めてしまった結果なのだ。

ミルダは、ソ連の死刑執行人に考慮の余地があると本当に信じていたのだろうか。アレクサンドルスは妻の意見に反対はしなかったが、ボリシェヴィキが元「ドイツ協力者」に対して「法律上の正当性を承認」して「罪」を赦すという約束など守るはずがないことを重々承知していた。降伏の日のように、彼には選択肢がほかになかった。森に残ればボロボロの肺を抱えて越冬できる見込みはなく、死が確実であった。そして、ソ連の手中に落ちればシベリア送りの運命となり、その行き着く先も死である。心底疲れ果てた彼は、避けられない宿命に従うほかなかった。

警察に出頭する前、いざという事態に備えて、少なくとも防寒着と長靴をそろえる必要があった。自分の古いコートと友人からもらった衣類はあったが、長靴がない。闇市で買うへそくりもなく、仕方なくミルダの給料日を待つことにした。それまでは、台所の食卓の下に粗末な隠れ場をつくり、アレクサンドルスは不意の訪問者の目から身を隠した。父の帰宅を他言しないよう厳しく言い含められたアイワルスは、子どものころからの戦争でさまざまな体験をしてくぐり抜けてきていたため、その秘密の重大さをよく心得ていた。

一九四四年一〇月末の「解放された」リーガには、暴力と無秩序が横行していた。ドイツ占領期にはそれなりの秩序があったが、ロシアの侵攻後は混沌とし、自宅にいようが外出しようが安心できるような状況ではなかった。強盗集団だけでなく兵士たちも、勝利者の当然の権利であるかのように略奪や強姦を犯した。ファシストであるラトビア人には何の値打ちもないのだ。そうした蛮行についてはひそひそと噂されていたが、事実アイワルスの住む界隈でも女性が襲われていたし、すぐ近所の商店は三度も襲撃されていた。

リーガでは家主が西側に亡命して空き家が増え(原6)、そこに勝利者の赤軍兵が乗り込んできた。アイワルスの住む集合住宅にも、一九四一年のソ連軍の撤退とともに出ていった隣人が戻ってきた。ラトビアに残留した者は例外なくファシストとその追従者だと思い込んでいた人物であるだけに、異端者を匿えば真っ先に告げ口されるので用心に用心を重ねなくてはならない。そのためミルダは、田舎にいるアルニスには父親の帰還を知らせなかった。七歳のアルニスでは、うっかり人前で口に出してしまうかもしれない。息子をひと目見たいというアレクサンドルスの願いは、とうとう叶えられることはなかった。

（原６）　第２次世界大戦期のラトビアからの難民数の正確な統計はなく、資料によって大きく異なるが、一般的に少なくとも20万人のラトビア人がまずドイツへ逃げ、1944年後半から終戦までにドイツの占領地域に脱出していた。戦後、難民と強制労働連行者、そして軍人を含む最大12万人が西側の、主に米英仏に占領されたドイツ圏の難民キャンプに残留し、その多くは1945年の赤軍の手に落ち、選別収容所および強制労働収容所に移管された。Brancis M. Latviešu bēgļu gaitas Vācijā（ドイツにおけるラトビア難民）1944. — 1949. gadā // Latvijas Arhīvi. — 2000. — Nr. 4. — 175. lpp.; Veigners I. Latvieši ārzemēs. — Rīga: Latvijas enciklopēdija,（ラトビア百科事典）1993. — 380. lpp.

一九四五年一一月一三日の深夜、ミルダの給料日の二日前にアレクサンドルスは逮捕された。戸が強く叩かれたとき、夫婦は台所で寝ていた。居間の小さなソファベッドに寝ていたアイワルスは、父親がさっとテーブルの下に身を隠すのをドアの隙間越しに見た。ミルダはベッドを整えて枕のくぼみをなくし、二人で寝ていた気配を消した。そして部屋着を羽織り、扉を開けた。武装した二人の男が台所に押し入り、まっすぐに銃口とサーチライトをテーブルの下に向け、ロシア語で怒鳴った。「出て来い、悪党め！　撃つぞ」

アレクサンドルスの隠れ場がばれていたのだ。誰かがチェカに密告したのだろうが、一体誰が？　ミルダの兄のヴォルデマールスの妻なのか……アレクサンドルスの帰宅を知っていたのは彼女一人だった。

警告を受け、アレクサンドルスは机の下から這いだして両手を挙げた。チェキストが金切り声で「武器を出せ」と叫んだが、武器がないことを確かめると、「ついてこい」と命じた。アレクサンドルスは慌てることなく服を着た。そして、身分証明書と家族の写真が入った黄色い財布をポケットに押し込み、ミルダが用意した衣類の包みをつかむと、妻を抱きしめた。それから、怖くて動けなくなっているアイワルスの頭に手を置いた。薄っぺらなサンダルを履いたまま、自分で選ぶことのできない人生最期の旅に出たのである。

アイワルスが最後に見た父親の姿は、台所の戸に映った黒い影でしかない。それ以後、二度と父親を見ていない――生きている姿も、死んだ姿も。

アレクサンドルスは、スタブ通りと自由通りの角にあるチェカの建物に連行された。そこで命令されるがままに個人情報を記入し、服を脱がされ、財布を没収された。その中身が、ラトビア国立公文書館に保管されたアレクサンドルスのファイルに収められている。(原7)「無法者」には、息子の写真さえ所持が許されなかった。

同日の一四時一〇分、アレクサンドルスに対する尋問がはじまった。初回は一一時間に及び、その間に取り調べられた内容は延々一〇ページにわたってロシア語で記録されている。平均して、一枚一時間弱のスピードで記録されたことになる。

シベリアから生還した「森の兄弟」のメンバーたちはチェカの地下室で受けた拷問と苦しみを証言しているが、それによると、肉体的な拷問には取調官も記録係も手を出していない。専門の殴り屋が身体の急所をおもむろに殴り、相手が倒れると足蹴りを続けたが、その重い軍靴は拷問の道具としては最高のものだった。

アレクサンドルスが、いっそう手荒い拷問を受けたかどうかは想像するしかない——天井からの吊り下げ、背中に回した両手の骨折、膝を顎につける座り、鉄ペンチによる骨砕き。一九五〇年台初頭にシベリアでミルダが受け取った六通の手紙は、どれも取り調べの過酷さを思わせるものだった。

——何もかも耐え抜いたあと、今や死は友達となった。死ねば救われるんだ。死ぬこ

(原7) LVA, 1986. f., 1. apr., 17170. l., 8. sēj., 117. — 152. lp.(ラトビア国立公文書館所蔵ファイル、アレクドルス・カルニエティス逮捕時の没収品)

——とは、もうとっくの昔から怖くない。とっとと死んでいても当然と思われる俺の身体は、しぶとくもまだ生きている。(原8)

意識を失いかけると五階の拷問室から引きずり出され、ジメジメとした冷たい地下室に押し込まれた。そこでは、昼も夜も煌々と光る天井の電球が目を突き刺すようで眠らせてはくれない。「明かりセラピー」と睡眠不足は、囚人を打ちのめすための追加手段だったのだ。取り調べはほぼ毎回深夜にあり、そのあと横になるときは必ず上向きで、目を手で覆うことが禁じられていた。このような規則の遵守は厳しく監視されていた。

アレクサンドルスが次に取り調べられたのは二日後だった。初回の「対話」があまりにも手厳しかったために、二日待たなければ再開することができなかったのだろう。彼が受けた七回の取り調べは、「森の兄弟」のメンバーに対する扱いとしては多くないが、たった一度でもベテランのチェキストの手にかかれば、その後遺症に生涯苦しめられることになっても不思議ではなかった。

アレクサンドルスは取り調べのたびに地下室に戻されたため、肺結核は悪化する一方だった。しかも、担当官は毎回代わり、何度も同じことを繰り返し尋問されたので、苦悩と疲労、喉の渇きで証言の辻褄があわなくなった。

——どこで誰と一緒だったか、どんな武器を持っていたのか、ほかにどんなグループ

(原8) アレクサンドルス・カルニエティスからミルダ・カルニエテ宛の1950年11月2日付の書簡。

がクルゼメ周辺にいるのか、グループ間にはどんな連絡網があったのか、グループが拠点とする場所までの道に地雷は仕掛けてあるのか、支援者は誰か。

初めての取り調べの際、脈絡なく話したアレクサンドルスは、まさか自分の証言が注意深く読まれ、地名と人名と日付のすべてに赤線を引いて照合されるとは思っていなかっただろう。矛盾する証言はたちまち突き上げられ、ひどい拷問を受けた。三度目の尋問で真実を白状すると誓わされたとはいえ、実際はさほど有効な情報をもっていなかった彼はチェキストを失望させた。二日間にわたるその尋問は、しばしば数時間の中断を挟んで続行されている。

——アレクサンドルスは気絶でもしたのだろうか。

アレクサンドルスは、他者を犠牲にするような証言をしなかった。森に何年も潜入したまま活動を続けていた人物の名前を挙げただけで、ヴィッゼメでの自分の動きについては沈黙を通して、妻の親類を弾圧から守り通した。七回目の尋問で新たな情報はそれ以上聞きだせないことが判明すると、ようやく取り調べは終わった。最後の取り調べのあとのアレクサンドルスの署名は判読不可能なものである。それほどひどく拷問されたのだろう。

その後、中央刑務所に移され、四〇人の大部屋に入れられた。(原9) それは、犯罪界の残忍な掟に服従を強いられる新しい試練のはじまりでもあった。一九四六年五

(原9) 1945年10月2日に逮捕され、アレクサンドルスとほぼ同時期にチェカの地下室にいたシルスニンシュは、取り調べと拘留の日々、追放までの道のりを詳細に記録している。Sirsniņš F. Atmiņas // Pretestības kustība okupācijas varām Latvijā.（記憶、ラトビアにおける占領権力に対する抵抗運動）, Rīga: SolVita, 1997. — 62. — 67. lpp.

月六日、やっと公判となった。

　チェキストは、個人の「無法者」を「武装集団」とこじつけることでファシストの数を水増しし、公判における効果を強固なものにした。

　三月三〇日、アレクサンドルスは起訴事実を告知されたが、ヤンソネ盗賊団の一味とされた起訴事実は全九冊を数えるものとなっている。取り調べ中のアレクサンドルスの供述には、ともに裁かれた人物の名は挙げられていない。「盗賊団」の二四人の供述でもまた、アレクサンドルスの名は挙がっていない。チェキストは、アレクサンドルスの名前がほかのメンバーに知られていなかった理由を、彼がラトビア・パルチザン同盟の連絡員であったためだとこじつけた。

　こうして、起訴状に付記されている抵抗グループの連絡綱(原10)の隅にアレクサンドルスの名が記入された。この裁判の生き証人によれば、盗賊団とされた二五人のうち実際に起訴事実通りに活動したのは五人にすぎず、そのほかは起訴を派手に脚色するために付け加えられただけで、互いに裁判所で初めて顔を合わせたということである。

　戦争裁判は非公開だった。ソ連の裁判においては裁判官と検事というのがお決まりだが、そこに弁護人まで同席していたことは驚きである。そのうえ、三一人の証人尋問があった。証言台に立った被告人ほぼ全員は、ロシア語で進む裁判をほとんど理解することができなかった。「正義の女神」の下僕であるラグロフ少佐、オレニコフ中尉、レヴ

（原10）　ラトビア国立公文書館、1986年刊、第１巻、17170号（ラトビア民族パルチザン組織関連機構）

ァンス中尉は、さぞかし退屈していたことだろう。正義への奉仕の演技は毎度のことながら、役割を熟知し、すべてが予定通りに進行し、検事が準備した内容は用意周到に、滞りなく進行した。

被告人は再度個々に証言を求められた。スウェーデンへの逃亡の試み、反ソ冊子の配布、他の「武装集団」と連絡をとるためのリーガ行きという容疑をアレクサンドルスがいくら否定したとしても、何の役にも立たなかった。続いて登場した検事はヴィシンスキーさながらの熱烈さで、ソ連体制に対する無法者の犯罪を立証した。

「被告カルニエティス・アレクサンドルス（中略）は、一九四五年一一月一四日の逮捕当日まで北部クルゼメの無法集団の連絡員の役割を務め、反革命組織であるラトビア民族パルチザン同盟の地下活動に積極的にかかわっていた。被告は無法集団の一員として、北部クルゼメの住民、とくにソ連の共産党活動家を脅迫し、政府の穀物分担および農民からの徴収の輸送を妨害した。被告は反ソ的な冊子を配布し、ソ連体制に対する反抗的な活動を煽動した。

結論：カルニエティス・アレクサンドルスをソビエト・ロシア刑法典第五八条一a項、一九条五八項八号、一九条五八項九号、五八条一〇項二号および五八条一一項に準じ起訴する（原11）」

（原11） LVA, 1986. f., 1. apr., 17170. l., 2. sēj., 69. lp. ソビエト・ロシア刑法典第19条は、犯罪行為の策謀および犯罪行為に良好な状況づくりを有罪とする。58条12項は反革命的犯罪に関する。アレクサンドルスの場合、祖国ソ連に対する反逆者と敵対者との共謀、テロ行為、国家および共有財産の破壊、ソ連体制転覆の試み、犯罪組織への関与が当てはまるとされた。KPFSR kriminālkodekss. — Maskava, 1944. — 9., 20. — 23. lpp.

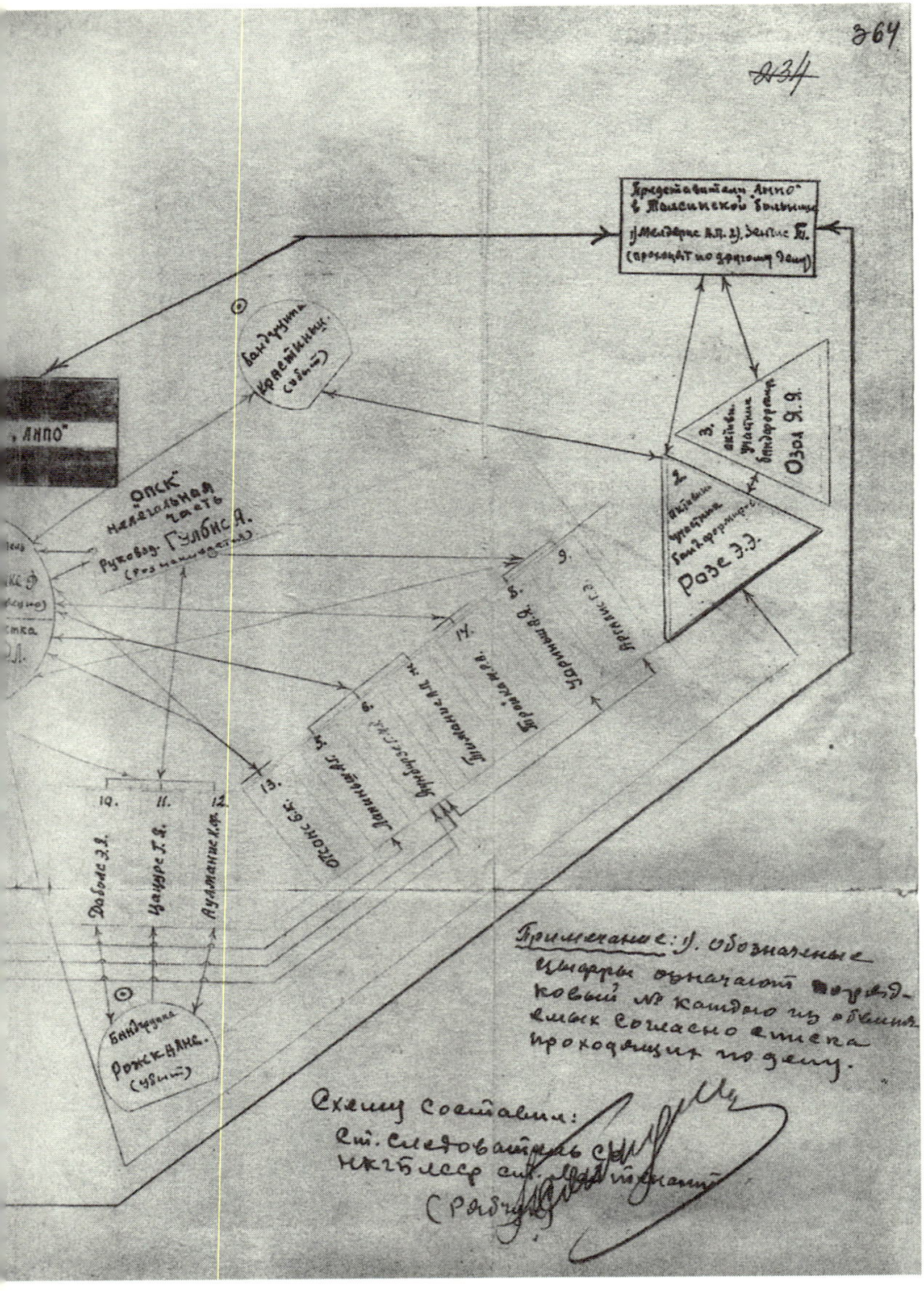
364
234
Представители „АНПО" в Талсинской больнице
1) Мелдерис К.П. 2) Зелтис П.
(проходят по другому делу)
Бандгруппа Крастиньш (СОБИТ)
„АНПО"
ОПСК нелегальная часть
Руковод. Гулбис А.
3. Активн. участник бандформир. Озол Я.Я.
2. Активн. участник бандформир. Разе Э.Э.
13.
10.
11.
12.
Даболс Э.Я.
Цаунре Т.Я.
Аудманис К.Ф.
Бандгруппа Рожкалнс (убит)
Примечание: 1) Обозначенные цифры означают порядковый № каждого из обвиняемых согласно списка проходящих по делу.
Схему составил:
Ст. следователь СО НКГБ ЛССР ст. лейтенант
(Рябчук)

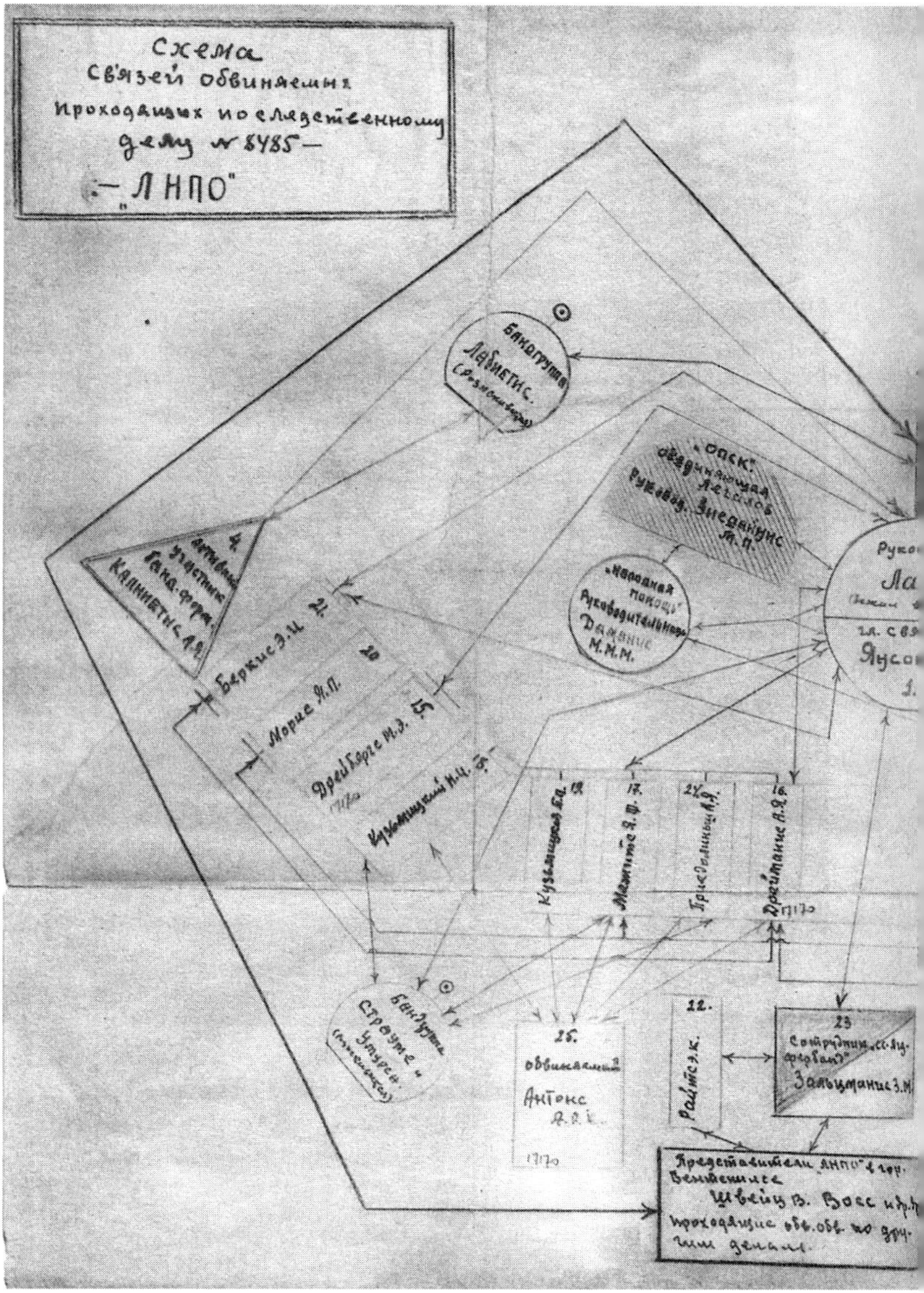

ラトビア・パルチザン組織の連絡網

他の被告人に対する起訴も、ほぼ同様の内容だった。弁護人による形ばかりの弁論が終わると、審議と称する休廷となった。事前に判決が用意されていなかったとは、何とも奇妙なことである。五時間もの休廷は、合法的な演出の効果を狙ったものなのだろうか――いや、単に昼食時にすぎなかったのだろう。ゆっくりと昼食をとって一服し、その他諸々の所用を済ましているうちに五時間が経過していた。

五月一〇日一七時四五分、ロシア語の判決文が読み上げられた。世界で「もっとも人道的な裁判」は、被告人が判決文を理解しようがしまいが構っていない。ちなみに、ヤンソネ盗賊団は一人も死刑を宣告されていないが、五人が最大二〇年の特別厳重体制収容と五年の流刑を言いわたされた。それに比べればアレクサンドルスは、最大一〇年の特別厳重体制収容と五年の流刑という寛大な処罰を宣告された。

判決が言いわたされる直前、被告人に許された最終陳述の「銃殺にしてください。でないなら無罪にしてください……」(原12)は、祖父のレトリックな叫びである。無罪でなければ、もはや死刑にしか救いが求められなかったのだ。チェカによる拷問と中央刑務所での拘留を体験し、同じような苦しみがまだ永遠に続くかと思うととても耐えられるものではない――実際、続きはしなかったが。

アレクサンドルスもまた、ギュウギュウ詰めの家畜用の車両に押し込まれて長い旅路に出た。彼ら政治犯は、母方の祖父ヤーニスとは違い、いきなり刑事犯罪者と同じ車両で輸

(原12)　LVA, 1986. f., 1. apr., 17170. l., 7. sēj., 313. lp.

送された。列車の揺れは進むごとにひどくなり、喉の渇きと夏の暑さに苦しんだ。監獄から監獄へ移送され、アレクサンドルスが最初に行き着いた収容所は今もどこか分からない。

アレクサンドルスが家族に初めて連絡をとったのは一九五〇年、アルハンゲリスク［Архангельск］州の収容所にいたときのことで、ヴェリスク局私書箱二一九番からであった。それまでは文通が許されていなかったのだろうか、それとも書く気力がなかったのだろうか。(原13)

収容所の診療所から送られた手紙は、いくつもの伝《つて》をたどってラトビアの義母マチルデと息子アルニスに届けられた。アレクサンドルスはアルニスからの返信で、一九四九年三月二五日にミルダとアイワルスが非合法者の家族としてシベリア送りとなったという事実を知った。ミルダがあれほど恐れていたことが起きていたのだ。アレクサンドルスは、義母マチルデのあけすけな非難めいた言葉を息子のあどけない筆跡を通じて読まされた――家族を不幸に陥れた元凶はお前だ。

同情を寄せてもらえるという期待は、しっぺ返しをくらった。何とも一方的な非難を浴びせられ、侮辱を受けた怒りが込みあげてきた。その怒りが収まったとき思った――自分が非難されるのも仕方がない。義母の憤りにも一理あるのだ。アレクサンドルスが息子に宛てた初めての手紙の真意は、妻に向けて書いたものだった。

(原13)　厳重管理の収容所の収監者に、年に２度許可されていた近親者との文通も、収容所幹部の独断でしばしば禁止された。Rossi J. Le Manuel du GOULAG. — Paris:Cherche Midi Editeur, 1997. — p. 47., 77.（『ラーゲリ（強制収容所）註解事典』内村剛介監修、恵雅堂出版、1996年）

――……ほかの親たちも、息子や兄弟や夫が悪いと思っているだろうか。それとも、悪事の張本人が分かっているのだろうか。(原14)

最初の手紙は一九五〇年五月五日付で、最後となった六通目は一九五一年四月二七日付である。彼は、一九五三年二月一八日に亡くなっている。どの手紙も、異なる収容所の診療所から発送されている。持病の結核とチェカの拷問部屋での容赦ない取り調べが功を奏し、一九四六年一〇月二六日以降、アレクサンドルスは労務不能と認定され、「採算の合わない」病人がもらう一日当たり四〇〇グラムのパンがあてがわれていた。それでもなお、収容所執行部の決定でさらに北へと送られていった。

最後の手紙はウスチ・ヴィムラグから発送されていたが、(原15)死亡通知は「ペチョルラグAA―第二七四収容所」の発行となっている。(原16)ウスチ・ヴィムラグはその前にいたヴェリスクから約四〇〇キロメートル北上した所で、ペチョルラグは北極圏にある。ペチョルラグは、永久凍土圏における鉄道建設に囚人を無報酬でこきつかうための収容所だった。病人をそんな過酷な環境に移して、いったい何の役に立ったのだろうか。

囚人の移管に合理性はなかった。スターリンの収監システムはただひた

(原14) アレクサンドルス・カルニエティスからアイワルス・カルニエティス宛の1950年5月5日付書簡

(原15) ウスチ・ヴィムラグは1937年8月16日に設置され、1960年1月1日まで運営されていた。Sistema ispraviteļno– trudovih lagerei v SSSR. 1923 — 1960.（ソ連における矯正労働ラーゲリの制度1923〜1960）— Moskva: Zvenya, 1998. — s. 494.

(原16) ペチョルラグは1950年7月24日に創設され、1959年8月5日に閉鎖された。前掲資料275ページ。

すら官僚的に実行され、中央機関の命令がどんなに馬鹿げていようが、各収容所にとってはそれを忠実に遂行することが自己防衛を意味していた——移管せよと命令されたから移管したにすぎないのだ。

　アレクサンドルスのミルダ宛ての三通目は以下のようなものである。

　永遠なものなど何もない。俺は今、もっと北の新しい職場にいる。奴らは一か所で死なせてくれない。救世主のように引きずり回し、どうやってもくたばらせてくれない。俺はひどい病気になっている。家畜用の車両で見せしめとして移送されたせいで、どうも治りそうにない。寝ながら書いているから読みにくいだろう。

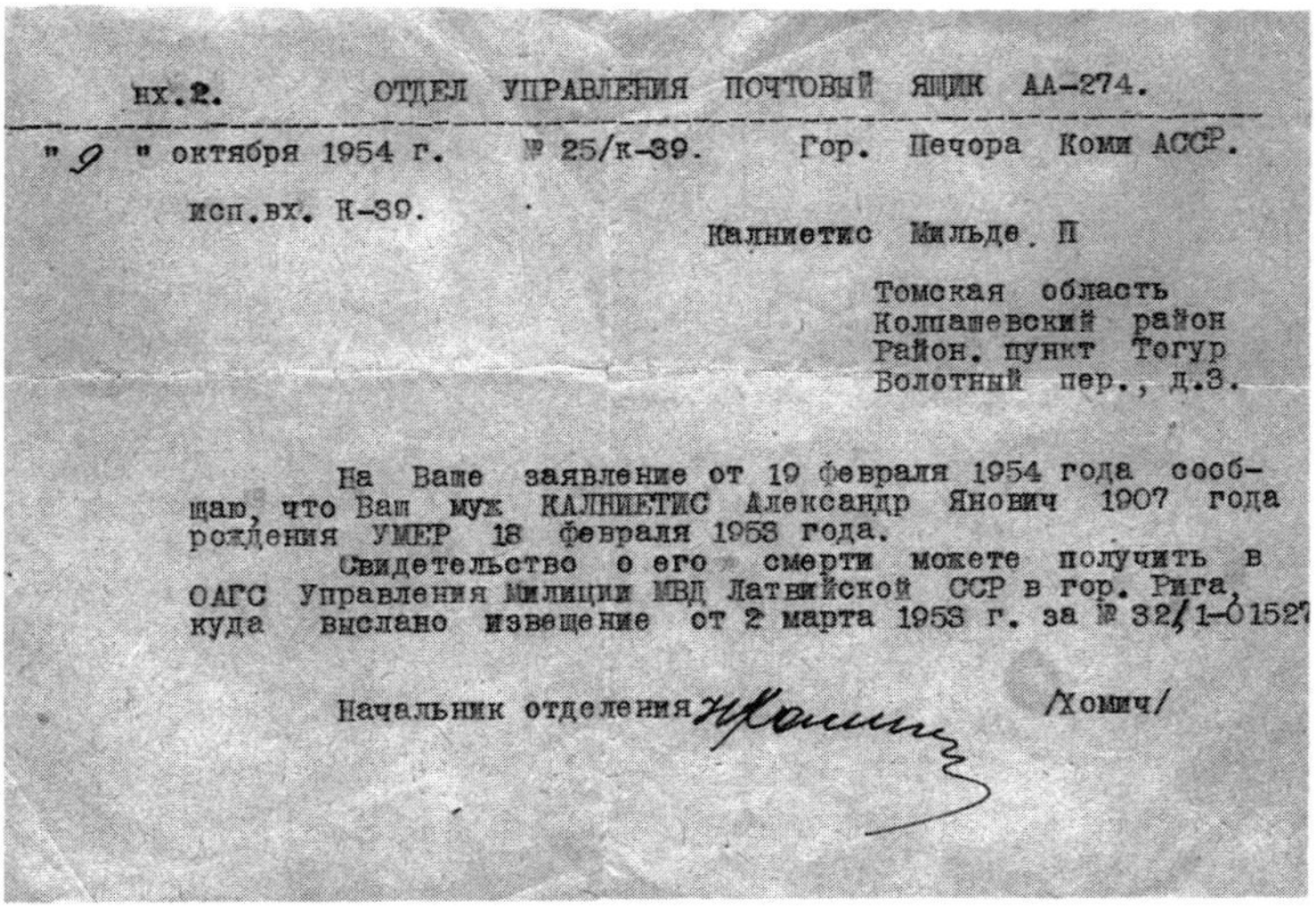

нх.2.　ОТДЕЛ УПРАВЛЕНИЯ ПОЧТОВЫЙ ЯЩИК АА-274.

"9" октября 1954 г.　№ 25/к-39.　Гор. Печора Коми АССР.

исп.вх. К-39.

Калниетис Мильде. П

Томская область
Колпашевский район
Район. пункт Тогур
Болотный пер., д.3.

На Ваше заявление от 19 февраля 1954 года сообщаю, что Ваш муж КАЛНИЕТИС Александр Янович 1907 года рождения УМЕР 18 февраля 1953 года.

Свидетельство о его смерти можете получить в ОАГС Управления Милиции МВД Латвийской ССР в гор. Рига, куда выслано извещение от 2 марта 1953 г. за № 32/1-01527

Начальник отделения　/Хомич/

アレクサンドルス・カルニエティスの死亡通知

ここは最果ての、北極圏の大河に近い。ウラル川の支流とかで、かなり大きな船が北ドヴィナ河を運航しているようだ。でも、二年七か月いた前の場所が恋しい。狭い土地をもらって、ジャガイモ、赤ビート、ニンジン、タマネギ少々、それに大蒜、サラダ菜と大根をつくっていた。大根とサラダ菜は収穫できたが、あとはそのままとなってしまった。ここで、また初めからやり直しだ。もっとも、くたばっていなかったらの話だが。体調が悪い。俺からの便りがしばらくなければ、もう生きていないと思ってくれ。どっちみち永遠な命はないし、永遠に地獄にいることも耐えられない。もう、後悔することはない。(原17)

ヴェリスクの環境はや
やましで、囚人で構成する小さな楽団が生きる支えとなっていた。アレクサンドルスもそこで、バイオリンとマンドリンを弾いた。絵も得意だった彼は、紙と鉛筆があったなら北の自然の風景やたわいない落書きをして人間らしさを取り戻したかもしれない。ところが、その後に送られたウスチ・ヴィムラグの収容所は、生きるために必要とされる最低限の社会性を見せかけだけでも囚人に与えてくれなかった。

同じ時期、アレクサンドルスがかつてラトビアで通院していたテールヴェテ［Tērvete］結核療養所のプリンシュ元所長も収監されていた。医師は自分の元患者の容態を診察し、助かる見込みがないことを悟った。新鮮な空気に栄養と休養のとれる環境

(原17)　アレクサンドルス・カルニエティスからミルダ・カルニエテ宛の1950年８月22日付書簡。

なら助かっただろうが、そこにあったのは刺すように冷たい乾燥した空気だけだった。

アレクサンドルスは、ツンドラと雪と北極の明けない夜という絶望に取り囲まれた状況で、死の影に怯えてすっかり意気消沈していた。ひどく陰鬱で、絶望から奮い立たせてくれるものは何もなかった。できるだけ身体を動かすように努めても、零下四〇度は厳しい寒さである。アレクサンドルスは、呼吸のたびに何千もの細かい針が肺に突き刺さるような痛みを感じた。

地中に掘って造られた診療所に身を縮め、ひたすら白い壁を前にして、アレクサンドルスは孤独を噛み締めていた。文通は途切れがちとなり、周囲の誰よりも孤独だった。待ち焦がれている手紙はめったになく、途中でなくなることもあった。自分はみんなに忘れられたような気がし、渋々とほんの数行しか書いてくれない息子の冷淡さに心が痛んだ。

息子のアルニスは、戦争に加え、両親の不仲が理由で家にほとんどいなかった父をおぼろげにしか覚えていなかった。一方、アレクサンドルスの脳裏に浮かぶアルニスは、一九四四年の徴兵前に目にした六歳の少年であって、母と兄が追放されて義母と陥った極貧に耐えてしたたかに生き抜いている若者ではなかった。実際、アルニスとマチルデは、しばしば他人の施しを頼りに半飢餓状態をしのいでいたのだ。

アレクサンドルスは、絶望のあまり自分の苦悩しか考えられなかった。孤児として育ち、受動的な愛を求め続け、人に与える愛を知らない一生だった。妻に宛てた最後の手紙は、懺悔《ざんげ》でも非難でもあり、また人生の清算であり、遺言でもあった。

お前に返事をしようかどうか、ずっと迷っていた。いずれは俺がもうこの世にいないことを受け入れ、慣れてもらうしかない。それももう遠くない。鉄だって、時間が経てば錆びる。健康体でも、こんな環境と気候条件ではなおさらだ。（中略）諦めはついて、心の準備はできている。遠く離れたお前に言えることは、俺が後悔者ではなく敗者としてこの世を去るということだ。（中略）

俺は、真っ当な理に叶った人間らしい考えに沿って自分に素直に行動してきた。そうするほかなかった。俺がお前を傷つけたなら、俺の良心は痛み、重い罰を受けよう。俺を傷つけたお前は、良心の呵責に苛まれるだろう。（中略）俺たちは多くを分かりあえなかった。俺はお前に対する罪を認め、俺の罪はお前の罪を赦したと思っている。お前にはアイワルスがいる。あと数年でも一緒に暮らせていたら、俺たちは分かりあえて友達以上の関係になれたろうに。（中略）心からあの子の幸せを祈っている。この願いがあの子に届いて、あの子が元気なように祈る。

お前たちが不幸な目に遭ったのを俺のせいにするなら、真実を知らない大きなまちがいだぞ。お前たちは、とくに悲観してはいけない。もっとひどい仕打ちを受けているラトビア人もいるんだ。（中略）

もう何度かお前たちに宛て、八月二〇日と一一月二日、そして一一月一三日にアルニスに手紙を出した。なのに、何の返事もくれない。それならば、俺はもう書くのをやめよう。（中略）アルニスも返事をくれない、俺ももう書かないことにする。あの子は物事が分かる年齢になった。返事をくれないのも勝手だ。あの子は幼いころから現実を突き付けられて、自分のやり方で生きるしかなかった。せめて、一年後には商売を勉強させてやりたい。アルニスにそう書いて伝えてくれ。家族のみんなによろしく。お前たち二人の誕生日もおめでとう。最善を祈る。

A・カルニエティス（原18）

これを最後に、ミルダが出し続けた手紙に対して返事が来ることはなかった。

アレクサンドルスは、もがき苦しみながらゆっくりと北極圏の闇のなかで息を引き取った。いつものカラカラの咳が血痰となり、高熱にうなされて汗ばんだ。調子のよいときには生きる希望がどっと込みあげてきて、わびしい収容所の診療所内で起き上がろうとした。とうとう、口の中にヌルヌルとした忌まわしさを感じ、生温かい鮮血を吐いたとき、もう終わりだと悟った。

そのまま、口からどす黒い血のような、海綿のような肺がドクドクと吐き出されるのを虚ろに眺めていた。酸素が不足して、胸がずしりと重く締めつけられるようだった。少し動けば激痛が身体を襲い、猛威を振るった。衰弱した意識が身体を離れ、宙をさまよった。肺炎と高熱の昏睡状態に陥ると、やりきれない残酷な現実が消えた。

少年のアレクサンドルスは、一番の仲良しと遊んでいる。息子のアルニスである。と

（原18）　アレクサンドルス・カルニエティスからミルダ・カルニエテ宛の1951年4月27日付書簡。

うの昔に死んだ父と母が小さな自分と一緒にいる。とうとう家族の愛に優しく包まれた。アレクサンドルスは血まみれとなった姿で人生を閉じた。

彼は、孫娘サンドラの誕生を知らずに死んでいる。ミルダの知らせが収容所に届いたのは死亡後だった。囚人仲間が、ミルダに夫の悲しい最期を知らせてくれた。スターリン死後の一九五四年、スターリン「崇拝時代」に裁かれた人々の起訴事実の見直しがはじまり、地方部隊員の判決の多くが棄却または修正された。

ところが、アレクサンドルスについては、「保釈」の代わりに「判決は正しいと見なす」と記入された(原19)。「ヤンソネ盗賊団事件」がそれからのちに再び見直されたのは一九九〇年一月のことであるが、それでもなおラトビア・ソビエト共和国のバタラグス検事補佐が、「戦争裁判一九四六年五月一〇日の判決を無効とする根拠なし。二四人全員の犯罪容疑は立証済みにつき、一人として名誉回復に適さず」と決定した(原20)。

それからほんの三か月後の五月四日、新選されたラトビアの最高会議はラトビアの独立回復宣言を採択した。独立を回復したラトビアによってアレクサンドルスは名誉を復権したが、しょせん死後の名誉でしかない。

(原19) 「正当化」委員会のヴェーヴェリス委員は、NKGB幹部として1941年にヴィヤトラグとウソリラグにおいて刑事事件を捏造し、1941年に追放された政府要人およびラトビアの民間人に対して死刑を推奨した悪名高い人物であった。LVA, 1986. f., 1. apr., 17170. l., 7. sēj., 374. lp.（ラトビア国立公文館所蔵ファイル）祖父ヤーニス・ドレイフェルズの書類にヴェーヴェリスの署名がある。

(原20) 前掲書459ページ。

強制移住と飢餓

一九四一年六月二〇日にバビーニノ駅で父と別れて三週間後、私の母リギタは、祖母エミリヤとの長い旅の終わりに近づいていた。ウラル山脈をはるかに越えて、チェリャービンスク、クルガン、ペトロパブロフスク、オムスクをすぎ、次の停車駅で降りる準備をするように命令されていた。

移動の途中、一度も車両を降りなかった二人は、身体を洗うことも着替えもできなかった。夫の手に荷物を託したすべての人が、似たような状態だった。しかし、早くもラトビアで家族から引き離された女たちは服を持参していたため、汚れた衣類を着替えることができた。とはいえ、それは逮捕という衝撃の最中においても、必要な荷物をそろえるだけの精神的な余裕があった人にのみ許されたぜいたくだった。それも、チェキストの気まぐれに阻まれなかった場合にのみ可能だった。

リギタが乗った車両には幸い幼児が少なかったから、子どもたちが苦しむ姿を見ずにすんだ。その車両に乗っていた子どもは、バロディスさんの三歳になる娘インタだけだった。その母親は二人目の子どもを身ごもっていたが、周囲の人たちは車中で出産しないことだけを祈っていた。その母親は、最初の強制移住地で出産している。しかし、粗食と恐怖のあまり母乳の出がよくなかったため、生まれた子どもはすぐに死んでしまっている。一方、インタは生き抜き、のちに自分の母親と一緒にラトビアに戻っている。

六月二三日の夏至祭の夜、ドイツがソ連を攻撃しはじめたことが車中にも知れわたった。きっと状況が変化して、すぐにラトビアに戻れるのではないかというような奇跡のニュースに人々は湧いた。六月一四日の衝撃の夜以来、初めて見えた希望に人々は元気を取り戻した。その希望の光が、夏至の夜を美しく照らした。

ウラル山脈を越えてからは、走行中、町以外であれば車両の扉を開け放しにすることが許された。満天の星空を眺めながら声をあわせて夏至の歌を歌っていると、おぞましい環境をいっときだが忘れることができた。歌声は隣の車両からも聞こえてきた。暗い木々のすぐ向こうには、夏至祭を祝って歌う幸せなあのバルト海岸がある――誰もがそんな幻想に浸った。

リギタは母親と、夏至の翌日に名前の日を迎える愛しい父のことを思った。

――ラトビアに帰ったら、あれもしよう、これもしよう。叔父さんにオペラに連れていってもらいましょう。思い切り着飾るのよ、クリスタルのシャンデリアのまばゆい明かりがゆっくりと消えていくのを、息をのんで眺めるの。さあ、音楽がはじまるわよ。

オペラ座のシャンデリアに消えゆく明かりは、いつ果てるともないシベリア時代を通じて、リギタにとっては文明的な暮らしを象徴するはかない夢となった。今も私は、母とオペラ座に出掛け、シャンデリアの明かりが消え入る神聖な瞬間を見つめる――母にとっての、そして私にとっても神聖な一瞬。

列車がノヴォシビルスクで止まった。全員が降車を命じられ、オビ川の川岸まで歩かされた。久しぶりに歩くのは奇妙な感覚だった――歩くことを忘れかけていたのだ。振り向くと、歩けなくなっている子どももがいた。

オビ川には巨大な平底の荷船が待っていた。全員が乗れるほどの大きさである。女たちは川岸から水に入って身体を洗った。護送兵がジロジロと視線を送ってきたが、新鮮な冷水を肌に浴びて爽快感を取り戻すほうが羞恥心を上回った。汚れ、しおれて、ひからびた身体が生き返ると、その先に待ち構えている不安が蘇ってきた。夫や息子はどこにいるのか、いつどこで合流できるのか、と女たちは護送兵に詰め寄った。

「さっさと船に乗って、列車を男たちに明けわたすんだ。男たちはまだ移動していない。我々が先に出発しただろう。言われた通り移動して、男たちを迎える準備をするんだ」

群衆に真実を告げては危険である。ましてや、怒りに荒れ狂う女の群れほど手の焼けるものはない。巧妙な嘘に慣れていなかった女たちは、まんまと騙されたのである。それに、理屈が通っていた。たしかに、自分たちが出発したとき、男たちの列車は停車したままだったのだ。それなら、再会のときまで待とうではないか。

「それが空約束でしかなかったこと、そして家族がもう合流できないことをいつ知ったの？」

私は母に尋ねた。母は寂しそうに黙った。あまりにも多くの残酷な仕打ちと嘘を経験したため、もつれた記憶を解きほぐすことができなかった。

エミリヤは、あまりにも長く列車に乗りっぱなしだったために痩せ衰えていた。そのうえ、移動の間に路線脇を流れる溝の汚水が飲み水として与えられていたため、列車に乗っているほぼ全員が下痢の症状を訴えて苦しんでいた。エミリヤは、何とか歩けるリギタにつかまって列車を降り、足を引きずりながら船に乗り込んだが、座り込むと立つことができなかった。

船の端には木造の小屋がトイレとして二つ設けられていたが、すでに長打の列ができていた。ようやく自分の番が来て小屋の中で用を足すことができても、すぐにまた行列に並び直さなければならないという状態であった。

列車を降りてから数日後にチフスがはやりだし、人々はパニックに陥った。伝染病から身を守る術《すべ》はない。狭いスペースに身体を伸ばすこともできないほどのすし詰め状態のまま、病人も健常者も日増しにやつれていった。小さいボート数艘が船に寄せられ、グループ別に乗船を命じられた。ボートに乗って離れていく女たちが歌う別れの歌を、残された者たちは聞こえなくなるまで心細い切ない思いで聞いていた。リギタとエミリヤもそのボートに乗った。

一九四一年七月一〇日、オビ川からパラベリ支流を一週間以上進んだボートは、コルホーズ

「ボリショイ・チガス」に到着した。エミリヤとリギタにとって最初の強制移住地である。当時は見当もつかなかったが、ラトビアからの距離は六〇〇〇キロメートル。エミリヤがその距離を移動したのはこのときが最後だったが、リギタはそれから二度も行き来することになる。

まず一九四八年の春、追放者の子どもと未成年者の一部がラトビアへの帰還を許されたとき、リギタもその一人として希望に満ちてこの距離を移動している。ところが、それから一年四か月後、治安当局が階級の敵の子どもに対する特赦を見直し、リギタを含めた多くの若者を犯罪者のごとく扱い、いくつもの監獄を経由させてシベリアに送り返した。そして一九五七年、ソ連はリギタをまともなソ連人と認め、ラトビアに住む権利を与えた。

川岸から村までは八キロメートルの距離があった。自分の足で岸に下りられるほどに回復していたエミリヤだが、さすがに歩ける距離ではなかったため、先導するロシア人の農夫が親切にもエミリヤを古い荷車に乗せてくれた。女たちは、沼に埋もれそうな道とも言えない道を、身体を引きずるように進んだ。

母親を乗せた荷車の隣を歩いていたリギタは、追放前夜に兄からもらったハイヒールのダンスシューズを汚したくなくて、裸足になっていた。その柔らかい足の裏は、小石と鋭い枝先でゴツゴツとした地面には慣れていない。足裏を突き刺す痛みで絶望の涙が流れたが、泣いたところで歩くことはやめられない。次第に、リギタは涙に慣れていった。

シベリアに住む人々は、よそ者の到来に目を丸くした。ソ連映画のごとく、スターリン繁栄の世を賞賛して歌う農民や労働者の、きちんとした身なりを初めて目にしたのだ。まさに、映画スターたちの登場だった。村民のなかには、一九三〇年代、スターリンによって真っ先にシベリアへ追放された富農か、集団化と労働者と農民に対する国家妨害者と見なされて、はるか昔に階級の敵として処罰された人々もいた。(原1)

彼らは、すべてを奪われ、植える種も家畜もなく、死ぬまでタイガに放り出されたという痛ましい悲話をもつ人々だった。地中に穴を掘って飢えと寒さをしのぎ、数年後、牛と豚、羊を飼えるようになって何とか生き延びたというのに、再びソ連に目の敵とされて強制移住となったのだ。

到底納得できない無力感に感覚は麻痺し、からくも残った気力も無惨にそぎ落とされていた。貧しいコルホーズで闇雲に働きながら再び身に覚えのない罪を着せられて、迫害されるのではないかという恐怖におびえていた。

苦しみを味わってきた彼らは心優しく、常に助けの手を差し伸べて

(原1)　農民の追放は、ソ連における集団化と同時に計画的に実行された。「富農の財産接収に関する1930年1月30日全統一共産党中央委員会決定」は、4か月間（2月から5月まで）でおよそ6万人を強制収容所に送り、富農15万人を遠隔地域に追放する旨を決定した。「7万人の家族を北方地域に、5万人の家族をシベリアに、2万から25,000の家族をウラルに、2万から25,000の家族をカザフスタンに追放すべし。追放地は未居住地もしくは人口過疎地とし、追放者を農作業、林業、漁業その他の労働に就労させるべし」Okupācijas varu politika Latvijā. 1939（1939年ラトビアにおける占領政策）1991.Rīga:Nordik, 1999. — 28. — 31. lpp.

くれた。リギタは、これらの人々に対する感謝の念を忘れることはなかった。ラトビアの追放者と貧しさを分かちあったのは、シベリアに代々暮らしてきた村民よりもこのような人々であった。

学校の建物に居住する新参者の様子を、周囲の村民たちは黙って見つめていた。建てたばかりの建物には大きめの部屋が二つあり、それぞれに二五人ほどが住むことになった。数日後、村に警備司令官が現れて大人全員に署名を強要し、二〇年間は居住地を無断で去る権利がないことを承認させた。(原2) それから毎月、役人が来て逃亡者がないかどうかを確かめた――いったい、どこに逃げられるというのか。

数年経つと登録証がわたされ、各自、毎月一日と一五日の二回警備司令部に出頭させられた。登録証には出頭印が押される二一の枠があり、すべての枠が埋まる一〇か月半後には新しい登録証に取り替えられた。(原3) 追放者が持つ唯一の身分証明書である。

「公開監督下」(原4)にある追放者の登録証には、役所の特別許可のもと移動できる地域地区が明記されていた。言うまでもなく、許可なく強制移住地から半径三キロメートルを出てはいけないことになっている。また、

(原2)　Upīte R. Vēl tā gribējās dzīvot. Pārdzīvojumu stāsts.（私はまだとても生きたかった、苦しみの話）New York:Grāmatu Draugs, 1979. — 26. lpp.

(原3)　シベリアで合計164か月を過ごした（その間に16か月はラトビアで過ごすことが許されたブランクを挟む）リギタが、行政的強制移住名簿から削除されて監視を解かれる通知を受けた1957年1月6日、警備司令部での登録証は16冊目がはじまろうとしていた。

(原4)　ロシア語「Pod glasnim nadzorom」の訳。

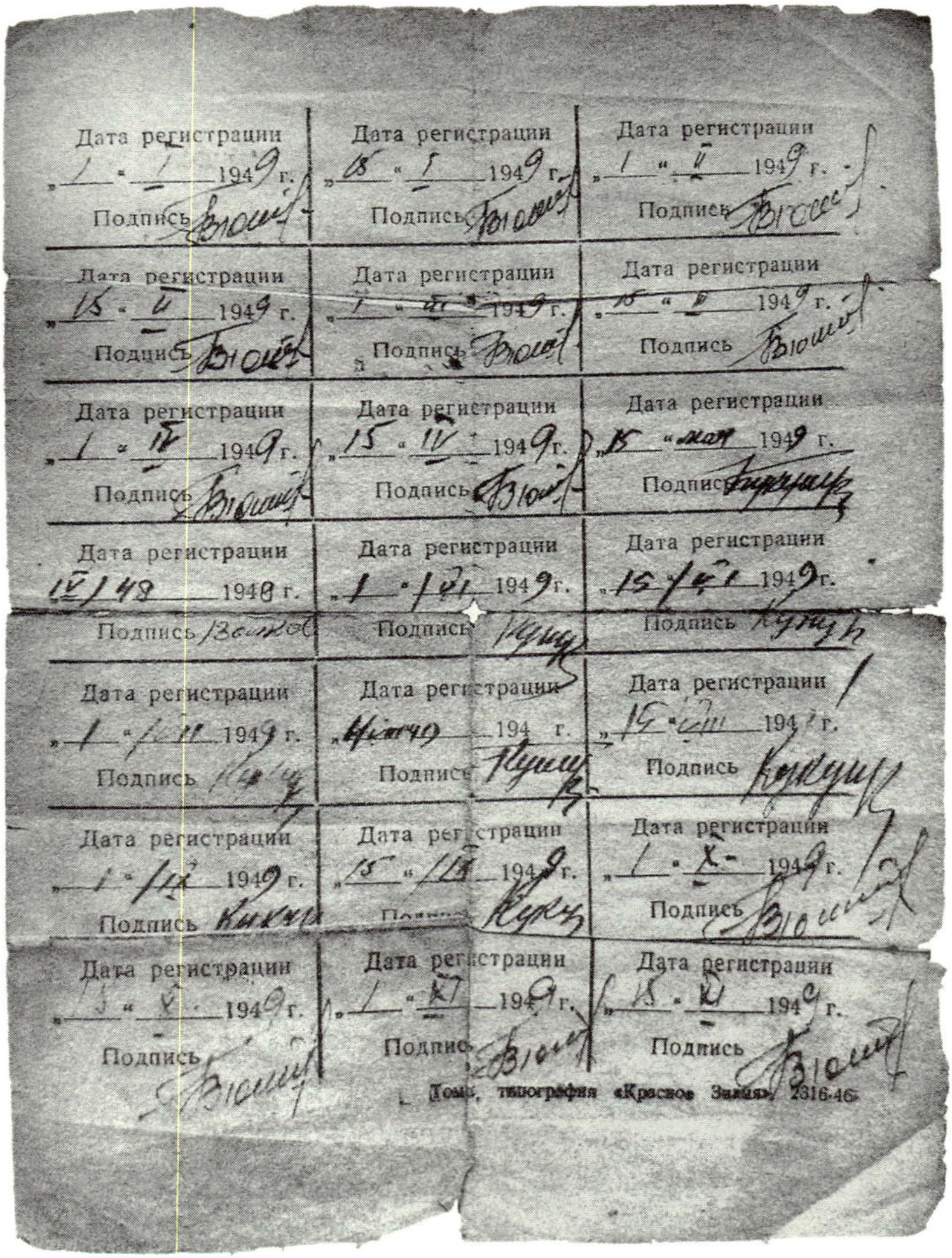

Дата регистрации „1“ I 1949 г. Подпись	Дата регистрации „15“ I 1949 г. Подпись	Дата регистрации „1“ II 1949 г. Подпись
Дата регистрации „15“ II 1949 г. Подпись	Дата регистрации „1“ III 1949 г. Подпись	Дата регистрации „15“ III 1949 г. Подпись
Дата регистрации „1“ IV 1949 г. Подпись	Дата регистрации „15“ IV 1949 г. Подпись	Дата регистрации „15“ мая 1949 г. Подпись
Дата регистрации IV/48 1948 г. Подпись	Дата регистрации „1“ VI 1949 г. Подпись	Дата регистрации 15/VI 1949 г. Подпись
Дата регистрации „1“ VII 1949 г. Подпись	Дата регистрации [illegible] 194 г. Подпись	Дата регистрации „15“ VIII 194 г. Подпись
Дата регистрации „1“ IX 1949 г. Подпись	Дата регистрации „15“ IX 1949 г. Подпись	Дата регистрации „1“ X 1949 г. Подпись
Дата регистрации „15“ X 1949 г. Подпись	Дата регистрации „1“ XI 1949 г. Подпись	Дата регистрации „15“ XI 1949 г. Подпись

Томск, типография «Красное Знамя», 2316-46

エミリヤ・ドレイフェルデの特別居住登録証（右側）

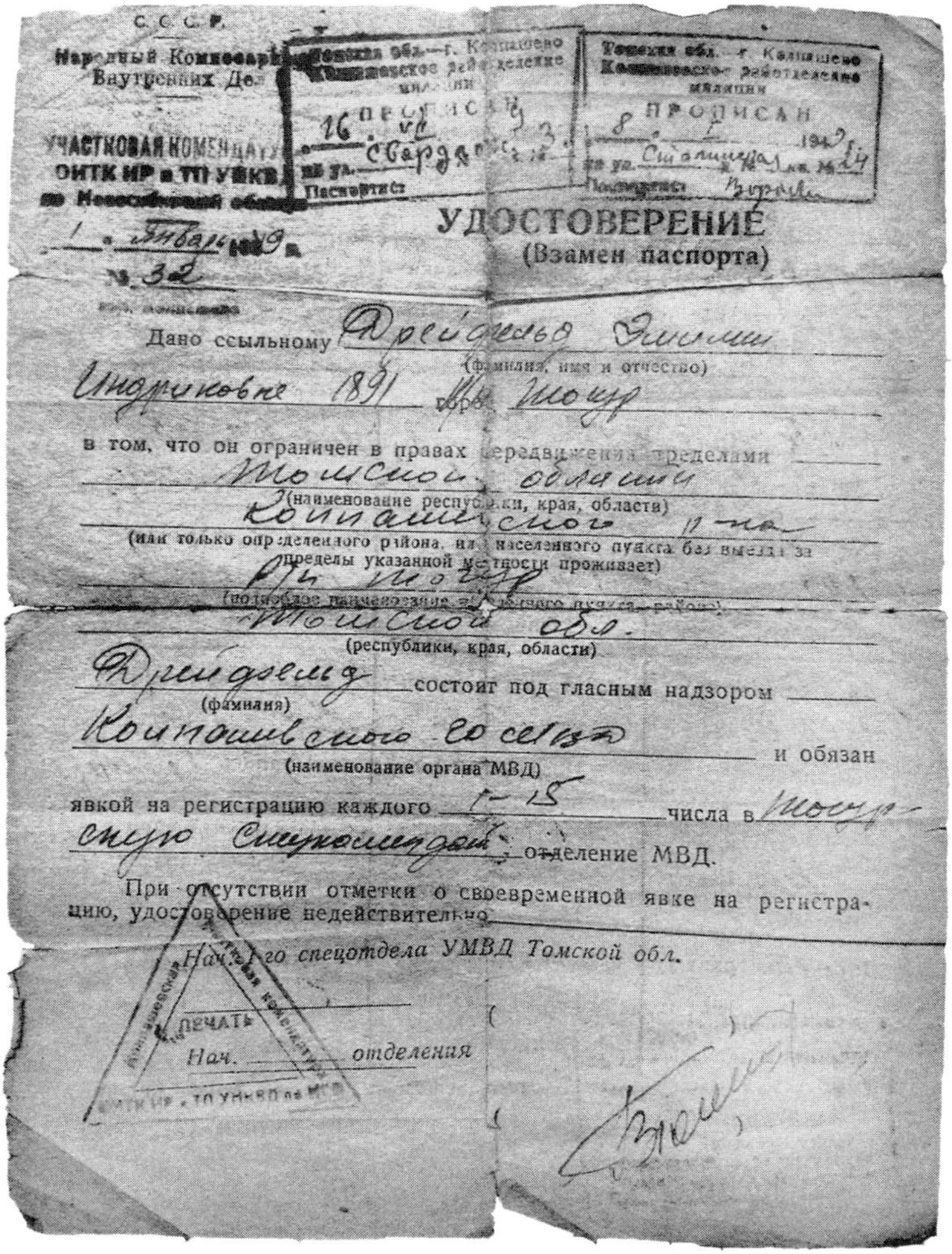
С.С.С.Р.

Народный Комиссариат Внутренних Дел

УЧАСТКОВАЯ КОМЕНДАТУРА ОИТК НР в ТО УНКВД по Новосибирской области

1 Января 1949 г.

№ 32

Томская обл. — г. Колпашево Колпашевское райотделение милиции ПРОПИСАН 16 VII ул. Свердлова Паспортист:

Томская обл. — г. Колпашево Колпашевское райотделение милиции ПРОПИСАН 8 I 1949 ул. Сталинская кв. 14 Паспортист:

УДОСТОВЕРЕНИЕ

(Взамен паспорта)

Дано ссыльному Дрейфельд Эмилии

(фамилия, имя и отчество)

Индриковне 1891 [illegible]

в том, что он ограничен в правах передвижения пределами Томской области

(наименование республики, края, области)

Колпашевского р-на

(или только определенного района, или населенного пункта без выезда за пределы указанной местности проживает)

[illegible]

(полное наименование населенного пункта, района)

Томской обл.

(республики, края, области)

Дрейфельд состоит под гласным надзором

(фамилия)

Колпашевского [illegible]

(наименование органа МВД) и обязан

явкой на регистрацию каждого 1–15 числа в [illegible] отделение МВД.

При отсутствии отметки о своевременной явке на регистрацию, удостоверение недействительно.

Нач. [illegible]го спецотдела УМВД Томской обл.

ПЕЧАТЬ

Нач. отделения

ОИТК НР в ТО УНКВД по НСО

エミリヤ・ドレイフェルデの特別居住登録証（左側）

「適切な出頭記録なき身分証明書は無効」と印刷されていた。身分証明書を有効なものとしたのは、警備司令部もしくは町のKGB要員二人の署名と二つの印である。

エミリヤとリギタは、シベリアでの最初の六年間に九回の移住を強いられた。何の脈絡もなく、たいていは突然の命令によってあたふたと移住させられた。飢えをしのごうとしてつくった小さな野菜畑を途中で放り出す辛さなどは言うまでもなく、権力側の決定は絶対であり、新天地が人の居住に適していないことなどはまったく考慮されることがなかった。

頻繁な移住の理由は何かと首をかしげる私に、「一か所に定住させないためよ。そして、早く死なせるため」と、母は乾いた声で教えてくれた。

NKVD委員は、とくにノヴォシビルスク州の「追放者の生活環境は極めて不満足なものである(原5)」と意見し、「追放者は極めて劣悪な環境に瀕している。飢えと貧困と『失業』が蔓延している。(中略)NKVDには強制移住地における追放者に対処し、その環境に責任をもつ者がいない(原6)」と事務報告書に記していた。哀れな人々の生活は、最低限のレベルでも改善されることがなかったのだ。

新学年度の九月が近づいたため、学校の校舎に住み続けることができな

(原5) 矯正労働収容所主幹で、特別強制移住およびNKVD植民課長コンドラトフによるNKVDチェルニショフ副委員長宛て、追放者の居住および雇用に関する公式報告書、Aizvestie.(連れ去られた者たち)1941. gada 14. jūnijs / LVA. — Rīga:Nordik, 2001. —80. lpp.

(原6) 前掲書83ページ。NKVD矯正収容所改編作業主幹ナセドキンによるチェルニショフ副委員長宛て、追放者の特別再配置部署への監督配置換え報告書。

くなった追放者たちは、村人を頼って住まいを探した。エミリヤとリギタは数ルーブルを支払って、戦争未亡人の小屋に住まわせてもらうことにした。その臨時収入は未亡人を喜ばせた。

台所の隅、窯のそばに寝る二人の隣には痩せ細った牛がいた。女主人は牛を凍えさせたくなくて、家畜小屋のほうには入れなかったのだ。丸太の隙間には南京虫がウヨウヨとしており、服と頭はすぐにシラミだらけとなった。

一九四六年の秋まで、これらの虫は避けられない暮らしの一部となった。地元の人は南京虫に慣れきっており、痛くも痒くもないのだが、虫は流刑者の身体にしがみついたまま次から次へと移動し、行く先々で待ち構えていた虫と交尾した。南京虫の遺伝子が活性化された新世代は、追放者の衰弱する肉体からあまねく栄養を補給した。シラミ退治の体力も、衛生的な手立てもなく、たった一つの頼りとなった牛のすねの骨を削った櫛が貸し借りされ、果てしない頭の痒みを一瞬だけ解き放った。

最初の冬、エミリヤとリギタは手持ちの衣類と品物をジャガイモなどの食料と交換して生き延びた。二人の唯一の贅沢は、道中の混乱のなかでも手放さなかった小さなバターの壷である。ジャガイモの栄養価を高めてくれたバターも、まもなくあっけなく使い切ってしまった。逮捕されたとき懐に隠し持った現金は寒村では何の価値もなかったが、幸いにも、余分な食料を売りたがる者がたまにはいた。

村で価値があるのは品物のほうだった。ほとんどの荷物を夫のもとに残していたエミリヤには、毛布、シーツ、枕をはじめとして交換できる物がなかった。あったのは、自分のバッグの中身と小さなスーツケースに放り込んであった夫のズボン下、女性用の下着数枚、そしてウールのワンピース一枚だけだった。

なくても何とかなる物はすべて売ってしまった。エミリヤは、コートの裏地を剥がして明るい絹のワンピースを縫い上げ、手桶一杯分のジャガイモと交換した。そして、ダイヤのイヤリングも同じ量のジャガイモに代わってしまった。イヤリングを手に入れた女性は、その価値を知らずにガラス玉のきらめきにうっとりしたことだろう。バルト三国の人々が追放されたシベリアの寒村の家々では、今でもそこに似つかわしくない出所不明の珍品が見つけられるはずだ。

リギタは、こうして古いブーツを手に入れたが、父のズボン下をはき、上からぼろ切れを巻き着けて足の冷えを防いだ。衣類はどれも擦り切れるまで着続けた。時計は壊れ、装飾品はすべてなくなった。

こうして最初の冬をやり過ごしたリギタとエミリヤは、(原7) ウピーテさんとその三人の娘、それに彼女たちのお祖母さんと共同で、小さな家畜小屋を地元の女性から借りて引っ越した。半壊状態のその小屋の中は、乾いた糞が屋根まで達するほどたまっていた。それを掃きだし、屋根に白樺の皮を

（原７） 長女のルータ・ウピーテが1947年にラトビアに戻ったあと、シベリア体験を綴った手記は、彼女の死後、1967年に外国に持ち出され、1977年、弾圧を生き抜いた父親と妹のジドラを守るために無記名で出版された。その手記に記されていたＤ婦人とＬが私の祖母と母であることを、私はしばらくの間気付かなかった。Upīte R. Vēl tāgribējās dzīvot. Pārdzīvojumu stāsts.（私はまだとても生きたかった）New York: Grāmatu Draugs, 1979. — 152. lpp.

かけ、コルホーズの馬小屋にあった板で床を張ると、そこそこの住居に様変わりした。白樺の竿で寝床をつくり、手づくりの煉瓦でかまどをしつらえた。みじめな住居だったが、身近な人に囲まれることはこのうえなく心地よいものであった。冬が近づくと、小屋の外側を干し草の束で囲い、わずかな暖も逃がさないように努めた。こうして薄暗い雪に埋もれた小屋で迎えたシベリアの二年目の冬は、前の年よりもずっと辛い冬となった。

持参した物がすっかりなくなった二度目の冬は、夏と秋に収穫したありとあらゆる物を食いつないでしのいだ。コルホーズ作業に駈りだされたエミリヤの微々たる報酬では何の足しにもならなかった。最高の報酬は、一日当たり三〇〇グラムのパンでしかなかったのだ。

リギタはウピーテの娘たちと森でナッツやベリーやキノコを摘み、箒をつくってジャガイモや魚の塩漬けと交換した。加える砂糖もなくベリーをそのまま煮て、冬のための保存食とした。香ばしいナッツは栄養価も高く、よい腹ごしらえとなった。秋には麻の穂刈りと穀物収穫の作業に加わったが、一日のノルマを果たせば約五〇〇グラムのパンがもらえた。村民にただ同然で雇われるジャガイモ掘りのほうが稼ぎはよかったが、せっかくのジャガイモを小屋の床下に掘った穴に保存したため冬に凍らせてしまい台無しとなった。食料はどんなに蓄えても不足し、小さな小屋では常に空腹感が蔓延していた。

そのころ、エミリヤがどこかの屋根裏で古い半纏《はんてん》を見つけた。誰も目に留めなかった擦り切れた代物である。エミリヤがボロボロの綿の切れ端を漁網の糸でひと針ひと針縫って繕うと、まるでアストラカンの毛皮のように見事な上着として蘇った。縫い目に見える黒と灰色が、ペルシア羊のカール毛のように見えた。新しいコートが完成すると、二人はラトビアから持ってきた二枚のコートと引き替えに手桶二、三杯分のジャガイモを得たが、それも底なしの空腹をほんの少しの間しのいだにすぎない。誰もが、面影すら変わるほどげっそりと痩せ細った。

三月三一日、共同生活をしていたウピーテのお祖母さんが死んだ。ウピーテの下の娘二人は、母親と一緒に近くの町まで職探しに出掛けたが、長娘のルータはエミリヤとリギタとともに家畜小屋の暮らしを続けた。

惨めな暮らしではあったが、リギタの心にぽっと明かりが灯った。恋のときめきを知ったのだ。ノヴォシビルスクからボートで移送される間、リギタには気になって仕方がない凛とした一人の青年がいた。若者たちのパーティーで、その彼と再会したのである。

コルホーズの村の若者たちが酔いつぶれて喧嘩をし、よろめいて帰っていったあとの会場に、追放者の一人である女教師が蓄音機を持ち出した。人民の敵として追放された教師がワルツやフォクストロット、タンゴのレコードをかけると、「よそ者たち」の出番となった。地元の若者たちは、奇妙に身体を振り動かす知らない町の踊りを眺めながら羨ましく思ったことだろう。そんな視線をよそに、追放者の若者たちは踊った。若さは、無邪気な喜びを欲していたのだ。

その夜、リギタは笑顔を取り戻し、茶目っ気のある目を輝かせた。まるで、パーティーの女王に戻ったような気分である。学校でのパーティーのとき、兄さんの友達や上級生の少年たちが先を争って輝き弾けるリギタと踊りたがった。あのときは夢見心地だった。女の子たちの羨望の眼差しを浴びて、優越感に浸って鼻高々だった。金髪の巻き毛をクルクルさせてひたすら踊った。ラトビアの男の子たちを魅了した、自らの美しさに酔いしれていた。

その夜も、昔のように踊りながら一人の男性を意識して、微笑みながらステップを踏んでいた。意中のその彼は、踊ることなく遠慮がちに見ていた。その人については、追放される数日前に結婚をして、六月一四日に引き裂かれたと噂されていた。

「ドレイフェルデさん、僕と踊ってくれませんか？」

待ち望んでいた声がかけられると、リギタはドキドキする心を抑えて手を差しだした。一つの沈黙を共有して、初めてその人に触れる瞬間の喜びに浸りたかったが、そんな心の動きを見透かされたくなくて、リギタはクスクスと笑った。

しばらく一緒に踊ったあとパーティーは終わった。リギタを寂しい小屋まで見送った青年は、キスもしてくれなかった。リギタの初恋は過酷な現実のなかで実ることはなかった。その後、彼はプロコピエフスクの炭鉱へ、リギタは死の島ビリナに移送された。

一九四五年、離れ離れとなった二人は文通をはじめた。息子を地元の娘と結婚させたくないと思った母親は、何としても訪ねてきてほしいと熱心にリギタを招いた。そこでリギタは、母エミリヤの許しをもらい、こっそりと入植地を抜けだした。許可なしに列車の切符は買えない。そもそも、手持ちのお金がないためにヒッチハイクとなった。プロコピエフスクまでの六〇〇キロメートルの冬の旅である。

恋人同士は危険な道のりを乗り越えてやっと再会を果たした。囚われの身にあった二人の気持ちを想像するとき、私は悲惨な状況にあっても人を愛する力を失っていなかったことに驚かずにはいられない。

かつて愛した妻の行方を知らない青年と、ウールの古い肩掛けの切れ端でつくった接ぎあてスカートと木綿の穴あき靴下をほどいて編んだブラウスを着て、裸足に重いひも靴の娘。空腹の二人は、それでもうっとりと見つめあうことができたのだ。とはいえ、過酷な試練を経験した二人はすっかり変わり果てており、かつて抱いた親しみはすっかり消えていた。現実に打ちのめされたリギタは、数か月後、エミリヤのもとに戻ってきた。

待ちわびた春は寒々しく、雨が多かった。パンの配給をなくされた追放者たちは、警備司令部の命令に従ってコルホーズでの作業に出ることになった。コルホーズの馬はほぼ絶命し、耕作機につなげる馬がいなくなったため、役人は馬と耕運機の代わりに追放者を使うことを思いついたのだ。

痩せた女たちが鋤で耕し、ジャガイモ畑をつくった。カエルが鳴きだすと、リギタはその捕まえ方を覚えた。茹でたカエルは鶏肉の味がした。冬にとっておいた小さなジャガイモと皮の切れ端を、氷が解けたばかりの地面に穴を掘って植えた。空っぽの胃袋が一口でも何か食べたいと欲する、涙ぐましい努力だった。

しかし、そんな努力もむなしく、五月二七日に移住命令が出た。ボリショイ・チガスのラトビア人は、他の周辺地域から集められた追放者とともに隣町のパラベリに送られた。このとき、マラリヤを患っていたエミリヤは、朦朧とした寝たきりの容体で担ぎだされ、パラベリのダンスクラブと呼ばれていた教会の床に、足の踏み場もないほどギュウギュウ詰めにされて横になった。彼らは川辺で火を起こしてわずかな料理をつくり、その場で身体も洗った。一か月後に再び移住命令が出たが、そのころにはエミリヤは回復していた。

パラベリの川岸で、リギタは生まれて初めて身体を荷船につながれ、船を上流のほうに引っぱる作業をさせられた。古くから、ロシアで名高い囚人の作業である。とはいえ、帝政時代の女性たちは荷船引きという労働を免れていた。首まで冷たい水に埋もれ、支流の小川を渡る苦しさは忘れることができない。全身びしょ濡れで、空腹のまま雨でぬかる川岸の泥のなかを何時間もゆっくりと進んだ。もちろん、積荷の積み下ろしもした。

塩と煉瓦を、倉庫から岸まで何キロメートルも往復する作業だった。四個のレンガを縄でしばり、身体の前後にそれを垂らして、二〇〇人がノロノロと列になって岸を往復した。膝まで泥に埋まった姿は、傍から見れば滑稽である。足を高く上下させて歩く様子は、まるで何かの儀式の踊りのようである。ぼろ靴を履いた足はびしょ濡れで、蒸れて腫れあがり、ひどく痛んだ。縄が肩に食い込む煉瓦運びは、雨の日も休みなく二週間にわたって続けられた。

パラベリに集められた追放者のほとんどは、タラス・サフチェンコ船でオビ川と支流のケタ川が合流する地ビリナという小島に運ばれた。柳のような木しか生えていない、のっぺりとした島だ。四つの漁師小屋と、大きめの建物一軒（一度も操業したことのない魚加工場）が傾くように立っていた。そこに置き去りにされた三〇〇人のラトビア人とベッサラビア人は、屋根のない吹きさらしの土地でたちまち蚊と小蝿（蚊のように刺す蝿）の餌食となった。

別れ際に船員たちはうすら笑いを浮かべ、「ここに来たらくたばるぞ」と言った。その予言は、翌日に現実のものとなった。最初に幼い少年が死んだ。ビリナは、多くの人々にとって終焉の地となったのだ。そこで、ラトビア人二〇〇人のうち五〇人が死亡している。(原8)

雨の多いビリナでは、板の軒下だけが雨よけの場所となる。到着した日、もちろん全員が軒下に入れることはできず、溢れた者は毛布やシーツをテントのようにした。到着の翌日、半地下の住居造りが命じられ、まずは泥炭掘りとなった。地面に長さ八〇メートル、幅五メートルくらいの四角形を縁取り、その四隅に柱を埋めて周囲には木の土台を張った。そして泥炭を一定の塊に切りだし、一つずつしっかりと重ねて厚さ一メートルの壁を造り、窓とドアの部分だけ開けておいた。泥は、しばらくすると固まるのだ。

（原８）　前掲書77ページ。

半地下住居の建設にかかわらなかった追放者の一部は、タイガでのナッツ、ベリー、キノコ摘みに動員された。エミリヤとリギタも運よくこの仲間に加わり、収容所から一〇キロメートルくらい離れた所までボートで連れていかれ、秋の終わりまでそこに残された。タイガの色鮮やかな自然、鳥のさえずり、風と川という幻想的な自由を得ると、悲惨な現実を束の間だが忘れることができた。シベリアの自然は美しく壮大である。その前で人は、自らの小ささと自然への畏敬を感じることになる。

タイガでの野営は、絶望のビリナに晴れ間が差したようなものだった。至る所にコケモモが大きく甘い実をつけ、黒スグリの茂みは人の背丈を超えるほど大きく成長していた。ノルマ分を集め終わると腹いっぱいになるまでつまみ、冬の備えとして白樺の桶でジャムを煮た。夜には焚き火を焚き、鍋でベリーを煮、ナッツを煎ってはつまんだ。そして、空腹が満たされた女たちは、それぞれの思い出を分かちあった。寂しさに駆られると、互いに冗談を言いあって歌を歌った。

彼女たちのなかに、モスクワのボリショイ劇場のオペラ歌手がいた。コンサートのとき、「古い歌のほうが好きだ」と口を滑らしたために「アルタイの白熊」「シベリアのこと」に追放されたのだ。彼女が時折歌ってくれた歌曲とロマンスは、壮大な自然に包まれて燃える火の光を受けて強烈に響きわたった。

九月末に寒くなり、一〇月に初雪が降ると、ボートが彼女たちをビリナに連れ戻しに来た。その帰り道、何とも残酷なことが起きた。荷物検査をした護送兵に、白樺の容器に入れてあったジャムのすべてが没収されたのだ。

ビリナは、強制収容所と何も変わらない。(原9) 半地下壕にすし詰め状態で寝起きし、外界とはほとんど絶縁状態であった。違いと言えば、監視の目がそれほど厳しくなかっただけである。夏に島から逃げることもできないし、冬に脱走を図るような無謀なことは誰もできなかった。

ビリナにおいて初めて追放者の衣類がソ連当局の目に留まった結果、靴底が木でできたフェルト長靴と山羊皮を雑に接ぎはぎした腰丈の上着が支給された。食品の配給は収容所と同様だった。陸地では現地人を手伝えばジャガイモやミルクを少しは入手することができたが、ビリナでは氷を渡って近隣の村まで行って、わずかな食べ物と物々交換をしなければならない。そこの村民は外来者の財産と物に対してもはや興味をもっていなかったので、氷上を歩いてまでして体力を消耗する気にはなれなかった。

餓えが本格的なものとなると、干草、木皮、そして氷の下で窒息した魚を食べた。身体は腫れもので覆われ、化け物のようにぞっとする姿に変身した。多くの人の命を奪った過酷な冬がすぎ、四月、

(原9) 300名を非居住地域に移住させる決定は、NKVDノヴォシビルスク州行政官ヴォロビヨフによる、1941年8月22日付のNKVD副委員長チェルニショフ宛の報告書に関連していたと考えられる。「月に2、3回地域のNKVDに出頭する必要のある者は、距離が遠すぎてその要請に応じることができないであろう。同じ理由で、割当の警備業務は困難をきわめる。(中略)追放者の雇用を組織する地域の体制強化のため(中略)戦時を考慮して次のことが必要である。1、NKVD1939年12月29日付決定第2122－617－ps号に承認された特別入植村に特定の居住者を適用させる。(中略)」ビリナは「特別入植村」であった。Aizvestie.(連れ去られた者たち)1914. gada 14. jūnijs / LVA. — Rīga: Nordik, 2001. — 18. lpp.

洪水の直前に生存していた者は「大陸」に移され、ペトロパブロフスカ村に移住させられた。

エミリヤとリギタは、ビリナの「闘いの同士」(原10)たちとともに、流刑されたロシア系ドイツ人を居住させる予定で建てられた未完成の小屋を住まいとした。水量を増して荒れ狂うオビ川とケタ川の春の水は、苦労して造った半地下の壕をあっさりと消し去った。洪水は、氷の下の地面浅くに埋葬されていたラトビア人の死体をも流し去ってしまい、その骨を北極海にまで散りばめた。

ビリナとペトロパブロフスカの冬がもっとも過酷だったわけだが、飢えは一九四七年まで暮らしの一部となった。生産性の低い使役奴隷も同じである。コルホーズでは、網編み、魚の塩漬け、丸太運び、バラック建設、森林伐採、耕地耕作、船の荷積み、穀物の収穫、ジャガイモ掘りといったあらゆる下働きをし、日当となっているパンの配給に何とかありつくことができた。適当な衣類も履物もない冬場の作業はとりわけ辛く、無益な作業は飢えた人々をさらに衰弱させた。

私は感情を押し殺すようにして、ビリナとペトロパブロフスカ時代の話を母から聞きだした。記憶の糸が途切れないように冷静に促して、餓

(原10)　今日、ラトビアに生存するビリナの「闘いの同士」は、アイナ・バギンスカ旧姓ザーリーテとマーラ・クラミニャである。マーラの母ヴェラ・クラミニャは1941年に死亡。アイナの母ユーリヤ・ザーリーテは1944年３月３日にビリナから戻った翌日に死亡。アイナの従兄弟ユリス・コルベルグスは1944年４月６日の帰還の１か月後に死亡。オリタ・シリニャは流刑者であるモルダヴィア人と1950年代に結婚し、解放後にモルダヴィアに移住した。のちに死亡。ヴィタウツ・シリンシュはラトビアに帰還し、交通事故で死亡。二人の母はシベリアにて1950年代に死亡。

えがどれほど人の心と身体を変えてしまうのかについて、できるだけ多く聞きだそうとした。そのときに録音した会話を聞き返すと、穏やかな口調がいたたまれなくなるほど異常な話であった。母の語る悲話が、私の胸をえぐるように痛いほど締めつけた。録音を聞いている私はガクガクと震え、嗚咽が込みあげてきて机に伏した。

「ネズミはどんな味がするの？　馬の腐肉を食べても死なないの？」と聞き返す、冷めた自分の声に嫌悪した。母は抑揚のない淡々とした調子で、「ネズミは埃とカビの味がした」と言ってふくみ笑いをした。

「ネズミを手に入れるのが大変だったの。あなたのお祖母さんがコルホーズの鶏小屋にコネがあったおかげよ」

つられて私も笑った。イラクサの煮込みに加えるネズミであっても、ソ連ではあらゆることにコネが必要だったのだ。二人で笑い泣きの涙をふくと、母が言い添えた。

「死んだ馬、子牛、ネズミを食べて生き抜くことができたのは、まったくの奇跡よ。どんな病気で死んでも、神様のみぞ知るよ。ネズミを食べても安心はできなかったわ。だって、毒死したネズミだもの。食べたときは、少しもまずいと思わなかった。とにかく、食べられさえすれば何でもよかったの」

リギタは、どこかで拾った魚を食べて中毒を起こしたことがある。記憶を失って何時間も寝込み、目が覚めてもしばらくは記憶が戻らず、母親の顔も分からなかったそうだ。

たとえようのない餓えは価値観をひっくり返した。思考や話題は空腹のことだけになり、行儀や道徳などは崩壊してしまった。食べ物のためなら、盗みも嘘もまかり通るという状態だった。エミリヤもまた、夜中にコルホーズの畑にジャガイモを盗みに行っている。見つかれば監獄送りだったが、飢えに比べれば監獄も平気だったし、現実の世界と監獄に違いはなかった。

あるとき、遠くの家の鴨がリギタたちの住む小屋までやって来た。リギタがそっと友達のアイナに目配せすると、一分後には捕まえており、たちまち毛をはいで焼いてぺろりと平らげてしまった。しばらくして鴨を探しに来た飼い主に向かってリギタは、「朝に見かけましたよ。毎日、この辺をうろついているわ」と平然と嘘をついて森のほうを指した。

草、木皮、イラクサ、腐ったジャガイモ、麻の種、カエル、死肉など、あらゆるものを食した。煮つめたイラクサを食べすぎたら胃が拒絶反応を示し、飲み込んだ物がほとんど消化されずに排泄された。また、炒った麻の種に麻痺して食後にもうろうとしたが、自分の排泄物のなかに噛み下されていない種粒を見つければ、洗ってもう一度食べかねないほどの飢餓状態だった。体型が変わり、痩せ細る者や、手足が膨れて体内の水腫で排泄できなくなった者もいた。リギタも月経が止まった。それが正常に戻ったのは、戦後の一九四七年、ラトビアから送られた食品を受け取りはじめてからである。

エミリヤは、娘が痩せ細っていく様子をなす術《すべ》もなく見つめていた。ビリナで豊かな金髪を切り落とされたリギタは、わずかに前髪を残すだけであった。むきだしの頭は化膿して、ひび割れていた。シラミがギラギラと尻を光らせて、まるで肉の皿のように腫れ物に巣くっていた。

ペトロパブロフスカで、リギタもマラリヤにかかっている——長期的な飢えで弱った身体には死につながる病だ。エミリヤは、布切れを濡らして半昏睡状態となった娘の額を冷やすほかに手の施しようがなかった。自分もすっかり骨と皮だけになっていたが、一口でも多く娘に与えた。

娘がもう死んでもいいと考えはじめたことが、何よりも恐ろしかった。エミリヤは、飢えの虚脱感から娘を救い出すことも、生きる意志を呼び覚ますこともできなかったのだ。娘が意識を取り戻すたびに、エミリヤは必死の思いで父親に強く愛されていることを話して聞かせた。

「パパにひどいことをしちゃいけないのよ。パパは耐えられないわ」

かつての暮らしや子どもたちのいたずらのエピソードを思い出しては、話のなかで絵のように描いてみせた。

「兄さんたちはあなたの帰りを待っているのよ——ラトビアに戻ったら熱々のココアを飲みましょう。ダウガワの紅鮭、香ばしいハムをテーブルにいっぱい並べましょうね。頑張って生き伸びるのよ」

リギタの大きく輝く目は、どんどん透明になっていく。娘が気を失うたびに、エミリヤは絶望にくれて神の名を叫んだ。エミリヤはすべて（夫と三人の息子）を奪われている。

「どうか、私に残された最後の一つまで奪わないでください」

奇跡が起きた。キニーネ［マラリヤの特効薬］の包みを手に入れてくれた人に助けられた。リギタは、死の淵から引き戻されたのだ。

エミリヤは老衰しており、病後の娘を回復させるだけの十分な食料が得られるほど働けない我が身を情けなく思っていた。数個のジャガイモを得るために身を男に売ろうにも、肉体が老いていた。何とか倉庫管理人の同情を引いて家事や農作業をさせてもらい、ジャガイモや魚の残りかすの骨をもらった。村民たちも春先には同じように窮乏していたから、それはかなり寛大な施しであった。

エミリヤは、手元に残してあったラトビアのマッチ箱二〇個ばかりと引き換えに、数日前に死んで腐りかけていた子牛を農民から手に入れた。いい肉の部分を切り取って、長時間煮込んでから娘に食べさせた。そんなちっぽけな糧と、パンとは名ばかりの配給だけで娘を春までもちこたえさせなくてはならなかった。春にはもっと滋養のあるもの、イラクサとカエルを食べさせられる。

そんなとき、信じがたいほどの幸運に恵まれた。警備司令官が現れて(どこか洒落た人物だった)、それまで誰も見向きもしなかったエミリヤの金時計を欲しがったのだ。かつて町に住んだことのあるその男は、時計の価値を知っていた。時計は信じられないほど高価(ライ麦粉一プード(原11)、塩漬けの鯉手桶一杯分、鮮魚一〇キログラム)なものに変わり、困難を乗り越えることができた。

(原11) 1プードは16.38キログラム。

「戦争が終わったぞ。終わったんだ！」

春とともに嬉しいニュースがやって来た。その声を聞いたエミリヤが窓の外を見ると、追放者の一人であるドイツ人が両手を振り回しながら奇妙に飛び回って、所々に残雪のある水たまりだらけの広場に躍り出てしきりに叫んでいた。エミリヤは、途端に足がへなへなとしてベッドにしなだれた。重大な知らせである。心の底からじわじわとした希望が湧いてきた。

「リギタちゃん！　これで家に帰れるわよ」と叫ぶと、うれしさのあまり、母娘は抱きあって泣きだした。

ところが、日はただすぎてゆくばかりで、終戦によって沸き起こった希望が消えてしまった。それでも、人々はもうすぐ西側勢力がきっと助けてに来てくれるとしきりに話していた。

「西欧諸国がこんな恐怖を許しておくはずがない。ラトビアが解放さえされれば、すぐにも帰れるのだ」

遠いシベリアに世界が関心をもつものか、というさめた見方は非難の声にかき消された。人は善を信じるべきなのだ。絶望が幻想に輪をかけ、英米仏は哀れな者を救い出し、悪人を罰することを使命とする正義の騎士に見立てられた。戦前の卑怯な駆け引きであったミュンヘン協定と対ソ戦でのフィンランドの孤独を誰もが忘れたのか、または忘れたふりをしていた。現実離れした感傷的な希望ではあったが、生きる支えとなっていたのだ。

夏になって、エミリヤとリギタは再び移住を強いられた。今度は隣村のボロヴォイである。ところが、強いられた労働はそれまでと同じペトロパヴロフスカの作業場であったので歩いて通わねばならず、何とも無意味な移住であった。

無駄に歩かされ疲労の絶頂にあったエミリヤは、一九四六年の冬、道に迷って死にかけた。伝達係としてボロヴォイまで戻らされたときのことで、歩き慣れた道を五、六キロメートルほど行った所である。ところが、夜になってもエミリヤは戻らなかった。行方不明者の捜索がはじまった。

母親の行方が分からなくなって、リギタは我を失った。リギタの友達であるマーラとアイナは、劣悪な環境に耐えられなかった母親をすでに亡くしていた。今度はママの番だわ、リギタは半狂乱となって泣いた。母の禁欲的な愛情がリギタの心の支えであった。誰も、私から母を奪えないと、子どものように身勝手に考えていた。事実、母なしでは生きていくことなど考えられなかった。

捜索隊が帰ってくる夜を迎えるたびに、エミリヤが生きて見つかる可能性は少なくなっていった。外気温がマイナス三〇度というなか、三日三晩にわたって捜索が続けられた。そして、四日目の朝、エミリヤは登校途中の子どもたちに見つけられた。その間ずっと、エミリヤはすぐそばで迷い、悪魔に取りつかれたように堂々めぐりをしていたのだ。

エミリヤは厳しい寒さに凍えながら、歩き続けるほかに助かる術《すべ》のないことを知っていた。雪の上に横になって眠りたかったが、睡魔に負ければ死ぬ、何としても生きねばならない、私なしで娘は生きられない、そう自分に言い聞かせて、空腹で弱りきった身体を無理やり動かし続けた。しかし、三日目の夜にとうとう力尽きた。何とか眠り込まないように努めながら、周囲の小枝を集めて細かく折り、永遠の眠りの場をつくろうとした——最後の夜だ、もう生きられない。

朝になって子どもの声を聞きつけた彼女は、残された力を振り絞って声を上げた。幸い、その弱々しい叫びが子どもたちの耳に届いたのだ。

エミリヤがソリで村に運ばれたとき、鼻が凍りついて腐りかけていた。そのあと、鼻先が折れてしまった。両手の指もつま先も凍傷になっていたが、幸い壊疽《えそ》にはならず、片手の親指だけが青色のまま曲がってしまい、元に戻らなかった。

もっとも近い病院は、四〇キロメートル先の町コルパシェヴォにあった。エミリヤは隣人たちが集めたぼろ布に包まれ、ソリに乗せられたまま数時間かけて運ばれた。一度、道沿いの家に立ち寄り、暖をとらせてもらったうえお茶まで飲ませてもらった。

付き添うリギタには暖かい服もなく、擦り切れた綿入れをまとっているという姿だった。木綿のスカートの下は短い下着のパンツだけで、太ももはむき出しのままでフェルトの長靴を履いていた。コルパシェヴォに着いたときリギタの太ももは乾燥しており、ガチガチと鳴った。そして、そのまま黒ずんで皮がむけた。

リギタは、病院で母に付き添うことが許されなかった。母の生命に問題がないことを確認した翌日、リギタはボロヴォイに戻ることにした。もう御者はなく、歩いて帰るしかなかった。四〇キロメートルは徒歩で丸一日かかる距離だが、寒さはさほど感じなかった。

エミリヤは、回復までの数か月間を病院で過ごした。病院の粗食も、村で苦しんだ窮乏に比べれば王様のような食卓だった。コルパシェヴォのラトビア人は、少ない食料にもかかわらず、茹でジャガイモやニンジン、魚の端切れを持ってきてくれ、エミリヤの看病に尽くしてくれた。一方、空腹で凍てつく寒さの四〇キロメートルを往復するだけの力のなかったリギタは、数回しか見舞いに行くことができなかった。その代わり母に手紙を書いて、コルパシェヴォに出掛ける人にそれを託した。

春が近づいてきてエミリヤは回復した。陽は高くなったが、まだ雪が残っていた。リギタは母を病院から連れ戻すためにコルホーズの馬一頭を貸りたいと頼んだが、だめだった。それでソリだけを借りて母を乗せ、自分で家まで引っぱった。エミリヤは自力で歩こうとしたが、力がないためソリに乗るしかなく、娘が老女のように弱々しく一歩一歩進む姿を見て涙を流した。

たった一つの救いは、四月の日の高い一日で、日暮れ前に過酷な長旅を終えることができたことだ。途中、二人はジャガイモを二、三個食べただけだったが、小屋に戻っても食べ物がないことをよく知っていた。

変化

一九四六年の春、エミリヤに妹のアンナから初めて手紙が届いた。それまで、エミリヤはクルゼメの親戚に宛てて白樺の皮に書いた手紙(原1)を何度も送っていたが、返事はなかった(原2)。前線の向こう側にあるラトビアに手紙が届いていなかった事情を、追放者たちはもちろん知らなかった。アンナは第二次世界大戦後、束となった姉からの手紙を受け取り、ようやく姉との連絡が取れるようになったのだ。

妹の手紙から、エミリヤは息子が三人とも生きていて、自分に孫ができたことを知った。ヴォルデマールスはゼンタという女性と結婚し、二人の息子がいる。アルノルズには娘と息子があり、ヴォルデマールスの家族もヴィクトルスやアルノルズも安全な所にいる。アルノルズの妻と子どもはヴェンツピルスに住んでいるということが、それとなくほのめかして書かれていた。

アンナの手紙はボロヴォイのラトビア人の間で回し読みされ、ボロボロになるまで読み返された。祖国の知らせは、宛名の当人だけでなくすべての人々が共有

(原1) 追放の初年、紙不足のために白樺の皮を使用した追放者の書簡は、ラトビア占領博物館に保管されている。

(原2) 追放者たちの記憶によれば、初めての手紙を1945年の春に受け取っている。ソ連に占領されたラトビアの地域から1944年10月に発送された手紙であった。クルゼメ地方との通信の再開は1945年5月以降のことである。

するものだった。追放者たちの運命は互いに固い絆で結び付き、悲しみも喜びも分かちあうという、まるで一つの家族となっていた。

はっきりとは書かれていなかったが、エミリヤは息子たちが外国にいることを察知した。そうするほかに安全であるはずがなかったからだ。事実、終戦間近に三人息子はラトビアを出ていた。それからどこに行ったのか、確実な情報はなかった。亡命者は、親戚に迷惑をかけ、また居場所を告げ口されるのを恐れて連絡をとろうとはしなかったのだ。ソ連にバルト人の引き渡しを要請された連合国を信用することはできない――ドイツの難民収容所ではそんな噂が広まっていた。(原3)

ソ連軍が占領したラトビアで一九四四年一〇月に行われた残虐な出来事は知れわたっていたため、赤軍に占領されたドイツ圏の亡命者がソ連に引き渡されれば、家畜用の車両に押し込まれてシベリアへ流刑されるという、考えただけでも恐ろしい運命が待っていた。(原4)難民がソ連の手中に落ちることは、死刑を意味したのだ。

(原3) 1945年2月4～11日のヤルタ会談にて、連合軍はソ連市民の本国帰還に合意した。ソ連領を1939年9月1日時点の国境で策定した合意は、1940年にソ連に併合された地域の住民に当てはまらなかったにもかかわらず、1943～1947年に連合国は、およそ2,272,000人をソ連国籍者として引き渡した。そのなかには、1917年のロシア革命時の亡命者で、元来ソ連国籍をもたなかった者も含まれていた。1946年1月、スウェーデン政府は社会的な抗議を無視して、ラトビア人130名、エストニア人7名、リトアニア人9名をソ連に引き渡した。Tolstoy N. Victims of Yalta. — Corgi Book, 1990. — p. 468., 481., 515.

(原4) ソ連圏ドイツにおいて、戦勝の当日にラトビア人兵士36,000人が拘束された。Neiburgs U. Karagūstekņu traģēdija「戦争捕虜の悲劇」// Lauku Avīze.〈ラウク・アヴィーゼ紙〉— 2001. — 8. maijā.

一九四六年の春のもう一つの大きな出来事は、ラトビアから仕送りが届いたことである。その筆頭となったのが、エミリヤとリギタ宛のものだった。

当時、ラトビアと「広大なソ連」との通信網はまだ完全に回復されていなかった。そこで、アンナは機転をきかせてまずモスクワの義理の妹に荷物を鉄道で送り、そこから転送してもらっていた。荷物の受け取りには、一番近くのウスチチャヤの郵便局まで一六キロメートルの道のりを移動しなければならない。二人は、沼地に枝や木屑を撒いたあぜ道に躓きながら歩いたが、その所々は雪解け水に埋もれ、通り抜けるのもやっとであった。病後で衰弱していたエミリヤは途中のペトロパブロフスカで歩けなくなり、一人リギタが先を進んだ。

郵便局で一〇キロ以上もある合板の箱の荷物を受け取ったリギタは、係の女性が送る興味津々の視線から逃れるようにして外に出た。すぐにでも開けたかった。食べ物が入っているはずだった。ところが、釘がしっかりと打たれていたために頑丈で、尖った石と棒で叩いても開かなかった。リギタは髪止めのピンを思い出した。それで試してみると、釘がゆるんで意外にもあっさりと蓋が動いた。上に載せてあった衣類を急いで引っ張りだすと、その下にお目当てのものがあった。缶詰食品、砂糖、燻製ベーコンの塊！　リギタはベーコンにかじりついた。何という美味しさ、何という香り。野生の動物のごとく肉を引きちぎっているうちに、母を思い出して恥ずかしくなった。

荷物を何とか元通りに詰め直したリギタは、箱を縄で縛り、背負って歩きだした。荷物はずっしりと重く、何度も立ち止まってはひと息を入れながら歩き続けた。太陽の位置は危うく、終わりかけの午後であった。うしろから来た女性に、「もう歩けない」と母に伝言を頼んだ。リギタは疲れきって、道端に座り込んだまま母が来るのを待った。

「ママは細い足で走ってきて、荷物を持ち上げて運んだわ。やせっぽちの身体で……」

リギタはそのときのことを思い出して、涙に濡れた鼻をすすった。

ボロヴォイのラトビア人がリギタたちの所に集まった。厚手の上着三枚、ネルのパジャマ二枚、ワンピース、靴、下着が数枚ずつ、毛布、シーツ、タオル、石鹸——目を見張るような品々が、みんなの手によってしげしげとなで回された。誰一人として、そんな美しい品々を長い間手にしていなかった。追放の日から着の身着のままの衣類は擦り切れて、接ぎあてされた惨めなぼろ服に変わり果てていた。靴はとっくの昔になくなり、フェルトの履物を履いていた。

エミリヤはベーコンを宝物のように小さく切って、みんなに分け与えた。遠慮して断るつもりだった女たちも我慢ができず、香り高いお裾分けはたちまち口の中に消えた。香りのいい石鹸を使い、清潔なベッドに寝られるのは何年振りのことだろう。もったいないからシーツを一枚だけおろして二枚目をとっておこうとしたエミリヤに、リギタが反対した。そして、二人はそれぞれのシーツと毛布にくるまって幸せな眠りに就いた。

そのときのことを回想した私の母リギタは、遠い昔の心地よい夜に浸るように表情を和ませた。

一九四七年五月、遠回りしたのちに受け取ったヴィクトルスからのエアメールを、アンナがエミリヤとリギタに転送してきた。「愛しいママと妹よ」という書き出しの言葉を目にして、二人の目に涙が込みあげてきた。喜びの感動が波のように止めどなく押し寄せてきて、泣かずにはいられなかった。こんな言葉をかけてもらえたのは、ずっと昔のことである。ヴィクトルスは素晴らしいことを書いていた。

「みんながそろったら、ママは僕たち息子の所を順々に訪ねて、暮らしてね」

ヴィクトルスはすでに結婚しており、娘が生まれたという。

「私には五人も孫がいるんだわ」エミリヤは涙ながらに喜びの声を上げた。その夜は、息子の言うように、もうすぐラトビアに戻れると信じて疑わなかった――また、家族が一緒になれる日は遠くない。

窮乏と囚われの日々、エミリヤは夫と息子たちを、リギタは父と兄たちの姿を夢見ていた。二人は家族の誕生日と名前の日を懐かしく思い出しては、飢えと絶望を忘れて遠い昔の幸せな日々に戻った。エミリヤは、夫と息子を心配する気持ちを決して娘には感じさせないようにしていたし、リギタのほうも母が話してくれる通り、兄たちは元気で父も生きていると固く信じていた。

――いろいろあったが自分たちも生きているのだ。ヴィクトルスの手紙は、二人にとっては運命の約束か、希望の知らせだったのだ。もうすぐよ、もうすぐ。

同じ日の夜、リギタは兄に返事を書き、ラトビアから転送してもらった。喜びに満ちた書き出しのあとには、厳しい現実が綴られている。

私たちは、気が滅入りそうな村に住んでいます。ママはすっかり老けました。私は大きくなって、主に薪の伐採をして働いています。ママはもう一年くらい働いていません。一九四六年の冬に、森と沼を寒さのなか三日間もさまよっていたんです。治ってはいるけれど、ママの鼻は低くなって、一本の指は感覚を失いました。私がもう二〇歳になったことは知っていますよね。(中略)

母は、兄さんたちを今も少年と呼んでいます。でも、兄さんたちはもう少年じゃないわね。(後略)(原5)

何と辛い思いで、ヴィクトルスはこの手紙を読んだことだろう。憎らしい奴らめ、優しい母と可愛い妹になんてひどいことを、と憤りながらも、彼にはそれ以上手紙を出す勇気がなかった。アンナ叔母さんからの返事の最後に、叔父の筆跡で「ルータ」という見知らぬ名がサインされていた。それは、親戚同士が文通しあうことに対する警告のサインであった。叔父は書いている。

リギタは母親と一緒にいるよ……一九四三年に住んでいた同じアパートだよ。もし、君が戻ってくるならば、君は一生そこに住まなくてはならないだろう。彼女たちの場所はとても広くて、君たちみんなにも部屋が十分あるからね。(原6)

(原5) リギタ・ドレイフェルデのヴィクトルス・ドレイフェルズ宛の1947年5月16日付書簡。

(原6) アンナ・ドゥンペおよびヤーニス・ドゥンピスのヴィクトルス・ドレイフェルズ宛の1947年7月7日付書簡。

ラトビアに戻ってきてはいけない、そんな警告をヴィクトルスは叔父の手紙の行間に読み取った(原7)。文通が再開されたのはそれからかなり経ち、スターリン崇拝が暴かれたあとの一九五五年、国外からの手紙がラトビアに残った者とシベリア送りとなった者に危険をもたらさなくなってからである。

エミリヤは、息子に再会することも孫に会うこともできず、一四人の孫がいることも知らずに亡くなった。リギタが兄と再会したのは、それから数十年も経ってからである。一番上の兄ヴォルデマールスは、一九八二年にラトビアを訪問した。ソ連に占領されて変貌した祖国を見る辛さを覚悟してまで来たのは、妹のほうから外国を訪問する望みが消えたからである。リギタは内務省査証局にカナダの兄を訪ねるための許可を一六回も申請したが、すべて却下された(原8)。いずれの場合も、タイプ打ちのコメントが印刷されていた。

「あなたの訪問が得策であるとは見なされない」

いかにもソ連らしい論理だ。まるで、家族関係が国家的な問題だとでも言うようである。

(原7) ソ連のプロパガンダを信じて、亡命者のどの程度が帰国したかの詳細なデータはないが、亡命者全体の3%以下との概算がある(『ラトビア百科事典』237ページ)。1945〜1946年にラトビア人兵士3,650名が自らソ連に帰還したことが分かっている。Neiburgs U. Kara gūstekņu traģēdija(戦争捕虜の悲劇)// Lauku Avīze. — 2001. — 8. maijā.

(原8) ソ連内務省査証局において提出が必要とされた書類は、ソ連大使館承認の招聘状、納税証明書、職場の共産党幹部による推薦書、妻または夫が国外に出ないという誓約書、国外在住の親類を明記した履歴書、住居登録証、親世代の生存の詳細を記す調査回答書、写真4枚である。

一九八七年、ゴルバチョフが打ちだした新政策の影響で親戚を訪問する手続きが簡略化されたとき、リギタは待望の訪問許可がやっともらえた。ヴィクトルスがモントリオール空港でリギタを出迎えたとき、チェキストが両親と妹を連れ去るのを見ていた一九四一年六月一四日の夜から何と四六年が経っていた。アルノルズも、このとき妹に会うためにイギリスからトロントに飛んできた。その一年後、アルノルズは亡くなり、これが最後の出会いとなった。

一九四六年の夏、ある知らせがクラスノヤルスク地方とトムスク州を稲妻のような速さで駆け抜けた――ラトビアから来た一団が、一九四一年に追放された子どもたちを集めている。ラトビア教育省が結成した作業班の任務は、四歳から一六歳までの孤児と片親の子どもたちをラトビアに連れ戻すことだった(原9)。

近郊の村々から、病的に痩せたみすぼらしい子どもたちがクラスノヤルスクに集められた。これを目にしたルーセ班長は、子どもを救ってほしいという母親たちの悲壮な願いを断りきれず、厳しい選別条件の命令に反して、多くの子どもを孤児名簿に追加した。地域の役所はモスクワの指示を受けてラトビア人の子どもの名簿を作成し、引き揚げに必要なあらゆる支援をするはずだったが、各地域の長の解釈はさまざまなもので、支援した者もいれば、ルーセが作成した名簿に難癖をつけて承認しようとせず、何かと邪魔をした者もいた。

(原9) Staris A. 1941. gadā okupantu izsūtīto Latvijas iedzīvotāju bērnu ērkšķainais atceļš uz dzimteni(1941年占領者によって追放されたラトビア住民の子どもの刺だった祖国への帰路)// Latvijas Vēsture.(ラトビア史)— 1995. — Nr. 1. — 37. — 44. lpp.

内務局の許可がなくては、その地域を出ることはできなかったが、さまざまな手続き上の障害と物質的な困難に打ち勝って、一九四六年の川くだりの季節に一四二五人の子どもがラトビアに無事に帰還した。(原10)

名簿から漏れて取り残された子どもたちの母親は、翌年の春に帰還が再開されると約束された。しかし、その約束は果たされることなく、のちのソ連政権は正反対の決定を下している。作成された名簿は保存ファイルに収められ、「社会的に危険な子どもたち」はそのままシベリアでやせ衰えていった。(原11)

母親たちは子どもの出発を見守りながら、しばらくすれば自分たちの番が順番に来るものだと当然のように期待した。そこで、人々はせっせと嘆願書を書き出した。リギタもまた、自分と母の無実と不可解な追放の詳細を説明し、見直しを求めた。そしてまた、自分たちはラトビアにおける社会主義の建設にふさわしい人物であるとまで誓いを立てていた。

しかし、回答は皆無だった。リギタがシベリア暮らしの初期にソ連最高会議議長とソ連共産党中央委員会に宛てた何通もの嘆願書は、ラトビア国立公文書館所蔵ファイルに含まれていない。それらはトムスク州から一度も送られることなく破棄されたか、今も僻地のKGB事務所で埃をかぶっていることだろう。

一九四七年の冬、ボロヴォイのコルホーズに残るラトビア人は少数になっていた。

(原10)　前掲書。ラトビア作成の予定者名簿によれば、およそ600名の子どもが送還され、このための資金18万ルーブルが確保された。
(原11)　前掲書。

多くは何とかそこを抜け出し、ほかに仕事を見つけていた。ビリナの時代を一緒に耐えたリギタの友人であるアイナは、結婚して夫と二人で少し離れたコルパシェヴォの町に引っ越した。また、製材所と羊毛加工場と木材輸送所のあるトグル村には、ラトビア人の小さな集団が住んでいた。彼らはリギタに、トグル村に求人があることも教えてくれた。リギタは、マーラと運をかけてみることにした。ある夜、警備司令部の許可なくトグルに向かったのだ。

それは、リギタが記憶する長期にわたるシベリア暮らしのなかでも、珍しく愉快な珍道中となった。コルホーズの牛をこっそりと引っぱり出してソリにつないだ二人は、頭にウールのスカーフを巻き、足にぼろ布を巻きつけて出発した。ワクワクとした冒険でもするような気分に浮かれ、村を出ると、牛に急な坂を下らせてはキャアキャアと奇声を発して大笑いをした。

ドイツ人流刑者から教えてもらったドイツ語の歌を、リギタは女声、マーラは男声で「Mahle ist von Afrika. Mahle ist nicht schon!」(原12)と声を張り上げて歌った。驚いた牛は頭をひねり、充血した片目でうしろの奇妙な御者をにらんだかと思うと、おびえたのかますます速く飛び跳ねた。しかし、とんでもない御者から逃れられないと悟ったのか、鈍い足取りに戻った。

浮かれ気分の二人も、次第にしんみりとしてきて黙りこくった。トグルに着いた昼ご

(原12)「マーレはアフリカから来た。マーレはきれいじゃない」という意のドイツ語。

ろには、凍えた身体をガチガチと震わせていた。労働者が不足していた作業場の所長は、彼女たちの移住を警備司令部に掛けあうと快諾した。それから二人はトグルの友人を訪ね、来るべき変化をともに喜んでボロヴィイを目指して帰った。

帰り道、見慣れた野原に近づくと、牛が落ち着きを失ってしまった。鞭を打って厳しく叱っても、牛を制御することができなくなった。突然、牛は二人をギョッとさせるほどものすごい勢いで向きを変え、畑に飛び込んだ。低くうなって泡を吐き、腹まで届くほど深い雪のなかに向かって突進した。月明かりに照らされた農地に、藁の山がぼんやりと見えていた。やっと分かった。牛は狂ったんじゃない。餌がもらえなくてずーっと空腹だったのだ。二人は吹きだした。このときのことを思い出して、母はまた笑い転げた。

「私たちは、まったくどうかしていたわ」

トグルは、エミリヤとリギタが、初めて自らの意志で移住した土地である。それは短い中断をはさんで、リギタが一〇年近くも滞在した村となる。トグルでエミリヤが息を引き取り、そこでリギタが結婚して私が生まれた。

数人の追放者がラトビアに戻る許可を得た。再び希望に満ちた緊張が周囲の空気に張りつめた。次に幸運の女神が微笑みかけるのは誰か、と誰もがしびれを切らして待ち焦がれた。エミリヤとリギタも、ラトビアに戻る話を毎日のようにした。解放されていく候補者がどのような原則で選ばれているのかは分からない。リギタと同世代の若者がほとんどだったが、高齢者も含まれているという。二人一緒に帰還許可が出るのか、一人だけなのかということを知る由もない。もし、一人だけだとしたら、それは母のほうだとリギタは確信していた――身体に障害があって役に立たない母が帰され、自分は森林作業を続けさせられるのだ。このような話になると、エミリヤは怒った。

「何てことを言うの。私はリギタを置いて一人で帰ったりしない……帰るのはあなたのほうよ」

一九四八年の四月、リギタがトグル警備司令部から呼び出しを受けた。エミリヤもリギタもかなり動揺した――どれほどこの日を待ったことだろう。とはいえ、あまり期待しないようにした。がっかりするのは辛くて堪え難いことである。司令部への道すがら、リギタは心の中でしきりに繰り返した。

「そんなはずがない。でも、もしそうだとしたら……」そんな思いが波のように打ち寄せていた。

リギタは待合室に入った。秘書の遠慮のない視線が気になった。ようやく呼ばれて所長室に入ると、「ククーシュカ」(原13)とあだ名されていたククシュキンス司令官が座っていた。しばらく雑談したあと、司令官は意味ありげに間をおいてからリギタをじっと見つめて切りだした。

(原13)　キツツキを意味するロシア語。

「リギタ・ヤノヴナ、(1)ソ連政権はあなたの素行を評価した結果、ラトビアに帰還する許可を与えました。あなたは、この信頼を得るにふさわしいことを示す機会を得たのです」

リギタは青白くなってかすれそうな声で聞いた。

「それで母は?」

「それはあとからです。帰還許可は、まず一九二五年以降に生まれた者に与えられます。自分のことを喜びなさい」

リギタはよろめきながら外に出た。「自由なんだ!」当局が発行したリギタの登録証明書に記された最後の出頭は、一九四八年四月一五日であった。

川くだりの季節までひと月もなかった。エミリヤは、期待に胸を弾ませて娘の旅支度にとりかかった。仕送りの衣類を一枚でも多く縫い直した。旅費はラトビアの親戚が送ってくれていた。人脈づくりにたけていたエミリヤだが、このときも倉庫の管理人から小麦粉を手に入れ、長旅に備えてパンを焼いた。リギタと一緒にオリタにも帰還許可が下りたが、マーラとアイナはほんの少し年上だったばかりに対象とされなかった。

五月初旬、オビ川の氷が消えて洪水がすぎると、誰もがそわそわとしながらコルパシェヴォに来る船を待ち焦がれた。リギタは、母との別れを考えないようにしていた。一方、エミリヤのほ

(1)　ヤノヴナは、リギタの父ヤーニスをもとにするロシア語の父性。

うも辛い気持ちを心に隠していた。やはり一緒に帰れる日まで待とうという、リギタの心変わりを一番恐れていた。絶対にそうはさせない――エミリヤは陽気な笑顔をつくり、クルゼメ方言に特有の優しい声で娘の決心を促した。

「私もすぐに戻るからね」

コルパシェヴォとトグルのラトビア人が、リギタとオリタに別れを告げるためにアイナの家に集まった。残される人々は、いずれは自分たちにも許可が出る、娘たちの出発こそその証であると考えていたから別れの悲しみはあまりなく、むしろ明るかった。二人は、若者たちによって船まで見送られた。決心が鈍ることが怖かったリギタは、母に乗船場に来ないでほしいと頼んだ。アイナの家での別れ際、エミリヤは涙を流した。娘の出発を喜びたかったのだが、ついにこらえきれなくなったのだ。リギタも泣いた。

船が動き出したとき、リギタは岸にエミリヤを見つけた。そして、気が狂ったように叫びながら手を振った。母は張りついたようにじっとしたまま、見開いた目を娘に向けていた。リギタは、オビ川の蛇行の先、見えなくなる瞬間まで母の小さな灰色の姿を見つめていた。

――リギタの記憶に刻まれた、生きた母の最後の姿である。

五月の初め、縫い直された古着の「晴れ着」姿というリギタは、リーバお祖母さんが送ってくれた靴を履き、両手に荷物を抱えて全長六〇〇〇キロメートルの帰路に就いた。

祖母エミリヤ

娘が行ってしまったあと、エミリヤは二つの世界をまるで同時進行のように生きることになった。わずかな食べ物を得て、生き抜くために働きながらも、実際的な暮らしの意味はすっかり薄れ、いつか再び娘と一緒になれると信じ、ただそのときのためだけに生きていた。それが叶わぬうちは、娘と身を寄せあっていられる幻想に浸った。

娘の便りが届くたびに刺激される精神は、とてつもなく大きな白い布に弛まず刺繍をする営みに似ていた。エミリヤの心の針は娘の言葉に促されて、色鮮やかな糸をひと針ひと針と刺していく。そんな心の刺繍は、決して完成することがなかった。

視力が衰えて文字が見えなくなっていたエミリヤは、娘の手紙をほかの人に読んでもらった。何度も大きな声で読み返される一通の手紙は、エミリヤの記憶にしっかりと刻み込まれ、まるで実際に目にしているかのように意味を増していった。手紙を受け取るたびに、そこに登場する新しい人物とそのエピソードを、心の中ですでにできあがっている刺繍に丹念に縫い足していき、数えきれないつながりと細やかなイメージでそれまでの人物や出来事に結び付けた。

記憶は時が経つほどに粗く重層的にもつれていったが、新しく届いた手紙のことであれば、エミリヤの心の針の動きはすっきりと明快だった。時に疑問に突き当たると、心の糸は垂れ下がったまま行き先を求めてさまよったが、その答えはさらに新たな疑問を生んだ。

このように娘との通信に全神経を集中していたエミリヤは、現実の惨めな生活よりも娘とともにある精神的な空間のほうをずっと真剣に生きていた。どんな命令も、心の中の自由を剥奪することはできないのだ。

我が家には、祖母の手紙が一五通残されている。戦後のシベリアは紙不足であったため、最初の何通かは何かのページや紙切れに鉛筆書きされたものである。そして、娘からの仕送りが届くようになってからは、ノートにインクで書かれている。

祖母の筆跡は不揃いでひどく乱れており、部分的には判読が難しいものもある。思うがままに、まるで話しているかのように書かれており、ペン先よりも考えのほうが先走りしたようにも見える。また、文が途切れ、考えが不明瞭なことも少なくない。生粋のクルゼメ人らしく、女性形単語の語尾に男性形を使っているし、語尾からは語形変化が消えていた。

今ではもう死語となった単語を、祖母がどんなふうに話したのか、私は何となく想像できる。シベリアから戻って、私はエミリヤの妹アンナがクルゼメ特有の間延びしたリズムでそんな言葉を使うのを耳にした。祖母の手紙は、優しさと誠実さの結晶である。いつも愛情あふれる言葉に満ちていて、シベリヤに残るリギタの友人の近況を伝えることも忘れることなく、「友人たちか

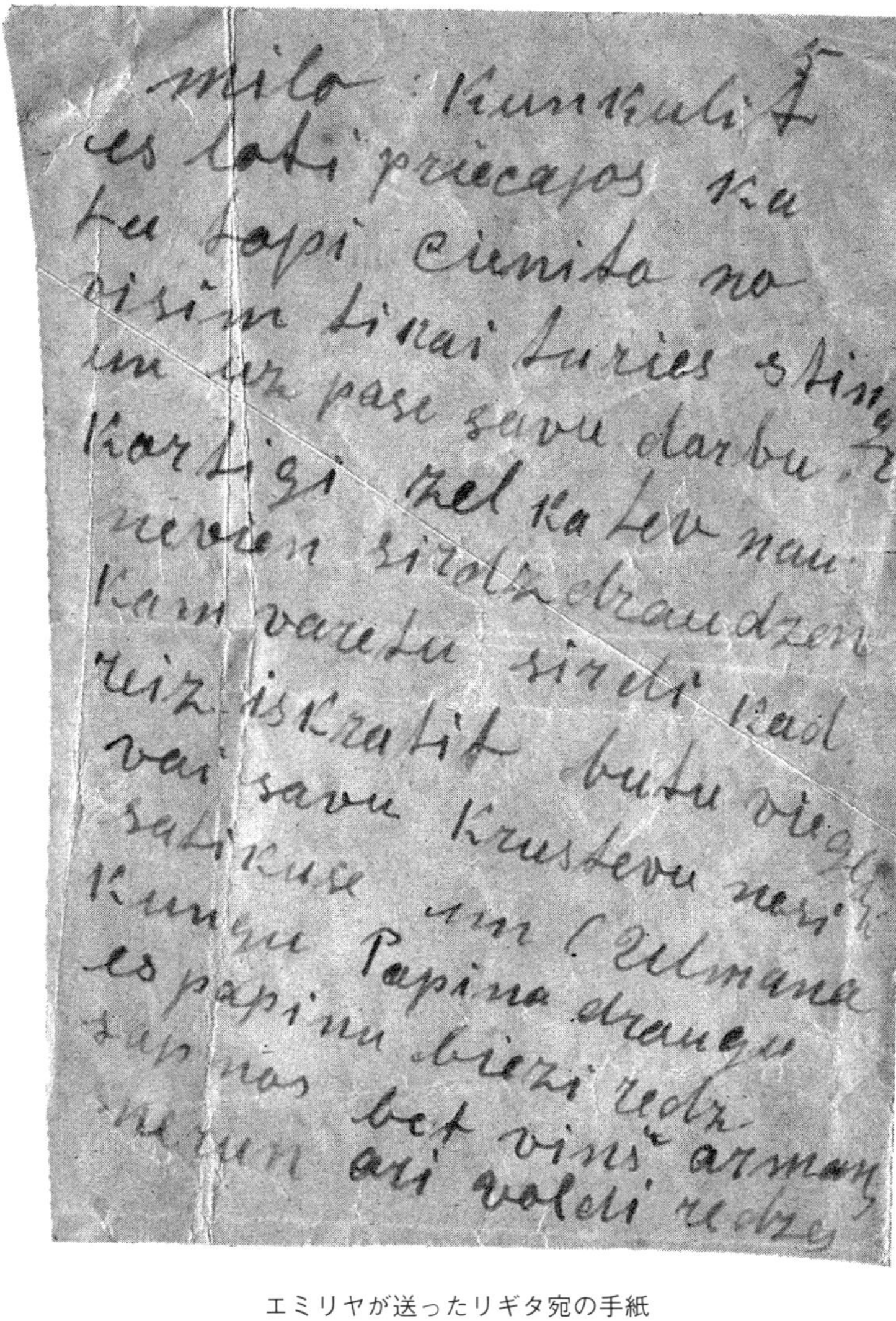
milo Kunkuli!
es loti priecajos ka
tu tapi cienita no
visiem tikai turies stingr
un izpase savu darbu,
kar Ligi zel ka tev nau
neveien sirolsdraudzen
kam varetu sirdi
reiz iskratit kad
vai savu krustevu butu viegl
sakikuse [illegible]
Kungu un Ulmana
es Papina drangu
es papinu biezi redz
[illegible] bet vins arman
vai voleli redze

エミリヤが送ったリギタ宛の手紙

ら、リギタによろしく」と伝言している。手紙に記された夢を見た話は、祖母の心の奥底を知るのには貴重な部分となる。家族と一緒にいる幸せな光景は、満たされることのない希望と最愛の家族を想う不安がつきまとっており、それは離れることがなかった。

リギタもまた、母にせっせと手紙を送った。娘と母親は血よりも濃い特別の絆、つまり生存をかけた極限状態を生き抜いた人を結び付ける絆で結ばれていた。消滅してしまいそうな限界を越えかけた二人は、互いにかけがえのない存在であるということを知っていた。高潔から侮蔑までのすべてを経験したリギタは、母にならすべてを打ち明けることができた。母は、自分を愛し、ありのままの自分を受け入れてくれる存在なのだ。

リギタは、ラトビアには五月末に着いたはずなので、六月一〇日ごろには第一報が届いてもいいころである。なのに、手紙が来ない。日を追うごとに、エミリヤの心配は募っていった。

——途中で何かあったのかしら、列車はかなり混乱していたようだし、あの子は病気になったのかしら。

エミリヤは、一日おきに郵便局に出掛けた。係りの女性は「ヤノヴナさん」(原1)を何とか元気づけようとしてくれたが、エミリヤにとってはほんの少しの気晴らしにしかならなかった。重い足取りで、エミリヤは不規則な家政婦の仕事に戻った。一軒の家で数日間

(原1)　シベリアでは、女性はしばしば夫の名前で呼ばれる。ヤーニスの妻はすなわちヤノヴナとなる。

洗濯をし、それが終われば別の家に移って同じことをしていた。

六月二六日、待ちわびた手紙が一度に三通も届いた。エミリヤはリギタの友達のアイナの所に飛んでいって早速読んでもらったところ、トムスクからノヴォシビルスクへと列車で移動するところで早くもリギタは問題にぶつかっていた。以下は、その手紙の文面である。

鉄道の切符を買うにはシラミ駆除の証明書がいると言われ、その証明書は公共サウナで出してもらえるということでした。そこで、オリタと二人でサウナに行きましたが、うっかり男性のほうに入ってしまったんです。

――まあ、なんてドジなんでしょう。アイナの読み上げる手紙にエミリヤは溜め息をついた。

証明書を手に入れたあとも、数日間も列車の切符の販売口の列に並ばされ、やっと列車に乗ってノヴォシビルスクに着いたかと思うと、また一から同じことの繰り返しです。そこでは助けを求めるラトビア人がいなくて大変でしたが、帰宅途中のロシア人兵士と知り合いました。その男は、私の青い目と金髪に魅せられたのか、従軍兵士としての特権で私たち二人分の乗車券をとってくれました。

これを読んでエミリヤは微笑んだ――リギタらしいわ。大胆な方法で困難を切り抜けるんだから。

――モスクワではアンナ伯母さんの義妹アリーダが優しく迎え入れてくれ、質素なアパートに泊めてくれました。

エミリヤは、顔も知らないアリーダに好感をもった。

――アリーダは、私たちに絹の靴下をくれました。

――リギタは、初めて絹の靴下を履いたのね。

何年かぶりに暗い穴蔵から這い出た少女の目に映ったモスクワは、さぞ荘厳な大都市だったことだろう。リーガ行きの列車の中で初めてラトビア語を耳にしたと読んだとき、思わずエミリヤの目に涙があふれた。

――それでも、乗客はほとんどがロシア語で話していました。

苦々しい文を読み上げるアイナと目を合わせて、エミリヤは溜息をついた。リギタはジルペで国境を越え、ラトビアに入った最初の駅で列車を降り、祖国の土の上に立って春の息吹を吸い込んだ。エミリヤには娘の気持ちがよく分かる――ああ、ラトビアの土に触れたい。

読み続けるアイナの声が、エミリヤを夢想から呼び覚ませた。リギタは、ロシア兵士に怒鳴りつけられたと言う。

「許可なしで列車を降りるとはどういうわけだ！」

そして、民警に連行するぞと脅されたという。リギタは泣きべそをかいて列車に飛び乗った。それがラトビアの現実だった。

列車がリーガ駅に入ったくだりで、エミリヤもアイナも感涙にむせんだ。リーガの暮らしを思い出したのだ。リギタは感激と困惑を綴っていた。

数年ぶりにリーガ駅に降り立ちました――かつて、ドゥブルティからよく列車で来たように。ところが、あまりに人が多くて、頭がくらくらしました。さて、どこに行こうか。リーガにもユールマラにも、もう親戚はいません。リエパーヤにいるアンナ伯母さんを訪ねることもできません。リエパーヤは立ち入り禁止区域となっていて、特別な許可なしには誰も入れなくなったんです。

オリタがマズサラツァに一緒においでと誘ってくれたけど、運命のめぐりあわせです。エメルソネさんが、偶然にも駅前広場をこっちに向かって歩いてきたんです。一緒に追放されたけど、かなり前に許可をもらって戻っていたあのエメルソネさんです。すぐに、自分の所に来るように言ってくれました。

リギタには、頼りになる人がそばにいたのだ。しかし、文末には辛い出来事が書かれてあった。夫の死。娘はその悲報を、トムスクで夫と収容所で一緒だったラトビア人から聞いたのだという。「父は、一九四一年の末に死亡した」と。

エミリヤはとても信じることができなかった。当局で夫の消息を尋ねるたびに、それまではいつも同じ答えを聞かされていたからだ。

「ヤーニス・ドレイフェルズは一〇年の特別体制収容所に刑期中で、通信の権利がない」(原2)

——それなら生きているにちがいない。年老いた夫の死が親族に知らせることのできない国家機密であるはずがない。とはいえ、娘の言葉を反芻しているうちに疑いが頭をもたげてきた。自分はすっかり老けこみ痩せ細っているが、夫のほうはどうなのだろうか。一四歳も年上なのだから、耐えきれなかったのかもしれない。

ある夜、エミリヤはそれを暗示するかのような夢を見た。ドゥブルティの家で、

(原2)「特別体制収容所における10年間は通信の権利なし」は、囚人に死刑宣告があった場合、もしくは囚人が死亡した場合の親類に対する標準的な説明であった。当時の治安当局は、死亡事実を隠蔽することによって別件をでっち上げ、「死亡者の証言」によって他の囚人・共犯者を有罪にできると考えていた。

エミリヤは寝室にある鏡台の前で髪を梳かしている。そこに突然夫が部屋に入ってきて、何か隠し事があるような悪戯っぽい目つきで問い掛けた。

「右か左か、どっちの手か当ててごらん」

あら、何か贈り物だわ。エミリヤが適当に答えるとハズレだった。夫が心配そうに何度も聞き返す。今日にかぎって、どうして長々とじらすのかしら。エミリヤはだんだんイライラしてきた。途端に気付いた。自分がまちがって答えるたびに、夫がどんどん小さく縮んでいくのだ。途端に怖くなって、急いで夫の腕をつかまえようとしたが間に合わず、夫は消えていた。そこに、ぽつんとプレゼントの包みが残されていた。開けてみると、素敵な水色のドレスが入っていた。いつか、夫が友達に頼んでパリから買ってきてもらったドレス。

夢から覚めた——これは事実だ、夫はもうこの世にいない。


通信に片道三週間ほどかかったため、母娘が交換する知らせにはほぼ六週間のずれがあった。娘が突き当たっている不合理な連鎖（住居登録なしに就職ができず、雇用契約なしに住居登録ができない）に母がやきもきしていた間、娘はトゥクムス町のパン工場に会計係として職を得、シベリアの履歴もいとわず、そのうえリスクまで負ってくれた女性の家に住居登録もすませていた。

シベリアからの長い帰路の間、リギタがずっと夢見ていたドゥブルティの家に住むことは許されなかった。追放者は都市への立ち入りが禁じられていた。それゆえ、シベリア帰りの者は小さなトゥクムスの町で我慢するしかなかったのだ。

エミリヤは娘をなぐさめた――それでいいのよ、ドゥブルティは辛いわ、昔を思い出すばかりだから。

娘が初めて稼いだ給料である二七〇ルーブルは、エミリヤにとっては莫大な金額に見えた(原3)。金銭に価値のないシベリアで、農業の自給自足に慣れていた人たちは、どうにか暮らしを立てる術《すべ》を知っていた。トグルでは給料は数か月間どころか数年間も支払われず、その代わりに就労者には一人当たりパン八〇〇グラム、扶養家族には一人当たり三〇〇グラムが支給されていただけである(原4)。

孤独なエミリヤは一人でやり繰りした。間借り賃の二〇ルーブルが何としても必要だったため、半日かけてカップ二、三杯の木の実を摘むために辺りを這いずり回った。木の実をカップ一杯で稼げるのはたった一ルーブル、しかもめったに買い手はいなかった。売り歩くときには警察の目に怯え、見つかったら「投機者は、即監獄行きだ」と言われてびくびくしていた。

野生のキノコを三キロ摘んで収集所に持ち込めば、パン五〇〇グラムと五七コペイカ［一ルーブル＝一〇〇コペイカ］になった。そして、指編みの毛糸の手袋は一〇ルーブルで売れた(原5)。とはいえ、間借り賃を払ってしまうとパン代も残らず、ジャガイモと塩漬けの魚で何とか生きていた。

（原３）　物品小売価格の指標：バター１キログラム45〜65ルーブル、タラの切り身１キログラム13ルーブル、ウールの衣類１枚313〜557ルーブル、男性用短靴313ルーブル、1949年におけるソ連経済省の調査。

（原４）　エミリヤ・ドレイフェルデからリギタ・ドレイフェルデ宛の1949年７月17日付書簡。

ラトビアでは娘の給料が微々たるものだと知ったエミリヤは、家賃は払えるの、薪や衣類は買えるの、と心配した。そして、娘がパン工場に勤務できたおかげでパンには不自由せず、食料の心配がないことを何よりも喜んだ。

愛しいリギタ。あなたがパンをたくさん食べられると聞いて、ママがどんなに安心したか分かるかしら。私には、パンもめったにないのよ。ジャガイモがあるだけでもましなほうよ。(原6)

シベリアで母は一人やつれ、他者の施しを受けて過酷な労働に耐えている。リギタは、そんな母を助けることができない自分が情けなかった。苦労して何とか貯めた数十ルーブルを、ときどき送金することしかできなかった。

送金を受け取ったエミリヤは、そのたびに娘を自慢していた。パン数個と砂糖ひと握りが買える程度の金額であっても、娘からの送金には大きな価値があった。娘の素晴らしさを証明する、目に見える愛の行為なのだ。母として娘のよさを熟知していたとはいえ、周囲から自分が置き去りにされて忘れられているとは見られたくない、そんな自尊心を保つためにもこのことには重要な意味があった。とはいえ、三〇ルーブルか五〇ルーブルを貯める娘の苦労を思いやると切なくなり、次の手紙

(原5) パン1キログラムの価格は14ルーブル。ジャガイモバケツ1杯分は、夏場は10ルーブル、新ジャガは5ルーブルであった。
(原6) エミリヤ・ドレイフェルデからリギタ・ドレイフェルデ宛の1949年9月付書簡。

エミリヤとリギタが追放後に初めて撮った記念写真（1948年）

では「困っていないから送金はいらない」としたためた。

リギタは食料をかき集めて仕送りをし、シベリアの友達にささやかなプレゼントを添えることも忘れなかった。シベリアでの暮らしを忘れていなかったリギタは、そこで生きるとはどういうことかをよく知っていた。

エミリヤは娘の写真を穴が開くほど見つめ、それを友人に見せて娘のことを話していると、まるで娘と触れあっているような気がした。そして、暇さえあれば娘の写真を窓際に持ち出して、薄明かりに照らしてみた。逆さに見ていても気付かないほど視力は悪化していたが、心が見たいと欲するものは見えたのだ。

写真を見つめるたびに、細部まで知りつくした娘の表情がどこかわずかに違って見えるのは、エミリヤ自身に心境の変化があったことや、娘から届いた手紙の内容に強く影響を受けていたからであろう。小屋の中が暗くて何も見えない朝と夜も、エミリヤは写真を持つ手のひらをじっと見つめただけで、娘の顔と洋服を細部まで思い描くことができた。そして、寂しくてどうしようもなくなると、別れ際に撮った写真を思い出した。

二人は、リギタの旅立ちの前にコルパシェヴォに出掛け、シベリアで初めて記念写真を撮ってもらっている。その写真には、別れの辛さがにじみ、無惨な現実を反映した流刑の跡がはっきりと見てとれる。エミリヤは自問した。

――ぼんやり宙を見つめ、ガリガリに痩せて鼻の曲がった老女、これが本当に自分なのかしら。

リギタもどこかぎこちなく、ジャガイモばかりの不健康な食事で貧弱そうに見えた。ラトビアから送ってきた写真のほうがいい。可愛い娘を見て嬉しくてたまらず、その感情を心の中だけで抑えることができなかった。

得意げに写真を見せられた周囲の人々は、孤独なエミリヤを喜ばせようとして可能なかぎりリギタを褒めちぎった。村民たちにも写真を見せた。かつての「灰だらけ姫」の変わりようを見るがいい。村民たちは偽りなく見惚れてうなずき、惜しみない賞賛の言葉を送った。「本物の町の娘」は、村民には手の届かない幸せで快適な生活を象徴していた。

エミリヤは、娘を温かく受け入れ、戦後の貧窮にもかかわらずさまざまな物を与えてくれた兄弟姉妹に愛情と感謝を感じていた。編み物を得意とするリギタは、たくさんの毛糸をもらったという。

――そういえば、娘がペトロパブロフスカにいたとき、地域役人から暗黙の許可を得て編み物工房じみたものをつくっていた。また、どこかで見つけた古いセーターをじっくり見て複雑な編み込み模様を覚え、それを友達にも教えていた。娘たち五人にエミリヤも加わって一日一枚のセーターを編みあげ、手桶三杯分のジャガイモと交換したこともある。指がこわばる私の分もリギタは頑張ってくれた。今、あの子は、古靴下や釣り糸をほどいた綿糸で我慢していたシベリアとは違って、本物の毛糸で自分のために編むことができるのだ。リエパーヤの親戚にドレス用の布地とオーバーコート用の黒いウール地、それに現金までもらったというリギタは、早速、私に仕送りをしてくれた。

エミリヤが追放される前に仕立て屋に預けたワンピースの生地は、戦争中における物資欠乏のために売り払われてしまっていた。昔なじみであった仕立て屋は、そのお返しとしてリギタにワンピース数枚を縫ってくれた。おかげでリギタは、タダで新しい優雅な服を手に入れることができた。エミリヤは、ワンピース姿の娘の写真を眺めて満足そうに溜息をついた。

――これであなたも立派な娘ね。もう、すべてそろったわね。(原7)

シベリアでは、ワンピースが数枚とオーバーコートというのは信じられないほどのぜいたく品なのだ。八年間も飢えと貧窮に蝕まれたエミリヤにとっては、かつての豊かさはまるで存在しなかったような遠い過去となっていた。春秋ごとに流行の服と手袋と靴を新調し、毎週のように美容院に通って髪型を整えてマニキュアをすることが女性の身だしなみとして当たり前だと思っていた。フェルトの長靴と古い木綿のワンピースを継ぎ当てた姿とかつての習慣との落差は、あまりにも大きかった。シベリアでは、バスに乗るのさえ八年も待たなければならなかった。

リギタは、かつて住んでいた家のことについては手紙で触れていない。エミリヤが思

(原7) エミリヤ・ドレイフェルデからリギタ・ドレイフェルデ宛の1948年8月付書簡。

い出すその家は、六月一四日の深夜に追い出されたときのままである——ステンドガラスのあるベランダと、白いカーテンが明るい雰囲気を醸し出している石造りの建物。

エミリヤは、よく夢を見た——その家の幸せな夏の午後、家族がそろっている。彼女は夫と二人で穏やかに、走り回って遊ぶ息子たちを眺めている。幼いリギタは犬とじゃれあっている。恐ろしいシベリアの影のない、最高に幸せな夢だ。

今はあそこに他人が住んでいるなんて考えられない。小さな門のある塀の外側で、門を開ける勇気もなく立ちすくんでいる娘を想像した。私だってそこに立てば、きっと同じ気持ちになるだろう。何の権利もない赤の他人として自宅に入る辛さ——エミリヤは思い切って娘に尋ねた。

どうか、あの家のことを教えてちょうだい。今どうなっているの？　玄関まで続く小道はまだあるかしら？　誰が住んでいるのかしら？　あなたは、自分の部屋に入ってみたの？(原8)

リギタは、シベリアから戻った翌日にドゥブルティに向かっている。彼女は列車の窓からリエルペ川［Lielupe］を越えると、曲がりくねった道を見つめながら見慣れた家の角が現れるのを待っていた。あった！　喜びが込みあげてきた。子どものころに列車

(原8)　エミリヤ・ドレイフェルデからリギタ・ドレイフェルデ宛の1948年8月付書簡。

の窓に鼻を押し付けて、「おうちよ、おうち！」と父と母に嬉々として指し示したときと同じように。

　列車を降りたリギタは、駅の真正面にあった自らが通ったギムナジウムの前でしばらく立ち止まった。そして、世界に散り散りになった同級生のことを思い出した。同級生の三分の一が外国に亡命していた――親友のマリアンナも。一人ウルディスだけがリギタと同じ運命を辿った。彼はまだ生きているのかしら。みんなはどうなったのかしら。

　スロカ通りを歩きだしたリギタは、ドキドキしてきて喉に何かがつかえるようだった。もうすぐ父の家に着く。頭の中を、驚くほど鮮明な思い出が走馬灯のように浮かんでは消えた。父の部屋の戸口にチェス板を持って立っている自分、どうせ負けると分かっていて、入っていくだけの勇気がなかった。小さなヒヨコ――幼いリギタの手のひらで、まだその身体は暖かく柔らかい、つい愛おしくてきつく抱きしめて窒息死させてしまって、びっくりして泣いている自分。

　日曜日の朝の食堂で、カップに湯気が立つココアの表面の膜をすくって食べたリギタを女中が優しく注意している。両親が留守のとき、ママの鏡台に座っておませな自分は有頂天だ。ママのハイヒールを履いて、唇に赤い口紅を塗りたくっている。貴婦人になりすました気分でいたが、何と滑稽な格好だったろう。

　近所の店で、ママが「小切手帳」をつくってくれた。それで、毎日好きなお菓子をツケで買うことができた。大好物の甘い物は止められない。リギタがいたずらしたときのように、ママはにっこりとして小銭を払ってくれた。私は、両親に甘やかされて育った勝ち気な娘だった。

リギタは家の門の前に立ち、中庭に視線をさっと走らせた。ゴミが散らかり、物置は傾き、塀はペンキがはげ、歩道はでこぼこであった。台所の窓から、ロシア語のキーキーとした女性のがなり声が聞こえてきた。リギタは固くなった——この家はロシア人のものとなっていた。占領者のもの、私たちからすべてを奪った者の……。

まさか、そんな衝撃を受けるとは思っていなかった。父と母がここにいなくてよかった。リギタはクルリと背を向けて歩きだしたが、また立ち止まって振り返った——ここは、父が私たち家族のために建てたドレイフェルズの家だわ。私には、ここに入る権利があるわ。

そう思い直すと、意を決してドアを叩いた。しかし、誰も開けてくれない。恐る恐るドアの取っ手を押してみたところ、ドアが開いた。刺すような匂いがむっと鼻をついた。トイレの悪臭、腐敗した食料とナフタリンが混じった匂いに吐き気がした。昔は、乾かしたオレンジの皮とペパーミントの香りがしていたのだ。

リギタは台所のドアを開けた。緑色のガラスの白い食器棚がまだそこにある。コンロの前にいた女が、何者かという怪訝なまなざしでリギタを見た。口からでまかせに、リギタは隣家への道を尋ねて道に迷ったふりをした。さすがに、自分がこの家に住んでいた娘で、この家が他人にどうされたかを見に来たとは言えなかった。

家を出たリギタは、まっすぐ海岸に出てしばらくぶらついた——母を悲しませたくなかった。

それで、「あの家は八年間、空き家だったようだわ」と短くしたためた。エミリヤは娘の気遣いを察し、その痛々しい話題に二度と触れることはなかった。農場にあった別荘としていた家が戦時中に焼失したことも、リギタは母に伝えなかった。

まったくの偶然だが、アルノルズの義妹イレーネが、そのあとに執行委員会からその家に住むように指示された。そこでリギタは、精神的におかしくならない程度にその家を訪ねるようになった。イレーネは、二階の兄たちの部屋であった一室を住居としていた。その部屋でリギタは過去のにぎやかな音を思い起こし、まるで本当に兄さんたちの声が聞こえるような感じがした。拷問のように辛くても、リギタは幼いころに触れたくて足繁くそこに通った。一瞬だけでも、そこでは家族のそばにいられるような気がしたのだ。

一九五七年、私たち家族がラトビアに戻ったときにもイレーネはまだそこに住んでいたため、私もまた祖父が建てた家に何度も行ったことがある。そのころの私は、元家主一家が被った悲惨な境遇を知ることもない他人が、乱雑に暮らす有り様を見る母の気持ちを思いやることはできなかった。食器棚は使い古され、昔の場所のまましなびていた。ステンドガラスは消え、けばけばしい緑色に塗り替えられていた。

父は、妻がそこに行くたびに気を滅入らせ、立ち直るまでに数日かかる様子を見兼ねて、「もう行かないでくれ」と頼んだ。それでもリギタは、心の痛みが薄らぐと私の手を引いてイレーネを訪ねた。私はその中庭で子どもたちと遊びたかったが、母は頑として許してくれなかった。母の幼いころの面影が消えた荒れ放題の庭で、自分の娘が遊ぶ姿を見ることは堪えられなかったのだろう。イライラと、母は父に向かって次のように繰り返した。
「親の家がある私に、その一部屋に住む権利がないなんて(原9)」

そのころ私たち家族四人は、「女主人」の無遠慮な目を棚と飾りカーテンがやっと遮るという、一つの部屋に住んでいた。不公平このうえないことだったが、ソ連の規則によれば「一人当たり」の十分な居住面積があったことから住居待機者名簿に加えてもらえなかったため、家族専用の住居を得られる見込みはなかった(原10)。

しかし、両親はこの状況にめげることはなかった。当時、天文学的な数字に見えた支度金一七六〇ルーブルの共同組合のアパートを購入するため、父はいくつかの仕事を掛けもって貯蓄をはじめた。そして、不足分の四六〇〇ルーブルは一六年ローンとした(原11)。

シベリアから戻って九年目の一九六六年一月、母は自分の

(原9) 1941年6月14日の追放者の財産に関し、ソ連政権は所有者のいない財産と見なすか、国有化された財産と見なすか定めていなかった。1949年3月、ラトビア・ソビエト共和国最高会議は「1940～1941年にソ連体制に敵対的な行為のためにラトビア・ソビエト共和国外追放の処分を受けた者の財産を国有化し、国家財団とする」旨を決議した。Riekstiņš J. Aizvesto manta（流刑者たちの財産）Labrīt.〈ラブリートゥ紙〉— 1994. — 14. jūnijā.

(原10) 一人当たりの居住面積は、ラトビア・ソビエト共和国閣僚会議および共和国労働組合評議会の決定第81号「ラトビア・ソビエト共和国における居住面積の配分手続」によって規定されていた。市町村ごとに議員会議が最低居住面積を確定し、より良い生活環境を申請する権利、またはアパート獲得待機者名簿に登録する権限が与えられていた。リーガにおける最低居住面積は、一人当たり4.5平方メートルであった。Pilsoņu dzīvokļu tiesības.（市民の住居権）— Rīga: Liesma, 1969. — 31. lpp.

家の鍵を握って、長年にわたる最大の夢を実現させたのだ。祖父の家は一九七一年に解体され、そこに、ソ連時代にラトビアじゅうに建設されたものと同じ、灰色のコンクリート製ブロックの団地が建った。

エミリヤが書いたどの手紙にも、尽きることのない娘への恋しさがあふれている――私の愛しい娘、ヒヨコちゃん、可愛子ちゃん――。リギタは手紙で母のきつい仕事を知るにつけ、その不幸のさまを知ることが辛かった。

私は心の中で、毎日あなたのそばにいるわ。とくに朝、台所でジャガイモの皮を剥いているときに。あなたはまだ寝ていて、私はあなたのそばにいるわ。起こさないようにそっと、私はあなたの巻き毛を撫でるの。

あなたに会えないまま、あなたの声が聞けないまま、長い一年がすぎたわ。誰も、ママと呼んでくれない。エミリヤ・イワノヴナと呼ばれ、私は女主人をオルガ・ヴァシリエヴナと呼ぶのよ。(原12)

(原11) 1964年、本屋の月収は60ルーブル(以下、単位を省略)、エンジニアは120であった。一般的な消費価格は、ライ麦パン0.4、牛肉(以下すべて1キログラム当たり)4、バター3.5、冬物上着150、女性用靴40、紳士下着10、男性用靴30〜80。Namsons A. Lebensbedingungen und Lebensstandard derLandbevölkerung in Sowjetlettland(ソ連ラトビアにおける地域住民の生活情況および標準生活)Acta Baltica. Liber Annalis Instituti Baltici. — 1964. — Vol. 4. — S. 65. — 91.

(原12) エミリヤ・ドレイフェルデからリギタ・ドレイフェルデ宛の1949年5月付書簡。

エミリヤ・イワノヴナは、苦々しくあまりにも絶望的な響きである。イワノヴナ、ペトロヴナ、ヴィクトロヴナといった父姓を、シベリアのラトビア人にも付けられることをエミリヤは毛嫌いしていた。ラトビアで自分が、今や「リギタ・ヤノヴナ」と呼ばれていることを母には知らせなかった。

母は、なぜラトビアへの帰還を許可されなかったのか。リギタはラトビアに戻るとすぐに必要な書類をそろえて内務省に提出し、母を自分のもとに呼び寄せるために正式な招待状を発行してもらおうとした。でも、回答がないまま不合理な別離の苦しみが続いていた。そして、次々に届く手紙は、新しい思い出と懐かしい情景を生々しく滲ませていた。

おはよう、リギタちゃん。みんなはまだ寝ているし、あなたもきっと寝ているわね。まだ七時だけど、私は五時に起きるわ。あなたの所に行きたくてたまらない。私がそこへ向かって歩いているうちに、あなたの起きる時間となるわね。ああ、あなたに声をかけて起こしてあげたい。
「さあ、起きなさい、リギタちゃん。朝ご飯の時間よ」
あなたはまだ眠そうね。いつか、そんなときが来るとは、とても信じられないわ。(原13)

(原13)　エミリヤ・ドレイフェルデからリギタ・ドレイフェルデ宛の1949年7月21日付書簡。

ああ、せめてもう一度、ママの静かな足音と優しい手を感じたい。

エミリヤは娘をいつも想い、シベリアでの異常な八年間を過ごした娘の未熟さを心配していた。それまでの経験と価値観がいきなり無惨に踏みにじられて、全エネルギーを肉体的な生存に注ぐばかりとなり、精神的な成長と成熟の糧をもつことができなかった。大人ですらその精神的な衝撃は大きかったのに、子どもや若者にはさらに深刻な影響を及ぼしている。平穏な少女時代が、一日にして苦しみと飢餓と死に直面する日々に置き換えられたのだ。

精神的ショックは追放を経験した若者にとっては最大の害悪となり、未熟な人格を傷つけて歪ませた。そのトラウマは意識の奥底に生涯抱え続けることになり、忘れたくても忘れることができない。

リギタはシベリアでの生存にあがいていて、大人としての暮らしに何の備えもなかった。普通ならどの娘も徐々に社会の規範を身につけて、精神的にも大人の女性に成熟していくという情緒的なプロセスがリギタにはすっぽりと抜け落ちていた。シベリアにすべてを奪われた彼女は、外見は二三歳の女性となってラトビアに帰っているが、世の中の人付き合いについては少女程度の理解力しかなかったのだ。異常な環境で花開いたリギタのかつての初恋も、状況には打ち勝つことができず、味わうことなく未体験のまま終わっていた。

エミリヤは、長い間奪われていた娯楽を求める娘の気持ちを痛いほど理解したが、必死に青春を取り戻そうと暴走することを恐れもしていた。

たのだ。

——健康に気を付けなさい、暖かい服を着るのよ、よく睡眠をとりなさい。

懇願するような母の忠告に、リギタは耳を貸さなかった。リギタの日々は楽しみにあふれてい

——解放され、夢にまで見たラトビアで、何も悪いことなんか起きないわ。

正直で善良な人たちに囲まれて、みんなも私と同じようにまっすぐに心を開いてくれている。選択肢はなかったが、日々の単調な仕事をコツコツとこなしながら、一週間の仕事を終えた日曜日には本来の自分を取り戻すのだ。土曜日の夜には近所の家に女友達と踊りに行き、朝まで疲れも知らずに踊っていた。

リギタは高校生に戻ったように興奮して男性を相手にはしゃぎ、気軽にデートの約束をしては自分の代わりに女友達を行かせたりした。そこに悪意がなかったとしても子どもじみている。エミリヤにとってはヒヤヒヤするばかりである。リギタの包み隠さぬ手紙は、シベリアで中断された人生の時間をまるでかき消すように、再開された日々のことを伝えていた。

リギタは、一五歳の少女のように振る舞う天真爛漫さが他人を傷つけたり不快にさせたりしているとは思っていないし、まさか人を困惑させ、さらには誘惑をしていたとは思ってもいなかった。恥ずかしがりやの高校生ではない大の男でも、魅力的な女性であるリギタがまさか何の経験もない少女であるとは気付かなかった。シベリアでの体験で何らかの変化を受け、おそらく普通の女性とは異なる、一生消えることのない影響を受けたのだろうが、リギタの笑顔とあふれる快

活さは、人には恐怖体験の影さえ感じさせることはなかった。

リギタはシベリアのことを決して口にしなかった。思い出すのは、独りぼっちのときか母の手紙を読むときだけである。悲しいひとときがすぎると、また新しい朝が明けて世界を照らす。リギタは、楽しさを追い求めた。

世の誘惑を前にした娘に、エミリヤは助言してやることができない。娘をそばで見守る機会は奪われていた。アンナ伯母さんは遠くリエパーヤだし、リギタが相談できたのは「経験豊富な」エメルソネさんだけだった。誰も、恋しい母の代わりにはなれない。

エミリヤは募る気がかりや心配事を伝えたかったが、手紙の数行では言い尽くすことができなかった。時に思い切った厳しい言葉に、娘を心配する様子がうかがえる。元来、心優しく、ガミガミと厳しく叱りつけるという躾をしなかったエミリヤは、辛くとも小言を言っている。

あなたは自分の気持ちを抑えられなくて、人をからかっているんですよ。いつになったら気付くのかしら。同じことを誰かにされたらあなたは嬉しいの。誰だって、若いときには楽しみたいものです。私だって同じよ。……愛しいリギタ、きっと怒ったわね。どう思われてもいいの。あなたが愛しくてたまらないからこそ言うの。世界でたった一人、あなたのためだけに私の心臓は脈打っているのよ。(原14)

(原14)　エミリヤ・ドレイフェルデからリギタ・ドレイフェルデ宛の1949年2月17日付書簡。

リギタが婚約したと知って、エミリヤは稲妻が落ちたかのように感じた。未熟なまま結婚を決めてしまうことを、母としてはもっとも恐れていたのだ。リギタとしては、女友達、ダンスパーティー、異性の視線のある楽しい青春のなかでも孤独を味わうことが辛かった。シベリアでは、どんなに苦しくても母の愛が惜しみなく注がれ、安心感に包まれていた。それが決定的に欠けていたからこそ、結婚という誘惑を受け入れたのだ。

相手を愛しているという確信はなかったが、壁の穴のような冷えきった小屋に帰り、小銭を数えて切り詰め、将来の不安を抱えながら給料日までやり繰りすることに疲れきった――リギタは母にそう告白した。

相手は自分を守ってくれると約束し、リギタのほうも守ってくれる人を必要としていた。求婚に応じたリギタは、結婚はデートとキスぐらいだと思うようにしていた。娘の軽はずみな決断に、エミリヤはひどく腹を立てた。結婚で自分の世界は変わった。結婚当初の不安と無知を娘に体験させたくない。娘が強情にならないように気を遣いながら、エミリヤは優しく考え直すように諭した。

その後の運命の展開がリギタの奇妙な結婚を破綻させなかったなら、エミリヤの遠慮がちな反対は何の成果も得ることはなかっただろう。二人とも、国家治安省の新たな弾圧指令がリギタに降りかかることをまだ知らなかった。

エミリヤは愛情と優しさに飢え、娘を知る旧知の人々を求めた。時には警備司令部の規則を無視してコルパシェヴォまで抜けだし、リギタの親友アイナが産んだ男の子をあやした。そうしていると、決して見ることのない孫を抱いているように感じたのだ。

エミリヤは、リギタのもう一人の親友であるマーラが同じトグルにいて、訪ねてくることを何よりも楽しみにしていた。二人でリギタの手紙を繰り返し読み直し、楽しい思い出と悲しい回想に浸り、いつかラトビアへ帰る日を夢見た。

追放された年に実の母を失っていたマーラは、ポッカリと開いた心の穴を埋めてくれるエミリヤのあふれる愛情を喜んで受け入れた。人間らしい触れあいを温めた二人、とくにエミリヤは、娘から引き離された孤独をいっときでも忘れることができた。しかし、マーラが帰ってしまうと、和らいだはずの孤独は幻想だったという新しい悲壮感に襲われた。

エミリヤの心から娘の存在が消えることはなかった。次第に彼女の身体を激痛が走るようになり、心が弱り、膝がガクガクするようになった。歯を食いしばっても、心と身体が引き裂かれるような絶望感は少しも衰えなかった。心身が擦りきれるようなむなしい日々、エミリヤは募る苦しみを涙で晴らしていた。

トグルのラトビア人はエミリヤを哀れみ、何とか元気づけようと努力した。そうした助けがなかったら、エミリヤはさらに惨めな想いをしたにちがいない。秋になって、女主人は元気な若い働き手を雇い、エミリヤを厄介払いした。突然の打撃である。年老いた彼女が頼れる人はなく、冬を目前とした寒村で、小間使いとして住まわせて雇ってくれる所はないのだ。エミリヤは暗闇と雨のなかで、わずかな手荷物を脇に置いて途方に暮れた。

——村民には頼れないし、すべてのラトビア人が狭い貸家に住んでいて、そこに迷惑をかけることはできない。娘がいないのなら、もうどうなってもいいわ。

夜の野外に立ち尽くしたエミリヤは、こう思ったことだろう。

——不条理な苦しみと屈辱も終わるんだわ。でも、愛しいあの娘はラトビアにいる。もうすぐあの子の所に行くんだわ。

エミリヤは絶望を飲み込むようにして、友人の家の扉を叩いた。同情した友人は、エミリヤを家に招き入れて熱いお茶を飲ませ、寝る場所を用意してくれた。エミリヤは、わずかな食料と寝床をくれた好意に感謝するが、何のお返しもできない。財産は、秋の仕事で稼いだ手桶一八個分のジャガイモだけである。それでは、自分一人が冬を越すのにも足りない。炊事、洗濯、水汲みを手伝っても、その家の住人がこなせる程度の家事でしかない。働かずに、ただ施しを受けて生きることほど惨めなことはなかった。

春が近づき、エミリヤはやっと地元の教師の女中となった。ようやく見つけた職を失ってはいけないと、エミリヤは朝六時から夜一一時まで牛の乳を搾り、床の塗装を削り、五人分の洗濯、子ども二人の子守り、掃除をこなし、さらに雇い主の母親の意地悪にもけなげに耐えた。その報酬が、台所の隅の寝床、一か月五〇ルーブル、一年に一度の古着、そして微々たる食料だった。来る日も来る日もひもじい日が続くうちに、もうすぐラトビアの娘の所に行くという信念はすっかり薄らいでいった。

娘が去った夏、エミリヤはコルパシェヴォの警備司令部に嘆願書を提出し、家族の統合を名目に、自分の唯一の世話人である娘のもとに身を寄せたいと陳情したが回答はなかった。そのころの手紙には、絶望と憂鬱に陥っていく祖母の様子が読みとれる。

私の身体はここにあっても、心はあなたの所にあるのよ。愛しい子。もうすぐ一年が経つけど、あなたをますます恋しく思うわ。(原15)

希望の見えない暗闇で、エミリヤは兄弟姉妹と娘にまでも自分が忘れ去られたような気がした。リギタの手紙が届くたびにぼんやりと差した希望の光も、しばらくすると消えて憂鬱に戻った。エミリヤは、リギタが頼りにしているエメルソネさんに嫉妬まで感じていた。自分は我が子から無情にも引き裂かれているのに、娘の悩みや喜びを聞く幸運が他人にあるなんて。エミリヤは、重い肺炎を患ったあと、手紙に書いている。

体調の悪いときに優しく手を差し伸べてくれる人がいないのは、何と辛いことでしょう。この世に思い残すことはないわ。あなただけ、あなたに泣かれるのだけが嫌。病床であなたの夢を見ています。(原16)

（原15）　エミリヤ・ドレイフェルデからリギタ・ドレイフェルデ宛の1949年３月20日付書簡。

リギタは母を元気づけようとして、春にはきっと訪ねると約束した。しかし、エミリヤはそれを強く拒否した。

――そんなことはしないで。もう一度別れるなんてできない。それならいっそ迎えに来てちょうだい。(原17)

一九四八年夏、行政的強制移住者に対する締め付けが明らかに厳しくなった。エミリヤの手紙によれば、隣町コルパシェヴォに許可なしに出ることが禁じられた。同年七月、戦後に発給されていた旅券が没収され、町への転居に歯止めがかけられた。(原18)そして翌年の三月には、指定居住区域を無断で離れれば最高二年の実刑となるという文書に追放者は署名を強制されている。(原19)

一九四九年五月、家畜用の列車がラトビアから数千人を運んできて、シベリアの追放者を驚かせた。エミリヤはこれらのことを娘にはっきりと書く勇気がなく、曖昧にほのめかしている。

――訪問者の死亡率が高いの。とくに、子どもと老人がね。(原20)

(原16) エミリヤ・ドレイフェルデからリギタ・ドレイフェルデ宛の1949年1月24日付書簡。

(原17) 同上、1949年9月2日付書簡。

(原18) 同上、1949年7月付書簡。

(原19) 同上、1949年3月19日付書簡。

(原20) 同上、1949年5月付書簡。

訪問者の多くが途中でとどまったと、みんなが話しているわ。とくに若者と老人は、終点まで来ることができなかったそうよ。(原21)

リギタは謎めいた母の言葉の意味を察知して、不安と苦悩に満ちたシベリア行きの恐怖をまざまざと思い出した。それでも、一九四九年三月二五日の大量追放に際して、リギタは自分の身が危険であるとは思っていなかった。手元には解放の証拠書類があったし、最初の追放が完全な誤解で生じ、その誤解が解明されたのだからまさか再び追放されることはない、そう信じるほどリギタは無邪気だった。

一方エミリヤは、娘のように夢想に溺れることはなかった。新しく追放された人々の体験談は、自分の場合とぴったり一致していた——深夜に家を引きずり出され、家畜用の車両に押し込まれ、数週間なんの説明もなく、行き先も知らされずに護送された。可愛い娘も安全ではない。いつ何時逮捕され、再び追放されるか分からない。

三月二五日の大量追放で、娘の将来の夫となるアイワルスが、母親のミルダと一緒にトグルから数百キロメートル先のオビ川の対岸にあるソフタ村に強制移住となっている。エミリヤが知ることのなかった縁である。

九月、リギタは列車の中でバッグを盗まれ、身分証明書などの一切をなくした。この

(原21)　エミリヤ・ドレイフェルデからリギタ・ドレイフェルデ宛の1949年7月付書簡。

ことを手紙で知ったエミリヤは、怖くて胸が締めつけられそうになった。旅券の紛失は重大な過失と見なされ、ラトビア滞在の権利が脅かされるのではないか――エミリヤはみぞおちに不吉なこだまが響くのを感じた。

一二月、ラトビアへの帰還を許可された者たちが、いくつもの監獄を経由してシベリアに送り返されているという噂が広まった。そして一月、リギタと同じようにラトビアに戻ることが許可されていたホルテンゼがコルパシェヴォに戻ってきた。彼女は、川下りの季節の終わりにトムスク監獄に送り込まれたが、そこに収容するだけの余裕がなかったためにそのまま強制移住地まで歩かされている。そして囚人として、厳しい警備のもと、トムスクからコルパシェヴォまでの数百キロメートルを粗末な履物でとぼとぼと歩いたという。苦悩に顔が歪んだホルテンゼを見て、エミリヤはぞっとするような話に心が凍りついた――まさか、リギタも同じ目に？

一月一五日、不幸な知らせがエミリヤに届いた。

――娘が、もう手紙をくれるなという。もうすぐここを引き払って、母の所に行って一緒に暮らすつもりだから……。

エミリヤは目の前が真っ暗になった。とうとうあの子も、犯罪者のようにシベリアの雪の上を苦難の地まで歩いて戻らされるのだ。防寒着もしっかりとした履物もなく、どうやって生き残れよう。凍え死なずにいられようか――エミリヤは底知れない絶望に陥った。

周囲の人々は、彼女の頭がおかしくなったのではと心配した。慰めてくれる誰彼に、エミリヤは見境なく繰り返した。

――あの子は履くものも着るものもないのよ。この寒さで。私の小さな娘は今どこにいるの。(原22)

慰めの言葉がエミリヤの意識に届いて、絶望を和らげてくれることはなかった。エミリヤの目には、果てしない雪野原をしょんぼりと歩く娘の姿がぼんやりと見えていた。そんな朦朧とした状態で、床磨き、炊事、家畜の世話の仕事を続けていた。そして二月四日の夜一〇時ごろ、エミリヤは乳絞りの道具を手に持って家畜小屋に入った。その数時間後、気を失って倒れたままの状態で雇い主に発見された。汚臭に満ちた家畜小屋で、牛の痩せた横腹に頭を押しつけた姿という孤独な死だった。

牛の暖かい乳房から手がゆっくりとすべり落ちた。驚いた牛は首を回し、低い声で鳴くと、そのまま口をモグモグさせていた。エミリヤは、心臓を刺すような鋭い傷みを感じた。グラリとして目を大きく見開き、糞にまみれた藁の上に倒れた。外で荒れ狂う二月の吹雪もエミリヤには聞こえず、身体の痛みは消えていった。消えそうな意識をもう一度振り絞って、娘を助けようと急いだ。

――我が子が、雪と氷の上を裸足で歩かされていないかどうかを確かめなくては。

(原22) フリダ・ゼネからアンナ・ドゥンペ宛の1950年4月29日付書簡。

エミリヤの魂は、トムスク監獄とトグルの家畜小屋を隔てた数百キロメートルを光速で駆けぬけ、茂みと丘を駆けめぐり、蛇行する道という道をあまねく探し回った。囚人たちの隊列に一〇〇〇分の一秒を費やし、苦しみに滲むそれぞれの顔をのぞいた。リギタはいない。娘はこの試練を免れた。エミリヤはほっと感謝の溜め息をつき、魂を神に捧げた。

翌日、トグラのラトビア人たちの手によってエミリヤは丁重に埋葬された。同じラトビア人のゼニスさんが縫ってくれた、静粛な場にふさわしい黒いドレスをエミリヤは身につけていた。ゼニスさんは写真家を招いてエミリヤの写真を撮らせ、いつか訪れるリギタのために形見とした。棺に横たわるエミリヤは、高貴で穏やかな顔をしていた——やっと解放されたのだ。

棺は、村から一・五キロメートルほど離れた墓地に馬ソリで運ばれた。質素な心のこもった葬儀だった。短い弔辞が述べられ、ラトビア語の歌が何曲か歌われた。埋葬が終わると、慣習通り、友人たちはつつましい食卓を囲んで故人を偲んだ。

私は子どものころに、よく母に連れられて祖母の墓参りをしている。最後は一九五七年の春、雪はすっかり解けていたが、風が横殴りに吹きつけて草をなぎ倒しており、こんもりとした墓が判別できないほどだった。そこに膝をつけて泣く母が、幼い私には言いようもなく哀れだった。祖母との最後の別れをした数日後、私たちはラトビアに向かって帰路に就いた。

無法者の家族

一九四九年三月二〇日の前後、ラトビアに噂が広まった――一九四一年六月一四日の恐怖が再来する。(原1) いくつかの貨物駅で、家畜用の車両がまたもや「整備」され連結されているという情報を、鉄道員たちが触れ回っていた。父方の祖母ミルダは、夫の逮捕と起訴から三年がすぎていたが、失踪者と逮捕の噂を耳にするたびに冷たい手がみぞおちに触れるような寒気がしていた。あれ以来、何事も起こっていない。夫の逮捕後に家宅捜査と数回の尋問を受けて以来、「組織」の関心は自分たちからそれたように思われていた。

それでも、ミルダの身の安全を懸念する知人たちは彼女に離婚をすすめていた。離婚すれば、息子たちと弾圧の噂にビクビクしなくてすむと言うのだ。母マチルデもまた、離婚すれば「無法者とソ連政権の敵」と縁を切った証拠になると説得したが、ミルダはそうすることができなかった。夫に苦しめられ、これまでに何度も離婚が頭をよぎったが、戦争の混乱で真剣に考える余地がなか

(原1) 1949年3月25日の大量追放の犠牲者に加え、1953年までに76,000人が弾圧を被り、さらに91,034人が選別収容所に収容された。Zālīte I. Okupācijas režīmu upuri Latvijā 1940. — 1991. (1940~1991年ラトビアにおける占領体制の犠牲者) Referāts konferencē "Latviešu leģions Latvijas vēsturē padomju un vācu okupācijas kontekstā". (「ソ連およびドイツ占領のラトビア史におけるラトビア地域」会議) 2000. gada 10. jūnijs, Rīga.

ったのだ。今さら離婚すれば、不運に襲われた夫に対する裏切りであるような気がした。たとえ、自分と子どもの身が危険にさらされていたとしても。

　追放の噂が強まった三月二五日の朝、ミルダは末の息子アルニスをシグルダにいる母親のもとに預けながら、出勤しようとするアイワルスに自分の不安を打ち明けることができなかった。根も葉もない噂のために欠勤すれば、罰をくらうのは息子なのだ。欠勤は、裁判と投獄にまで発展する。（原2）この朝に沈黙したことを、ミルダはあとになって何度後悔したことだろう。ラトビアに一〇〇回投獄されるほうが、シベリアで青春と健康を蝕まれる息子をただ見守っているよりはずっとましだった。

　その年の春を、アイワルスはいつになく素晴らしい気分で迎えた。長く厳しい冬がすぎ、暖かい日差しを浴びて、世の中はかつてない魅力にあふれていた。彼には夕方に肩を寄せあって映画を観に行く恋人がいたし、青春の夢と将来の計画、それに仕事と勉学のことで頭がいっぱいだった。アイワルスは、技術専門学校の四年生に在籍しながら国営電気工場（ＶＥＦ）で働いていた。その給料は、母ミ

（原２）　1941年１月18日にソ連人民委員会会議が承認した「国家、共同組合、公団および公共機関の労働者および就労者の内部構成に関する凡例規則」は、正当な理由なき職務怠慢を冒した公務員、協同組合、公団および公共機関の職員は、階級の上下を問わず人民裁判にかけられ、ソ連国家の公の秩序に反した危険な活動もしくはその未遂で有罪と見なされ、最大６か月間の強制労働およびに最大25％の減給を宣告される。（ソ連最高会議最高幹部1940年６月26日決定第５条21章）（中略）欠勤、遅刻、早退は、原則的に有罪となる職務怠慢の要素である」Darba likumdošana. PSRS darba likumdošana un KPFSR darba likumu kodeksa komentāri.（労働法、ソ連労働法、ソビエト・ロシア労働法解説）— Rīga: LVI, 1950. — 78. — 81. lpp.

ルダに長い貧窮から脱出できる希望を与えていた。それまでの収入源は母の看護婦としての給料しかなく、食事と言えば、たまにベーコンの細切れが浮かぶ豆のスープでひもじい思いをしていた。

アイワルスは闇市の物々交換でズボンを手に入れ、流行の大きな肩パッド入りの金属ファスナーがついた上着を二着仕立て、紳士靴とコートを買った。生まれて初めてまともな身なりをすると、自信が備わってくるようだった。

いつもと変わりない三月二五日。アイワルスの職場でも漠然とした噂がささやかれていたが、実は何も分からず、その話題に触れることにさえ人々は臆病になっていた。

国営電気工場（VEF）の正面外観（撮影：Vilnis Auziņš）

当のアイワルスは、まさか自分の身に振りかかることだとは思っていない。母とのつつましく地味な暮らしが、民警やチェキストの関心を引くわけがない。同じような人がごまんといるのに、その全員を追放することなどできるものか。しかも、何のために。

誤算だった。ソ連による最初の占領の年に起きた恐怖は、少年の目に映った戦争末期の大災害に比べると影が薄くなっていた。戦争末期に目撃した空襲と負傷者と大量難民の姿は、アイワルスにとって人生最大の恐怖だと思われ、それ以前の経験を忘れさせてしまった。もうすべて終わったことだ、これからは生きるんだ。

スターリンの治世となって数年がすぎていたが、当時のアイワルスは言うまでもなく、誰一人としてチェカの行為の真相を知る者はいなかった。占領の恐怖を知る年上の世代は常に不安を抱え、大袈裟なほど怯えていたが、若くて無知なアイワルスには不安も心配もなかった。三月二五日の夜、ぐったりと疲れて帰宅したアイワルスは、母との夕食を済ませると勉強机に向かった。

ミルダはほっとした。

――大量逮捕はなかった。単なる噂だったんだわ。

そこに、扉をノックする音がした……。アイワルスはこのときのことを次のように回想して記録している。

「金曜日だった。夜九時ごろアパートに私服の男が二人が来て、荷物をまとめて一緒に来るようにと言った。僕と母さんはあっけにとられて、訳が分からなかった。重い物は持てないから、慌てて必要最低限の物をかき集めた。男の一人が壁から敷物をはぎ取って、寝具などをくるんだ。『役立つから持て！』と言うのだ。弟のことは聞かれなかった。（中略）
　外に出ると階段の踊り場に見張りが一人立っていて、四人目が中庭にいた。そのまま家の前に止まっていた車に乗せられ、赤軍通りとヴァルデマーラ通り［Kr. Valdemāra iela］の角の、今は第四九番高校となっている建物に連れていかれた。（中略）建物のホールには大勢の人がいた。次から次へと人が運ばれてきた。『政府の決定で、ブルジョア民族主義者の家族として追放されることになった』と、僕たちは告げられた。深夜にバンに乗せられて、ローパジ［Ropaži］鉄道駅に連れていかれた。深夜の二時か三時ごろ、列車に乗せられた。（中略）大きな家畜用車両は板で二階に仕切られ、板の上に干草が敷かれていた。車両の真ん中に鉄製ストーブがあった。用便桶は自分たちで布で覆った。（中略）受難の仲間は大勢いた。ほとんどが近辺の農民だった。車両に五〇～六〇人はいただろう。多くは中年だったが、白髪の老人もいた。幼い子ども二人を連れた家族がいて、その一人が赤ん坊であったことに驚いた。二人とも死んだそうだ」（原3）

　土曜日、列車はローパジからシグルダに移動し、そこで別の人々を「回収」した車両がまた連結された。ミルダとアイワルスはしきりに車両の小窓を見つめて、もしやアルニスの姿が見えないかと探していた。のちのマチルデの手紙によれば、アルニスは実際

（原３）　Kalnietis A. Tumšie gadi: atmiņas par izsūtījumu.（暗い年月、追放の記憶）1990. gada rudens. 2. lpp. Ģimenes arhīvs.（家族所有）

そのころ駅にいて、いくつもの車両の脇をむなしく歩き回っていたようだ。

日曜日の夕暮れ、二つの機関車に先導されて列車が動き出した。シグルダを出た列車は、もうどこにも停まらないまま、ラトビアの国境を越えた。次もアイワルスの回想である。

「列車はツェーシスで減速した。駅のホームで涙をぬぐう姿が見えた。国境に近づくと、別れの歌が歌われだしたが、声を合わせる人はいなかった。そのまま重い気持ちで、闇のヴァルカをすぎてラトビアを出た[原4]」

アイワルスは、自分たちは隣人の告発によって追放されたのだと思っていた。でも実際には、一九四九年初めのソ連閣僚会議[原5]と国家治安省（ＭＧＢ）[原6]の極秘決定から明白となっているように、一九四五年一一月一三日にチェキストによってアレクサンドルスが逮捕され、チェカの地下室で拷問されたのち無法者のブルジョア民族主義者としての裁きを受けて一〇年の刑期を宣告されたとき、ミルダと息子二人の運命はすでに決まっていたのだ。

（原４）　前掲書。

（原５）　1949年１月29日、ソ連閣僚会議の第390―138決定は、ラトビア、リトアニア、エストニアから次に分類される住民を追放に処す旨特記。富豪およびその家族、無法者および民族主義者の家族、死刑もしくは有罪判決を受けた無法者の家族、反ソビエト活動を再開した元無法者およびその家族、無法者を支援した人々の家族。Okupācijas varu politika Latvijā.（ラトビアにおける占領政策）1939 — 1991. — Rīga: Nordik, 1999. — 260. lpp.

（原６）　Strods H. PSRS Valsts Drošības ministrijas pilnīgi slepenā Baltijas valstu iedzīvotāju izsūtīšanas operācija "Krasta banga"（"Priboj"）（国家治安省は、1949年２月28日、バルト三国住民の追放に関する極秘作戦第0068令［さざ波」を議決）（1949. gada 25. februāris — 23. augusts）// Latvijas Vēsture.（ラトビア史）— 1998. — Nr. 2. — 39. — 47. lpp.

たとえミルダが夫と離婚していたとしても、その身分は変わらず、三人とも永遠に無法者の家族というレッテルを貼られていた。私も母の胎内にいたときから、その烙印を押されていた。「社会的危険分子」のヤーニス・ドレイフェルズと「無法者」のアレクサンドルス・カルニエティスの孫娘であることは、スターリン時代の基準によれば履歴書から消すことのできない汚点だった。

ミルダと二人の息子に対する追放命令は、実際の逮捕より一か月前の二月二六日に発布されていた。ミルダが直感的にアルニスを田舎へ預けていなかったら、アルニスもまた同じ車両に乗っていたはずだ。チェキストのみ知る強制移住地までの果てしない六〇〇〇キロメートルを揺られていくうちに、追放が大規模なものであることが次第にはっきりしてきた。駅で一時停車した列車の隣の線路にも追放者を乗せた列車がほぼ必ずあり、どこから来たのかと、窓越しに矢継ぎ早に聞き交わした。彼らはみなエストニア人、リトアニア人、ラトビア人であって、バルト三国が空っぽにされたように思われた。

一九四九年三月の追放は、一九四一年のときよりも効率的に組織されたものだった。かつての占領体制と軍部が警戒する必要のなかった「森の兄弟」は、戦後もバルト三国の森の中で抵抗運動を続けており、武装した彼らに作戦を邪魔される可能性があったからである。そこでＭＧＢは、極秘作戦「さざ波（Прибой）」を一九四九年二月二八日に承認した。ソ連指導部による大量追放の狙いは、集団化に非協力的な農民を威嚇してコルホーズ加入を強制し、さらに「森の兄弟」を支援する層の弱体化にあった。二度目の大量追放は、厳重に秘密裏に準備されていたのだ。

ラトビアの領土は作戦部署ごとに分割され、部署ごとに指揮官を長とする作戦班が配置された。三月一八日、作戦指示はまず最高幹部に出され、翌日に各班の責任者に出された。(原7) 作戦の実行者と党活動家に任務遂行の指示が下ったのは、作戦開始のほんの六～一〇時間前のことである。さらに、内務部隊と特別部隊の配置換えを、「春の演習」と呼ぶことで住民の目をごまかした。

作戦は八一二もの極秘の連絡網によって調整され、ラトビア、エストニア、リトアニアの国境に八四二二台のトラックが集められ、それらは三月二五日朝に一一八の鉄道駅に向かい、それぞれの駅には合計四四三七両の家畜用車両が集結されていた。(原8)

一九四九年三月二五日から二九日までに、当時の人口の二・二八パーセントに当たる四万三三〇〇〇人のラトビア人が三三両の車両で追放されている。そして、追放者総数の一二パーセントに当たる四九四一人が追放された先で命を落としている。(原9) バルト三国における、ソ連によるまさしく大量殺戮であった。ちなみに、女性と子どもの犠牲は、バルト三国からの追放者総数の七二・九パーセントに相当する六万九〇七一人となっている。(原10)

「さざ波」作戦は、スターリンとその部下が、ドイツ第三帝国の指導者から大量虐殺について多くのことを学んでいたことを証明した。秘密主義と正確さ、緻密な計画とその遂行でもって、一九四九年三月のバルト三国の追放作戦は、ナチスドイツ占領下においてユダヤ人をはじめとする住民を死の収容所送りとしたナチスの「完全システム」に少しもひけを取らないものであった。ナチスとソ連で違っていたのは「最終解決策」だけである。ナチスドイツは短時間にできるだけ

スクルンダ駅に連絡された追放者用の貨車。1949年３月25日当日に撮影
（撮影：Elmārs Heniņš）

（原７） Okupācijas varu politika Latvijā.（ラトビアにおける占領政策）1939 — 1991. — Rīga: Nordik, 1999. — 260., 261. lpp.

（原８） ラトビア、リトアニア、エストニアにおける「さざ波」作戦の遂行には総数76,212人が関与し、そのうち28,404人は共産党員もしくは共産党青年同盟員、18,387人は準軍事組織員（元前線従軍兵、パルチザン、ソ連東部地域からの帰還住民らによる特別武装ボランティア軍隊）、その他は多種の特別軍事部隊の兵士達であった。Strods H. PSRS Valsts Drošības ministrijas pilnīgi slepenā Baltijas valstu iedzīvotāju izsūtīšanas operācija "Krasta banga" ("Priboj") (1949. gada 25. februāris — 23. augusts)// Latvijas Vēsture. — 1998. — Nr. 2. — 43. lpp.

（原９） Zālīte I. Okupācijas režīmu upuri Latvijā 1940. — 1991. g.（ラトビアにおける占領体制の犠牲者）Referāts konferencē "Latviešu leģions Latvijas vēsturē padomju un vācu okupācijas kontekstā". 2000. gada 10. jūnijs, Rīga.

（原10） 1949年３月の大量追放で、エストニアから20,713名、リトアニアから31,917名が追放された。Strods H. PSRS Valsts Drošības ministrijas pilnīgi slepenā Baltijas valstu iedzīvotāju izsūtīšanas operācija "Krasta banga" ("Priboj") (1949. gada 25. februāris — 23. augusts)// Latvijas Vēsture. — 1998. — Nr. 2. — 44. lpp.

大勢を抹殺するという効率的な死のメカニズムに長けていたが、ソ連は「階級の敵」が極限状態でどれだけ生き伸びられるかを観察するというぜいたくな実験をした。

この実験は、国家予算をほとんど支出しなかったばかりか、逆に利益を生み出している。つまり、生きている「負担」は労働力になったということだ。それに、地理的環境も重要な要素であった。人口密度の高いヨーロッパでは自ずと限界があったが、ソ連は何の邪魔もない広大なシベリアの大地に手を伸ばすことができたわけである。過酷な状況にもかかわらず、強制的に移住させられた者の一部は生きる術《すべ》を身につけた。生き抜いた彼らの存在は、ソ連体制の「寛大」な政策にとって唯一のリスクである。だからこそ、彼らは終身追放とされたのだ。

「さざ波」作戦の実行者たちは、ソ連政府によって「勇敢かつ英雄的な行為」を讃えられ、栄誉ある勲章を授かっている。さらにラトビアの約三万人が、地方と各市町村の追放班長やその代理、警備員、情報提供者、運転手として三月の大量追放に関与したことは屈辱的であり、悲しい事実である(原11)。

リギタとエミリヤが「社会的危険分子」ヤーニス・ドレイフェルズの付録として書類上処理されたように、アイワルスとミルダもファイル上は個人として存在していない。調書報告第八四八五番は、「無法者の支援者」アレクサンドルス・カルニエティ

(原11) Strods H. Latvijas cilvēku izvedēji 1949. gada 25. martā(1949年3月25日、ラトビアの人々を連行した者たち)// Latvijas Vēsture.(ラトビア史)— 1999. — Nr. 1. — 72. lpp.

スの家族として二人を処理している。[原12] ソ連の階級主義的なアプローチを考慮すれば当然のことなので、このように個々人が無視されることに私はもはや驚きはしない。しかし、無実の数万人の人々が全般的な階級闘争の何らかに分類された一方で、本物の刑事犯は個々の姓名で調書が作成されていたという事実には憤りさえ覚える。

アイワルスとミルダがのちに受け取ることになる解放書類には、二人がスターリン時代の行きすぎた弾圧によって理由もなく犠牲になったとはひと言も書かれていない。それどころか、ラトビア・ソビエト共和国のスプロギス検事が二人を強制移住から解放する気になったのは、アレクサンドルスの死であり、その死亡が「家族を移住地にとどめおく根拠なし」とする立派な理由と見なされているのだ。[原13] このやり方こそ、ソ連の狡猾さと、公益は個人の利益に優先するという姿勢を露骨に表している。

三月二五日、カルニエティスの家族に対する追放措置が開始された。調査ファイル全三五ページに収められたのは、二月末のミルダとアイワルスとアルニスの逮捕命令、アレクサンドルスの刑歴、そして戦時委員による次のような証言である。

「アレクサンドルス・カルニエティスの家族に、ソ連軍に従軍もしくは現在の

（原12） LVA, 1894. f., 1. apr., 463. l., 39. lp. (bandītu atbalstītāja A. Kalnieša ğimenes uzskaites lieta) un 1986. f., 1. apr., 17170. l., 1. — 9. sēj. (A. Kalnieša u. c. personu kriminällieta.) ラトビア国立公文書館所蔵ファイル（無法者支援者アレクサンドルス・カルニエティスの家族の身上調書）および（アレクサンドルス・カルニエティスその他の訴訟）

（原13） 前掲書32ページ。

従軍者なし。勲章またはメダルの受賞者なし。（ソ連側）パルチザン運動への参加者なし」(原14)

驚いたことに、書類にはまちがった住所が記載されていた。逮捕者の住所録を作成した実行委員会の役人が故意に捜索隊を迷わせようとしたのだろうか、あるいは単なる不注意からなのだろうか。そのまちがいが民警で発覚すると、第二〇五番住宅管理人が怯えながら書類を書き改めたが、その結果、カルニエティス家には少なくとも五つの住居があることになった。

ちなみに、正確なメーネス通りの住所がそこには書かれていないということは(原15)、三月二五日の夜に少なくとも五つの扉が「作戦隊」によって叩かれ、そのたびに住民を死ぬほど脅かしたことになる。作戦準備書類に書かれていないメーネス通り一八番地がどうやって探り当てられたのか、ファイルからそれを知ることはできない。

二つ目のまちがいは、ミルダとアイワルスの強制移住地である。「負担物」送付書によれば、二人はアムール州ベラヤ駅に送られるはずだったのに、実際には別の列車で四月二〇日にトムスク州に到着し、そのまま警備司令部に追加登録されている。些細な誤りは無視され続け、ＭＧＢ特別委員会の一九四九年六月一六日の決定で確認できるかぎり(原16)、書類上二人はアムール州に登録されたままであった。

誤りが判明したのはおそらくずっとあとのことだろう。アムール州でもトムスク州

（原14）　前掲書９ページ。
（原15）　前掲書７ページ。
（原16）　前掲書17ページ。

でも大差なく、大事なことは、二人が「ソ連遠隔地に移送された」ということである。

MGBの決定ではアルニスも追放の対象とされていた。作戦実施後に省庁に送られた報告書にはアルニスを逮捕しなかった事実が伝えられており、記載の変更が提案されていた。その「極秘」報告にこたえて、ラトビア・ソビエト共和国のノヴィクス治安相が承認した四月二六日付の新たな追放決定書には、ミルダとアイワルスの二人だけが明記された。

これが、対象者が見つからない場合の処理方法だったと考えられる。作戦は計画通りに開始終了されるべきであり、未遂の条項や項目は「さざ波」作戦の輝かしい進歩と、作戦遂行に関与した者が勲章を授章する際には支障を来す。そのため、逮捕できなかった人物を執拗に追いかけることはしなかった。

書き直された追放決定書の隅に、「死因を提示してはいけない」という殴り書きがある。ソ連検察庁の命令である。収容所の事務方は、都合よくアルニスを死亡したと見なすことにしたという意味だろうか。そのため、一九四六年に許可されてシベリアに送られた子どもたちがラトビアに戻り、一九五〇年に「家族の統合」を名目にシベリアに送り返されたときでさえ、アルニスには逮捕の手が伸びなかったのだろうか。

カルニエティス家族のファイルに見られるこのような治安当局側の誤りは、おそらく他の犠牲者のファイルにもあるのだろう。実際、プロレタリアートのために闘った「正義の騎士たち」は、遂行する任務に大した意義を見いだしていなかったのだ。スターリン時代の粛正におびえていた役人にふさわしく、ひたすら保身を図っていた。

つまり、不手際を責められて粛正する側から粛正される側にならないためには、ソ連最高幹部の決定を生真面目に、文字通りに遂行するしかなかった。命令より少ない人数を追放することは許されず、人数は多いほうがよかったため、予定の対象者が見つからなければ名簿に記載がなくとも別人を捕えた。「富農」名簿を偽装して「貧農」を追加することで、その頭数をそろえたこともしばしばだった。さらに規則に反して、退役軍人、ソ連軍従軍者と元従軍者、ソ連勲章やメダルの受賞者、赤軍パルチザンとその家族も追放されている(原17)。

追放者が高齢でも、病人でも、幼児でも容赦することはなかった。高齢者はトラックで運び、赤ん坊と幼子は親が面倒を見ればいい。勘違いやチェキストの張り切りすぎのために追放された者が、のちに自分と自分の親族を「負担物」の該当者でないことを証明するには数年を要している。

役人が誤りを認めようとしないのはよくあることで、追放作戦に関与した者は、「問題の見直し」を官僚的かつ面倒な手続きにかこつけてもみ消そうとした。だからこそ、一九五〇年代には「勘違い」のために追放された人が帰還許可を得て、没収された財産まで返還されたという例があることを知って、私は驚かずにはいられなかった(原18)。

(原17) Riekstiņš J. Genocīds:1949. gada 25. marta deportācijas akcija Latvijā（ジェノサイド：1949年３月25日のラトビアにおける追放行為）// Latvijas Vēsture.（ラトビア史３）— 1991. — Nr. 3. — 27. lpp.

(原18) 見直しのケースおよび帰還を許可された者に関するデータは存在しない。

追放者のなかには、取り上げられた旅券の代わりに地域議会が発行した証明書を手にし、密かにラトビアに戻った者もわずかにいる。このような見逃しの行為をなくすため、ラトビア・ソビエト共和国の閣僚委員会は脅迫じみた命令を下した。「一九四八年一一月二六日付のソ連最高会議議会の決定に基づき、ラトビア・ソビエト共和国領から追放された者に対して何らかの書類を発給した者は、逃亡の共犯者として刑事起訴を免れない」

この決議書に、ラトビア・ソビエト共和国のラーツィス書記長によるロシア語の書き込みがある。

「地区委員会へ告知するよう、各委員長に口頭（口頭の部分は下線で強調されている）で説明すべし(原19)」

追放者の記録を読むと、シベリア行きは、今日のほうが明日よりはましだと覚悟しながら地獄への階段を下りていくようなものだった。単調な列車の揺れ、絶望的な運命への屈服が心身の感覚を鈍らせていく。貧しく荒れた、広大で未知のロシアの奥地へとひたすら列車で運ばれていきながら、「これで終わりだ。人生の終わりだ(原20)」と、一七歳のアイワルスは思った。

同じ車両にいたアイワルスのような町の出身者は二、三組の家族だけで、彼らは

（原19） 1949年12月16日発布のラトビア・ソビエト共和国閣僚会議の秘密規則は、その見出しのみラトビア・ソビエト共和国閣僚会議の議事録（ラトビア国家古文書館所蔵ファイル）に見つけられるが、規則の内容そのものは見つからない。文中の規則内容は著者所有のコピー。

配給のパン五〇〇グラムと白湯、そしてときどき出される具のないスープで我慢せざるをえなかった。そのほかは、長旅に備えていた農村地域の人々で、(原21) 彼らはひもじさに苦しんでいる者に背を向けて、隠れるようにして持参した食料を食べていた。ライ麦パンと燻しベーコンの香りが、トイレが放つ汚臭と汚れた体臭を凌駕するように、車両の中に強く漂った。

ミルダとアイワルスは漂ってくる食べ物の匂いに苦しんだ。香ばしい香りがふわりと頬に触れ、たちまち口に達して強烈な食欲をわかせた。二人は戦中も戦後もめったに満腹を感じたことがなかったが、これほどまでにひどい空腹を経験したことはなかった。

日が経つにつれ、空っぽの胃袋は絶えず悲鳴をあげていた。アイワルスはパンをちびちびとつまんで空腹を紛らわそうとしたのだが、ついに我慢できずにがぶりと食べてしまった。一日の配給分は二、三口で消えてしまう。ミルダは自分のひと切れのパンをアイワルスに分け与えた。

——私は煙草を吸うからいいわ。

(原20) Kalnietis A. Tumšie gadi:atmiņas par izsūtījumu.（暗い年月、追放の記憶）1990. gada rudens. — 5. lpp. ğimenes arhīvs.

(原21) 1949年３月12日のソ連クルグロフ内務大臣による「富豪およびその家族、無法者および民族主義者の家族の追放」令に従い、「追放者は一家族当たり総重量1,500キログラムまでの個人的な貴重品、生活用品（衣類、食器、農機具、日用雑貨)、食料品を携帯することが許される」。「さざ波」作戦遂行が短時間であったこと、また当事者はショックを受けていたために何ら準備はできなかった。さらに、家畜用の車両には50〜60人が詰め込まれ、荷物を置くだけの余裕はなかった。追放者は最低限の必需品しか持てなかった。Okupācijas varu politika Latvijā. 1939 — 1991.（ラトビアにおける占領政策）— Rīga: Nordik, 1999. — 279. lpp.; Latvijas Vēstnesis.〈ラトビヤス・ヴェースネシス紙〉— 1999. — 4. martā.

ミルダは車両の扉口に立って、遠くを見ながら手巻き煙草をたて続けに吸った。煙が目に染み、口が苦みで焼けるような不快な味は空腹の虫をいっときだが紛らわせた。空腹も、心を引き裂きそうな絶望に比べれば何でもなかった。ミルダは、何もかもだまされたように感じた。

——なぜ、こんなひどい目に遭わなければならないの。

これまでの人生を反芻し、最近の出来事に関しては闇の部分しか見えなかった。

初めての出産では、「健常な子かどうか」と心配して息子と対面した。二三歳だったミルダは、前夫に死なれて泣き通し、その涙のせいでお腹の子が衰弱して障害をもって生まれてくることを心配していたのだ。二番目の夫のアレクサンドルスには、発作的な嫉妬でひどく苦しめられた。そのうえ、戦争期の貧窮と混乱のなかで息子二人とともに置き去りにされた。頼れる男性なんて、何年も前に他界した父を除いてどこにもいなかった。自分はいつもたった一人で闘い、生きるためにがむしゃらに働いてきた。それも、シベリアで永遠に終わろうとしている。自分の人生もアイワルスの人生も終わりだ。

アルニスの消息が分からないことも精神的に押しつぶされる理由だった。あの子も捕まって、たった一人で列車で輸送されているのかしら。子ども一人でシベリアまでの恐怖を苦しむぐらいなら、いっそ一緒に捕まったほうがよかった。また、娘の支えを失った母マチルデのことも考えた。

——これから、お母さんはどうやって生きていくのだろう。

憂鬱を紛らしたのが、辺り一帯に広がる自然だった。アイワルスがひと目見たかったヨーロッパ最長のヴォルガ河を、あいにく列車は深夜に越えた。昼にはウラル山脈に達し、雪に覆われた山頂にアイワルスは目を見張った。初めて目にした山々は、平坦な地のラトビアから来た人々に強烈な印象を与えた。

山を越えるが早いか、果てしないシベリアの森と大草原が広がり、集落も生命の印も見えなくなって気が滅入った。一九四一年六月一四日のことがあって以来、誰もがこれから連れていかれる場所も、終点で何が待ち構えているかもよく分かっていた。

アイワルスは、うっそうと生い茂る森を見つめながら、広大な自然を前にした卑小な人間の存在をひしひしと感じていた。このような森のどこかで、何とか生きていかなければならないのだ。それが宿命とはいえ、世界から孤立してどうやって生きていけるのだろうか。列車に乗って数日後に見かけた建物と人々は、アイワルスの記憶に鮮明な印象を与えた。

「ある日の早朝に、どこかの町に着いた。煙突の煙がモウモウとしていたから、きっと大きな産業の中心地だろう。僕は若い娘の『一団』が、灰色の綿入り上着を着て赤いスカーフを頭に巻いているのを見てびっくりした。彼女たちは歌いながら出勤するところだった。そんな所でも、人の精神は生きて嬉しそうに歌っていられることに驚いた（原22）」

このような光景に勇気づけられて、何となく元気を取り戻した。絶望の淵にいる人は、

（原22） Kalnietis A. Tumšie gadi: atmiņas par izsūtījumu.（暗い年月、追放の記憶）1990. gada rudens. — 3. lpp.

どんなにちっぽけなことでも心の支えにするのだ。

四月二〇日ごろ、ミルダとアイワルスの列車第九七三二九号はトムスクに到着した。武装警備隊は、「貨物」を地元の警備員に引き渡した。追放者たちには、刑事犯用中継収容所が臨時の収容所として急遽あてがわれた。アイワルスが戦後に見たナチスの強制収容所の白黒ドキュメンタリー映画とそっくりの収容所の門が、実際に自分の背後で閉じられるとはまさか思ってもいなかった。高い塀と鉄条網に囲まれ、二分された敷地内に巨大なバラックが五つか六つ、そこに列車二つに入っていた「貨物」六〇〇〇人ほどが押し込まれた。(原23)

バラックは典型的な収容所建築で、二段の寝床と狭い通路、用便桶と鉄製ストーブが中央にあった。ミルダとアイワルスは運よく寝床を確保することができたが、隣のバラックでは交替での就寝となっていた。通路が狭くて、野外に放置するしかなかった荷物を人々は盗まれないように交替で見張った。しかし、ミルダとアイワルスには身体の下に置く程度の荷物しかなかった。

夜になると、さっそく収容所の疫病神であるシラミと南京虫が這いだした。大勢に対して風呂はたった一つしかなく、こびりついた身体の汚れを冷たい水道水で拭き取るのが精いっぱいだった。ちなみに風呂場は、収容所の死体を置く遺体安置所にもなっていた。こうした状況で、ラトビアからの追放者はオビ川の氷が解けて強

(原23)　列車は各60人を乗せた貨車55〜60両が連結されていた。Indrikovs Z. Sāpju ceļš uz Austrumiem（東方への苦しみの道）// Kaujas Postenī. 内務省発行〈カウヤス・ポステニー紙〉— 1990. — 26. aprīlī. まず追放されたのは、リーガとその近郊の住民であった。

制移住地に船で運ばれるのを待っていたのだ。

収容所で、ミルダはラトビア旅券を没収された。未成年だったアイワルスは、まだ旅券を持っていなかった。それから一九五七年まで身分証明書は登録証となり、月に二回、追放者は強制移住地を無断で離れていないことが確認された。二人は臨時収容所の監督官に、「無法者の家族として永久追放となった」と告げられ、タイプ打ちの文書に署名を命じられている。

「追放された私は、ソ連邦最高権力組織の命令に従い、以前の居住地に帰還する権利をもたず、終身追放となった旨の通告を受けた。また、内務省地方警備司令部の許可なくこの地を離れることも、住居と職場を一時的に変更する権利もない旨の通告を受けた。さらに、署名した同意書に違反した場合は、ソ連最高会議議会一九四八年一一月二六日の決定に従い、二〇年の重労働の刑に服すと見なされることを承知した。私は、一九四八年一一月二六日の決定を確認した(原24)」

苦難の仲間たちも同じ書類に署名している。ミルダは署名することで、自分の背後で重たい扉が閉じ、それは二度と開くことがないと感じた。アイワルスは母の肩に手を回し、込みあげてくるつかえを飲み下した。

――もうリーガには帰れないし、弟と祖母にも会えないんだ。

(原24) Riekstiņš J. Lauksaimniecības kolektivizācija un “kulaku” deportācija Latvijā. 1949. gads(ラトビアにおける農場集団化および富豪の流刑、1949年)// Latvijas ZA Vēstis.〈ラトビア学術アカデミー紙〉A daļa. — 2000. — Nr. 1/2. — 59. — 69. lpp.

収容所の一日は単調そのもので、延々と長い。若者たちは楽しそうなふりをしてスポーツに没頭し、何とか時間をやりすごした。収容所の外の作業に駆り出されることがあれば、それがせめてもの息抜きとなったため、アイワルスも進んでこれに参加した。町や住民の様子を見てみたかったし、気晴らしになると思えたからだが、まさかそれが最悪の記憶になるとは思わなかった。収容所で死亡した直後の死体を運びだす作業だったのだ。アイワルスは回想している。

「一二歳くらいの子どもたちだ。遺体は白い布で包まれていた。棺がなかったからだ。僕たちが風呂場の脱衣所から担ぎ出した死体の顔には、ネズミのかじった跡があった。バラックから、男の手で薪のように担がれてきた子どももいた。まだ柔らかい死体だった。五〇歳くらいの大男も、肌をむきだしのままトラックに積まれた。積まれた死体は覆われもしないでトムスク大学まで運ばれ、人体実験部に引き渡された。悲しい作業だった。どこに目を向けたらいいのか、振る舞い方も分からなかった。銃剣付きのライフルを携えた警備員も、居心地が悪そうだった。大学で死体を下ろしたとき、受け取った係が死人の服をどうするかと問いかけてきた。僕たちは、『そのままにしてくれ』と答えた。あとで履物がなくて困ったとき、僕は死人の男が履いていた頑丈な長靴を思い出した――あれがあったらどんなに助かるだろうと。でも、もらわなくてよかった。そんなことをしたら、自責の念で一生胸が締めつけられたであろう」(原25)

（原25） Kalnietis A. Tumšie gadi: atmiņas par izsūtījumu.（暗い年月、追放の記憶）1990. gada rudens. — 5. lpp.

アイワルスは、幼いころから死と直面していた——ルンブラにあるユダヤ人の大量墓地、前線での戦死者、戦争末期の空襲で命を落としたリーガ市民。それでも、追放先で最初の犠牲者の最期に付き添ったときほど、不公平で納得できない死に向き合うことはなかった。

五月一日、氷が割れてオビ川を流れ出した。ピシッと、氷の破片が木の幹や家の角を叩くような音を立てる。どんどん大きくなる音が続くと、氷が爆発する。とどまっている氷塊に動き出した氷塊が巨大な力で次々とのしかかり、バリバリという破裂するような恐ろしい唸りで辺りを満たす。音が頂点に達したかというような瞬間に川の氷の堰が切れ、けたたましく呻きながら制御しようのない猛威を振るって突進する。こんな春の雄大な光景を、そのときのミルダとアイワルスはまだ見ていない。二人は、高い塀に遮断された収容所の中にいた。

オビ川のほとりで、アイワルスは春の流氷を五回経験している。その間、次の春こそ自由と解放の知らせが来て、船に乗って祖国に帰れるだろうと切望していた。その希望は六年目の春に叶った。解放書を受け取った私の両親は、オビ川の氷が解けたあとに迎えに来る船を辛抱強く待った。

氷が消えると、収容所は徐々に人が減っていった。追放者は大きな集団をつくらされ、警備員に連行されて平底の荷船に乗った。巨大な平たい船を下流に引っ張ったのは、外輪で動く旧式の小さなタグボートである。何度か船は停泊して集団を岸に降ろし、そこから予定地まで歩かせた。一面に浸水した平野が果てしなく広がり、木の幹の向こうや高台に村が点々と見えた。それまで目にしたことのない貧しい村は、悲惨なまでに荒廃していた。船上でアイワルスは、かつて羊飼いとして雇ってもらったことのある農場主の夫人に出会っている。彼女は、二人の幼い娘とともに捕まっていた。

六日目、ミルダとアイワルスは小さい荷船に乗り移るよう命令された。小舟はオビ川支流のコルシャン沿いを進み、行き止まりの「三〇キロメートル」という場所で停まった。そこでは、周辺のコルホーズの所長たちが馬車で待ち構えていた。アイワルスの記録を引用する。

「すべてがまさにユルギだった(原26)。所長たちは、最良の労働者となる若者で、荷物を多く持っている者を自分のものにしようとした。……僕たちは、一番遠いソフタ村の配置となった。そこが一番貧しい所だということは、あとで分かった(原27)」

長旅と粗食に加え、戦中に負傷して片足を引きずっている若者とやせ細った女はとても有望な労働力には見えなかった。所長たちの労働者選びが終わると、最後に残ったミルダとアイワルスは最果ての僻地にあるコルホーズに行かされたのだ。そして、「三〇キロメートル」という名の波止場から三〇キロメートルを歩かされた。荷物は荷馬車で運ばれたのだが、幸いにもミルダはその荷台に乗せてもらうことができた。

(原26) ユルギ(Jurği)は、4月23日の聖ゲオルグの日。伝統的に地主に雇用を変更される農民達の移動の日。現代では、引っ越しの代名詞となっている。

(原27) Kalnietis A. Tumšie gadi: atmiņas par izsūtījumu.(暗い年月、追放の記憶)1990. gada rudens. — 5. lpp.

スターリンの命令で一九三〇年代につくられたソフタ村には、アルタイとウラル山脈の東側から追放された「富農」たちがいた。彼らは無人のタイガにある沼の縁に放りだされ、最低限となる住まいも食料も与えられなかった。過酷な自然との闘いのなかで高齢者と子どものほとんどが死に、強靭な者だけが生き残り、少なくとも屋根の下に暮らし、ジャガイモ畑と豚と牛を所有し、一定量のバターと肉を国に納めるようになっていた。

穀物の種を撒いたあとのわずかな収穫も国に吸い上げられ、彼らの手元には何も残らなかった。ジャガイモと豆のパンと脱脂乳とラード、それ以外には、野鳥と野生動物を捕まえたり魚を釣って何とか生存していた。

アイワルスは、神にも人にも見放された最果ての地の生き方を知るにつけ、そのつつましさに驚いた。彼らは悲惨な日常を受け入れ、外界とはほとんど絶縁したまま、ここでの生活がそれほど悪くないと信じているのだ。

もはや、彼らは階級の敵ではなかった。というのも、戦争の終盤に前線の兵士を失うと、スターリンはシベリアの村々に追放されていた「富農」の男たちを徴兵した。そのおかげで従軍者の家族は「階級の敵」という烙印を解消することができたが、それでもシベリアを出る権利は与えられなかった。

コルホーズの労働者はソ連の法のもとでは旅券をもたず、帝政時代の奴隷のように土地に縛り付けられていたのだ。(原28) 若者は戦死し、老人は死に絶えた。何とか機を逃さずに町の人と結婚して移り住むか、従軍したまま戻らなかった者もいた。

ソフタと周辺の村々に残っていた者のほとんどが高齢者か女性で、ほぼ無報酬で重労働に従事していた。一九四九年のソフタのコルホーズにおける労働者の報酬は、一日当たり穀物三〇〇グラムだった。(原29) 彼らは家族を戦場で失っていても、追放者に対して憎悪を示すことはなかった。アイワルスはたった一度だけ大鎌で襲いかかられ、「ファシストめ、俺の息子を殺した奴らめ」とロシア語で怒鳴りつけられたことがある。それは、戦争で息子二人を失くした老人だった。

奇妙な、到底理解しがたい暮らしだった。種蒔きは、雨が降ろうと雪解けのぬかるみであろうと必ず決まった時期に行われ、誰もその後の生長については考えていない。地区中央部に、種蒔き完了と報告することが最優先なのだ。家畜は口汚く罵られ、叩かれ酷使されていた。ラトビアで、茶褐色の牛が農婦に名付けられて大事にされ、栗色やあし毛の馬が男たちに愛されていたのとは大違いであった。

また、子育てはまるで放任で、幼子のパンツは尻の縫い目がなく、しゃがめばすぐにお尻が開くようになっていた。子どもたちは裸同然で駆け回り、身体中がハエと蚊に食われていた。強者だけが生存するにふさわしい、

(原28) 中央幹部委員会および人民委員会会議による1932年の「旅券制度および登録義務の導入」規則は、まず都市部で導入され、旅券を受領しなかった農民たちは移動の自由を奪われていた。Sovetskoje obščestvo. Vozņiknoveņije, razvitije, istoričeskij final. — T. 2. Apogej i strah staļiņizma.（ソビエト社会、成り立ち、発展、歴史的達成第２巻　スターリン主義の絶頂と恐怖）— Moskva: RGGU, 1997. — s. 675.

(原29) 集団農作業における個々人の報酬は、労働日数から算出された。

過酷な自然淘汰なのだ。

戦後に女性が多くなったシベリアの小村では、とくに男女関係が乱れていた。「ドン・ファン」とあだ名されたパーヴェル・イワノヴィッチには、ほとんどの家に私生児がいることが周知の事実であったし、地域の役人も災いの種であった。村に来たとき、媚びへつらわない者を「不正者」と呼びつけたほか、自ら食料と自家醸造酒を調達しては村で宴会を開き、気に入った娘に夜の供をさせた。

アイワルスは、ラトビアで馴染んでいたピューリタン主義的な禁欲と厳格さとは対照的な低俗な男女関係に辟易した。ロシア語を知らないうちはまだよかったが、女をくどく卑猥な俗語やきわどい隠語の意味が分かるようになると耳をふさぐしかなかった。追放前の初々しい初恋の思い出を踏みにじられたくはなかったのだ。

コルホーズの男不足は深刻で、アイワルスのような痩せっぽちのラトビアの若者であっても女性たちにとっては魅力的な存在であった。我が家のアルバムに、穏やかな丸顔のでっぷりと太った乳しぼりの二人姉妹の写真が一枚残っている。ミルダはその姉妹に「アイワルスをくれ」とせがまれた。一人の夫を共有するのだ。夫はもちろん姑にも不自由はさせない、と言われて。孫の私に祖母がしてくれた笑い話である。

「そんなことになるなら、アイワルスは死んだほうがましだわ」

見知らぬ女性のぽってりとした顔を見て、私は幼心にもミルダの言葉に納得していた。

ソフタに追放されたラトビア人のほとんどが、都会育ちのため農作業を知らなかった。例外的にミルダは、一九三〇年代に田舎の土地を借りた両親の手伝いをしていたので、鍬《くわ》の使い方や脱穀と収穫くらいは知っていた。生粋の都会っ子であるアイワルスは電気回線に長けており、ラジオ受信機づくりも、闇市での値切り交渉も得意だったが、今の日課となった耕作、種蒔き、収穫には、どれも役に立たない特技だった。

まずアイワルスが覚える必要のあった仕事は、四頭の牛をつないだ大きな重い鋤《すき》で耕すことであった。牛が真っすぐに畝を歩くように、女性か若者が牛の頭につないだ紐を握る。農夫はつながれた牛のあとについて、深い畝を掘る。溝はラトビアよりもずっと深い。立派な男の体力を要する作業だったが、あいにくとアイワルスは痩せっぽちだった。初めて耕作した日を、彼は次のように思い出す。

「目がクラクラしてどうしようもなかった。倒れないように鋤につかまっているのがやっとだったよ」

――鋤に引っ張られ、躍らされていたのだ。

アイワルスは乏しい食事でビタミン不足になり、壊血病にかかり足に液状の膿ができた。ミルダの足も腫れ物に覆われていたが、何よりも衰弱していく息子を目の前にして助けてやれない自分が辛かった。せいぜい、自分の食べる分を息子に二、三口分けてやるくらいであった。看護婦として病人と負傷者の痛みを和らげてきたのに、息子の苦しみはただ見ているしかなかった。

私は、子どものころに祖母の話を聞いてぞっとした。シベリアでアイワルスの歯を動かした様子を、祖母は自分の頬に人差し指を入れて実演してみせた。

「片側に押し付けると歯がパチッと動いたから、反対側に押し付けてまたパチっと元通りにしたのよ」

シベリアでは、ビタミン不足と壊血病からのがれるためにコルバという野生ニンニクをかじった。コルバは多くの追放者を救った魔法薬であり、身体の抵抗力を強める豊かなビタミン源であった。夏にはコルバの葉をそのまま食し、秋には酢漬けにして冬に備えた。アイワルスもコルバに助けられたが、空腹は癒されない。頼りない労働力であったアイワルスだが、種蒔きで特別手当の一五ルーブルをもらっている。それで、ミルダは石鹸を買った。

アイワルスを救ったものには、コルバのほかにも脱脂乳とジャガイモがある。コルホーズの所長は気前のいい人物であり、ラトビアから来た青年たちがどんどん痩せ衰えていくのを目にして、七月半ば、少し離れた原野に草刈りに出すことにした。衰弱しきったアイワルスは馬に乗るのもやっとという状態で、頭がフラフラして手綱を握るだけの力もなかった。一方、馬のほうも肋骨があらわになっており、背骨はノコギリの歯のように突き出ていた。痩せ細った馬にふさわしい騎手である。

馬は針葉樹林の泥沼と化した小道を進んだ。沼を渡って進むうちに馬が深く沈んでいき、首と頭をぬかるみから出すだけとなってアイワルスは怖くなった。そのうえ、蚊と小蠅の大群に襲われて生肉が見えるまで食いつかれた。虫が目の中に入り、耳のうしろまで噛まれて、顔はデコボコの赤い斑点だらけとなった。何も知らない人が見たら、「バラ」と呼ばれる連鎖球菌で赤く腫れる皮膚感染の丹毒にかかっていると思うだろう。

馬に乗って二日後、コルホーズの原野に着くと道中の苦しさを忘れることができた。そこでは、十分に食べることができたのだ。草刈りはほかの労働よりも重労働と見なされ、多めの食事（一人当たり豆パン五〇〇グラム）が毎日配給された。ジャガイモと脱脂乳は飲み食い自由だったので、脱脂乳を煮て凝固させてカッテージチーズもつくっている。

一回の食事でアイワルスは、友達と桶一杯分のジャガイモの皮をむいて茹でてつぶし、脱脂乳をかけてぺろりと平らげた。それでもまだ足りなくて、同じ量をお代わりできるほどであった。

そこでは、草刈りの技術習得が課題となった。しかし、都会育ちの青年たちは数日で草刈り鎌を平らに振ることを覚えた。地元民に比べてはるかに劣って頼りなかったラトビアの若者たちも、数週間のうちにはノルマを超えるほど優秀な働き手となっていた。体力を取り戻していく人間とともに、馬と牛も丸みと艶を帯びだした。動物たちはよく肥えた体躯を気持ちよさそうに揺らして原野を駆け回り、うしろ足を蹴り上げて干し草の山を角で突いていた。

一〇月初旬、コルシャン川に霜が降りて凍りだすと、原野の労働者は村に戻る時期となる。アイワルスは村までの帰り道、川を越えようとして落馬し、氷のように冷たい水のなかに落ちてしまった。びしょ濡れの服を乾かす間もなく馬に乗り直したが、バリバリに凍った服が火打石のようにガタガタと鳴った。身体は冷えきってしまい、帰路でまた病気になることを覚悟した。

実は、アイワルスはそれまでに原野でへんとう炎にかかって高熱を出し、薬も人の助けもなく寝ていたのだ。夜中に腫れてただれたへんとうに気管支を圧迫されて、窒息しそうにもなっていた。怖くて不安のあまり、思わず自分の手で溜まった膿みをひっかき出した。すると、空気が生命力となって体内に流れ込んだ。こんなパニックはこりごりだったが、意外にも今度は大丈夫だった。粗食ではあったが、十分な食事量によって鍛えられていたのだろう。

息子の体力が回復して、ミルダは生きる喜びを取り戻した。再びピンと背筋を伸ばして顔を上げ、気のきいた冗談で人を笑わせた。彼女は、カード占いで元気のない人を慰める術《すべ》を知っていた。ミルダがシベリアではじめたカード占いは、逆境の日々の試練に立ち向かう支えとして欠かせない心理療法にもなった。ミルダのトランプ療法はラトビア人たちに希望をもたらし、気分を明るくさせたのだ。

ダイヤの6、クローバーの9、ハートのQが出れば希望を語り、「謎の未来」を解読した。ミルダが考案した用語には、人々に共通した不安が反映されている。

——「王様の知らせ」は警備司令部への出頭命令、「昼時の吉報」は家からの手紙、「悪運をもたらすクローバーのK」は権力を振りかざす役人、「夜明けのKの長旅」は強制移住などの災難。

私は祖母にカード占いを教わって、学校で同級生の将来を占い、同じような用語を得意気に繰り返した。状況と相手の要望によって占いの内容は違ったが、「悪運をもたらすクローバーのK」

は悪ふざけや校則違反を注意する教師、「昼時の吉報」は好きな男の子からの放課後のデートの誘い、というように用語をつくった。私の占いは、上級生の女の子にも頼まれるほど大人気となった。

当初、地元の権力者であるコルホーズ所長と行政長官は、ミルダを罵って乱暴に命ずることでシベリアでの権力を誇示していた。一メートル四三センチという小柄な痩せっぽちのミルダは動作が弱々しく緩慢に見えたから、傲慢な役人にとっては格好の標的となった。あるとき、脱穀機の所で長官がミルダに対して最大級の罵詈雑言を浴びせた。

「のろまな牛め、ふしだら女、さっさとやれ、ほら、もっと速くやるんだよ」

さすがに、ミルダも堪忍袋の緒が切れた。穀物用のシャベルを振りあげて長官に飛びかかったのだ。大男は思わず飛びのいたが、ミルダの憎悪に燃える目を見て、口先に出かかった罵り言葉が凍りついた。「狂った魔女だ」などとブツブツ言いながらその場を離れて、所長は自らの面子を保った。このとき以来、ミルダを怒らせる者はいなくなった。

七月末、ミルダは初めて母マチルデからの手紙を受け取り、アルニスが捕まっていないことを知って大きく胸を撫でおろした。アルニスは、たった一人の保護者となったマチルデのもとで暮らしていた。三月二五日の朝、大慌てで母のもとに送り出したアルニスに、ミルダは着替えを持たせていなかった。マチルデの手紙には、ミルダの家にあったわずかな物までがすべて雲散霧消したことが伝えられていた。

マチルデとアルニスは、手紙を読むのが辛くなるほど貧窮のどん底にあった。二人は、貧しさゆえに何度か家を追いだされていた。

毎日、食べるには食べても満足した試しはない。家族みんなが一緒でないのが残念だ。部屋は十分だし、パンもあるだろうに。私は恐ろしい夢に目覚めなくちゃならない。……さまざまな体験で、塗炭の苦しみが絶えない。墓に入れば癒してくれるだろう。(原30)

一九四九年、七〇歳のマチルデは、必死に働き続けたためリューマチで骨がもろくなったうえに視力も失いかけていた。しかし、代々受け継いだ忍耐強さと精神力で、たび重なる衝撃にもくじけることはなかった。全能の神を信じており、きっと神が不正の勝利を許さず、娘と二人の孫を破滅から守ってくれると信じていた。自らを神の僕《しもべ》と見なして一人助かったアルニスを養い、いずれは自立させて遠くシベリアにいる母親と兄を助けさせるのだと、奇跡を信じていた。ミルダとアイワルスは永久追放だと言うが、どんな政権だって永遠には続かないということをマチルデは人生で学んでいた。

——人間が決めたことは、人間によって変えることができる。

マチルデが送ったどの手紙にも、ギリギリの暮らしぶりが綴られていた。食料とアル

(原30)　マチルデ・カイミニャからミルダ・カルニエテ宛の1949年７月10日付書簡

ニスの衣類、一列に植えたジャガイモ、牛にやるひと握りの干し草、どんな些細な成功も、ひと冬を越して夏の体力をつける最高の戦利品であった。シベリアの愛しい娘と孫に仕送りする物などゼロに等しかったというのに、マチルデは大勢の親類の誰かから何かしらの物を手に入れてはせっせと仕送りをしていた。手編みの毛糸の靴下と手袋、ベーコンの塊や小麦など、親戚がくれたあらゆる物をすべて娘に送った。

ミルダはこれら母の犠牲を、心を痛めながら受け入れた。ミルダも母親として、アイワルスのためにブーツも食料も必要としていたのだ。ミルダは母の手紙に涙を流した。

――七月からずっと小麦も大麦もない。今日はヴィルマが来て、大麦一リットルとアルニスにズボンを持ってきてくれた。……パンのない祭日となりそうだ。(原31)

――私の体力は日に日に衰えている。それなのに、食欲は動物のようにある。(原32)

娘が追放された年のマチルデは、息子のヴォルデマールスがいずれ監獄を出所すれば、母親と妹を助けてくれて楽になるだろうという希望に支えられていた。

ヴォルデマールスは犯罪者ではなかったが、運が悪かった。一九四五年の民警による定期的な闇市捜査で摘発されて、「投機罪」で五年を求刑されていたのだ。投機とは闇

(原31)　前掲の1949年10月30日付書簡。
(原32)　前掲の1951年１月６日付書簡。

いてあきれる。戦後の闇市で、物々交換をしなかった者がいるのであろうか。このヴォルデマールスも、刑務所からシベリアに手紙を書いている。

> 僕が釈放されたら、できるかぎりのことはしてきっと助けるよ……またみんなが一緒になれたら、助けあって暮らしを整えよう。僕の専門的な技術と経験や語学の才能があれば、どこであろうと稼げるし、生計もきっと成り立つさ。(原33)

ミルダはこの兄が大好きだった。幼年時代の兄妹の仲のよさは決して色あせていなかった。そばに兄がいてくれればミルダは安心だった。兄はいつも彼女をかばい、可愛がってくれた。ヴォルデマールスは父親ゆずりの逞しい魅力があり、イタリア人のような濃い肌の色と輝く茶色の瞳をしていた。機知に富んで社交的で、女性にもよくもてた。その結果、つつましいカイミンシュ家が期待する以上に身分不相応な結婚をした。

その後、彼は農学部卒の学生会員としてとんとん拍子に出世したが、有能な者にありがちな誘惑に勝つことができず、将来が有望とされていた人生は酒に溺れたものとなった。上流階級の妻との結婚が破綻し、ヴォルデマールスの道はゆっくりと修正不可能なまでに下降して、息子を自慢としていた両親をがっかりさせた。

閉塞状況にあったミルダは、兄がもう頼りにならないことを知りつつも、シベリアに

(原33)　ヴォルデマールス・カイミンシュからミルダ・カルニエテ宛の1949年9月12日付書簡。

いる自分たちをきっと助けてくれるという言葉に期待をしていた。だからこそ、兄が監獄を出て、母の家で数日過ごしたのちに行方をくらましときのミルダとマチルデの落胆は大きかった。兄はふらりと現れて、ありとあらゆる空約束をしてはまた消えた。

時折マチルデは、ヴォルデマールスをイェルガワで見かけたとか、リエルストラウペで見かけたとか、またはロシアへ行ったとかという話を耳にした。母親を訪ねる暇もなかったのか……兄からは、びた一文の送金も期待できなかった。

ヴォルデマールスのこのときの裏切りを、ミルダはずっと許すことができなかった。のちにラトビアに戻ってからも、彼女は兄に会おうとはしていない。晩年になって自らの死期を察知しときに初めて、ミルダは「兄さんに会いたい」と手紙を出した。やって来たヴォルデマールスはすっかり老け込んでおり、盲目に等しかった。その哀れな姿にも、若かった私は、さぞ魅力的だったであろう昔の面影を見た。亡くなったヴォルデマールスを森林墓地にある父親と妹の隣に埋葬したのは、私の父アイワルスである。

マチルデの手紙は、アルニスに対する心配と不満であふれていた。

――聞き分けが悪く、勉強しないし行儀が悪い。

ミルダはそれがマチルデの一方的で主観的な見方だとも知らず、ひどくハラハラさせられた。

しかし、アルニスは怠け者でも不良でもなく、年相応に振る舞っていただけだった。それに、彼が自らを抑えることができなかった背景には深い理由があった。仲のよい大家族の安泰のもとで育ったマチルデは、一世紀前に培われた行儀作法を孫に教え込もうとしていたのだ。歳老いた彼女は、戦争の傷跡を負い、母と兄の追放という衝撃を負っている一一歳の孫の心中を推し量ることができなかった。

アルニスは、第一次世界大戦で両親を失った父アレクサンドルスの不幸な幼年時代を悪循環のようになぞっていた。父は収容所に収監され、母はシベリアに追放されて、両親がいるにもかかわらず孤児であることだけが違った。幼いアルニスは心底不幸を味わい、自分のなかの矛盾した感情に苦しみ、潜在的に込みあげてくる不当な不公平感に対する表現の仕方も知らないで、乱暴に振る舞って祖母を傷つけた。そして、冷静になると自分を責め立てた。

——またやってしまった。どうして、大好きなおばあちゃんを悲しませるようなことをしたんだろう。後悔するたびに祖母に抱きついた。

アルニスがミルダに宛てた手紙は、小学生にしては明快で大人びている。息子の手紙を読んでミルダはほっとした。息子が道を踏みはずす恐れはないわ。学校の成績もいいし、スポーツ競技で入賞し、農場の雑用まで手伝っている、母の不満は大袈裟だったんだわ。いくらか気が軽くなったミルダは、生死をかけた壮絶な一年を過ごしたシベリアでの基準と尺度をアルニスにも当てはめていた。

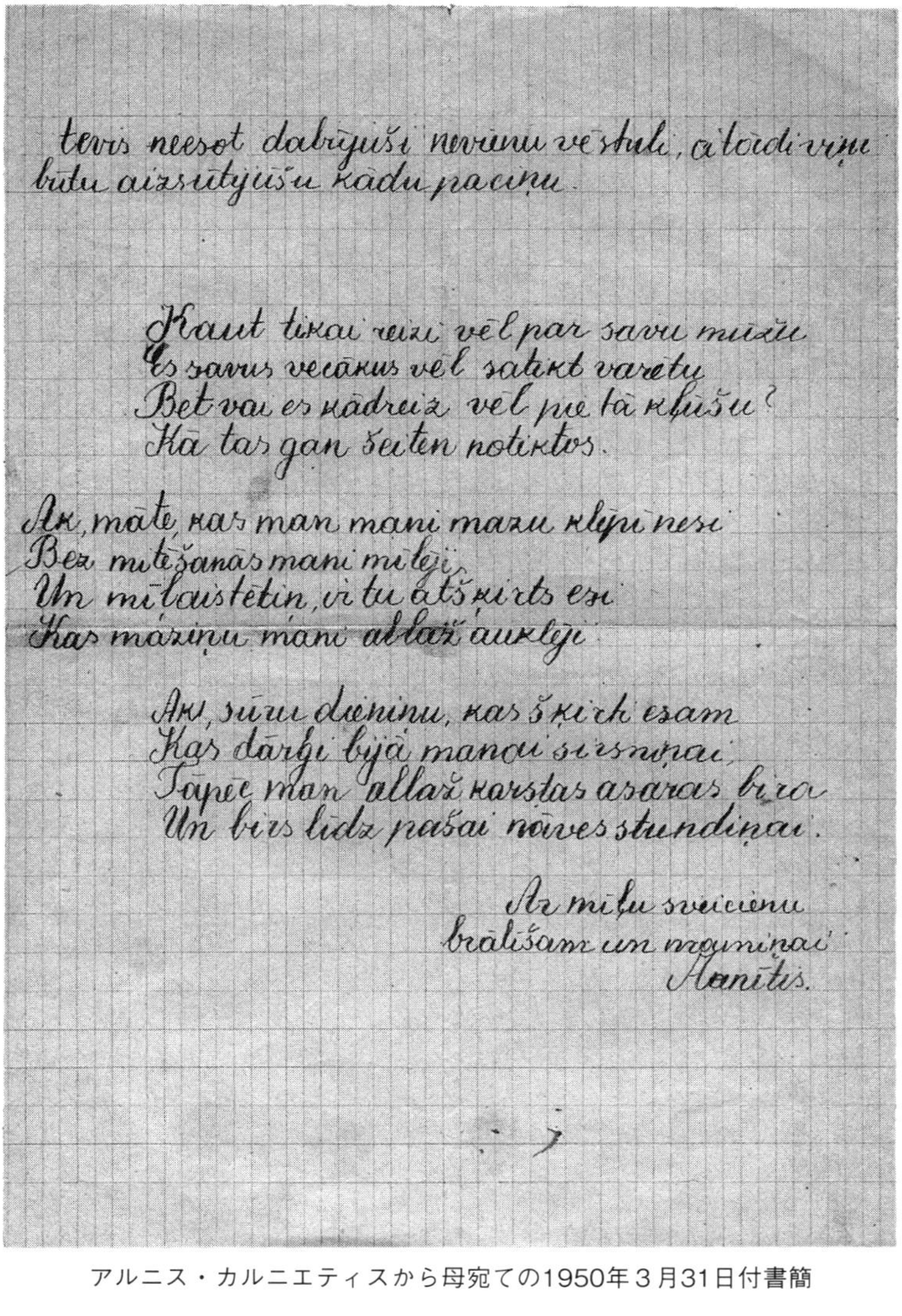
tevis neesot dabūjuši nevienu vēstuli, citādi viņi
būtu aizsūtījuši kādu paciņu.

Kaut tikai reizi vēl par savu mūžu
Es savus vecākus vēl satikt varētu
Bet vai es kādreiz vēl pie tā klūšu?
Kā tas gan šeiten notiktos.

Ak, māte, kas man mani mazu klēpī nesi
Bez mitēšanās mani mīlēji,
Un mīļais tētiņ, ar tu atšķirts esi
Kas maziņu mani allaž auklēji.

Ak, sūru dieniņu, kas šķirti esam
Kas dārgi bija manai sirsniņai,
Tāpēc man allaž karstas asaras birā
Un birs līdz pašai nāves stundiņai.

Ar mīļu sveicienu
brālišam un māsiņai
Arnītis.

アルニス・カルニエティスから母宛ての1950年３月31日付書簡

大麦とジャガイモにありつけることのほうが重要で、幼い息子の苦悩にはなかなか思いが至らなかったのだ。アルニスのほうは寂しさを言い表す自分の言葉を知らず、長い詩をていねいに書き写しては母に送った。

せめて一生に一度だけでも　両親に会えたなら。(原34)

この一行が、ミルダの心をキリキリと痛めて熱くした。ああ、せめてもう一度だけでも息子に会えたなら……あの子を抱擁できたなら。

アルニスは、母がたまらなく恋しかった。父よりもずっと母が恋しかった。戦争に加えて両親の不和のおかげで、父とはほとんど一緒に暮らしたことがなかった。母と兄が追放されたのは父の責任だとさえ思っていた――おばあちゃんがそう言っていた。

学校では、ラトビアを切り裂き、帝国主義者に引きわたそうとしたブルジョア無法者との闘争について教わった。アイワルスは誰に尋ねることもできないまま、父が何をしたかを想像しては苦しんだ。

――父さんはいったい何者なのか、犯罪者なのか、それとも母さんと兄さんのように罪のない犠牲者なのか。

そんな話に触れようとする人はいなかった。父がたまにくれる手紙は、それらの疑問

（原34）　アルニス・カルニエティスからミルダ・カルニエテ宛の1950年３月31日付書簡。

に何も答えていない。アルニスのなかで、矛盾する感情がせめぎあっていた。よい息子でいたいという義務感で収容所にいる父に返事を書いてはいるが、自分を見捨てて母を自分から奪った父を憎んでもいた。それとは逆に、アルニスは手紙でしか触れあえない母を強く慕い、母からの手紙を待ちこがれた。母の手紙はめったに来ない。やっと受け取ってもひどく短いような気がした。

母さん、もっと長い手紙を書いて。僕は、父さんにも書かなくちゃいけない。父さんも故郷の知らせを待っている。愛しい母さん、僕たちは忘れていないよ。こっちからは、楽しいことも悲しいことも、まだまだたくさん届くだろうね。母さんの写真を送ってください。(原35)

アルニスの寂しさは、徐々に消えていったかのように見えた。しかし本当は、自らを守るために心を隠したのであった。どこで何をしようと悲しみが消えない。深く沈んだ悲しみは、アルニスの表情と目つきに確かな影を落とした。私にとってのアルニスは、大らかな笑顔で、ほほを輝かせて楽しい冗談を言う叔父だったが、黙りこくると、その瞬間に心を閉ざしていた。まるで、それまでの冗談も笑顔もなかったかのように。

一九五二年の夏にマチルデが死んで、アイワルスはますます強く自己防衛をするよう

(原35) アルニス・カルニエティスからミルダ・カルニエテ宛の1951年1月9日付書簡。

1954年、アルニス・カルニエティスがシベリアの母を訪問した時に撮影

になった。リーガ森林墓地にある夫の墓の隣に埋葬してほしいというマチルデの願いは叶わず、赤の他人の手でベールゼ墓地に埋葬された。残された一三歳のアルニスは、天涯孤独な大人になるしかなかった。近所に住むボグダノフス家が引き取ってくれなかったら、孤児院に行くしかなかったのだ。

アルニスは親切な家族の庇護を受けて、学校の休暇のときにはそこに帰っていた。そして、船乗りになる夢をあきらめ、しぶしぶ職業訓練学校に入った。そこでは学校給食が無料で、衣類ひとそろえと粗雑な青いウールの制服が支給されているだけに仕方がなかった。アルニスに選択肢を与えることのなかった人生、胸の内にわだかまった苦渋はついぞ消えることはなかった。

ミルダは、不公平な運命に引き裂かれたアルニスとの溝をとうとう埋めることができなかった。——アルニスの世界と母と兄を縛り付けた世界との亀裂は、一九五四年にアルニスがシベリアに訪問したときに早くも生じていた。

離れ離れだった数年間を語る息子に耳を傾けながらミルダは、身近なようでありながらまるで他人のような息子から目を離すことができなかった。互いの温かい思いやりは薄いベールに遮られて、分かりあうことができないような気がした。のちにミルダがラトビアに戻っても、アルニスとの距離は縮まることはなかった。息子が母親を一番必要としていたときに彼女はそばにいてやれなかったし、アルニスのほうも孤独の耐え方を学んでいた。

シベリアでの最初の夏はあっという間にすぎた。冬を目前としてひと息つく暇もなく、すでに一〇月には雪が降った。アイワルスは振り返っている。

「最初の冬ほど凍えたことは、後にも先にもなかった。心まで凍りつきそうだった。病気はしなかったが(原36)」

追放されてもらい損ねたアイワルスの給料を、同僚がシベリアに送金してくれた。それで綿入り防寒着とズボン、そして冬用の帽子を手に入れることができた。バラックには追放者が所狭しと住んでいたが、少しも寒さが和らぐことはなかった。

その場において最年長で経験豊かなミルダは、ストーブの必要性を主張し、その構造など知りもしないのに地元のストーブを見よう見まねで牛糞からつくりあげた。驚いたことに、その小さなストーブはひどい煙を吐きだすこともなく室内を暖めたのだ。ところが、ある夜、アイワルスはたった一つの履物、夏に入手したばかりのゴム製の長靴を燃やしてしまった。長靴を新調するだけのお金はなく、一枚皮の短靴(チルキ)を履くほかなかったが、防水布を上から縫いつけた短靴に沼草を摘めて、足に布を巻きつければそれで十分暖かかった。

一〇月に、ラトビアからの仕送りが初めて届いた。そこに入っていた羊毛ベストをシベリア滞在中ずっとアイワルスは重宝し、羊毛が擦り切れてつや光りがするまで着古した。

コルホーズの所長は、ラトビアの若者たちを村の周囲三〇キロに広がる森林作業に駆

(原36) Kalnietis A. Tumšie gadi: atmiņas par izsūtījumu.(暗い年月、追放の記憶) 1990. gada rudens. — 11. lpp.

りだした。追放者も地元民も近隣の村民たちも、木こりによってわずかな稼ぎを得るために集まって、みんなが巨大なバラックで一緒に寝起きした。

バラックの中央にある大きな鉄製の暖炉は、絶えず燃やされていた。バラックの片隅に粗末な小さい食料品店があって、一日当たりパン二キロを「ツケ」で、また小麦のクリームや砂糖、小さな肉塊も買うことができた。森に仕掛けた罠で運よくウサギが捕まれば、小麦を加えて煮て、そこそこのクリームシチューにした。デザートとして、熱い湯に砂糖を溶かして飲んだ。

アイワルスはそこでジャガイモを凍らせるという大失敗をしてしまい、ほとんど生のまま食べるしかなかった。地元の人は、茹でてからつぶして団子状にして凍らせていたのだ。また、冬に備えて同じように凍らせたキャベツは持ち運ぶのに非常に便利だった。

シベリアの人たちは多くのことを教えてくれた。厳しい環境において独自の方法で生き抜いてきた人々は、欠乏するビタミンと質素な食料の補い方を知っていた。彼らにならって松の針葉の飲み物（つんと鼻をつく緑がかった茶色の液体）を、アイワルスも我慢して飲んだ。これは、壊血病の再発に効果的なのだ。経験豊かな男たちの助けなしには、厳しい労働ノルマをアイワルスはこなすことができなかった。

労働というのは、森で伐り出した丸太を川岸まで引っ張るというものである。丸太は、夏場に下流の製材所まで流して運ばれていた。こうしてアイワルスは、貯蓄はできなかったが自分が食にありつけたことで母を助けることができた。

一二月、森にいたアイワルスに知らせが舞い込んで来た。ミルダが足を骨折して、コルパシェヴォの病院に運ばれたという。追放者のなかにいた看護婦がミルダの入院を取りなしてくれていた。彼女はコルホーズの所長に強引に掛けあって、一番近くの郵便局まで行かせて救急用のセスナを呼ばせたのだ。

寝たきりのまま、ミルダは残された冬の数か月を病院で過ごした。質素だが、そこでは食事が与えられ、暖もとれた。もし、そのまま村に取り残されていたら、きっと大変なことになっていただろう。

脆い骨はミルダの悩みの種だった。このときが四度目の骨折で、これが最後ではなかった。シベリアでもう一度、のちのラトビアで二度というように、幾度となく骨折を繰り返した。リーガの外傷学病院によれば、骨が結晶化し、石のように固くなりながら同時に弱くなるという珍しい骨病ということであった。ちょっとした衝撃でも折れてしまうのだ。

ミルダはのちにリーガに戻って、以前勤めていた病院の同僚に歓迎されて念願の看護婦の仕事を再開したが、謎の骨病が引き金となって二か月ほどで仕事を辞めざるをえなくなった。路上に転がっていたリンゴの芯に滑って転んでしまったのだ。そのときの複雑骨折は長年にわたる治療で回復したが、長い間寝たきりのまま手術を繰り返した結果、折れたほうの膝が曲がらなくなった。それが理由で職務不適応な障害者という立場となり、最期まで他人に頼らざるをえない自分に苛立っていた。

人生の経験を積み重ねた今の私は、祖母ミルダの独特の個性をやっと讃えることができるようになった。祖母は時代を先取りしており、結婚を女性の究極の目的とは考えていなかった。仕事こそ自己を確立するために必要な手段であり、それによって人生は豊かになり、結婚までの腰掛けや一時しのぎではないと考えていた。祖母は自立した自由な感覚をもちながら、抑制した強い意志を内に秘めた女性だった。

夫にも役人にも屈服しなかった人並みはずれた強い意志は、健康に背かれても簡単には折れなかった。何年も寝たきりとなったときも、固まってしまった関節を動かす努力をせっせと続け、きっと歩けるようになると強く信じていた。膝はミリメートル単位で動くようになり、祖母は確かに歩けるようになった——次の骨折でその努力に終止符が打たれるまで。

入退院を繰り返した病院では、豊富な話題をおもしろおかしく話す術《すべ》を心得ていて、我慢強く痛みに耐える祖母は、すぐに周囲から好かれるようになった。それに、若いときやシベリアで得た友人、親戚や病院での知古の人々と幅広い文通を続けていた。人との触れあいをするにおいてまるでお手本とも言えるような祖母の完璧な手紙は、通信に慌ただしい現代では、このような方法がもう過去のものとなって取り戻せないことを強く認識させてくれる。

ミルダがシベリアから送った一通の手紙に、サウナの脱衣所で気性の激しい食べ盛りの仔牛に洋服を盗まれた顛末が書かれていたものがある。ミルダは聖書に登場するイヴの姿のまま、自分の服を取り返そうとやんちゃな牛を追いかけた。怒り狂った真っ裸の女と恐怖に駆られた仔牛は、雪野原を駆け回ったのち、よだれにまみれてクシャクシャになったワンピースを奪い返している。この騒動のことは読者にあまりにもウケたものだから、ミルダは次の手紙でイラストまで描き加えている。

ミルダは脆い足で歩行が困難となった最後の一〇年余りを、文字通り家の中でこもって暮らした。それでも、世界の出来事に強い関心をもち続け、人生を最大限に楽しむことを諦めなかった。スポーツ観戦に熱狂し、声をあげて頬を高揚させ、女子バスケットボールチームを応援した。

若いころの私は独りよがりで、祖母に何の理解も示さなかった時期がある。それに、動かない身体に自由な意志が縛りつけられていたことも知らなかった。祖母はどんなに辛かったことだろう。

シベリアの病院を退院したミルダは、コルホーズで働くだけの体力をなくしていたために、アイワルス一人の稼ぎでやり繰りするしかなかった。とはいえ、前年のような飢餓にやっと陥らないというギリギリの程度である。

ミルダは、ロシアで「ワルシャワ女」と呼ばれる古めかしいベッドに力なく横たわり、その鉄製の枠の四隅に立つ円錐状の筒の間からは、タバコの青い煙がひっきりなしに立ち上っては渦を巻いていた。ラトビアから持ってきたアンドレイス・ウピーツ［Andrejs Upīts・一八七七～一九七〇］の長編小説『ザリャーゼメ（Zaļā zeme・緑の大地）』（一九四五年）のページは、そのほとんどがミルダが吸った手巻きタバコの通称「山羊の足」の巻き紙となって消えてしまった。

ベッドの柱のそばでは猫のブリスカが丸くなり、足元には凍死から回復したヒヨコのツィパが止まっていた。

　祖母はこの光景を回想して「魔女のベッド」と呼んでいた。幼かった私はその呼び名から想像を掻き立てられて、煙が渦巻くと、悪い老女が人に魔法をかけて動物に化かしてしまうという物語をつくった。祖母は、魔女どころか愛の化身だった。私が悪戯をして親に叱られそうになると、必ずかばってくれた。


　シベリアでの二年目の夏は、郷愁にそれほど心を痛めることはなかった。ミルダもアイワルスも精神的に逞しくなっていた。アイワルスは森林作業、耕作、種蒔き、草刈りに慣れ、手際よくこなせるようになっていたし、ジャガイモを桶二つ分植えて冬に備えるようにもしていた。

　六月上旬、アイワルスは大型船の停泊所であるインキノで穀物を小さな荷船に積み込むという作業にあてられた。コルシャン川の流れに逆らって上流に向かって漕がなければならないインキノからの帰路が、とくに辛かった。

「僕たちは、男二人で一本の舵を握った。総勢一二人と舵取りが一人、昔の奴隷が漕いだガレー船のように。蛇行もきつく急流も多い川は、ゆっくりとしか進めない。浅瀬ではボートを降りて、ロープで引っ張ったこともある。僕たちは、凍るように冷たい春の水に深く浸かって進んだ。そうやって、三、四日かけて移動した(原37)」

私の父アイワルスと母リギタは、何と似通った運命を歩んだことか。時期こそ異なるが、二人とも空腹に苦しみ、農業と森林で体力以上の作業をし、大きな荷船を引いた。アイワルスの不自由な足は、インキノでの積み荷作業の間に酷使しすぎて骨を再び変形させた。何とか防げたはずだが、「怠慢」が許されないシベリアで重労働が免除されることはなかった。極端な圧力を受けて片足が縮み、それから何年もひどい痛みに悩まされた。

コルホーズの所長は、当初、追放者のラトビア人を無知でのろまでまぬけだと蔑んでいた。ところが、痩せ細ったラトビア人も農作業をすぐに覚える有能な労働力となると所長の態度は軟化して、できるかぎり好意的な態度をとるようになった。アイワルスが足を痛めてまともに働けないことにも同情し、草刈り作業完了の祝いを済ませると、所長は警備司令官にかけあって、コルパシェヴォの役所にアイワルスを同行させる許可を取り付けてきた。そこで、医者の治療を受けさせるのだ。一年以上も町に出ていなかったアイワルスにとっては、まさに大冒険となった。

「コルパシェヴォがどんなにつつましい町であろうと、ラトビアの国と同じくらいの広さのある地域の首都である。役所、学校、病院、港、空港、産業体など、そこには何でもあった。驚いたのは、どの建物も木造で、レンガ造りは雑貨屋の『ベールイ（白）』だけだった。建物は高くても二階建てで、しかも丸太造りだった。古い民家の窓枠は、美しい木の彫刻で飾られていた。建物は、地中に埋めた丸太を支柱とし、柱は土か木屑を入れた木

（原37） 前掲書12ページ。

箱で覆われていた(原38)」

そこでの治療が役に立ったかどうかをアイワルスは思い出すことができないが、それは別の意味で、母親ミルダとの暮らしを変えた運命的な旅となった。

コルパシェヴォから八～一〇キロメートルほど離れたトグル村に、ソフタの友人夫婦が許可を得て移り住んでいったことを知ったアイワルスは、彼らを訪ねるために危険を承知で許可なくトグルに向かった。

――司令官は日曜日に見回りをしないから何とかなる。きっと、見つかりはしない。トグルで友人の暮らしぶりを見て話に聞くにつけ、ソフタよりも食料が豊かで、コルホーズよりも労働環境がいいことを知った。ここに移住して働けたらいい、とアイワルスは思った。

「せめて月六〇ルーブルは稼げる。本物のパンも、油も少しは買えるようになる。きっと、まともな食生活ができるだろう(原39)」

帰り道、アイワルスがバスの停留所でトグルの司令官に危うくぶつかりそうになったのが運命の定めであった。司令官はとっさに、彼が所轄外の人物であることに気付いた。

「どこのどいつだ？　書類を見せろ！」

アイワルスは捕えられ、コルパシェヴォ民警課に連行されて細かく尋問を受けた。ロシア語が上達していて、トグルに来た訳、足の痛み、コルホーズの病身の母のことを辻

(原38)　前掲書13ページ。
(原39)　前掲書。

棲があうように説明できたのが幸いだった。そして、勇気を振り絞って、トグルへの移住を許可してほしいと懇願した。

「何という考えだ。規則を破ったうえに請願までするとは」と、怒鳴りつけられた。

実際、アイワルスの行為は投獄されたとしても不思議ではなかった。司令官はひと通り激しく怒鳴り散らして清々したのか、落ち着きを取り戻すと、「数日後に来い！」と言って解放してくれた。

アイワルスはそれからの数日間をおびえながら過ごした。見逃してもらえないと確信し、監獄の中の自分を想像した。ところが、奇跡が起きた。アイワルスとミルダは、トグルへの引っ越しを許可されたのだ。司令官の同情を誘ったのは、執務室にあったVEFのラジオだろうか。そのラジオは自分が追放される前に働いていた工場の製品だった。「自分はその工場の技術専門学校で四年間勉強した」と、取り調べのときにアイワルスは言っている。

「いいラジオだ」司令官はそうつぶやいてアイワルスを見つめた。暗にアイワルスのこと、そしてラトビア人のことを指して言っていたのだろうか。

——ラトビア人は、仮にファシストでも、面倒がなくおとなしい働き者だ。

こうして一九五〇年のシベリアの夏が早くも終わりを迎える七月、ミルダとアイワルスはソフタの湿地と針葉樹林を運よく抜けだし、トグル村に移住した。ケタ製材所で働きだしたアイワルスとミルダには、新しい労働者用のバラックにストーブ付きの小部屋があてがわれた。その一年後、同じ部屋にアイワルスの妻リギタが、そして翌年には娘サンドラが加わることになる。

ママが雨水で髪を洗ってくれる

私は、母と父とともにトゥクムスにある自由広場にいた。数年前［一九九〇年代半ば］に撤去されたレーニン像の代わりに、現在そこでは噴水が音を立てている。その広場は、ソ連時代には「赤の広場」と呼ばれていたが、今は以前の名称を取り戻していた。私は通りがかりの人に頼んで、家族三人の写真を撮ってもらった。広場を囲む売店は、再生されたラトビアの繁栄への願いが醸し出されている。

明るいショーウィンドーには、一〇年前［一九九〇年のこと］であれば手の届かなかったような品物が陳列されている。一九四八年にラトビアに戻った母リギタが就職したかつての消費者協同組合の建物は、おもちゃ屋となっていた。民警の建物だけが、外観もそのままに警察署に変わった。はるか昔の一九四九年一二月七日、リギタの人生が再び切断されたときからその辺りはすっかり変わっており、見違えるようだった。

母の回想によって私は、シベリアから戻った者が再逮捕されていると知ったときの緊張感を追体感している。

続々と逮捕されていた。新たな逮捕者が出るたびに、リギタは自分の番を待った。彼女が働いていた二階の窓からは、民警の建物の正面扉がよく見えた。その扉が開くたびに、リギタは目を皿のようにして出てくる人を見定め、人民警察官が広場を横切って消費者協同組合のほうに向かって来るようであれば恐怖に凍りつき、でなければほっと安堵の溜め息をついた。

そんなことが幾日も幾週間も続くうちに、自分は不幸をすり抜けられるという一抹の希望と、いや避けられるはずがないという絶望とがせめぎあうようになっていた。神経は張りつめ、解放された元追放者には逃げ場がなかった。住居変更も婚姻後の夫姓への変更も救ってはくれない。

リギタは、自分を迎えに来た人民警察官の到来の様子を見ていない。その人は、リギタのデスクに座って外出から戻る彼女を待っていた。向かいの民警署に連行され、拘留されたリギタに対する尋問はその日のうちにはじまった。若手のプンペ警部補は、リギタが指定の居住地を去ったのは不法であると糾弾した。トムスク州を出る許可証を持っていたこと、それらの書類を列車の中で盗まれてしまったと、リギタがいくら説明しても無駄だった。以下は尋問記録の一部である。

回答：一九四九年八月二九日に、私は旅券を他の書類と一緒に列車の中でなくしました。
質問：トムスク州からの出発許可証はどこにありますか？
回答：それも一緒になくしました。すでに説明しましたように、私はそれをトゥクムス地区内務省旅券部に提示して、一九四九年四月二六日に旅券を取得しました。

質問：自分の証言をどのように証明できますか？
回答：証明はできません。旅券を発給されたこと、旅券を得るにはトムスク州の出発許可証の提示が必要だったことを考慮してください。(原1)

証言に関心が示されることはなかった。出発の許可なければ旅券を発給されず、旅券なくして、トゥクムスに住居登録はおろか就職もできないことを若い警部補が知らなかったわけがない。簡単に確認できたことだ。旅券部はまさに民警署内にあり、そこに出発の許可証を含む全書類のコピーが保管されていたことはほぼまちがいない。警部補に確認する意志がなかっただけなのだ。

書類の欠損は、「正式に」調書をそろえて逮捕を正当化する願ってもない口実となった。(原2)ラトビアとソ連じゅうのその他大勢の警部補と同じように、任務が完了するともはや対象となる人物に対する関心は失われた。そして数日後、リギタは人民警察官によって自宅に連れていかれ、移動に必要な荷物をまとめさせられた。その後、リーガのブラサ駅そばにある仮の監獄に入れられた。

一九四八年に追放者のほんの一部、主に若者がラトビアへの帰還を許

(原1) LVA, 1987. f., 1. apr., 20293. l., 19. lp.（ラトビア国立公文書館所蔵ファイル）
(原2) ヤーニス・ドレイフェルデの家族の身上調書における書類が不揃いであるために、「連れ去られた者たち」に記載されたリギタ・ドレイフェルデに関するデータは正確ではない。リギタは1947年４月15日に逃亡を試みたと記されているが、実際にはトグルにいた。1948年４月15日付の最後の登録書は家族の保管である。 Aizvestie.（連れ去られた者たち）1941. gada 14. jūnijs / LVA. — Rīga: Nordik, 2001. — 560. lpp.

可された経緯については、今も明確にされていない。おそらくソ連内務省か、別の機関により極秘に決定されたのだろう。モスクワからの内部指示、または口頭命令がトムスクなどの強制移住地の監督機関の長に、さらにその配下の組織に広められ、全体主義らしく忠実に遂行された可能性を排除することはできない。

戦時下の混乱で、追放者のうち未成年者については、一六歳に達した時点で監督対象者名簿に加えるべきという命令が届かなかったのかもしれない。それで「監督対象者名簿無記名者」の扱いに困った内務省の役人が、関係する州や地域の役人に委託して帰還許可を発行したのだろうか。

私がこのように推察しなければならない訳は、エグリーティス元師とミシュティンス検事の「コルパシェヴォ市内務部によるリギタ・ドレイフェルデに対する許可は、不法に発給されたものである」(原3)という見解による。同時に、ソ連国家治安省(MGB)の新たな要請に応じたこじつけであるという見方も可能なはずだ。

一九四八年までに「特別移住」となった者は、例外なく内務省第一特別部の名簿に記載された。その名簿は、翌年に特別移住者の再登録を開始したMGBに引き継がれた。そして、そのプロセスにおいて大きな「混乱」が生じた——死亡者の記録がない。成人に達した子どもの付記がない。逃亡者が発見されていない。そのうえ、一部が理由不明のまま釈放されていた。そこで死亡者が「削除」され、一六歳に達した者を含む行方不

(原3) LVA, 1987. f., 1. apr., 20293. l., 20. lp.(ラトビア国立公文書館所蔵ファイル)

明者の捜査が開始された。その捜査は該当地域からソ連全域に広がった。
リギタは、一九四九年五月一〇日にソ連全土において自分が指名手配となったことも知らずにトゥクムスで気ままに暮らしていた。リギタがラトビアで素晴らしい青春の夏を過ごす幸運に恵まれたのは、ひとえにソ連官僚ならではの怠慢な事務処理のおかげである。海岸の散歩、ダンスパーティー、お洒落、親戚訪問、友達とのおしゃべり、そして恋愛と婚約まで。リギタが「発見」されたのは一〇月八日のこと、トゥクムス地区民警部門のガイリス警視官がトムスクからのリギタ・ドレイフェルデ手配の要請に回答したときである。(原4)
一〇月二五日に届いたソ連内務省の通知は、「追放者の子どもは、一六歳に達した時点で監督を確実なものとするため行政的移住者名簿に追加しなければならない」と明示し、「上記に従い、あなたが発見したリギタ・ドレイフェルズ——一九二六年生まれ、ヤーニスの娘——を以下の追放地であるトムスク州コルパシェヴォ地域の当事者の母親で、追放者であるエミリヤ・ドレイフェルデ(インドリキスの娘)の所へ移送せよ」と要請している。(原5)
私は本書を書きはじめるにあたって、家族に関する一連の書類に父と母とともに目を通した。すると、すっかり忘れられていた貴重な記録や手紙が見つかった。そのと

(原4) LVA, 1987. f., 1. apr., 20293. l., 17. lp.(ラトビア国立公文書館所蔵ファイル)

(原5) 前掲書。

き、緑がかった小さな手帖を見つけた母は、誰にも読まれたくないとさっと隠した。それは、シベリアに二度目に向かう途中に母が書いた日記であった。母の気持ちがよく分かった。もっとも身近な家族であっても、自分の一番内面的な体験をのぞかれるのは辛いことだろう。日記がこの本を書くためにいかに貴重なものであっても、私は母のプライバシーに図々しく立ち入るつもりはなかった。

それから数日経ったある夜、母は父と私にその日記を読んで聞かせてくれた。それは、二度とないであろう感動的な体験であった。遠い過去の言葉を読み上げる母の声は、時には詰まり涙にむせび、時には満足や笑いで活気づいた。

所々で、母は蘇った記憶やコメントを付け足した。日記は彼女一人のものではなく、歴史の一部であり、現代に引き継がれる過去であった。そしてそこには、ソ連体制が無実の人々に犯した確かな悪が証明されていた。その内容をここに記録として残したいと思った私の説得に対して、母はしばらく考えた末に、恥じらいを乗り越えて断片的に公表することを許してくれた。

母の日記を何度も読み直した私は、読むたびに、新たなニュアンスと暗示と事実に気付かされた。そして同時に、母が耐えてきた繰り返される残酷さに、私の胸は熱くなり心が乱された。まるで犯罪者のように扱われ、いくつもの監獄を経由して送られた屈辱的な五か月近くの間に母の絶望は空虚に変わっていった。それが、犯罪界という異常な環境に投げ込まれた新たな衝撃から身を守る術《すべ》だったのだ。

黄ばんだ数ページに、母の感情的な体験が鉛筆書きで綴られている。屈辱、身体的な恐怖、憂鬱、希望、頑なさ、独創性、そして無力感。これらの精神的なトラウマを、母のように追放された者たちの意識と潜在意識から消すことは誰もできない。追放は私にも、また私の世代の心理と倫理観にもその爪痕をまちがいなく残している。ところが、追放が人生に与えた影響の大きさも、またたとえ追放を経験していなくとも、シベリアからの帰還者と直接の接触をもった次世代に与えた影響も、ラトビアではほとんど調査されていない(原6)。

母の日記は、婚約者に一度も送られることのなかったラブレターとなっている。文通は禁じられていたが、書くことによって監獄の外と接触しているように感じられたのだ。日記を書くことで彼女は生き延び、単なる囚人ではなく一人の人間としての存在を確かめ、希望を保つことができたのである。

一九五〇年一月一九日

今日、初めてあなたに書きます。本当は昨日書きたかったのだけど、あまりにも胸が詰まっていました。昨夜、あなたの手紙を全部読み返しました。自分の恐ろしい運命を思うと、泣きたくなります。

(原6) マーラ・ヴィドネレは、追放が人々の人格に及ぼした影響を調査した。異常な状況を生き抜く強さの源を見つける試みであるが、追放者たちの精神的障害の兆候は究明されていない。Vidnere M. Ar asarām tas nav pierādāms…(涙では証明できない……)— Rīga: LU, 1997. — 312. lpp.

……今日、あなたからの小包も届きました。もちろん嬉しいわ。でも、私は何もいらないし、ここには何も送ってほしくないの。心の中で、監獄の前に立つあなたの姿を見ました。でも、私の手はあなたには届かない。あなたが本当にコルパシェヴォまで会いに来てくれると、私はときどき信じたい。ときどきだけでも。

一九五〇年一月二五日

さっき窓際に上って、監獄の外を見ました。ついさっきトロリーバスが通りすぎて、また思い出にふけります。覚えていますか。夏に、列車までまだ時間があったから、暇つぶしに二人でトロリーバスに乗ったわね。そうしたらあなたは、終点までは行くのはやめよう、終点は監獄だからと言ったわ。あ、またトロリーバスが通りました。あのとき飛び乗ったのと同じかしら。

私は窓際から下りて、木窓に頭を押し付けて泣きました。そうやって、募る痛みを泣き尽くすんです。こんな所にいるとは、なんてひどいことでしょう。でも、ときどき心を空っぽにすれば全然平気です。とはいえ、想いが蘇ってくると虚ろな気持ちになります。もう二度と外は歩きたくないわ。なぜだか分からないけど。たぶん、監獄の壁が感覚を麻痺させるのね。あらゆる苦しみを知る人が、解放されても次にまた屈辱を受けるのではないかと恐れてビクビクして生きる気持ちが、今では理解できるようになりました。

一九五〇年一月二七日

今日、私は出発しました。これからいったい何が起きるのかしら。自分で考えなくていいんです。代わりに誰かが考えてくれますから。そのほうがいいわ、どうせ自分ではどうしようもないんだから。これから、あなたからとてつもない遠くに引き離されます。これまでは監獄の壁とトロリーバスでたった数分の距離でしたけど。春までは、遠い距離と監獄の壁に引き裂かれます。

一九五〇年一月二八日

昨夜、私たちは全員集められて監獄のそばの鉄道駅に運ばれました。初めてのルートだけど、きっと最後でもないでしょう。荷物を乗せた馬ソリを自分で引くんです。もちろん、また精神的な屈辱を受けるのはとても辛かったわ。痛みを感じないほど不感症になれたらいいのに。さっき、ヴェリーキエ・ルーキを通りすぎました。もし夏に訪ねてきてくれるなら、あなたもここを通りすぎるのね。そうしたら同じ風景を見たことを思い出してね。こちらは鉄格子を通してですが。

一九五〇年二月一日

今、クイビシェフの監獄で無罪潔癖な者が盗人と刑事犯に囲まれている異常さを考えています。順を追って話します。

モスクワで私たち（私とイルガ）が降ろされて別の車両に移されると、そこに一七人がいました。一つの客室にどうやって一七人を押し込められるのか、きっと想像できないでしょう。

（ここでリギタは説明した。「それは列車のごく普通の仕切り客室で、三段階の寝床があったわ。一番上の寝床は塞がれていて、五人が寝られるようになっていた。私はほとんど泣きっぱなしだったわ」）

喉が死にそうなほどカラカラなのに、ひどい暑さのなかで人と人が重なって寝る気持ちは絶対に想像できないでしょう。我慢ができなくて泣いても、人間にはすごい忍耐力があるんです。夜中に用足しに檻を出してもらって、コップ一杯の水をがぶ飲みできただけで満足でした。ひどく喉が渇く感覚は、どんな言葉を使っても言い表せません。

（リギタは言った。「あの水を覚えているわ。トイレの手桶に入っていて、とんでもなく嫌だった。溝からすくってきたのよ。灰色がかった緑色の水に氷塊が浮かんでいたけれど、喉が乾いて死にそうだったから、それでも飲んだわ」）

次に恐ろしかったのは、いつひどい罵声が上がるかとずっとビクビクしながら寝たことです。

（母の言葉：「そう、私たちは、普通に話のできない刑事犯の女性たちと一緒だった。彼女たちは罵るだけ。隣の客室にはドイツ人の女性たちがいた。ドイツ語で話していて、犯罪者ではなかった」）

最初の数日間は死んだほうがましでした。終着駅まではとても耐えられそうになかったんです。でも、どんな状況にも適応できるものです。そのうちに、私は警備兵の皮肉に強気で言い返せるようになりました。ある日、客室から呼び出されて床掃除を命じられたんです。警備兵は私が不満な顔をすると思っていたんでしょ。ところが、こっちが満足そうに笑顔を見せたからがっかりしていたわ。何とか私を怒らせたかったのね、床掃除は楽しいか、と聞いてきたわ。それで私は、床掃除がしたくてたまらなかった、大好きな仕事だから、と笑って言ってやったの。

（リギタは当時の会話を回想して、勝利者の笑みを浮かべた。「おまえはきっと牛飼い小屋に生まれたんだろう、と聞かれたわ。それが豊かさの基準だったのね。私は、うちにはピアノがあったわ、と言い返してやったわ。ピアノを知らなかったのね、何だかんだと文句をつけられたわ。旅行鞄に禁止物を隠していないかと調べられたこともある。衣類数枚と細々した物だけだったのに」）

（中略）移送中はそんなこんなで、気が変にならないほうがおかしいぐらいです。私は荷物が多くて大変でした。自分一人でも持てないのに、列車から運搬車まで運ばされたときは終わりのないような苦しみでした。途中で倒れかけると、人民警察官が荷物を男たちに担がせました。

（リギタは溜め息をついた。「フラフラとよろめくのを見たんでしょう。鞄を持たされたのはドイツ人で、アコーデオンを持っていたわ。凍えないように手に布切れを巻いていて、そうしなかったらとても弾けないのね。車中には立つ余地もないから、仕方なくその男の膝の上に座ったわ」）

（中略）絶対に気絶してやるものかと頑張りました。弱さを見せれば、彼らを喜ばせるだけだからです。ギュウギュウ詰めの運搬車で運ばれた監獄を見たとき、リーガの監獄がまるで城のように恋しくなりました。ここでは、最悪の俗語しか聞こえません。この意味が想像できるはずがありません。

（ああ、ぞっとする、と母は嫌悪に震えた。「リーガで同じ部屋にいたのは、同じように追放されたまともな人だけだった。それが、そこでは盗人と犯罪者と一緒にされたの」）

一九五〇年二月三日

まさに絶望的です。監獄をまるで家として生きてきて、無遠慮な罵りあいと盗みしか知らない人たちに囲まれて、なんともやりきれません。あなたに手紙を書けないのは、紙を取りだすとすぐに寄ってたかってのぞき込まれ、つつかれるからです。気が狂いそうなギリギリの状態です。身ぐるみひったくられて、殺されたっておかしくありません。イルガと二人で、どちらか一人は持ち場を離れないようにしています。盗人の女たちは、私たちが目を離した隙に荷物を全部盗もうと狙っているのです。我慢できなくなれば、目の前で襲われるかもしれません。

　追放された人たちの部屋に移してほしいと頼んだら、監獄の監督官はそうすると約束してくれました。部屋を移るまでもちこたえられれば生き残れるかもしれません。この気持ちは言い表せません……この部屋にいるような人がこの世に存在するとは考えたこともなかったんです。話だけなら、とても理解しなかったでしょう。今は、不安と恐怖でいっぱいです。

一九五〇年二月四日

まだ、ここにいます。ここから出られそうな希望が少しも見えません。いつもイルガとコソコソしています。食べるところが見つかれば、途端に取り囲まれてしまうからです。……コルパシェヴォはまるで夢物語で、手が届かないほど遠く、いつかはそこに行けるんだとはとても考えられません。

一九五〇年二月五日

日曜日の今日、リーガを経って八日目です。リーガにいたなら、今日はデートの約束でしたね。リーガの監獄の脇をトロリーバスが走りすぎたとき、それにあなたが乗っているとまた空想していました。今の人生においてたった一つの願いは、想像のなかで、コルパシェヴォであなたと会うことです。それも想像で終わってしまうかもしれません。あなたはじきに私を忘れてしまうわ。

一九五〇年二月七日

昨夜、監獄の窓からクイビシェフの家々を見ました。監獄は四方を山に囲まれていて、山の上の家々がよく見えるのです。三階か四階建てのとても美しいレンガ造りの家で、そこではきっと幸せな暮らしがあるのでしょう。

（母は、夢見るような目を向けた。「私たちと比べれば、絶対幸せな人たちだった。人の姿は見えなかったけど、灯りが小さな星のように輝いていた。夕食をして普通に暮らしているようだった。当時のロシアにおける普通の暮らしを知らないけれど、どっちにしろ、私たちよりはましだったはずよ」）

一九五〇年二月二二日

……昨日のことは、とても書き尽くせません。同室者のほとんどは私と同じ境遇の人で、窃盗団は七人だけです。

（母の言葉：「私は似たような境遇の人と一緒に一部屋に入れられたの。さて何人いたのか、寝る場所が足りないほど大勢いたわ。窃盗団の女たちは中央を分捕っていて、怖くて近寄れなかったから壁際で寝たわ」）

壁の向こう側に、一二歳から一八歳の「少年」が一七〇人ぐらい入れられました。彼らは朝になると壁を壊そうとし、そのために数人が独房に放り込まれました。それが理由で暴れだした彼らが扉を破って出てきたものだから、看守は逃げてしまったのです。私たちは、運命に任せるしかありませんでした。

（リギタはショッキングなその日の出来事を回想した。「そう、彼らは壁を倒したわ。寝床の厚板を剥がして、その板で全壊するまで叩き続けたのよ。壁の下敷きになった人がいなくて幸いだったわ。潰されたのはパラシャ［用便桶］よ。侵入してきたのはほとんどが少年で、不似合いなダブダブの服を着ていた。年長のロシア人の女性たちが、かつては女優をしていた人たちだけど、若い娘は顔を塗って頭を布で隠すようにと言ったわ。私たちは言われた通りにしたの」）

とうとう看守が鍵を開けて、すぐに「出ろ」と言いました。私たちはみんな寝ていたから、それからどんなパニックが起こったか考えられますか。私は両手が震えて、どうしようもありませんでした。半数が走り出る間、残りの半数が木で武装した少年らに襲われてもおかしくはありません。でも、彼らは私たちには手をつけませんでした。七人の窃盗団の女性を犯して満足したのです。でも、恐ろしかった。私たちは外に逃げだせて無事でした。

（母の言葉：「私たちは上の寝台に寝ていたの。壁が壊されたとき、みんな隣の部屋に隠れたのよ。窃盗団の女性たちはひどい暴行を受けて、歩けないほどだったわ」）

一九五〇年二月二六日

まだ、ここにいます。昨日の朝、あなたの夢を見ました。しばらく夢に現れなかったあなたは、私のことをもう想っていないのですね。あなたは優しく寄りそって言ってくれました。「リギタ、田舎に暮らそうよ」私は黙ったまま いろいろ想像して、きっとそれがいいという結論に達して嬉しそうに答えました。「そうね、そうしましょう」（後略）

一九五〇年三月八日

ノヴォシビルスクに来て二日目です。五日間の移動でした。今回の移動はそれほど辛くはありませんでした。一つの客室に一〇人しかいませんでしたから。でも、今回も泣かずにいられませんでした、泣き方も分からなくなるくらい鍛えられたはずなのに。

（母はしばらく沈黙した。「私は移送されるたびによく泣いたわ。追放者のなかにいたロシア人の芸術家が頭を撫でてくれて、大丈夫、大丈夫よとなぐさめてくれたけど、いったい何が大丈夫だというの」）

私は気に入らない人がいると冷たい対応をしたので、相手は黙ってしまいました。ノヴォシビルスクに午後六時ごろ着いて、鉄柵の向こうのきれいな駅を見たときは辛くてたまらなくなりました。わずか二年足らず前に、もうここには戻らないと信じて幸せと希望に満ちてこの駅を発ったのです（母は涙を流した）。もちろん、この駅から自分はいつかまた幸せな気持ちで旅立つかもしれないという希望は捨てていません。

（中略）今は監獄の中にいて、母が恋しくてなりません。

（「ママは、その一か月前には死んでいたわ」と、母は鼻をすすった）

母からたったの六〇〇キロメートルの所にいるのです。クイビシェフでは、母ははるか遠くにいるという事実を受け入れていたので心はまだ平静でしたが、ここでは違います。トムスクに移動するのを今か今かと待っていますが、そこからどうやって先に進むのかは知りません。船は四月中旬にならないと動かないからです。母に手紙を送りたくて仕方がないけど、ここにいることを知らせたくはないんです。ただ、紙一枚いっぱいに「ママ」とだけ書きたいわ。今日は三月八日［国際婦人デー］。去年は職場のパーティー、今年は思い出だけですが、それでもいいわ。期待は全部こんなふうに思い出に変わってしまうものかもしれません。

日記はここで止まっている。リギタは、三か月間も犯罪者と盗人に囲まれていたために虚ろになった。ラトビアとそれに関連することは、フィアンセも含めてすべて自分にもはや関係のない手の届かない幻想であるように思われて、日記をやめてしまったのだ。もうすぐ母に会えるという想いだけがリギタに生きる力を与えていた。

ノヴォシビルスクの監獄は辛い所だったが、母からほんの三〇〇キロメートルしか離れていないトムスクの監獄のほうがリギタにとってはさらに残酷だった。リギタは監獄の壁に世界を遮られ、そこでは文化文明と犯罪という相容れない二つの社会層が一つになっていた。

リギタは悲しくなると、耳に聞こえてきた詩をロシア語でメモした。その陳腐なロシア語の詩から、監獄の環境がリギタに負わせた傷の深さを推し量ることができる。

監獄に来た私、みんなが座り、私も座る。
だって、監獄がなければどこにも行けない。

何よりも先に取り調べ、
それから先は、収容所から収容所へ。

同じページに、プーシキンの素晴らしい愛の詩が書き込まれている。

わたしはあなたを恋していました。
恋はまだわたしの心のおくで消えはててはいないのでしょう。(1)

四月下旬、オビ川の氷がようやく解けて船の運航が再開すると、追放者は大きな船に乗せられて移住地や監獄に運ばれることになった。一二月七日の逮捕以来初めて、リギタには武装した護送兵が付きそっていなかった。ほかの者たちも、甲板の上を歩いたり舷側に立ったり、開いている座席に自由に座ることもできた。リギタは水面を見つめながら、すぎゆく村々をぼんやりと眺めていた。一キロメートル前進するごとに母に近づいていた。

リギタは身体を洗いたくて仕方がなかった。監獄で最後に蒸し風呂に入ったのは一週間前のことだ。素晴らしい想像をして自分を慰めた――母が雨水を溜めておいて、髪を洗ってくれるわ。「ママが雨水で髪を洗ってくれる」と、心の中で繰り返し唱えた。母と、母のそばにいられる安心感と自分を遮るものは、あとたったの一日だ。

午後にコルパシェヴォに着いて船を降ろされた。リギタは、戸惑いながら桟橋にしばらく立ったまま、護送兵が自分を連行しに来るのを待ったが、誰も来なかった。勇気を出して辺りをウロウロしてみた。「止まれ！」というロシア語の怒声がして、うしろから追い掛けてくる者がいるかどうか様子をうかがったが、そんな声はしなかった。やっと、監視なしで道を歩けるのだ。ただし、まずコルパシェヴォの警備司令部に出向いて、強制移住地に到着した自分の登録を済ませるという義務があった。

司令官は書類を眺めて帳簿に何かを書き込むと、まるで当然のごとくコルパシェヴォに住むようにと言った。

「どうして、コルパシェヴォなんですか？」

リギタは口を挟んだ。

「私は母のいるトグルへ行きたいのですが……」

しばらくの沈黙のあと、司令官はきまり悪そうな苦笑いを浮かべて言った。

「おや、母親が死亡したのを知りませんでしたか？」

リギタには訳が分からなかった。苛立った司令官は繰り返した。

「あなたの母エミリヤ・ドレイフェルデは、二月五日に死にました」

（1）出典：『プーシキン詩集』金子幸彦訳、岩波文庫、一九五三年。

リギタはよろめいて外に出た――ママがもういない、私は天涯孤独なのだ。

それから数か月がすぎた夏の終わり、リギタはいつものようにエミリヤの墓参りに出掛けた。彼女はよくここに通っている。日曜日にはいつものように着飾り、森で摘んだ花の束を持ってお墓に供えた。

その日は道すがら、知り合いのラトビア人の若者たちとすれちがった。リギタはそのなかに新参者を発見した。それが、最近トグルに母親と越してきたアイワルス・カルニエティスだった。アイワルスは美しい娘の悲話を友達から聞いて知っていた。そして、何とか娘の気を引こうとして無邪気に声をかけた。

「お嬢さん、お花を持ってこれからデートですか?」

リギタは冷たく言い返した。

「いいえ、母の墓参りです」

彼女はそっぽを向いて立ち去った。これが、私の父と母のトグルの路上での出会いである。

これ以上子どもを貢ぎはしない

トグル村は、オビ川沿いの高台にある。数千人の住民のうち、約半数が製材所で働いていた。村議会は民警と同じ建物に入っており、そこに追放者が月に二回出頭しなければならない警備司令部がある。コルパシェヴォなど至近の町に出る用事ができると、そこで外出許可をとることが義務づけられていた。

元からここに住んでいた村民は、美しい木彫りの窓枠の、木造一戸建てに住んでいた。追放者を含む新参者は、製材所のバラックで所狭しと寝起きしていた。村の中央広場のラジオのスピーカーからは、日がな一日、英雄スターリンの指導下に生きる幸運と幸せな繁栄が宣伝され、意気揚々としたソ連の歌が流れていた。広場からは、かろうじて道と呼べる代物が放射線状に伸びていた。その道は、秋と春には泥水に埋もれ、そのぬかるみを木屑で埋めていた。

製材所のトラックが長年にわたって運んできた木屑は、路上に厚さ数メートルになる層をなしていた。あるとき、路上の木屑が発火して、その消火に数週間もかかってしまったことがある。泥沼化した表面はすぐに消火できたが、下のほうはくすぶり続けて厚い層を焼き尽くし、何人もの消防士が、空洞化した地下にまるで底なし沼のように引きずりこまれて亡くなった。

トグル村の目抜き通りは、両側に板張りの歩道があって、一見するとよく整備されていたが、実際には春の雪解けがはじまると道はどこも水動脈と化して、木組を敷いた板の上しか通れなくなった。当時のコルホーズの村々には電気は通っていなかったが、製材所のバラックとトグルの中心部には送電されており、冬の暗い夜の凍える暮らしをわずかに明るく照らしだした。その明かりのもとでアイワルスもリギタもミルダも読書し、アイワルスが修理したラジオを聞いた。

モスクワ放送でラトビアやリーガのことが流れ、ラトビアのメロディーが響くたびに三人はどきどきしながら耳をすました。どんなに間接的であっても、祖国といつまでも触れあっていたいと願った。アイワルスはふと寂しくなるとラジオのチューナーを左右に回して、リーガのラジオが受信できないことを十分に承知しながらも、「こちらはリーガ放送です」という声が雑音の向こうから響いてくる奇跡を待ち続けた。

もうひとつ、重要で希望に満ちた場所は郵便局だった。そこで、唯一の信用できる情報源であった手紙とラトビアからの仕送りを受け取った。配給制が廃止される(原1)と、履物と衣類、銀食器や布など、それまで見たこともなかった品々が店頭に登場

(原1) 1947年12月ソ連共産党中央委員会および閣僚会議は、配給券制度を廃止し、金融改革の実施を決定。Latvijas PSR vēsture(ラトビア・ソビエト共和国史) / LPSR ZA Vēstures inst. — 2. sēj. — Rīga: Zinātne, 1986. — 248. lpp.

した。一九五〇年代初めになると、現金のある一部の人々は郵便局を通じてカタログで(原2)商品が注文できるようになった。今も我が家では、このころに母が通販で購入したミシンを愛用している。店頭には、地元のパン工場で焼かれた酸味のあるライ麦パンや、甘砂糖でコーティングした糖蜜菓子で、私の子どものころの大好物であったプリャニキも並んだ。

ミルダが望みをかけた場所は村立病院だった。そこには外科手術室と産婦人科があり、医者と医療助手と看護婦がそれぞれ数名いた。ミルダは慈善看護婦として働くことを願っていたが、病院に空きはなかった。もっとも、たとえ空きができたとしても追放者より村民のほうが優先されていた。それでも何度か、看護婦が研修で中心地に短期派遣されたときなどはミルダに一、二か月間の仕事が回ってきた。ミルダは医者の固い信頼を得、ほかの看護婦との友情を築いた。

トグル社会で重要な場所は、何といっても製材所クラブである。一〇月革命記念日と五月のメーデーにはそこで大祝賀会が開催されたが、そのたびに住民はスターリンと共産党の国家繁栄にかける意気込みを確認させられた。クラブで休日毎に行われる文化行事とダンスパーティーで、地元の若者たちは自家製の密造酒や密造ウォッカの瓶を片手に泥酔していた。しかし、ラトビアの若者はそれにはめったに加わらずに、自分たちの自宅に集まっていた。

(原2) 通販カタログ(ポシィルトルグ)は、買い手が注文して金額を送金し、物品を郵送で受け取る。

クラブでは、ソ連映画が定期的に上映されていた。共産党が大衆的な最強の洗脳手段と見なしていた映画は、ソ連のどんな最果ての地であろうと確実に上映されていた。映画の前には必ず、どんなに新しくても半年以上前の政治情勢が広報され、そのあとに待望のソ連版ハリウッド映画がはじまった。どの映画も、例外なく着飾り、きれいな髪をして集団農場で働く女性と指先のマニキュアが印象的な女性労働者が、優秀な労働成績を得てモスクワに行き、幸福な暮らしと栄誉を得るという物語であった。

　アイワルスは、リギタとの初対面に失敗した夏がすぎて秋が来ると、ラトビア人のホームパーティーで再度リギタに接近した。そして、付き合いをはじめた二人の恋の成り行きを、周囲のラトビア人は温かく見守った。退屈きわまりないトグルの暮らしに緊張を生んだ二人のロマンスは、しばらくはラトビア人たちの話題を独占した。二人の仲は、女同士が集まれば詮索され、家庭の食卓や日曜集会ではまさにデザートのように賞味された。

　噂はトグルからコルパシェヴォに伝わり、ラトビア人たちはアイワルスとリギタについての長所や短所を勝手に吹聴した。息子が付き合っている娘についての賛否両論を聞かされたミルダが、集団創作の一番の犠牲者であった。ミルダは、やきもきして息子を問い詰めた。手遅れにならないうちに救ってやりたかったのだ。ところが、アイワルスがリギタに対して恋いこがれる想いを初めて打ち明けると、ミルダは息子の若さや二人の相性を心配する気持ちを押し殺して、リギタに会って受け入れようと心に決めた。

二人の出会いから結婚までの半年間は、ロマンチックな夢に浸る浮き浮きとした気分ですぎた。酔いしれたようにお互いに自らの未来を相手に見いだし、避けようも逃れようもない「終身追放」という恐ろしい言葉は考えないようにしていた。あらゆる自由が取り上げられていても、恋はアイワルスとリギタを羽ばたかせた。結婚前に話した二人の話題は、シベリアのことにはひと言も触れず、「それ」以前の幸せな時期のことであった。

輝かしかった昔に浸る合間に、リギタの飢餓と過酷な労働、そして母親の死についての物語が、しばしば侘びしい不協和音のようにからまった。アイワルスは、自分と母親が辛い不運を体験していたとしても、一九四一年に追放されたリギタが味わった苦悩よりはま゛しだったことを知った。

当時のアイワルスはあまりにも若すぎて、非人間的な苦しみがどれほどリギタの精神を傷つけ、その人格や性格にも消えることのない影響を与えていたかを想像することができなかった。快活で勝ち気で誘惑的で、気まぐれではつらつとしたリギタにすっかり夢中になり、すてきな存在に恵まれている自分の幸せを感じていた。

リギタの脆く傷つきやすい性格も、リギタがどれほど大きな支えを必要としていたかも、当時のアイワルスはまったく気付いていなかったのだ。身体は立派な大人だったリギタだが、成熟して安定した大人の強さはシベリアで引き裂かれていたのだ。

一九五一年五月、リギタとアイワルスはトグル村で結婚した。花嫁はラトビア仕立てのウールのジョーゼットの上品なスーツ姿に対して、花婿はリーガの闇市で入手したズボンとファスナー付きジャケットという質素な格好である。披露宴は、焼きジャガイモと砂糖入りのマンナ粥という、二人にとっては王家並みの振る舞いで、シャンペンの代わりにビールとエッグポンチで乾杯した。

ほかのラトビア人には式の日を知らせず、客は招かなかった。夜の暗がりのなか、アイワルスはリギタのつつましい財産であるシーツ二枚と毛布、丸椅子二脚、やかんと鍋を取りに行った。その夜、姑となったミルダは、新婚夫婦の足先が見える近さに寝ていた。初夜を二人だけしてやりたいのは山々だったが、どこにも行くあてがなかったのだ。

婚姻届の日を思い出すたびに、私の父と母は笑い顔を見せる。村役場に恥じらいを抑えて婚姻届を出しに行った二人は、受付係の女性に少し待つように言われた。「まずは、ある老女の山羊を家畜リストに登録しなければならない」と言う。そのあとで婚姻届の受付にとりかかった女性は、どこかキリキリとしていた。実は、上司が留守のため印鑑のある場所が分からないうえに、婚姻届という公式文書の取り扱い方も知らなかったのだ。二人の婚姻が、山羊と同じノートに記載されずにすんで何よりだった。

女性に招かれて執務室に入った二人だが、婚姻の登録はされたが、婚姻証明書をもらうことはできなかった。それどころか、「ソビエト社会主義共和国の名に準じ、私は二人を夫であり妻であると宣言する（後略）」(原3)というお決まりの文言も忘れられ、婚姻を確定するキスもさせてもらえなかった。

(原3)　ソ連で婚姻登録をとりしきる役場担当者の公式の台詞。

二人は笑いだしたいのをこらえて外に走りだし、バラックの部屋に着くまで笑い続けた。祝福しようと厳かに待ち構えていたミルダも山羊と届け出の顛末を聞いて吹きだして笑い、ひとしきり三人で盛り上がった。ソ連の法律では新婚夫婦は休暇を三日とることができたのだが、アイワルスには休暇が与えられなかったため、リギタは一人でハネムーンを過ごした。

私の両親の新婚一年目の環境を振り返ってみると、夫婦が互いに相手をよく理解し、助け合って調和することを、困難にするどころか不可能にするような悪条件ばかりだったように思われる。姑と一緒に三人で住むバラック内の小部屋には、食卓を除いてベッド二台分のスペースはなく、働いていない姑はいつも家にいたので、夫婦が二人きりになれる空間はなかった。外出できるあてもない姑は、昼間はベッドかテーブルに座り、夜は夫婦のすぐ隣で寝た。また、夫婦は勤務時間もまちまちだった。アイワルスは三交替制、リギタは二交替制で勤務し、一方が工場に向かうときにもう一方が帰宅するといった具合であった。

二人が働いていたケタ製材所の過酷な肉体労働は体力を消耗した。とりわけリギタにとってはきつく、一〇時間にわたる重い木板を扱う作業を交替するころには青ざめて、立っているのもやっとという状態であった。

バラックの部屋に戻ったリギタがひたすら求めたものは、自分を労り甘やかしてくれる母エミリヤのような存在だった。でも、誰一人として、心優しい姑でさえも、リギタが求める無条件の愛情を与えてくれることはなかった。夫が自分をかまってくれないと思えば、たちまちに責め立てた。夫にはいて自分にはいない母親の存在に、心のどこかで嫉妬をしていたのだ。

アイワルスもまた悩んでいた。夫として、一家の柱としての自覚と自信がもてなかったのだ。結婚して一人前になったことはうれしかったが、職場で浴びせられる低俗な冷やかしの言葉を照れることなく平然と受け止めるには若すぎた。

トグルの婚姻関係はラトビア人の常識とはかけ離れていて、夫は妻を人前で慈しみ愛している態度を見せようとはせず、それどころか、「このババア」と呼んで自分の妻を平気でさげすんでいた。

妻たちがこれに対して文句も言わなかったのは、うちの「ほら吹き」が家に帰った途端に音色を変えて自分に甘えてくることを知っていたからである。アイワルスはラトビア人同士では自然に振る舞っていても、いったん村民の前に出ると言いようのない照れくささにとらわれ、妻に対してもよそよそしくなった。リギタはそんな夫に対して不満をもち、粗野な男たちに本当の男らしさを示さない「馬鹿げた」振る舞いに腹を立てた。

当時の二人は、よく喧嘩をした。そのたびに仲直りをしては甘い関係がどんどん深まり、いつのまにか二人とも「私は」というより「私たちは」と考えるようになった。もし、もっと恵まれた環境にいて幅広い選択肢があったなら、二人はこれほど強く結び付かなかったかもしれないし、互いに我を曲げることもなく、妥協も理解の糸口も見つけようとはしなかったかもしれない。「終身追放」という共通した運命があったからこそ、二人の愛の価値は高まったのだ。追放という何の権利をもたない状態を耐え抜くだけの力は、家族のなかでしか得られなかった。

リギタはどうしても娘が欲しかった。娘がいれば、自分だけに属する存在、自分がほかに代わりのない唯一の存在となってくれると思ったからだ。母エミリヤを失ってポッカリと空いた心の穴をどうにか埋めようとしたからこそ、娘が欲しかったのかもしれない。アイワルスは女の子が欲しいという妻に同意をしたが、それに応えるだけの確信があったわけではない。

――子どもを考えること自体まだまだ先のことで漠然としているが、妻がそんなに欲しがるのならまあいいだろう。

リギタの願いは叶い、一二月末にも母になれると医者から告げられた。勤務明けの夫にそのことを知らせたのは何時間もあとのことである。二人の暮らしを変える大ニュースも、出会いのときと同じようにトグル村の路上で互いの出勤のすれちがいざまに伝えられた。アイワルスは知らせを受けて、優しい言葉の一つもかけられないまま呆然として家路を急いだ。興奮して喜んでいいはずなのに、代わりにのしかかってくる負担を感じていた。

――一年も経たないうちに、もう一人の責任を背負わなくてはいけないなんて何と恐ろしいことか。心構えができていない、何もかもが早く進みすぎる。

ある夜、リギタは夢を見た。

――明るい部屋で、きれいな服を着た子どもがニコニコしながら小さなプクプクとした手を差しだした。素敵だわ。夫と姑との静かな足音と思いやりに包まれて、あれこれ世話を焼いてもらい、私はにこやかに晴れやかに安心して心地よく過ごす。

しかし、思い描いていた妊婦の現実は、夢とはかけ離れたものだった。妊娠をしたからといって重労働が免除されることはなく、製材所での重い板運びが続いた。ひどいつわりで食欲が失せ、夫と姑が工面して買い与えた菓子や栄養のある食事にも手を出すことができず、げっそりとした。それまでは勤務交替まで何とかもちこたえ、帰宅してひと休みすれば元気を取り戻したリギタであったが、今では退勤時間を待てずに早々に早退して、家に帰って倒れ込むようにしてひたすら寝た。それに、勤務中に何度か失神もしている。さすがに看護婦が同情をして、所長に頼んでリギタを軽い作業に回すように手配してくれた。

痩せ細る嫁をヒヤヒヤしながら見守っていたミルダは、妊娠初期の数か月がすぎて安定期に入れば元気を取り戻すと思っていた。ところが、リギタはどんどん衰弱し、七月には一人で外出もできないほどになった。頬に赤い湿疹が出て、高熱に身体を震わせることもあった。まさか結核では？　ミルダはその疑念をとっさにかき消した。それではあまりにもひどすぎる。

リギタの熱と脈を何度も測ったミルダは、かつて夫を苦しめた結核については知りすぎるほどよく知っていた。息子にはその疑いを打ち明けなかったが、嫁の症状を見かねて、ついにコルパシェヴォの病院に連れていくことにした。弱りきっていたリギタはバスにも乗れない。アイワルスは工場で借りた馬車に妻を寝かせ、暗澹とした気持ちで病院に付きそった。

幸い、結核ではなかった。リギタは肋膜炎を起こしていただけで、すぐに回復した。医者はリギタにトグルで買えるようになったバター、肉、砂糖など栄養のある食品をとるように言った。アイワルスとミルダはまたもジャガイモを主食として、数ルーブルずつ貯めてはリギタのために食料を工面した。

夢にまで見たご馳走を目の前にしたリギタだが、食欲がなくて、拒絶する不思議さを思いつつただ義務として口にした。しばらくすると、味覚はだんだん蘇り、元気が湧いてきた。出産予定日の数か月前にはすっかり健康体に戻って、お腹を蹴る元気な子どもの夢を見るようになった。そして、生まれてくる子どもが娘だと信じて疑わなかった。

男の子だったら、一体どうなっていたことだろう。名前もとっくの昔に「ソンドラ」と決めていた。ラトビア人の間で貸し借りされていたラトビア語訳の貴重な一冊、セオドア・ドライサー［Theodore Dreiser・一八七一～一九四五］の小説『アメリカの悲劇（*An American Tragedy*）』で見つけた名前だ。リギタはその小説を何度も読み返し、女性が着飾り、車に乗り、普通の暮らしがある世界に浸った。

ソンドラ！　高貴な手の届きようのない響き。最初、アイワルスは親しみのない名前だとして反対したが、冷たい「ソ」を「サ」に変えてラトビアらしい「サンドラ」という響きにすることで同意した。

私は、この名前が好きだ。リズムと明確さが、強気で決断力のある自分の性格にぴったりだと思っている。

一九五二年、戦争が終わって七年がすぎた。スターリンは帝国主義に対する共産主義の勝利の名のもとに恐怖政治を続け、ボリシェヴィキ革命後の二世代までも過酷な労働に駆り立て、人間らしく生きる希望をそぎ落としていった。

そんななか、トグルの様子は改善していった。アイワルスもリギタも、もう空腹に苦しむことはなく、給料も定期的に支払われるようになった。当時としては比較的地位がよく、報酬も高い電気技師となったアイワルスは、数百ルーブルを貯めてはラトビアで極貧状態にある祖母と弟に送金ができるようになった。

ミルダ、リギタ、アイワルスの記念写真（1952年春）

追放者の多くは、世界の最果てで暮らし続けなければならない現実を覚悟しており、与えられた状況で可能なかぎりの快適さをつくりだそうとしていた。周囲ではみんな山羊や豚を飼い、ジャガイモとキャベツを栽培し、質素な暮らしの糧としたが、誰しも一戸建ての家をもつことを夢見ていた。

製材所が労働者に対して宅地の分配をはじめると、アイワルスも土地の配給を申請した。壁の向こう側の隣人の汚臭と騒音に悩まされるバラックの劣悪な環境をなんとしても抜けだして、家族むつまじい暮らしがしたかった。

家を建てる、それは厳しい決断だった。大工を雇う金はなく、友人たち数人の助けをあてにして、自力でやるしかない。慎重なミルダは、息子と嫁の夢に頭を振った。

——過信しているわ、家造りのことなど何も知らないくせに。

それでもアイワルスは覚悟を決めて、妻の出産前の秋に家造りをはじめた。しかし、冬が来る前に屋根をかけるという目論見は見事にはずれた。長時間勤務で体力は消耗していたし、積雪が思ったより早くはじまり、家造りは中止を迫られた。

健康を取り戻していたリギタは、ミルダと連れだって建設中の家を見に出掛けてはその日の進行具合を観察するのが楽しみとなった。四つに並んだ丸太が雪の上に見えている。ひどく侘びしいバラックの一角を出て、もうじき自分の家に住めるのだ。バラックの狭苦しさに比べれば、面積二五平方メートルはとてつもなく広く見えた。夫婦の寝室と、姑の部屋から台所、玄関の細部まで考えられていた。リギタの頭のなかでは、家はすでに完成していた。

——糊を張った白い紗のカーテンを掛け、壁には姑が気に入っている花模様のモルダヴィア絨毯を掛けよう。窓際にテーブルを置いて、角にベビーベッドを置く。現実となりつつある家は、リギタの心の奥底に潜む遠い昔の父の家を忘れさせてくれた。ここに住む以上、もう過去は振り返らないわ。

リギタの陣痛がはじまったのは真夜中近く、一人でいたときである。夫は夜勤で、姑は病院で一か月の臨時職を得ていて留守だった。運命の偶然か、ミルダの最後の夜勤の日だった。リギタは、初めての鋭い痛みに仰天した。

——こんなに痛みがひどいなんて。何か起きたんだわ。ママがいてくれたなら、ママなら助けてくれるのに。「ママ！　ママ！」と、声を張りあげて泣いた。誰でもいい、助けてほしい、慰めてほしい、どうすればいいか教えてほしい。

痛みが強まり、ベタベタとした液体が足を伝って流れ出した。血だ、死ぬんだわ——リギタは平常心を失った。声をかぎりに叫んだが、無駄だった。聞きつける人も、助けに駆けつける人もいない。金切り声を上げるのをやめて、静かにベッドに寄りかかったリギタはそのままじ
っ
とした。

——助けを待っている場合じゃない。踏ん張ってでも自力で病院に行かなくては。

そう気付くと、何とか服を着て雪の上を転がるように急いだ。数百メートルが果てしなく遠く感じられた。受付に出てきた看護婦はすぐに事態を察知し、泣きじゃくるリギタを産婦人科へ連れていき、患者用のガウンに着替えさせて分娩室に残した。真夜中だった。

翌朝、夜勤を終えたミルダは、嫁が家にいないことを知ると興奮してすぐに職場に引き返した。そこで、孫の誕生という吉報を受け取るにちがいない。ところが、分娩はまだ続いていた。感染を恐れて、ミルダが分娩室に入ることは禁じられた。嫁の叫び声が響く廊下でオロオロするミルダを医者が慰めた。職業柄病人の痛みに喘ぐ声には慣れていたミルダだが、嫁の野性的な声を聞

くのは辛かった。

ミルダは踵を返して、息子を探すために製材所を目指して走りだした。「夜中にはじまって、いつ終わるか分からない。リギタはひどい苦しみようだ」と支離滅裂に訴えて、今度はアイワルスと二人で転がり込むように病院に駆け戻った。数時間が経っていたが、何も変わっていなかった。アイワルスはハラハラとしながら、病院の周りをただ呆然と歩き回った。

――壁の向こうで愛しい妻が苦しんでいる。それなのに助けてやれず、妻の手を握って優しい言葉をかけてもやれない。ああ、辛くてたまらない。

慰めの言葉をかけることさえ禁じられていた。リギタの叫び声が何度か聞こえたような気がしたが、それは興奮のあまり耳にこだまする架空の声にすぎなかった。分娩室の窓をいくら叩いても、「まだです。お待ちなさい」と繰り返されるばかりだった。

分娩はひと晩中、翌日の昼間も続いた。一度目の陣痛のあとにほんの少し眠ろうとしたリギタは、次の陣痛で跳ね起きた。歩いたほうが楽だった。体がひどくこわばり、声を出して叫ぶとその間だけは痛みが和らいだ。それでも苦しみが永遠に続くかと思われ、何度も時間を尋ねた。

八時間、一〇時間と経過していた。強まる一方の痛みに立つ力も失せてベッドの端につかまり、目の縁には黒い隈ができた。叫びすぎて声は枯れ、「ゼーゼー」という音になった。「腰が細くて未発達だから、赤ん坊が出てこられない」と言う医者の説明も、リギタの耳には届かなかった。

力なくたびたび意識を失うリギタの頬を助産婦が強く叩いて起こしても、効くのは一瞬だった。

女医がこれでは危ないと判断して、素早く帝王切開の処置に移った。女医の両腕にグイグイと引き出されて、一二月二二日一三時三〇分、私はこの世に生まれた。「男の子、女の子？」幼い泣き声を聞きつけたリギタが細い声で聞いた。娘だと知って満足そうに、そのまま分娩台の上で寝入った。

ベッドで目覚めたリギタは——娘、私の娘——そう思って笑みを浮かべた。そのうち、助産婦が体調を尋ねに来た。陣痛などなかったかのように晴れ晴れとした気分だった。子どもは夜中にベッドに連れてくる、と告げられた。リギタは子どもを抱きたくてしょうがなかった。

——出産した直後にチラリと見ただけでよく覚えていない、よく見たい。

ついに来た出会いの瞬間、リギタのベッドの上に置かれた白布の小さいくるみから、ちょっこりと赤い顔がのぞいていた。「サンドラ、私の可愛い子」青い目をのぞき込んでリギタはささやいた。そして、「あら、黒髪なんて嫌ね」と心配そうに言った。

きっちりと包まれていたはずの私だが、いつのまにか毛布から小さな手を出していた。私の手は、優しく触れた母の一本の指を、驚くような力でギュッと握ったそうだ。そして六日後、リギタは退院した。

私が生まれた日、トグル村ではほかに二人、ロシア人とドイツ人の男の子が生まれている。リギタはよくこの三人の運命を考える。ドイツ人の家族は、今ごろドイツで高い教育を受けていい職に就いているだろう。ロシア人の少年がそのままトグルかその近辺に住んでいるとしたら、一九五〇年代とほとんど変わらない悲惨な人生を送っているだろう、と。

近年、一九四一年に強制移住させられた子どもたちの運命を追う映画作成のために、ジントラ・ゲカ監督(1)が率いる撮影クルーがラトビア人追放者のいた地域を訪れた。ショッキングな映像だ。そこでは、まさしく惨めな暮らしぶりが数世代も続いている。スターリン主義の全盛期と何も変わりなく、自分たちの暮らしこそ最高のもの、母なるロシアを邪魔する世界の帝国主義こそ災難の種だというプロパガンダを今も信じて疑わない人々がいる。

（1）（Dzintra Geka）ラトビアで活躍するドキュメンタリー映画監督。

СВИДЕТЕЛЬСТВО О РОЖДЕНИИ

Гр. Калниетис (фамилия)
Сандра Айваровна (имя, отчество)
родился (ась) тысяча девятьсот пятьдесят второго (прописью и цифрами год, месяц и число)
года 22 декабря
22/XII-1952 года
Место рождения ребенка: город, селение Тогур
район Колпашевский область, край,
республика Томская
о чем в книге записей актов гражданского состояния о рождении 1953 года января месяца 7 числа произведена соответствующая запись за № 8

РОДИТЕЛИ:
Отец Калниетис (фамилия)
Айварс Александрович (имя, отчество)
национальность латыш
Мать Дрейфельд (фамилия)
Лигита [illegible] (имя, отчество)
национальность латышка
Место регистрации Тогурский с/совет г. Колпашево (наименование и местонахождение бюро ЗАГС)
Рай бюро ЗАГС
Дата выдачи 7 января 1953
М. П.
ЭК № 255051
Заведующий Бюро записей актов гражданского состояния

サンドラ・カルニエテの出生証明書

母が退院すると、父は私の出生証明書を取得するために村役場に行った。

「アイワルス・アレクサンドロヴィッチ君、これより先の毎月一五日と三〇日に娘の出頭義務がありますす」

手続きの終わりにそう言った司令官は、笑いを押さえきれずに続けた。

「君の娘が所定の入植地を逃げていないことを確認しておくためにです」

父は気が動転した。娘の誕生を心待ちにしていた父と母は、子どもが生まれた瞬間から「終身追放の身」となるという痛切な事実については一度も考えたことがなかった。父は重い足取りでバラックに引き返す途中、幸せの幻想に浸っていた軽率な自分を呪い、娘をシベリアに縛りつけた相手を無言で罵っていた。

「カラスめ！　ろくでなし！　畜生！」

バラックに辿り着いた父は、母に陰気な目を向けて冷たく言い放った。

「これ以上、子どもを貢ぐものか！」——私には兄弟姉妹がいない。

その二か月後、スターリンが死んだ。

長い家路

私がシベリアの住まいとして思い出すことができるのは、父と母が建てた家だけである。「一九五三年の秋に家ができあがったとき、あなたは私の手につかまって敷居をまたげるほど大きくなっていたわ」と、母はいつも誇らしそうに回想する。

その家は、父と母の協同作業の賜物だった。庭から掘りだした土に砂を混ぜたレンガで台所の窯と暖炉を造り、沼で拾い集めた苔を乾燥させて丸太の隙間に詰めて気密性を高めた。母が牛糞に土を混ぜて塗った内壁は、乾燥して白壁となった。テーブル、椅子二脚、丸椅子、ベッド、食器棚といった家具は、すべて父の手造りである。

父は製材所内の電気工場のつてで、電気の

トグラの家の角に立つサンドラ
（1956年夏）

なかった地区の我が家に電線を引いた。近所の家々もこの恩恵にあずかり、新しく引かれた電線を自宅まで伸ばした。庭に井戸も掘って、遠くまで水運びに行く必要がなくなった。冬には凍った井戸からバケツで雪を運びだし、暖かい玄関に置いた大樽の中で解かし、貴重な水源とした。新雪を解かした水は透明だったが、春先の雪は工場と家々の煙突から出る煤で灰色に染まり、樽の底に汚れた厚い層をつくった。

夏には、ラトビアの友人が送ってくれた種から育てた花々を植えた木箱を窓際に飾った。花があることで、我が家は近所でも際立った所となった。門から玄関までの歩道に造ってある花壇を見て、地元の人々は目を丸くした。

——食用でもない役立たずの花に労力を注ぐなんて……。

それが理由なのか、父と母は家のそばの小さな菜園に野菜とジャガイモをつくった。シベリアの土壌はかなり肥沃で、一五〇キロのジャガイモを植えると、短い夏にもかかわらず秋には五トンもの収穫量となり、家族の食用としては十分であった。そればかりか、立派な豚一頭分の一年間の餌ともなり、その豚を屠殺すればほぼ毎日豚肉を食べることができた。

次に重要な我が家の食料はキャベツであった。それは、バケツ一五杯分の巨大な桶に酢漬けにして、涼しい玄関先で保存した。冬には、凍ったキャベツの塊を斧で切り取って調理した。同じ方法で保存していた生肉は、我が家の猫をひどく悩ませることになった。猫は飽きることなく細い爪で氷塊を引っかいていたが、肉の匂いのする氷片しか削り取れなかった。山羊も飼っていたので、私は新鮮な山羊のミルクを毎日飲むことができた。

ポカポカとした陽だまりが差し込むこの白い家は、安心と愛情に満ちた私の子ども時代のイメージを反映している。

「おばあちゃん！」というお姫様の目覚めを知らせる声で私の一日ははじまる。たいていは両親が出勤したあとで、その声にパッと応じてくれたのは祖母と猫だった。猫がとっさに駆け寄ってきて私のベッドに飛び乗り、喉を鳴らして背中をすり寄せてくる。ベッドの周りにかかる白いカーテンに祖母の手が触れた途端、猫はベッドを飛びだして丸くなった。ベッドに乗ったことを祖母に叱られても、溺愛されていることが分かっている猫はすましていた。

私はベッドの上で、祖母がくれた絞りたての温かい山羊のミルクを美味しそうに飲み干す。唇の上についたミルクが白い髭みたいだと二人であどけなく笑ったあとで、祖母が優しく拭いてくれる。このような洗顔の儀式を済ませ、朝食を終えると「お勤め」の時間となる。

「お姫様」はパン屑とチーズの皮を手に持ち、それをベランダから隣家のニワトリにあげる。私の元気な声を聞きつけた雌鳥の主であるアンドレイエヴナ叔母さんが、祖母とおしゃべりをするために道をわたってくる。歯をなくした優しいその老婦は、試練と苦しみの人生を送っていた。一五歳のときに飲んだくれの夫に嫁がされ、一六人の子どもを産み、そのうち息子一人だけが成長したというのに、酒乱の夫の遺伝が理由か知的障害を負っていた。

朝のお勤めが終わると、祖母は私を着替えさせて買い物に連れだした。私は擦れ違う人に物怖じすることなくはっきりと口を聞き、相手から笑顔を引き出した。祖母は「賢い」孫が誇りだった。一方の私は、この店が大好きだった。いろいろな面白いものがあって、親切な店員のダリヤさんがよくドロップをくれた。

母が遅番の朝には、母のベッドの中でじゃれあって、二人で「物語ごっこ」をした。私のつくる物語の主人公のお姫様は、王様とタンゴやブギウギを踊っている。そこへ、小鳥がきれいな靴下やキャンディーや宝物を運んでくる。おしまいは常に、お姫様が夢の国ラトビアに帰る許しをもらうというストーリーである。両親が聞かせてくれた話と送られてきた絵本によって、私はラトビアを知っていた。

母はシベリアを受け入れようとはしなかった。生活に余裕ができるようになると、普通の暮らしを象徴するようなどんな些細なことも譲ることはなかった。貧しいからといって、ヨーロッパ的な暮らしと身だしなみを手放そうとはしなかったのだ。ブリキのカップも、「ドレイフェルズ家でソーサーのないカップでお茶を飲むなんて考えられない」と言って、ソーサー(同じブリキではあるが)の上に置いた。

暮らしはかなり改善されていた。日曜日の昼食には、酢漬けのキャベツやジャガイモのほかに、デザートとして「天のマナ」と呼ぶ麦とコケモモのババロア、それにゼリー風のベリーやライ麦パンを甘く煮た「パンのスープ」などを食べるようになった。

母は不細工なキルトのズボン、プファイカ(厚手のキルトの上着)、厚手のスカーフ、フェルト製の長靴を毛嫌いしていた。職場から帰宅すると、さっさと窮屈な殻を脱ぎ捨てて手製のワンピースに着替え、ラトビアから送られてきた靴に履き替えることで女らしさを取り戻した。

母が裁縫を覚えたのは、かなり前の一九四六年、ラトビアから仕送りを受け取るようになってからである。送られてきた衣類は、当時、飢えをしのいでいたエミリヤとリギタにとってはとてつもないぜいたく品だった。そこで、裏地を剥がしてブラウスと上着などといった必要な衣類に仕立て直している。アイデアに満ちていたリギタは、友達のマーラを床に寝かせてその周りに線を引いて型紙なるものを「考案」している。しばらくすると、母の腕は他人の衣類を縫ってあげるほどまでに上達した。

どんなに可能性が少なくとも、母は諦めることがなかった。自分の幼いころの記憶を辿り、娘の身だしなみを整え、ワンピースに毛皮の襟付きコートを着せ、手を温めるマフを持たせた。当時撮った写真に写る私の姿は、父の色あせたズボンを仕立て直してつくられたワンピースを着ており、帽子と毛皮の飾りは、地元の女性が持っていたかつてのぜいたく品である端切れを丹念に縫いあわせたものとはとても思えない。

周囲の子どもと違い、私はオムツをあてられた。それを見たトグルの女医と看護婦は、育児衛生の解説書通りだと言って感激したそうだ。私は毎晩、風呂にも入れてもらっていた。言うまでもなく、窮屈なバラックの中で解かした雪を沸かすという大変な苦労の結果である。そのうえ、私の服はいつも洗い立てで、しわ一つなく、アイロンがかけられていた。

一九五六年、カナダの叔父から初めての贈り物が届いたとき、母は美しい服と靴が世界の常識であると受け止め、それを着てトグル村の中心かコルパシェヴォ町に出掛けた。日曜日ごとに母は身だしなみを整え、私にも西洋風の上品なコートを着せて、すっと胸を張って丸太小屋のバラックと板張りの塀沿いを歩いた。

沿道の人々は見たこともない装いに目を丸くし、家の中からは、窓に張りついて物珍しそうに眺めている人がいた。当時のヨーロッパに流通しはじめたばかりの、合理的なカナダ人が考案した子どもの防寒用のオーバーオールは、村民をぎょっとさせたにちがいない。

文明的な暮らしへのこだわりも、またいつか文明的な暮らしができるという奇跡を信じることも、望みのかけらもない周囲の現実から見れば馬鹿げたものだった。母の言葉の節々に表れる根深いシ

春に浸水するトグルの道

ベリア否定は、現実への諦めという状態を冷静に考えれば矛盾していた。母の信念の強さを証明するエピソードに、私はつい涙もろくなった。私が初めて天然痘の予防注射を受けるとき、母は頑として、腕ではなく足に注射をするようにと言い張った。その理由は、ロシアの看護婦を驚かせた。

「私の娘の肩に傷がついては困るんです。夜会ドレスを着るときに目立つので」

交代制で出勤時間が変則的だった両親に代わって私を育てたのは、祖母のミルダである。両親は休日も少なく、家で一緒に過ごすことはめったになかった。トグルの製材所も、ご多分に漏れずソ連企業として社会主義計画経済の競争に躍起だった。全ソ連で第一位になった所長は、その栄誉を失いたくないため、労働者が「自由意志で」休日出勤ができるようにしたのだ。

「サンドラはこうしたい、ああしたい」と言って、私は祖母にまとわりついた。孫を甘やかしすぎると母が心配するほど、私は祖母を自分の意のままに動かし、祖母の唯一の弱みであった喫煙までも止めさせている。

「タバコの煙で頭痛がするわ」、と私が母の口癖をそっくり真似たとき、祖母はつけたばかりのタバコの火を消し、「可愛い孫の健康のためならやめましょう」と言って軽く微笑んだ。祖母はその言葉を固く守り通して、二度とタバコを口にすることはなかった。

次に母が心配していたことは、私の我の強さである。尻を叩かれ、部屋の隅に立たされてお仕置きをされても非を認めない私に、母は根をあげた。今思えば、私は厳しい躾に鍛えられたおかげで強い意志をもって物事をやりとげることもでき、率先して壁にぶつかっていくという強さももらった。もちろん、しっぺ返しを受けたこともあるが、壊すことのできる壁もあった。

祖母に読み書きを教わった私は、四歳で文字の読み書きができるようになった。書くことが好きな私は父の勉強ノートいっぱいに文字を書いて、父の勉強を手伝ったのだから褒めてもらえると期待したのだが、逆にこっぴどく叱られてしまったことがある。父は書き直すことになったし、そもそもノートはなかなか入手できない貴重品であった。

クリスマスが近づくと、祖母はラトビアの伝統に従ってクリスマスツリーのそばで暗誦する詩を「パパとママには内緒よ。クリスマスにびっくりさせるのよ」と言って私に教え込んだ。ところが、新しい知識をひけらかしたかった私はその言いつけを守ることができなかった。それでもクリスマス当日、両親はしっかりと驚いてくれ、賢い子だと褒めてくれた。

記憶に残る最初のクリスマスは散々なものだった。祖母が豚に餌をやるために家畜小屋まで出ていくと、入れ替わりにサンタクロースがやって来た。玄関から入ってきたサンタクロースの顔は、居間の明かりに照らしだされて祖母にそっくりであった。私は飛びついて顎鬚を引っ張った。

「おばあちゃん、なんで干し草をくわえているの?」

サンタクロースはこの無礼に心を痛め、プレゼントの袋を残して黙ったまま当惑して出ていってしまった。私はサンタクロースを傷つけてしまったのだ。泣いて言い訳をしてもどうにもならなかった。それから二度と、サンタクロースが私の所に来ることはなかった。

何年間も再来の奇跡を待ちわびて、いい子になろうと努力したが、サンタクロースが祖母にそっくりだったという悩ましい疑いは消えず、そのことについて誰にも相談をしなかった。それから何年も経って、ラトビアでサンタクロースに再会している。私の息子ヤーニスのために、プレゼントの袋を背負って来たのだ。このとき、私はやっと許してもらえたと安堵した。

私には幼友達がいない。父と母は、周囲の子どものように大人の目の届かない所をふらつくことを危惧していた。事実、彼らは歩けるようになった途端、一日中外をふらついていた。ある日、私は祖母の目を盗んで、子どもの群れに混じってシベリアの子どもらしい忘れることのできない一日を過ごしたことがある。

沼のそばで棒を投げたり、おしっこを遠くに飛ばす競争に興じた。そのとき初めて、男の子のほうが女の子よりずっと有利な競技があることを知った。神は男の子に遠くに飛ばせる素晴らしい道具を与えている——何という不公平か。

その帰り道、大勢の人がごちゃ混ぜに住むバラックのそばをうろつき、私はそこに靴を忘れてしまった。親が苦労して手に入れてくれた靴である。家に帰る途中で言いつけを破ったことに気付いた私は、ひどく叱られると覚悟をした。祖母は帰りを待っていて喜んだが、両親にはたった一足の靴をなくしたことを隠しきれず、お尻を叩かれて叱られた。両親が周囲の子どもとの接触を制限したのは、娘が「ロシア化」するのを恐れていたからである。

——そのまま何も変わらなければ、いずれは避けられないことであっただろうが。

私がロシア語を話すことも、両親には心配の種であった。幼児が話すラトビア語にまだロシア語の影響はなかったが、時にはラトビア語化したロシア語が私の口から飛びだすこともあった。ロシアの学校に通うようになれば娘はラトビア人らしさをなくしてしまう、そんな恐怖が両親にとっては繰り返される悪夢のように思われていたのである。今振り返ってみても、ラトビア人としての自覚を失うことこそ、当時の私に起こりえたもっとも恐ろしいことだった。

両親の愛情に包まれて守られていた私には、一つの陰りもシベリアにはなかった。私の将来を案ずる両親の気持ちを知っていたわけではないし、地元の平均的な暮らしから見れば我が家は満ち足りていた。両親はそこそこの収入を得て、衣食住にも不自由することはなかった。生死に関して全力を注ぐ必要がなくなった父と母は、強制された不自由で単調な日常をますます窮屈に感じるようになっていた。まだ若かった二人は、勉強して外の世界を見ることに憧れていたが、現実は寒村に釘付けとなっており、警備司令部の許可なしには寂しい隣町にも出られなかったのだ。

外界との接触はラジオのみで、娯楽は映画と図書館だけであった。映画館で上映されていたソ連映画は幼稚な楽観主義にあふれたものだったが、少なくともモスクワやレニングラードの別生活を垣間見ることはできた。図書館には、共産主義の基本精神を植えつけようとして厳選されたロシア語の書物しかなかったが、それでも読書にふければ退屈な日常からいっときでも逃れることができた。

世界の出来事は現実味がない遠いものであって、数日遅れの新聞を読むことも苦にはならなかった。滲むようにのしかかる単調さがゆえに、昨日の事件と一週間前の事件に何の違いもなかった。ラトビアに帰るという希望は灰色の日々に石臼で引かれるように粉々にされ、心の奥底に閉じ込められた血の気のない亡霊と化した。叶わぬ願いで破滅しないように、両親は空虚な心の鎧を固めていた。

一九五三年三月五日のスターリンの死も、追放者に希望の鐘を鳴らすことはなかった。恐怖政治は個人ではなく体制そのものにあるので、一人の死で体制は変わらない。人が入れ替わっただけで、共産主義の敵との闘いは残酷なまでに続行されるのだ。

スターリンの死期は予測されていた。ラジオは日がな重苦しい音楽を流し、指導者の容体がひんぱんに報じられ、労働者、農民、知識階級を代表する書簡が読み上げられ、敬愛する同士スターリンの回復を祈り、最後の偉業である「ソ連における社会主義の経済問題」を誠心誠意学びますという誓いが唱えられていた。

三月六日、トグルはラジオを通じて「共産党、ソ連全土、そして全世界の労働者にとって最大なる損失」のニュースを知った。黒い縁取りの〈プラウダ紙〉は、こんなときも数日遅れで届いた。内なる敵に立ち向かう人民の父の加護を長年妄信してきた人々の多くは、自分が置き去りにされたように感じた。かつてロシアの農奴が皇帝の悪行を知らずに崇拝していたのと同じように、無邪気なほとんどのソ連人が、自分たちはスターリンによって大いなる不幸から救われたのだと信じていた。絶大なる父の加護がなくなった今、面の皮を剥いだ悪魔の手に落ちるのだろうか。スラブ女性たちは、追悼の決まり文句を叫んで泣きわめいた。

「残された我々はこれからどうすればいいの……」

芝居じみた号泣は、不安と困惑のまたとない隠れ蓑ともなった。本心から追悼しているのかいないかは、きっとどこかで監視されているはずである。一つまちがえれば、取り調べを受けて処罰されかねない。追放者たちは感情を押し殺して、あたかも悲しみのあまり呆然とした表情をして、人前にいるときは涙をぬぐいさえした。誰もが振る舞い方をよく心得て、喪に服した。

同じ日の午後、製材所はさっそく追悼集会を収集し、所長がスターリンの死を告知する共産党および政府による公式声明を読み上げた。続いて、党書記や労働組合代表、党幹部、それにピオネール（少年団）が次々と壇上に立ち、メモを片手に、「現代の偉人」、「マルクス主義研究の先覚者」、「偉大な総統」、「永遠に最大なる闘士」、「全世界の労働者の最愛の友」、「憂鬱と困難の日の希望」がこの世を去ったことで個人および人類全体を襲った慰めようのない悲しみについて、朗々と競うように演説した。

どんなに深く追悼しようとも、そこに浸っている場合ではない。世界の帝国主義がソ連人民の底知れない悲しみを巧みに狙って誘惑しようとしている。警戒が必要だ。我々は物語の豆の木のように世界に枝を伸ばして、大衆と人民の心に深い根を張る共産党にさらに強く結集し、新たな活動で勝利を導こう。それこそが、同士スターリンが我々の心に永遠に生き続ける証である。

追悼集会の終わりに、ソ連共産党中央委員会、ソ連最高会議議長、ソ連閣僚会議に宛てた共産党が目指す計画の早期実現と、階級の敵への警戒の誓いを立てる書簡が満場一致で採択された。ソ連全土で同じような書簡が採択され、それらがモスクワに山のように押し寄せた。誰も思い出せないくらい長い間スターリン宛と決まっていた書簡の宛名が変わったことは、異様にさえ感じられた。

集会後、私の父は電気部門の長に呼びだされ、差し向かいに座った。

「アイワルス君、君に、中央広場にラジオのスピーカーを増設するという重要な役目を頼みたい。モスクワでの追悼集会を、ひと言も漏らさず村民に聞こえるようにしなければならないのだ。問題が起きれば、まず君の責任が問われるよ」

この言葉を聞いて父は憂鬱になった。追悼式の放送中にどんなつまらない問題が起こっても、自分と家族にとっては脅威となってしまう。よりにもよって、なぜ自分に特殊任務が課せられなければならないのか。

工場長の決定は、階級闘争のプロパガンダの大筋に矛盾している。アイワルスは政治的に信用のおけない追放の身であり、スターリンの葬儀は憎しみを公にする願ってもないサボタージュのチャンスである。でも、現実はソ連映画や文学の「傑作」のようにはいかない。

工場長はつつがなく任務を遂行し、自分の非が問われないことにピリピリとしていた。製材所の優秀な電気技師であったアイワルスは、政治的に警戒するどころか重要な頼みの綱となる人物なのだ。この些細なエピソードは、言葉と行為では階級の敵を糾弾しながら、いざ必要となれば目をつぶるというソ連体制特有の二面性を如実に示している。

父は長い爪のような鉤型の道具を足につけて木の電信柱に上り、ほかの技師の助けを借りて電線を伸ばしてスピーカーを設置した。何度も確認して万全を期すと、英雄の葬儀がソ連全土に生中継される三月九日の午後(原1)を恐る恐る待った。

当日の午後二時ごろ、トグルの住人は一人残らず、広場に立つスターリン像の周りに集まった。ソ連のどんなに小さな町や村にも銅色に塗られた石膏の政治指導者の像が立っていたのは、親近感と知名度を上げるためのソ連の典型的なプロパガンダの一例であり、それらの違いと言えば、帽子を被っているか、それとも握っているか、コートを着ているか着ていないかくらいである。

父は、不慮の事故があってもすぐに対処できるように電柱の上で広場を見守っていた。モスクワからの生放送はトグル村初の一大イベントである。誰もが息を押し殺して、「赤の広場」(原2)の追悼式の装飾の様子を報じるアナウンサーであるレヴィタンの陰鬱な声に耳を澄ましていた。スターリンの亡骸が

(原1)　モスクワでの開始は午前10時だが、モスクワとトムスク州には４時間の時差がある。

(原2)　ソ連においてレヴィタンの強烈な声は、歴史的に重要な出来事と連想された。1941年６月22日にドイツのソ連攻撃を報じたのもこの声である。スターリンおよびソ連中央委員会に信頼され、最も重要とされる発表をラジオで読み上げる人物であった。

入った棺はレーニン廟の横で大砲車の上に置かれ、赤い花に埋もれているという。しかし、二日前の三月七日、追悼に集まった群衆が大混乱となり、押し寄せる人の下敷きになって多数の死亡者と負傷者を出したこと(原3)は当然のことながら報じられなかった。

レーニン廟の上の演壇にソ連共産党中央委員会政治局員の面々が整列すると、集会が開会された。まず「信頼篤い側近」であるマレンコフ［一九〇二～一九八八、副首相］、ベリヤ［一八九九～一九五三、ソ連閣僚会議第一副議長］、フルシチョフ［一八九四～一九七一、モスクワ州党第一書記］、モロトフ［一八九〇～一九八六・外務大臣］が弔辞を述べると、次に「信頼の徒」である労働者とコルホーズ農民、モスクワ市民、レニングラード市民、ゴリ［スターリンの生地］市民、その他大勢が「自発的」に続き、式典は延々と二時間以上にもわたって行われた。トグルの人々は寒さに凍えながら、この異常なまでに特殊な事態で弱音を吐かないようじっと耐えていた。

やっとショパンの追悼行進曲が流れ、マレンコフ、ベリヤ、モトロフが棺を担ぎ、レーニン廟へ運ぶ様子が語られた。モスクワ時間の正午ちょうどに、ソ連中のすべてのサイレンが鳴り響いた。トグルの製材所のサイレンも、スピーカーを通して響くけたたましい音に加わった。そしてソ連国歌が終わると、列車、船、ベルトコン

（原３） 死亡者および負傷者の詳細なデータはない。数百人から数千人と情報源には幅がある。Radzinskij E. Stalin. — Moskva:Vagrius, 1997. — s. 622.（『赤いツァーリ：スターリン、封印された生涯』日本放送出版協会、1996年）

ベアー、車、人など、ありとあらゆるものの動きが五分間静止し、ラジオから流れるクレムリンの大砲の音だけが聞こえた。

「これで終わった。あいつは埋葬された」

電柱の上にいた父は、他人の視線を気にして悲壮な表情をつくる必要もなかった。スピーカーは問題なかった、もう心配ないと思うと、言い表せない安堵感を味わいながら父は電柱を下りて帰宅した。

翌日のトグルは、昨日とも明日とも変わらなかった。クレムリンの壁の中で繰り広げられた「側近」と「戦友」と「徒弟」間の熾烈な権力闘争は、ソ連の遠隔地には何の影響も与えなかった。父と母は、新聞からスターリンの名が消え、その代わりにレーニンの名が登場して、共産党の主導的役割が強調されたことさえ気付かなかった。

報道では、スターリンの有力な後継者だとされたマレンコフの名の隣にベリヤ、モロトフ、フルシチョフの名が列記されていることからして、それまで一手に掌握されていた権力が分割されることが分かった。四月初めの〈プラウダ紙〉は、「医師陰謀団事件」(原4)の中止やその他多くの「誤って名誉毀損された」人物の免罪を報じた。追放者たちはというと、懐疑的にこの動きを見守っていた。果たして自分たちの運命も変わるのだろうか、と。

七月、ソ連中を震撼させる初めての事態となった。ソ連共産党中央委員会本会議が、

(原４)　スターリンの治世最後の大々的な弾圧であり、複数の医師とその家族がスパイ活動およびテロ行為で訴えられた。1953年４月３日のソ連共産党中央委員会最高幹部部会の決定により裁判は終結し、37名が解放された。

おり、担当官が注意深く熟読した形跡がある。とりわけ、リギタが一九四八年に特別登録名簿から削除されたことが注目されている。

チェキストは、複数の書類上、何通りにも異なって記述されている姓がすべてリギタ・ドレイフェルデ一人を指していることを見逃さず、リギタの職場の上司と警備司令部による「行政的強制移住以降、社会的に有益な業務に従事し、規則をすべてよく遵守している(原11)」という人物評価を添付して、ラトビア・ソビエト共和国にこの件の判断を委ねた。

そんな肯定評価もむなしく、ラトビア・ソビエト共和国内務省少佐が重視したのは、トゥクムス民警署のプンペ副官による「(リギタは)一九四八年に入植地を無断で去った」という見当違いの所見のほうであったため、「ドレイフェルデ・リギタが特別移住命令を免除される、いかなる議論の余地はない」と請願を却下した(原12)。

リギタだけではない。誓願を却下された者たちの落胆は大きかった。改革とは表面的なものにすぎず、たとえ終身追放を免罪されたとしても、ラトビアに戻る希望を踏みにじられたような苦い現実であった。一九五四年夏の時点では、それからわずか一年半後にソ連共産党の第二〇回大会がソ連全土を震撼させ、その内容が私たち家族にもラトビアへの帰路を開くことになろう

(原10) 父アイワルスも1951年と1953年に請願書を出したが、ファイルに含まれていない。LVA, 1894. f., 1. apr., 463. l., 20. lp.(ラトビア国立公文書館所蔵ファイル)

(原11) LVA, 1987. f., 1. apr., 20293. l., 30. lp.(ラトビア国立公文書館所蔵ファイル)

(原12) 前掲書34ページ。

とは、まさか想像することができなかった。

トグルに縛り付けられた人々は、厚い体制の壁に開いた隙間を利用して、せめて暮らしをよくしようと努力した。製材所幹部が母リギタに能力向上研修の受講を許可したこともまた、ある意味で緩和を証明していた。受講後に木材製品の品質管理責任者となった母は、やっと辛い肉体労働からある程度解放されることになった。一方、父アイワルスは、単なる技師から電気部門の責任者に昇格した。

こうして両親の収入が増え、腕時計、カメラ、毛皮のコートといったソ連のぜいたく品が我が家に登場したころ、予想もしていなかった転機が訪れた。父が共産主義青年同盟への加入をすすめられたのだ。(原13) 誰も、これを拒否することはできなかった。一九五〇年代末、すでに私たちが帰還していたラトビアで共産党入党を勧告されたとき、父は「非合法者の家族」の経歴を持ち出して、自分には人民の指導的立場になる資格がないと言い逃れている。自分の人生を台無しにした張本人の一味にならなくて本当によかった。

追放者がトムスク工科大学に入学したと聞き知った父は、暮らしを向上させる術《すべ》は学問以外にないと考えていたこともあって、自分もやってみよ

(原13) 1954年7月20日のソ連検察庁決定第13条第6項に従い規則が発布された。「追放者を社会政治活動に参加させることにより、彼らに対する政治的な指導を強化すべく(中略)。追放者は、労働組合または青年同盟に招聘されるべし。彼らの職務遂行を鼓舞し評価すべし。また彼らの雇用は学歴および専門に適合すべし」Sborņik zakonodateļnih i normativnih aktov o repressijah i reabiļitacii žertv poļitičeskih repressij.(政治的弾圧犠牲者の免罪に関する規範規則集)— Moskva,1993. — s. 127.

うと決心した。エンジニアを目指していた父の夢は、英語を覚えてラジオ愛好家向けの手づくりラジオの教本をつくることだった。追放の前に技術専門学校の三年課程を終了していて、労働者夜間学校で一年間勉強すれば入試の準備は万全だと考えた。ところが、そのほとんどを忘れていたうえ、入試に備えてロシア語の筆記を覚えなくてはならなかった。その意志と忍耐は強く、睡眠時間を四、五時間に削って勉強に励んだ。依然として三交代制であった勤務時間は八時間に短縮されていて、週一日の休みがとれるようになっていた。

二年後に夜間学校を終了した父は、トムスクまで受験に出掛けた。家族は家で朗報を待った。祖母と母はカード占いで気を紛らせ、一喜一憂して溜息をついた。専門科目の試験で優秀な成績を出すであろうことは確信していたが、最後の難関であるロシア語の作文次第ではすべての努力が水の泡となるかもしれないと思っていた。

電報が届いた――父は合格したのだ。

シベリアで一年間学んだ父は、一九五七年の夏にラトビアに戻ったとき、リーガ工科大学で悔しい思いをしている。大学の選考委員会は、行政的強制移住からの解放は無罪を十分に証明せず、「非合法者の家族の一員」に高潔なソ連学生になる資格はないとして、学業の継続を認めようとしなかった。つまり、ソ連の大学への入学者に対しては階級的要素を考慮すべきであるとの決定だけが実行力をもっていて、フルシチョフがすでに導入していた「雪解け政策」はまだラトビアにもたらされていなかったのである。(原14)学部長の面接を受けた父は、何とかやっとロシア人クラスへの入学を認められた。

父は戦時中に片足を負傷し、青春を追放で台無しにされても、ラトビアへの帰還後の日常的な困難を乗り切ったうえに、天然的な明るさで常に周囲に影響を及ぼしてきた。快活だが精神的には脆い母の傍らで、一家の立派な大黒柱であり続けた。父は家庭内の重要な決定をあたかも家族に委ねているようでありながら、その実、自ら決断力を示していた。場当たり的なことを言ったり、しつこい説教を唱えたりもしない。「カラス!」は、父が口にする最大級の罵り言葉であって、怒ったときはひたすら黙り込むだけだった。

父ほど聡明で自己を抑制できる人を、私はほかに知らない。父は、自我が強く、向こう見ずな私をあるがままに受け入れてくれる最良の友であり、私にとっては、恋愛と人生のよき相談相手であった。私が自分の理想と現実との隔たりに行き詰まり、打ちひしがれるたびに、父の思いやりのあるさりげない助言でいくつもの困難から立ち直り、父の支えを受けて妥協することなく解決策を見いだす力を取り戻すことができた。

ようやく今となって、私は父から受け継いだ強い意志のおかげで、若いときに人生をよぎるさまざまな誘惑を前に何をすべきか、また、どこに向かうべきか分からなかったときに自己を抑制することができたと言える。夢を叶えるために長年にわたって

(原14) Zezina M. Šokovaja terapija: ot 1953–go k 1956 godu(ショックセラピー1953年から1956年まで)// Otečestvennaja Istorija.(祖国史)— 1995. — Nr. 2. — s. 133.

学問を重ね、勉強机のライトに照らしだされたその横顔は、消えることのない父のイメージである。私は職務上の重大な決定を前にしておじけづくと、いつも心の中にいる父から勇気をもらい、正しいと思う決断をしてきた。それは、きっとこれからも変わらないだろう。永遠が一瞬を分けようとも。

一九五五年の春、トルグをざわつかせた次なる一大ニュースは着実な変化を告げていた。追放者が、外国の親戚から手紙を受け取ったのだ。この知らせに母は動揺した。一九四八年以来消息を断った兄たちの行方が分かるかもしれない。叔父たちの便りはラトビアの親戚にもなく、彼らの行き着いた先を誰も知らなかった。

一一月三日、カナダから手紙が届けられた。母は見慣れない縞の縁取りがある外国郵便の封筒を受け取った途端、そこに兄ヴィクトルスの筆跡を見た。心臓がどきどきした。兄さんがやっと私を見つけてくれたんだわ。母は涙を流しながら急いで帰宅し、戸口でコートを脱ぎ捨てると震える手でせかせかと封筒を破った。ああ、愛しい兄さん、こんなに長い時を経て「可愛い妹よ」と呼んでくれるなんて、とても信じられない。

――ヴォルデマールスとヴィクトルスはカナダに、アルノルズはイギリスに住んでいた。

ヴォルデマールスには二人の息子ユリスとヤーニスのほかに、双子のルータとペーテリスがいた。ヴィクトルスはアウストラという名の女性と再婚していて、双子の娘グンタとダイナがいた。

そして、その一年後には息子も生まれている。当時はアルノルズだけが離婚したままだったが、のちにマルタと再婚して、三人の娘リギタ、マルタ、ジーレが生まれることになる。

母は興奮状態が静まると、家族の前で手紙を繰り返し読んで聞かせた。音に出して読むと新しい価値が生まれた。読み上げられた言葉は、家族の意識に眠っていた母の思い出話と結び付いてドクドクと新しい生命を吹き込んだ。

その最初の手紙が届いてからというもの、姿の見えない叔父たちの存在は私たち家族とともに一喜一憂した。私は成長するにつれ、その手紙を待ち焦がれている母を見て、叔父たちに嫉妬さえした。母の心の中に私の存在がないような気がしたのだ。

母は、記憶の断片と手紙を通じてしか引き裂かれた家族の愛を得ることができなかった。当時、独り善がりだった私は、長年の叶わぬ願いに押しつぶされていた母の哀しみに想いを馳せることができなかった。

私は、母が叔父たちに宛てた手紙を涙をなくして読むことができない。数枚の紙に凝縮された両親と妹の運命の物語に織り交ざる言い尽くせない悲しみを、叔父たちもまた涙して読んでいた。

こんなに長い年月がすぎた間、兄さんたちが私を探そうとしてくれなかったと思うと辛いわ。兄さんたちは、私よりもずっと探しやすかったはずなのに。最後に便りをくれたのは七年前です。あのとき私はラトビアにいたけど、今はまたトムスク州にいます。ママは私が戻

るのを待っていてはくれませんでした。一九五〇年二月五日に心臓麻痺で死んだのです。私はたった一人、本当に独りぼっちになりました。ここに戻ってくるまでの困難を耐え抜けば念願のママに会えると信じていたのに、その代わりに終点で死亡を宣告されたのです。人生最大の衝撃で、今もまだよく納得できていません。

ヴィクトルス兄さんが一九四七年にくれた一通の手紙を、何度も読み直して暗記していま す。あのときは、ママと一緒に泣きながら読んでいました。私は四年前に結婚して、カルニエテという姓になりました。クリスマスに三歳になる小さな可愛い娘サンドラがいます。私も夫も木材伐採所で働いています。初めは板運びをやっていましたが、今は仕分け係になって二年目です。夫のアイワルスは働きながら夜間には勉強しているので、そのうちエンジニアの資格を取るでしょう。

（中略）どうか、どうか手紙をください。兄さんたちの手紙を受け取るのがどんなにうれしいことか、想像できないでしょう。ママが抱きしめたかった小さい子どもたちのことを書いて。ママは孫の顔を一人も見ることなく死んでしまったのね。私が思い出す兄さんたちは一五年前のままです。私は二八歳でもう白髪が多いのですが、兄さんたちはもっと白いのでしょうね。私たちは誰一人として甘やかされなかったんですもの。どうか写真を送ってください、思い出したいときに眺められるようにね。

（中略）昔のことを思い出すと、書きながら泣けてきます。もう二度とあのときに戻れないのかと思うと。たいしたことじゃないし、兄さんたちもきっと覚えていないでしょうけど、ドゥブルティの学校のダンスパーティーで、私は兄さんたちと踊ることがとても自慢でした。

　今はもう、みんな歳をとりました。私ならまだ踊れる歳だけど、ここでの日々で踊ることを忘れました。ヴィクトルス兄さんは覚えているかしら、よく私を抱きあげては私がますます小さくなったとからかったわ。最後の夜に新しい靴をくれたとき、私は兄さんに抱きついたわ。それからの長旅を、兄さんはまるで知っていたようです。

　手紙をください。手紙が迷惑だなんて思わないでください。（中略）毎年、兄さんたちの誕生日と名前の日を思い出しています。私のは誰も思い出してくれないのでしょうね。（中略）次の手紙で、棺に眠るママの写真を送ります。お返事待っています。（後略）(原15)

　春にオビ川の氷が消えて船の往来が再開すると、叔父たちからの小包が初めて届いた。「いくつかに分けて送った」と手紙で知らせてきた、待ちに待った贈り物である。父は、コルパシェヴォから家まで重い荷物箱を運ぶのを手伝ってから急いで出勤した。そのため、父は小包を開ける驚喜の大騒ぎを見逃している。

（原15）　リギタ・カルニエテからヴィクトルス・ドレイフェルズ宛の1955年11月５日付書簡。

私と祖母は、それまでに経験したことのない荷解きの場にいた。母が段ボール箱から衣類の一枚一枚を引っ張りだして歓喜の声を上げて放り上げる様子を、私たちは同じく歓声を上げて楽しんだ。今の私は、これまでに世界の半分を旅して多くの美しい品々を目にしてきたが、母をお伽噺の女王様に変身させた品々を見たこのときほど驚き、興奮したことはない。

――ワンピース、滑らかに伸びるナイロンの靴下、レースの下着、上品なコート、白い絹のブラウス、プリーツスカート。

「こんなきれいなものが、本当にすべて私のもの？」母は目を輝かせて、美しい洋服を次々に試着した。

家族のことも忘れられてはいなかった。私は、母に次いで多くのプレゼントをもらった。翌朝、父が夜勤から戻ったときに母はもう出勤していたが、私はまだ寝ていた。父は美しい品々を一つ一つ丁寧に手にとって撫で、大切そうに畳んだ。

「何ときれいなことだろう。愚かな国では絶対につくれないものばかりだ」

ほかの国では当たり前の、単なる日用品を目にして無意識に発した父の言葉は、ソ連と通常の世界とを引き裂く溝がいかに深かったを反映していた。あまりにも過酷な人生を経験してきた父は、歴史と社会の発展のあり方をよく考えるだけの意識も余裕ももちあわせていなかった。父のソ連体制に対する不信感は直感的かつ実体験に基づいたものであって、一九五六年二月二五日に第二〇回党大会がスターリンの個人崇拝と犯罪を暴いたショックを経ても変わることがなかった。

信じやすい人々は、フルシチョフ報告を、すべての悪事を終結させる希望の証として受け止めた。革命後に一部の個人の悪意によって樹立されなかったが、共産党が本来目指した正義と平等の国家がやっと実現するにちがいない、と。

党大会をめぐっては多くの謎に包まれており、代表的な幹部を除く一般党員は何も知らされていなかった(原16)。今日からすれば、膨大な発行部数の新聞とラジオがあり、識字率の高い世の中で、フルシチョフの秘密報告がまるで帝政時代並みに口伝えで広がったとは奇妙なことである。三月初め、各地方の党委員会が受理した厳重管理扱いの小冊子には「報道に公表すべからず」と明示され、その内容は、党員、党青年同盟および活動家の集会の場において口頭で読み上げるよう命じられていた(原17)。

フルシチョフ報告がどんなに衝撃的な出来事であ

（原16）　ニキータ・フルシチョフによる第20回ソ連共産党大会における報告は、２月25日の最終セッションの席で国外の共産党代表者が同席のもとで読み上げられた。関係者が演説内容を漏らしたことは明らかで、７月初旬に米英仏が報じた。Volkogonov D. Triumf i tragedija. Poļitičeskij portret J. V. Staļina.（勝利と悲劇、スターリンの政治的ポートレイト）— Moskva: Agenstva pečati novosti, 1989. — s. 230. フルシュチョフ報告の全文掲載は〈イズヴェスティヤ紙〉CK KPSS3(1989)128-70.

（原17）　ソ連共産党中央委員会は第20回党大会フルシチョフ報告「個人崇拝とその結果の克服について」は議決以降極秘扱いではなくなったが、報道は依然として禁じられていた。“O kuļte ļičnosti i jego posļedstvijah”: doklad Pervogo sekretarja CK KPSS tov. Hruščova N. S. XX sjezdu Kommuņističeskoi partii Sovetskogo Sojuza 25 fevraļa 1956 goda（個人崇拝およびその因果に関しソ連共産党中央委員会第一書記フルシチョフによる1956年２月25日第20回党大会報告）// Izvestija〈イズヴェスチヤ紙〉）CK KPSS. — 1989. — Nr. 3. — s. 166.（フルシチョフ秘密報告『スターリン批判』志水速雄訳、講談社学術文庫、1977年）

ろうと、党幹部は慣行通りに「上層部」からの命令を忠実に遂行した。ソ連邦の各地で立て続けに開かれた集会は強い衝撃をもたらし、社会は報告の支持者と反対者とに分かれた。今日のロシアにおいてもなお、英雄スターリンは不当に誹謗中傷されたと信じて疑わない人々がいる。

父もまた、党および活動家の集会における報告を聞くため製材所に招かれていた。父が所長室に入ったとき、報告が読み上げられている最中だった。父は出入り口のそばで、戸口の陰に半分隠れるようにして表情が見られないように立っていた。党書記が机上にある小冊子から読み上げていた言葉は、誰もが声に出すことは愚か、考えることさえ恐れていたことだった。

張りつめた静けさが室内に漂った。座って聞いている誰もが無表情に視線を落とした。党幹部は乾いた唇を舐めながらかすれた声で、人々の三〇年に及ぶ運命を左右し、数十万人の無実の人々を粛正した「最大の英雄、かつ最大の人道主義者である」人物を玉座から引きずり下ろして、その化けの皮を剥いだ。父はこめかみがずきずきしてきて、自分の体験を思って意識が宙をさまよった。

ラトビア人の党指導者（エイヘ、ルズタクス、メジュラウクス）(1)に関する捏造事件も漏れなく報告された。体制に忠実に仕えていた彼らは、ソ連に一九三七年まで残っていた多くのラトビア

（1）Roberts Eihe・一八九〇〜一九四〇、Jānis Rudzutaks・一八八七〜一九三八、Valērijs Mežlauks・一八九三〜一九三七。いずれも、ラトビア出身の共産党員としてソ連において重要な役職に就いていた。

人政治活動家とともに一掃されていた。支配者層の同志がそんな扱いを受けるのなら、権利のない階級の敵は何も期待できない。大量追放の事実と自分のような追放者に言及するだろうか、と父は耳を澄まして待ち構えた。次々に党員や国家要人、軍指導者が名指しで言及されていき、そのあとにとうとう聞こえてきた。

「（前略）ソビエト国家の民族政策に関するレーニン的基本原則を乱暴にも破壊するものであります。我々がここで念頭に置いているのは、（中略）例外なく民族全体をことごとく、その故郷から大量追放した（後略）[原18]」

父は、みぞおちが震えだすのを感じた。

「（前略）女性、子ども、高齢者（中略）を含めて、民族全体を裏切行為で告発することがどうしてできるのか。また、彼らに対して大量弾圧を加え、それぞれの個人やグループが敵対行為をとったという罪で彼らに貧苦を味わわせることがどうしてできるのか（後略）[原19]」

報告はチェチェン人、イングーシ人、グルジア人に言及していたが、ラトビア人、リトアニア人、エストニア人についてはひと言も触れていなかった。まるで僕たちは存在しないようだな、と父は苦々しく思った。さらに、個人崇拝の因果を克服すべく、成すべき課題という結論を聞いて大きく落胆した。

何とも表面的で曖昧であり、いったい追放者の運命は予定される「克服」の対象となるのかどうかさえ不明瞭なものだった。「ソビエト社会主義的法秩序の復活と、それを

（原18）　前掲書15ページ。
（原19）　前掲書152ページ。

破壊する行為の改め」は、何かを約束してくれるものなのだろうか。すべては、「彼ら」がソビエト社会主義的な法秩序を何と見なすかにかかっていた。

長い報告を読み終えた党幹部は、上気した赤ら顔を聴衆に向け、集会の決まり文句「何か意見は？」を発した。意見などそれまでにあった試しがない。討論会では、誰も意見すべき義務を負っていないのだ。すると、党幹部が提案した。

「第二〇回党大会のフルシチョフ報告を全面的に支持することを提案します。これに賛成の方は……（後略）」

満場一致。人々は、互いに視線を合わせないまま静かに会場を後にした。

歴史研究者に党文書が入手可能となると、フルシチョフの「雪解け」は徹底的に調査された。支配層にいたマレンコフ、フルシチョフ、ベリヤ、モロトフらの個々人および派閥間の権力争いは、指導的立場のエリートを権力の座から一掃しかねないソ連に差し迫っていた経済破綻の予感と絡みあって矛盾した様相を呈していた。さらに行きすぎた粛正の結果、グラグという収容所体制の維持管理費は生産性の低い奴隷労働の収益を超過しており、もはや採算が取れなくなっていた。(原20)

(原20)　Pohl O. J. The Stalinist Penal System. A Statistical History of Soviet Repression and Terror, 1930 — 1953. — Jefferson (North Carolina); London: MacFarland & Co, 1997. — p. 43.; Bugai N. 40 — 50 — e godi: posļedstvija deportacii narodov（1940年代および1950年代　人民追放の成り行き）// Istorija SSSR.〈ソ連邦の歴史〉— 1992. — Nr. 1. — s. 132.;

さらに、アメリカと一連の同盟国との対立もソビエトの能力を越えたものだった。そもそも公開された国家予算のほぼ三分の一に加えて機密費も、軍隊の維持と朝鮮半島その他の紛争に注ぎ込まれていたのだ。(原21) 実際、一九五五年の夏にフルシチョフと党幹部官僚を突き動かして、第二〇回党大会に向けたスターリンによる粛正の暴露を準備させたのは、純粋な人道主義からでも歴史的事実を明らかにしようとする正義感からでもない。むしろ、権力闘争をかけた状況打開の苦肉の策であった。

告発した者たちも、もとはといえばスターリンの犯罪に加担し、いわばスターリンと運命をともにしていた。それにもかかわらず、告発にあたり、政治的な算段に役立つ場合を除いては、互いに個人の責任追及を回避することで合意していた。

このように事実が隠蔽されることによって、末端の機関員たちも、「粛正の真相を知らなかった」という責任逃れのチャンスをもらった。フルシチョフの念頭にあったのは、ウクライナの不合理に苦しめられた多くの犠牲者のことだけであって、自分の提案によってソ連最高会議幹部会が議決し実行した一九四九年のエストニア、ラトビア、リトアニアからの大量追放のことではなかった。(原22)

(原21) Žukov J. Borba za vlastj v partijno — gosudarstvennih verhah SSSR vesnoj 1953 goda（1953年春のソ連共産党および国家指導部間の権力闘争）// Voprosi Istorii.〈歴史問題〉— 1996. — Nr. 5/6. — s. 50.

(原22) Naumov V. N. S. Hruščov i reabiļitacija žertv massovih poļitičeskih repressij.（フルシチョフと大粛正犠牲者の解放）— Voprosi Istorii.〈歴史問題〉— 1997. — Nr. 4. — s. 24.

「正義」の討論がはじまった最初の数か月間で、人民たちは苦々しい議論ができるほど「十分な認識をもっていない」ことが露呈し、さらなる民主化が必要だとされた。これを受けて、六月の党中央委員会は「個人崇拝およびにその結果の克服について」を議決し[原23]、すべての犠牲者とすべての犯罪をスターリン一人の仕業にしてしまうことで、スターリンの「側近」、「闘いの同士」、「徒弟」の責任を排除したのである。

ところが、この決議をしても知識層の危険な関心と真の民主主義を樹立しようとする意気込みは衰えなかったため、一九五七年、スターリン死後初の共産党主導部の修正論者に対する一連の粛正を引き起こした[原24]。まさにフルシチョフ体制が、逮捕と収容所という従来の手段に加えて新たに精神病院収容を取り込んだ。そして、ソ連の勇敢な知識層および反体制派が、長年にわたって精神病患者として監禁収容されることとなった[原25]。

第二〇回党大会後の追放者たちの期待は、痛々しいほど膨れあがった。というのも、特別移住者の解放または警備体制の緩和に関する決議と規則はすべて秘密裏になされていて、追放者たちには何も公的な情報が与えられていなかった[原26]。噂と予感とその偶然の一致だけが、解放が近いと

(原23)　O kuļte ļičnosti i jego posļedstvijah（個人崇拝とその結果）// Pravda.〈プラウダ紙〉— 1956. — 2 ijuļa.

(原24)　1956年12月19日、ソ連共産党中央委員会は党組織に「敵対的要素による反ソ活動を回避するため、党組織および人民における政治活動の強化につき」文書を配布し、その後逮捕がはじまった。Naumov V. N. S. Hruščov i reabiļitacija žertv massovih poļitičeskih repressij // Voprosi Istorii. — 1997. — Nr. 4. — s. 31.

(原25)　前掲書。

いう結論を導いてくれていた。
七月七日に父がフルシチョフに宛てた陳情書は、ソ連のあらゆる常套文句に絡めて自らの無罪を訴えながらも、苦難の真実を覆い隠すことができない感情にあふれている。

そこ（学校）でレーニンとゴーリキー(2)の人道主義の精神にのっとって、常に人の長所を見いだすべきであると教えています。ならばなぜ、私は常に欠点しか見てもらえないのでしょうか。（中略）私たちが授かった、小さくて丸々とした娘を心から愛しています。一年前に娘は出頭を免除されましたが、私について回っている義父の汚点は孫娘をも苦しめています。ソ連政権にとって私は脅威でしょうか？　私が犯した罪は何ですか？　私が追放された理由は何ですか？　私は常にこれらの疑問でかき乱され、答えを見いだせません。母と学校、そして共産主義青年同盟が教えてくれた公正を私は信じます。フルシチョフ様、正義の勝利を熱烈に信じる一人の人間である私の手紙に、どうか注目してくださるようお願いします。(原27)

（原26）　1956年３月24日、ソ連共産党最高会議最高幹部会は「政治的、職務上および経済的犯罪の処罰を被った人々の見直し」を議決。ソ連検察庁の命令が次々に発布され、諸処の追放者の見直しおよび解放手続きを明確にした。Sborņik zakonodateļnih i normativnih aktov o repressijah i reabiļitacii žertv poļitičeskih repressij.（政治弾圧の犠牲者の免罪に関する規範規則集）— Moskva, 1993. — s. 125.
（原27）　LVA, 1894. f., 1. apr., 463. l., 22. lp.（ラトビア国立公文書館所蔵ファイル）

父の請願は、祖母ミルダの請願とあわせてモスクワに発送され、さらに全「事実」の確認のためリーガに転送された。祖母の請願書には、「ミルダ・カルニエテの訴えを照査し最終決定を準備のこと」と記載されている。この件は、何か月もかけて複数の役所をたらい回しにされてようやく整えられ、一九五六年一二月四日、ラトビア・ソビエト共和国最高裁判所犯罪委員会の非公開審議において決着がつけられた。「ミルダ・カルニエテおよびアイワルス・カルニエティスを、遠隔地追放から解放する」(原28)

その数週間後、リギタの請願も検証され、ヤーニス・ドレイフェルズがヴィヤトラガで一九四一年一二月三一日に死亡し、エミリヤ・ドレイフェルデもまた入植地において死亡、さらに当人の配偶者であり、別件で追放されたアイワルス・カルニエティスを、ラトビア・ソビエト共和国検察官がラトビア・ソビエト共和国最高裁判所に特別移住から解放するよう勧告を出したことを考慮し、調査官は特別移住登録名簿からリギタを解除すると提案した。(原29)一二月二五日、ラトビア・ソビエト共和国内相とラトビア・ソビエト共和国検察官が、リギタに対する調査結果を承認した。

（２）（Максим Горький・一八六八〜一九三六）社会主義リアリズム文学の創始者とされるソ連の作家。

（原28）　前掲書34ページ。

（原29）　LVA, 1987. f., 1. apr., 20293. l., 37. lp.（ラトビア国立公文書館所蔵ファイル）

理由は不明だが、父と母に対する回答は受理が遅れたため、二人は暗澹とした気持ちで、大勢がすでに立ち去った川くだりの季節の終わりを横目にして過ごしていた。

一一月一〇日、一九四二年来のリギタの親友マーラが飛行機でリーガに飛び立った。何の回答もなかった我が家でのマーラとの別れは、喜びと寂しさが入り交じったものとなった。母は、ヴィクトルス叔父さんにしたためた。

次々に友人が去っていき、私はひどく不安で寂しくてたまりません。ここで冬を越すのは私たちだけです。冬は来年の五月まで続くんです。そのうちに気が落ち着くでしょうが、今は長い冬を考えただけで恐ろしくなります。(原30)

クリスマスが近づいても帰還許可は届かず、両親は絶望に陥った。父がヴィクトルス宛に出したクリスマスカードに、それがまざまざと感じられる。

新年は何をもたらしてくれるのでしょう。期待はとてつもなく大きいのに、きっと無駄になるのでしょう。何年も、こんなふうに待っています。すべてにさっさと決着がついてほしくてならないです。(中略)我が家の女たちは、とくに強く期待しています。僕はずっと冷めた気持ちでいますが、それだって表向きの顔にすぎま

(原30)　リギタ・カルニエテからヴィクトルス・ドレイフェルズ宛の1956年10月3日付書簡。

——せん。心の奥底ではいつもハッピーエンドを期待する声があることを素直に表したくないんです。（中略）いざというとき、ひどくがっかりしなくてすむように。（原31）

一二月三〇日、父と祖母に解放証明書が届いたが、母には回答がなかった。母は、自分一人が置き去りにされるのではないかと不安にさいなまれた。そんな母を力づけようとする父にも確信はなかった。

——「奴ら」のすることなら何だってありえた。これまでに多くの家族を引き離している。それは今も変らない。

一月一二日、母は警備司令部に呼びだされ、そして自由の身となった。解放の書類は、何とちっぽけなことだろう。ぶっきらぼうなロシア語がたったの数行タイプ打ちされていた。

「アイワルス・カルニエティス——アレクサンドルスの息子、一九三一年ラトビア・ソビエト共和国リーガ生まれ——宛て通知。特別移住登録名簿から解除する」

上の隅に書き込みがある。

「住居保障なし。紛失した場合の再発行なし」（原32）

一九五七年五月二〇日、私たち家族はコルパシェヴォで乗船し、帰郷への長い旅路

（原31） アイワルス・カルニエティスからヴィクトルス・ドレイフェルズ宛の1956年12月25日付書簡。

（原32） 特別移住登録名簿からの解除通知は家族が保管している。

1957年５月、シベリアに別れを告げる

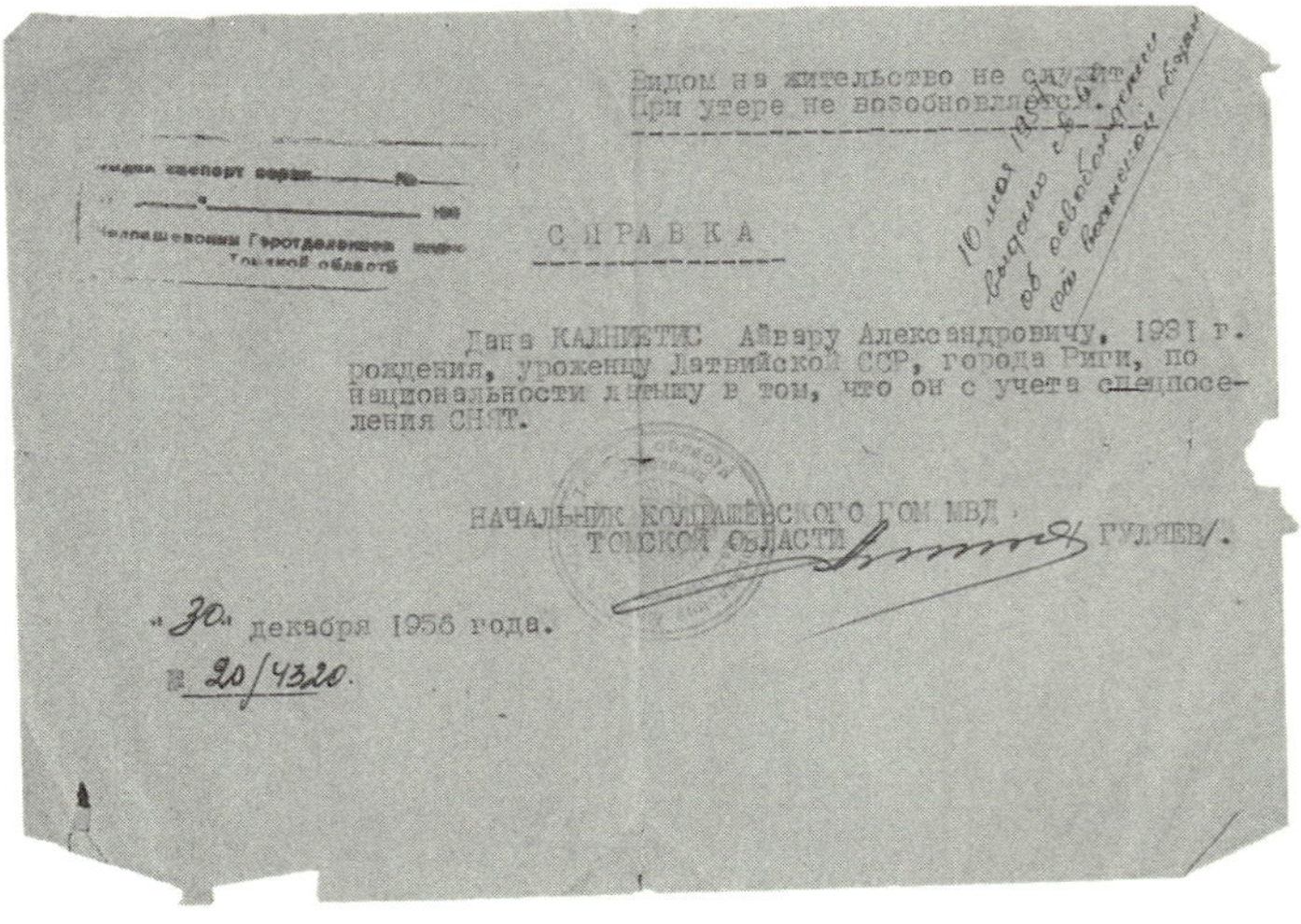

Видом на жительство не служит
При утере не возобновляется.

Колпашевским Горотделением МВД
Томской области

СПРАВКА

Дана КАЛНИЕТИС Айвару Александровичу, 1931 г. рождения, уроженцу Латвийской ССР, города Риги, по национальности латышу в том, что он с учета спецпоселения СНЯТ.

НАЧАЛЬНИК КОЛПАШЁВСКОГО ГОМ МВД
ТОМСКОЙ ОБЛАСТИ /ГУЛЯЕВ/.

«30» декабря 1956 года.
№ 20/4320.

アイワルス・カルニエティスの特別移住登録名簿からの解除通知

をはじめた。母リギタが一六年、父アイワルスと祖母ミルダが八年と三か月、そして私が四年と五か月、待ちわびていた旅路である。

ヴォルデマールス兄さん！（中略）今、とうとう列車で家に向かっています。（中略）出発はわりあい順調でしたが、船を降りてからは災難続きでした。それも今は全部乗り越え、列車に乗って三日目です。アジアとヨーロッパの境界に近づいているところです。トムスクを出発したときはまだ雨が降っていて、緑は皆無でした。それがここは緑に包まれて、姫リンゴの花が咲いています。なんと美しい景色でしょう。ウラル山脈にかかって、ここをすぎればすぐヨーロッパです。アイワルスはトムスクに残っています。六月一日に試験がはじまるからです。

以前に書いたかもしれませんが、リーガでアパートを探すのはほとんど不可能です。アイワルスがアパートを見つけて住居登録を済ませるまで、私とサンドラはリエパーヤの叔母の所に行くつもりでした。でも、状況がだいぶ変わりました。アイワルスの元同級生が私たちのためにアパートを貸りておいてくれました。台所付きの一部屋です。私たちは、真っすぐその「自宅」に向かっています。（中略）

今はもうヨーロッパ圏にいます。ヨーロッパの起点に、「アジア・ヨーロッパ」と書かれた白い柱が立っています。ライラックの花盛りです。その枝を一本瓶に差して、目の前のテーブルに置きました。あまりにも美しい自然で、窓から目を離すことができません。明日はモスクワに着きます。ひどい時差を感じます。モスクワ時間はトムスクよりも四時間遅いし、ほとんど夜にならなくていつも明るいんです。(中略)

明日、うまくいけばリーガに直行できるはずです。急行列車でたったの一一時間ですもの。列車に乗っている私の心はぼんやりとしていて、あと数日でリーガに着くという実感がまだ湧いてきません。もっと近づけば、きっと変わるでしょう。

五月二九日、つづき。

兄さん、この手紙をモスクワで投函したかったのに、その暇がありませんでした。昨夜一一時にモスクワに着いて、深夜一時発のリーガ行きの列車に乗るのに必死で走ったんです。到着した駅からリーガ駅［モスクワにあるリーガ行き列車の発着駅］まで、車で移動しなければなりませんでした。そのときのことを思い出すと、またうんざりします。タクシーのメーターは五ルーブルだったのに、運転手に一五ルーブルも要求されたんです。結局一〇ルーブルを支払いましたが、相手に多く取る権利はなかったんですから。あの図々しさに、私はまだムカムカしています。ポーターからも二〇ルーブルを取られました。(中略)

列車の中でも、また不愉快な気持ちです。リーガ行きだというのに、乗客のラトビア人は私たちだけなのです。明朝、リーガに着きます。まあ、外は雪が降っています。辺りは緑だというのに雪なんて。

一一月に先にリーガに帰ったマーラが、首を長くして待ってくれています。彼女やコルパシェヴォで一緒に暮らした人たちとは、たくさんのことを共有しています。マーラは、私たちの到着日を指折り数えていることでしょう。リーガの人たちとの共通点がないから、彼女には親しい人がいないんです。

（中略）まだ手紙は終わっていません。国境を越えたときの印象を書きたいんです。私が国境を越えるのは四度目。これが最後だといいわ。

五月三〇日、リーガにて。

兄さん、私たちはリーガにいます、最高に幸せです。マーラのアパートにいますが、ここはまるで天国のようです。マーラは両親のもっていた家に一間を借りることができて、彼女のお母さんの家具を使ってとても居心地よく暮らしています。駅では、私たちを大歓迎してくれました。マーラは私たちとの再会を考えると興奮して、到着前の何日も眠れなかったそうです。

マーラの友人が車を出してくれて、一緒に出迎えてくれ、きれいな花束をくれました。リーガの道を車で走るのは素晴らしい気分でした。マーラったら大変な浪費をして、歓迎のご馳走をしてくれました。そこまでしなくてよかったのに、でも心から優しく迎えてもらってとても嬉しいです。

午後に、マーラと私はサンドラを連れて散歩に出掛けました。美しいリーガを見たとき、私はきっと世界で一番幸せな人間でした。歩けばあちこちでラトビア語が聞こえてくるし、店にはラトビア語の表記があるし、ラトビア語のラジオ放送もあります。着る服がないから、まだ町には出掛けていません。コルパシェヴォからの荷物がまだ届いていないんです。数日中には届くはずですから、そうしたらきっと、町中やユールマラへ行って次の手紙に書きますね。

今朝、出勤するマーラを見送りがてら（彼女はイマンタに住んでいます）線路沿いを歩きましたが、電車が一〇分おきに往来していました。駅から乗った車から眺めたかぎり、リーガは建物がたくさん建て替えられて、前よりも美しい町になったようです。（後略）

リギタより（原33）

（原33）　リギタ・カルニエテからヴォルデマールス・ドレイフェルズ宛の1956年10月28〜30日付書簡。

おわりに

母リギタには三つの夢があった——ラトビアに戻ること、三人の兄に再会すること、そして自分たち家族の住居をもつこと。三つの夢はすべて叶った。それなのに、今も母は悪夢にうなされて目を覚ます。

再び夜が来てドアが叩かれる。入ってきた見知らぬ男に、「急いで旅支度をしろ」と命令される。追放の悪夢がはじまると母は、「前のは夢で、今度こそ現実なのだ」と絶望する。そのまま夜の闇にじっと目を凝らしている。

気が静まり、自分の家……ラトビアにいると分かるまで。

二〇〇一年八月二三日　パリにて

訳者あとがき

二〇世紀、旧ソ連圏の人々は例外なく、価値観や考え方ががらりと変わる体験をした。著者サンドラ・カルニエテも、シベリアに生まれ、多感な少女時代をソビエトのイデオロギーに浸って育ち、大人になって人民戦線のメンバーとして一九九一年の独立回復を導き、ラトビア共和国の国民となる大転換を経験した。まさしく、「ぶつかっていけば、壊れる壁があった」ことを実践した世代である。まさにこのような生い立ちが、現在の政治家としてのカルニエテをつくりあげたと言える。

二〇〇四年のラトビアのEU加盟を象徴的に華々しく飾ったのは、ラトビアから初の欧州委員となる公開面接を受けたカルニエテであった。このとき、ブリュッセルからテレビで実況中継される彼女の堂々としたフランス語の受け答えを、多くのラトビア人がまるで自分のことのように誇りに思って見つめたことだろう。

カルニエテは、独立国ラトビアの外務大臣を務め、現政権を担う政党『統一(Vienotība)』の結成者の一人であり、現在は欧州議会議員を務めている。本著は、駐フランス大使在任中に上梓されたものである。

本著は、カルニエテが、祖父母の時代から三世代の生き様を、当時の歴史的背景に照らして追体験する半自伝的な記録である。著者は、自分の両親を取材し、その日記と手紙、また、同じような体験者らの記録、さらに歴史資料と文献をもとに、二〇世紀に離散した家族の足跡を追いかけた。原文は、著者が関与する話法、著者の視点が入る歴史と政治の背景、回想される人物の内的独白と対話が交叉する。著者は父と母と実際に対話するが、他の登場人物である祖父母や両親の言葉の多くは回想場面で話されている。ゆえに、すでに亡くなっている家族の想いのなかでの語りと会話となっている。

一九九〇年代前半、リーガに暮らしはじめた私の周囲には、日々盗聴と監視の不安に怯えて暮らす人々がいた。そのとき、ソ連はすでに崩壊しているのだから、根拠のない取り越し苦労ではないかと、私は半ば冷笑していた。当時のわずか数年前の政治状況の知識があり、想像力さえあったなら、そのような危惧は必ずしも笑い事ではなかっただろう。実体験なくして容易に想像しえない物事がある。私自身、訳出の過程で、追放とはどんな状態なのか、何を意味するのか、その実態を断片的であっても把握するためにかなりの時間がかかった。

占領や収容所や追放という辛苦をくぐり抜けてきた人々は、過去のいまわしい出来事は捨て去り、楽しい思い出だけを心に留めておきたいと思うものかもしれない。自分で選択する余地を奪われ、困難な環境を強いられて長期に暮らすうちには、周囲との避けようのない不協和音もあったことだろう。しかも、まだ生存中の人たちもいる現実の物語のなかで、詳しくは書けない事柄もあっただろうし、特定の事柄については省略されたこともあるだろう。著者自身が二世代前からの人生を追体験して記しているならば、凄惨な現実は行間からこぼれ落ちたかもしれない。

ラトビア人としての民族的な心情は複雑に絡みあっていて、時にかたくななまでに旧ソビエト・ロシアを否定する人が少なくない。本書は、カルニエテというフィルターを通して、そんなラトビア人の歴史観の一面を提示している。共産主義とファシズムをひとくくりに糾弾する著者の断定的な論には、異論の余地が大きいだろう。著者は、本著によって「一つの署名が何十万人もの人々の運命をいかに左右するかを知らしめたかった」と言う。自分自身を含め、政治を司る要職にある者に対する戒めの言葉であると受け止められる。

ラトビアの東部に、かつて追放者を乗せてシベリアへ向かった列車が通ったコァクネセ（Koknese）という町がある。そこにいま、過去の記憶を現在が受け止め、さらに未来につなげる「運命の庭（Liktendārzs）」という一大プロジェクトが、ラトビア建国一〇〇年を迎える二〇一八年の完成を目指し、庭園設計士である禅僧枡野俊明氏の設計によって進行中である。共鳴する人は誰でも、そこに一つの石を置いてくることができる。同プロジェクト発起人の一人であるカルニエテに、個人が政治に翻弄される不条理を告発し続ける執念にも近い使命感を感じる。

翻訳には Sandra Kalniete, Ar balles kurpēm Sibīrijas sniegos, Rīga（初版二〇〇一年）の二〇〇八年版を使用した。訳出にあたり、ダルキーアーカイヴの英訳版（二〇〇九年）も参照し、両者間に異同ある場合は原則として原語版を準拠した。家系図の人物の没年には、著者から提供された最新のデータを加筆した。本書の中核を成すとも言える著者の母リギタは、鬼籍に入った。訳出に際し、回想シーンにおける登場人物の発言や手紙文、著者自身の独白や想念には、しばしば引用符を用いて区別する方法をとった。なお、時系列および人物名など、明らかに誤りと思われる箇所は修正を加えてある。

本書の訳注には、原典にない写真をいくつか挿入した。写真の入手に際し、現地ラトビアからの惜しみない協力があった。貴重なドキュメント写真を提供してくださったペーテリス・コルサクス氏、ヴィルニス・アウジンシュ氏、アンドリス・トネ氏に感謝したい。「日本にはシベリア抑留の体験者がいる。ラトビア人とシベリアの苦しみを共有している日本人にこそ読んでもらいたい」と、カルニエテ本人から邦訳の依頼を受けて一〇年近くが経ち、いまやっと出版に漕ぎ着けることができた。編集してくださった株式会社新評論の武市一幸さんのご協力に心より御礼申し上げます。

二〇一四年一月

黒沢　歩

■年表・家族の動きと歴史的背景

年月日	家族の動き	歴史と政治の動き
一八七八年一月六日	クリスタプス・ドレイフェルズとパウリーネにヤーニス・ドレイフェルズ誕生。	
一八九一年一月一四日	インドリキス・ガーリンシュとリーバにエミリヤ・ガーリニャ誕生。	
一九〇七年三月五日	アレクサンドルス・カルニエティス誕生。	
一九〇八年五月七日	ペーテリス・カイミンシュとマチルデにミルダ・カイミニャ誕生。	
一九一二年一一月一〇日	ヤーニス・ドレイフェルズとエミリヤ・ガーリニャ、結婚しロシアに移住。	
一九一四年四月一日	ヤーニスとエミリヤに長男ヴォルデマールス誕生。	
一九一四年八月一日		第一次世界大戦開始。ラトビア住民八五万人が難民となってロシアに逃れた。ラトビアライフル部隊および市民三万人が戦死。

一九一七年二月二五日		ニコライ二世が退位し、ロシアに民主共和国が樹立。
同年一〇月二五日		ロシアにおいてボリシェヴィキ革命勃発。プロレタリア階級の独裁体制が樹立される。
一九一八年一一月一八日		ラトビア共和国の独立宣言。
一九一九年六月八日	ヤーニスとエミリヤに三男ヴィクトルス誕生。	
同年末	ドレイフェルズ一家、ロシアからラトビアに戻る。	
一九二〇年二月		ラトビアの領土はソ連とドイツの干渉から事実上解放される。
同年	カイミンシュ一家、ロシアからラトビアに戻る。	
同年八月一一日		ラトビアとソビエト・ロシア間の平和条約締結。ロシアは「ラトビアの人民および領土に対する権利を永遠に放棄」。
一九二一年一月二六日		国際連盟会議、ラトビア共和国を法的に承認（於パリ）。

年月日	家族の動き	歴史と政治の動き
一九二六年一二月九日	ヤーニスとエミリヤにリギタ誕生。	
一九三一年五月一〇日	ミルダ・カイミニャにアイワルス誕生。	
一九三七年	ヤーニス・ドレイフェルズの妹アレクサンドリナ・ヴィルニーテは、ソ連のスターリン弾圧を受けて処刑されたと推測される。	一九三〇年代後半のスターリン体制下の粛正により、ソ連に残留していたラトビア人およそ七～八万人が死亡。
同年一二月一八日	アレクサンドルス・カルニエティスとミルダ・カイミニャ結婚。	
一九三八年六月二二日	アレクサンドルスとミルダにアルニス誕生。	
一九三九年八月二三日		独ソが、東欧を二国間で分割する秘密議定書付帯の不可侵条約調印。
同年九月一日		ドイツのポーランド侵攻、第二次世界大戦開始。
同年一〇月五日		ラトビアはソ連に相互援助条約を強要される。ラトビアのソ連駐屯地にソ連兵二万一〇〇〇人が駐留。

同年一〇月一一日		ソ連国家治安人民委員代理セロフが第〇〇一二二三「リトアニア、ラトビア、エストニアにおける反ソ分子追放処置」令を発布。
同年一〇月三〇日		ラトビアとドイツはドイツ系ラトビア国籍者のドイツ移住協定調印。数か月の間に四万五〇〇〇人がラトビアを去った。
一九四〇年六月一六日		ソ連政府はラトビア政府に対し最後通牒を発布し、ソ連軍のラトビアへの立ち入りの自由および内閣の退陣を要求。ラトビア政府はこれを受諾。
同年六月一七日		ソ連軍、ラトビアを占領。
同年七月一四、一五日		労働人民連盟の候補者にのみ立候補が許可された非民主的なサエイマ選挙の実施。
同年七月二一日		サエイマはソ連加盟宣言を採択。
同年八月五日		ラトビアは第一四番目のソ連共和国となる。

年月日	家族の動き	歴史と政治の動き
一九四一年六月九日	国家治安人民委員部（ＮＫＧＢ）シュスティンス委員長が、ヤーニス・ドレイフェルズ以下ヴィクトルス、エミリヤ、リギタの逮捕を決定。	
同年六月一四日	ヤーニス・ドレイフェルズ以下エミリヤ、リギタは逮捕され、シベリア追放となる。	ラトビアから一万五四二四人が追放となる。のちに「恐怖の年」と呼ばれた占領初年の犠牲者総数は三万四二五〇人。
同年六月二〇日	バビニノ駅で、ヤーニスはエミリヤとリギタと分離される。	
同年六月二二日	ヤーニス、ユフノフ中継収容所に収監される。	ドイツのソ連侵攻、独ソ戦開始。
同年六月末	アイワルス・カルニエティス、シュキロータヴァ付近の爆発で片足を負傷する。	
同年六月二九日	ヤーニス、ユフノフ中継収容所からヴィヤトラグに移送される。	ユフノフに収容されたラトビア人は約八〇〇〇人。ユフノフにおいて、ラトビア、リトアニア、エストニアの元軍人約一〇〇〇〇人が囚人となる。

同年七月一日		ドイツ軍のリーガ侵入。ラトビアの第二次占領開始。
同年七月一〇日	ヤーニス、ヴィヤトラグ第七強制収容所に収監される。	ヴィヤトラグには、ラトビアから連行された三二八一人が収監された。
同年同日	エミリヤとリギタ、ノヴォシビルスク州パラベリ郡のコルホーズ「ボリショイ・チガス」に強制移住となる。	
同年七月一七日		ヒトラーは占領した東部地域を統治するドイツ東方保護区省を創設し、ローゼンベルグ総督を任命。ドイツ人役人二万五〇〇〇人が新領土の統治のために駐留。
同年一一月三〇日および一二月八日	マチルデ・カイミニャはルンブラの森に連行されるユダヤ人を目撃。ルンブラの森では、二日間でユダヤ人二万五〇〇〇人が虐殺された。	ドイツの命令により、一九四二年一月までにラトビアの領土においてラトビア在住のユダヤ人七万人に加え、欧州から連行されたユダヤ人一万四〇〇〇人が虐殺される。
同年一二月三一日	ヤーニス・ドレイフェルズ、ヴィヤトラグにて死亡。	一九四一年七月から一九四二年七月までに、ヴィヤトラグにて死亡したラトビア人は二三三七人。

年月日	家族の動き	歴史と政治の動き
一九四三年二月一〇日		ヒトラーが、ラトビアに武装親衛隊志願兵地方部隊の結成を命令。三月九日、「志願兵」の動員を開始。
同年六月	エミリヤとリギタは別名「死の島」ビリナに強制移住となり、一九四四年三月までとどまる。	
一九四四年三月二六日	アレクサンドルス・カルニエティス、ラトビア地方部隊に動員される。	総数およそ一四万八〇〇〇人のラトビア人がドイツのさまざまな軍事的な部隊において従軍し、うち八万九〇〇〇人が死亡または行方不明、二万二七五〇人が連合軍に降伏して捕虜となる。ソ連軍はドイツ軍隊に所属したラトビア兵士一万四〇〇〇人を捕虜とした。
同年一〇月一三日		ソ連軍、リーガを掌握。ラトビアの第三次占領開始。
一九四五年春	ヴォルデマールス、アルノルズ、ヴィクトルス、それぞれの家族を連れて、それぞれ異なるルートでドイツに難民となって亡命。	約八～一二万人のラトビア難民が戦後ドイツに残留。

同年五月八日		デーニッツ元帥、ドイツの無条件降伏を受諾。
同年五月九日	アレクサンドルス・カルニエティス、クルゼメ地方の森でパルチザンに加わる。	ドイツ降伏の後、ラトビア兵約四〇〇〇人がクルゼメ地方においてパルチザン活動に入る。
同年一〇月三〇日	アレクサンドルス、リーガの家族のもとに戻る。	
同年一一月一三日	NKGB作業班、アレクサンドルスを逮捕。	
一九四六年初頭	エミリヤ、シベリアの森で三日間道に迷い、ひどい凍傷を患う。	
同年春	エミリヤとリギタ、ラトビアから初めての仕送りを受け取る。	
同年五月六日	ソ連戦争裁判はアレクサンドルス・カルニエティスに、特別厳重収容一〇年および流刑五年を求刑。	
同年一〇月二六日	収容所医療委員会、アレクサンドルスを労務不能と診断。	

年月日	家族の動き	歴史と政治の動き
一九四七年五月	エミリヤとリギタは、エミリヤの兄ヴォルデマールス、アルノルズ、ヴィクトルスが西側諸国に滞在していることを知る。	諸外国に難民となって逃れたラトビア人総数は二五万人。
同年春	エミリヤとリギタ、トグル村に移住。	
一九四八年四月	リギタ、ラトビアに帰る許可を受理。	
同年六月	リギタ、ラトビアに戻る。	
一九四九年一月二九日		ソ連閣僚会議、ラトビア、リトアニア、エストニア住民の多様な「部類」の追放を極秘決定。
同年三月二五日	ミルダとアイワルス、逮捕されシベリア送りとなる。	ソ連内務省による極秘の「さざ波（Прибой）」作戦により、ラトビア総人口の二・二八％に相当する四万三〇〇〇人がシベリア送りとなる。
同年四月二〇日	ミルダとアイワルス、トムスク市中継収容所において終身追放を宣告される。	
同年五月	ミルダとアイワルス、トムスク州コルパシェヴォ郡ソフタ村に移住させられる。	

同年五月一〇日	トムスク州内務局、リギタ・ドレイフェルデの全ソ連における指名手配を開始。	
同年七月	ミルダとアイワルス、ラトビアから初めての手紙を受け取る。	
同年一二月七日	リギタ、トゥクムスで逮捕され、複数の監獄を経由して以前の強制移住地であるトムスク州コルパシェヴォ郡トグル村に向けて送還される。	
一九五〇年二月五日	エミリヤ、トグルにて死亡。	
同年五月	リギタ、コルパシェヴォに到着し、監視を解かれる。	
同年七月	ミルダとアイワルス、トグル村への移住を許可される。	
同年八月	リギタ、アイワルスと出会う。	
一九五一年五月二五日	アイワルスとリギタ、結婚。	
一九五二年夏	マチルデ・カイミニャ、ラトビアにて死亡。アルニス・カルニエティス独りぼっちとなる。	

年月日	家族の動き	歴史と政治の動き
同年一二月二二日	アイワルスとリギタに娘サンドラが誕生。	
一九五三年二月一八日	アレクサンドルス・カルニエティス、ペチョルラグＡＡ－二七四強制収容所にて死亡。	
同年三月五日		ソ連共産党中央委員会スターリン総書記死亡。
同年三月二七日		ソ連最高会議最高幹部会、恩赦を議決。グラグ囚人および流刑者たちの住環境が一部改善される。
一九五四年六月二日	リギタ・カルニエテ、ソ連最高会議ヴォロシロフ最高幹部会議長に宛て、特別移住からの解放を嘆願するも、却下される。	
同年七月五日		ソ連閣僚会議、特別移住者に対する権利制限の一部破棄を決定。

同年八月	サンドラ・カルニエテは出頭義務を解かれる。リギタ、アイワルス、ミルダはトムスク州内の自由移動を許可され、毎月二回の警備司令部への出頭を免除される。	
一九五五年一一月三日	リギタは外国に移住した兄たちとの交信を七年ぶりに再開。	
一九五六年二月二五日		ソ連共産党第二〇回大会において、フルシチョフは「個人崇拝およびその因果」を報告し、スターリンによる粛正を暴露。
同年三月二四日		ソ連最高会議最高幹部会、政治的、職務上および経済的犯罪の処罰を被った人々の見直しを決議。特別移住者解放の門戸が開かれる。
同年八月	アイワルス・カルニエティス、トムスク工科大学鉱業電気技師学部に入学。	
同年一二月三〇日	ミルダとアイワルス、特別移住登録名簿から解除される。	

年月日	家族の動き	歴史と政治の動き
一九五七年一月一二日	リギタ・カルニエテ、特別移住登録名簿から解除される。	
同年四月二〇日	カルニエティス一家、ラトビアへの帰還を開始。	
一九七五年一一月五日	ミルダ・カルニエテ、リーガにて死亡。	
一九八九年六月八日		ラトビア・ソビエト共和国最高会議最高幹部会、一九四〇年代～一九五〇年代のラトビア・ソビエト共和国からの追放者の名誉回復を宣言。
同年一二月二四日		ソ連人民代理委員会、「一九三九年の独ソ相互不可侵条約の政治的かつ法的評価」を議決し、モロトフ＝リッベントロップ秘密議定書に法的根拠はなく、議定書の調印時から無効であるとした。
一九九〇年四月五日	ヤーニス・ドレイフェルズに対する訴訟第二〇二九三号の撤回により、ヤーニスは名誉回復。	

同年四月二一日	ラトビア・ソビエト共和国内務省内「不正に弾圧された市民の名誉回復部局」、リギタ・カルニエテの強制移住地への追放を不法であったと認め、リギタは名誉回復。	
同年五月四日		ラトビア・ソビエト共和国最高会議、ラトビアの独立回復宣言を採択。
同年八月三日		ラトビア共和国最高会議、不法に弾圧された人々の名誉回復法を採択。
一九九一年二月二八日	ラトビア・ソビエト共和国内務省内「不法に弾圧された市民の名誉回復部局」、アイワルス・カルニエティスの追放を不法であったと認める。アイワルスは名誉回復。	
同年九月六日		ソ連最高会議、ラトビア共和国の独立を承認。
一九九四年九月二六日	アレクサンドルス・カルニエティスの刑事事件が見直され、ラトビア共和国の不法に弾圧された人々の名誉回復法に基づき、アレクサンドルスの名誉回復を承認。	

ラトビア50年占領博物館財団

Beržinskis V. Atmiņas. OMF, inv. Nr. 2514.
Stradiņš A. Ērkšķainās gaitas. OMF, inv. Nr. 3009.

学会資料

Zālīte I. Okupācijas režīmu upuri Latvijā 1940. — 1991. g. Referāts konferencē "Latviešu leģions Latvijas vēsturē padomju un vācu okupācijas kontekstā". 2000. gada 10. jūnijs, Rīga.

家族所管の文書

Aivars Kalnietis. Tumšie gadi: atmiņas par izsūtījumu. 1990. gada rudens.
Aleksandra Kalnieša vēstules Mildai Kalnietei. 1950. gada 5. maijs — 1951. gada 27. aprīlis.
Arņa Kalnieša vēstules Mildai Kalnietei. 1951. gada 9. janvāris — 1952. gada 20. jūlijs.
Emilijas Dreifeldes vēstules Ligitai Dreifeldei. 1948. gada 5. jūlijs — 1949. gada 2. septembris.
Frīdas Dzenes vēstule Annai Dumpei. 1950. gada 29. aprīlis.
Jāņa Dumpja un Annas Dumpes vēstules Viktoram Dreifeldam. 1947. gada 7. jūlijs, 1956. gada 22. janvāris — 1959. gada 19. oktobris.
Ligitas Kalnietes dienasgrāmata. 1950. gada 9. janvāris — 1950. gada 8. marts.
Ligitas Kalnietes vēstules Viktoram Dreifeldam. 1947. — 1957. gads.
Ligitas Kalnietes vēstules Voldemāram Dreifeldam. 1956. — 1957. gads.
Matildes Kaimiņas vēstules Mildai Kalnietei. 1949. gada 10. jūlijs — 1952. gada 19. jūlijs.

Sbornik zakonov SSSR i ukazov Prezidiuma verkhovnogo soveta SSSR. 1938—1975. —T. 3.— Moskva : Izvestiya, 1976. — 478
Shifrin A. The First Guide Book to Prisons and Concentration Camps of the Soviet Union. — (Switzerland): Stephanus Edition, 1980. — 379 p.
Silabriedis J., Arklans B. “Political refugees” unmasked. — Riga: Latvian state publ. House, 1965. — 225 p.
Sistema isparavitel'no–trudovikh lagerei v SSSR 1923 — 1960: spsavochnik / Memorial, GARF. — Moskva: Zvenya, 1998. — 600 s.
Sovetskoye obshchestvo: vozniknoveniye, razvitiye, istorichesky final. T. 2. Apogei i strakh stalinizma. — Moskva: RGGU, 1997. — 757 s.
Strods H., Kott M. The File on Operation ‘Priboi’: A Reassessment of the Mass Deportations of 1949 // Journal of Baltic Studies. — 2002. — Vol. 33. — Nr. 1. — p. 1—37.
Taylor T. Munich: The Price of Peace. — New York: Vintage Books, 1980. — 1084 p.
The Hidden and Forbidden History of Latvia under Soviet and Nazi Occupations 1941—1991, Symposium of the Commision of the Historians of Latvia 14, eds. Nollendorfs V., Oberländer E. (Riga: Historical Institution of Latvia, 2005), 383 p.
These names accuse. Nominal list of Latvians deported to Soviet Russia in 1940 — 41: second. ed. with supplementary list. — Stockholm: LNF, 1982. — 678 p.
Tolstoy N. Victims of Yalta. — Corgi Book, 1990. — 640 p.
Upite R. Dear Good I Wanted to Live / Transl. from Latvian by R. Liepa. — New York: Grāmatu Draugs. — 1983. — 152 lpp.
Vestermanis M. Retter im Lande der Handlanger Zur Geschichte der Hilfe für Juden in Lettland während der “Endlösung” // Solidarität und Hilfe für Juden während der NS–Zeit — Berlin: Metropol, 1998. — S. 231. — 273.
Volkogonov D. Triumf i tragediya. Politicheskii portret J. V. Stalina. — Moskva: Agenstva pechati novosti, 1989. — 267 s.
『勝利と悲劇：スターリンの政治的肖像』（上下）生田真司訳、朝日新聞社、1992年。
We Sang Through Tears: Stories of survival in Siberia. — Riga: Janis Roze publ., 1999. — 373 p.
Zezina M. Shokovaya terapiya: ot 1953 k 1956 godu // Otechestvennaya Istoriya. — 1995. — Nr. 2. — s. 121. — 134.
Zhukov Y. Bor'ba za vlast v partiyno–gosudarstvennykh verkhakh SSSR vesnoy 1953 goda // Voprosy Istoriy. — 1996. — Nr. 5/6. — s. 39. — 57.

季刊出版物

Atpūta. 1940. Nr. 792 (5. janv.) — Nr. 892 (20. dec.); 1941. Nr. 2 (3. janv.) — Nr. 26 (20. jūn.).
Cīņa. 1940. Nr. 37 (26. jūn.) — Nr. 172 (31. dec.); 1941. Nr. 1 (1. janv.) — Nr. 154 (27. jūn.).
Daugavas Vanagi. Latviešu karavīru frontes laikraksts. 1942. Nr. 1 (27. martā) — 1944. Nr. 42/43 (134/135) (24. dec.).
Latvijas arhīvi. Pielikums. Represēto saraksti. 1949. — 1995. — Nr. 3. Limbažu apriņķis — Tukuma apriņķis. — 169 lpp.
Jaunākās Ziņas. 1939. Nr. 1 (2. janv.) — Nr. 296 (30. dec.); 1940. Nr. 1 (2. janv.) — Nr. 180 (9. aug.).
Latvijas Vēsture. 1991. Nr. 1 — 2000. Nr. 4 (40).
Likumu un valdības rīkojumu krājums. — 1920. — 7. burtn. — 18. septembrī.
Rīgas Jūrmalas Vēstnesis. 1938. Nr. 1 (14. maijs) — Nr. 34 (31. dec.); 1939. Nr. 35 (6. janv.) — Nr. 93 (7. okt.).

Bugai N. 40—50 godi: posledstviya deportatsii narodov // Istoriya SSSR. — 1992. — Nr. 1. — s. 122. — 143.
Champonnois S., Labriole F. de. La Lettonie: de la servitude a la liberté — Paris: Editions Karthala, 1999. — 346 p.
Courtois S. Le livre noir du communisme / Courtois S., Werth N., Panné J. L., Paczkowski, Bartosek K., Margolin J. L. — Paris: Robert Laffont, 1997. — 846 p.
『共産主義黒書：犯罪・テロル・抑圧：ソ連篇』外川継男訳、恵雅堂出版、2001年。
Eksteins M. Walking Since Daybreak: a Story of Eastern Europe, World War II and the Heart of the Twentieth Century. — Boston: Peter Davison Book, 1999. — 258 p.
Ezergailis A., Nazi–Soviet Disinformation about the Holocaust in Occupied Latvia. Daugavas Vanagi: Who Are They — Revisited. — Rīga: OMF, 2005. — 215 lpp.
Ezergailis A. The Latvian Legion. Heroes, Nazis or Victims. A collection of documents from OSS War — Crimes Investigations Files 1945 — 1950. — Riga: The Historical institute of Latvia, 1997. — 100 p.
Feldmanis I. *Waffen SS* Units of Latvia and Other Non–Germanic Peoples in World War II: Methods of Formation, Ideology and Goals, The Hidden and Forbidden History of Latvia under Soviet and Nazi Occupations 1941—1991, Symposium of the Commision of the Historians of Latvia 14, eds. Nollendorfs V., Oberländer E., (Riga: Historical Institution of Latvia, 2005) 334—351.
Informacionnij spravočņik sprosa i predloženija tovarov. 1949. g. / Miņisterstvo torgovļi Sojuza SSR.
Kangeris K. Die Baltischen Völker und die deutschen Pläne für die Räumung des Baltikums 1944 // Baltisches Jahrbuch 1988. — S. 177.—192.
Lettonie — Russie. Traités et documents de base in extenso / réunis par Ansis Reinhards. — Riga: Collection “Fontes” Bibliothèque Nationale de Lettonie, 1998. — 316 p.
Namsons A. Lebensbedingungen und Lebensstandard der Landbevölkerung in Sowjetlettland // Acta Baltica. Liber Annalis Instituti Baltici. — 1964. — Vol. 4. — S. 65. — 91.
Naumov V. N. S. Khrushchev i reabilitatsiya zhertv massovykh politicheskikh repressii // Voprosy Istoriy. — 1997. — Nr. 4. — s. 19. — 35.
«O kulte lichnosti i yego posledstviyakh: doklad Pervogo sekretarya CK KPSS tov. Khrushcheva N. S. XX syezdu Kommunisticheskoy partii Sovetskogo Soyuza 25 fevralya 1956 goda” // Izvestya CK KPSS. — 1989. — Nr.3. — s. 128. — 170.
「フルシチョフ秘密報告『スターリン批判』全訳解説」志水速雄訳、講談社学術文庫、1977年。
Pohl O. J. The Stalinist Penal System. A Statistical History of Soviet Repression and Terror, 1930 — 1953. — Jefferson (North Carolina); London: McFarland & Co., 1997. — 165 p.
Policy of Occupation Powers in Latvia. 1939 — 1991: a collection of documents / State Arhives of Latvia. — Riga: Nordik, 1999. — 624 p.
Radzinsky E. Stalin. — Moskva: Vagrius, 1997. — 637 s.
『赤いツァーリ：スターリン、封印された生涯』（上下）工藤精一郎訳、日本放送出版協会、1996年。
Rossi J. Le Manuel du GOULAG. — Paris: Cherche Midi Editeur, 1997. — 336 p.
『ラーゲリ（強制収容所）註解事典』内村剛助監修、恵雅堂出版、1996年。
Ruta U. Dear God, I Wanted to Live / Transl. From Latvian by R. Liepa. — New York: Grāmatu Draugs, 1983. — 152 p.
Sbornik zakonodatelnykh i normativnykh aktov o repressiyakh reabilitatsy zhertv politicheskikh represii. — Moskva, 1993. — 137 s.

Sociālistiskās revolūcijas uzvara Latvijā 1940. gadā. Dok. un materiāli / LPSR ZA Vēstures inst.; LPSR CVA. — Rīga: LPSR ZA, 1963. — 544 lpp.
Staris A. 1941. gadā okupantu izsūtīto bērnu ērkšķainais atceļš uz dzimteni // Latvijas Vēsture. — 1995. — Nr. 1. — 37. — 44. lpp.
Stradiņš A. Ērkšķainās gaitas. — Rēzekne: Latgales Kultūras centra izd., 2001. — 221 lpp.
Stradiņš J. Atmiņai, atskārsmei un cerībai: latvju tautas martirologu apcerot // Via dolorosa: staļinisma upuru liecības. — 1. sēj. — Rīga: Liesma, 1990. — 8. — 19. lpp.
Strods H. Latvijas lauksaimniecības vēsture. No vissenākiem laikiem līdz XX gs. 90. g. — Rīga: Zvaigzne, 1992. — 287 lpp.
Strods H. Latvijas cilvēku izvedēji 1949. gada 25. martā // Latvijas Vēsture. — 1999. — Nr. 1. — 68. — 73. lpp.
Strods H. Latvijas nacionālo partizāņu karš. 1944 — 1956. — Rīga: Preses nams, 1996. — 576 lpp.
Strods H. Vācijas projekti Igaunijas un Latvijas autonomijai 1942. — 1944. gadā // Latvijas Vēstures Institūta Žurnāls. — 1992. — Nr. 1. — 102. — 118. lpp.
Strods H. Zem melnbrūnā zobena: Vācijas politika Latvijā, 1939 — 1945. — Rīga: Zvaigzne, 1994. — 152 lpp.
Šilde Ā. Pa deportēto pēdām. Latvieši padomju vergu darbā. — New York: Grāmatu Draugs, 1956. — 304 lpp.
Šilde Ā. Pasaules revolūcijas vārdā. — New York: Grāmatu Draugs, 1983. — 424 lpp.
Unāms Ž. Karogs vējā. Kara laika atmiņas divos sējumos. 1: (Veiverlija (Aijova)): Latvju Grāmata, 1969. — 193 lpp.
Upīte R. Vēl tā gribējās dzīvot. — New York: Grāmatu Draugs, 1979. — 152 lpp.
Valters M. Mana sarakste ar Kārli Ulmani un Vilhelmu Munteru Latvijas traģiskajos gados. — Stokholma: Jaunā Latvija, 1957. — 134 lpp.
Vanaga M. Dvēseļu pulcēšana. — Rīga: Karogs, 1999. — 599 lpp.
Via dolorosa: staļinisma upuru liecības / Sakārt. A. Līce. — 4 sēj. — Rīga, 1990 — 1995.
Vidnere M. Ar asarām tas nav pierādāms... (represēto cilvēku pārdzīvojumu pieredze). — Rīga: LU, 1997. — 312 lpp.
Vīksne R. Represijas pret Latvijas iedzīvotājiem 1940. — 1941. un 1944. — 1945. gadā: ko-pējais un atšķirīgais // Latvija Otrajā pasaules karā. Starptautiskās konferences materiāli. 1999. gada 14. — 15. jūnijs, Rīga. — Rīga: Latvijas vēstures institūta apgāds, 2000. — 288. — 294. lpp. (Latvijas Vēsturnieku komisijas raksti. 1. sēj.)
Zālīte I., Dimante S. Četrdesmito gadu deportācijas. Struktūranalīze // Latvijas Vēsture. — 1998. — Nr. 2. — 73. — 82. lpp.
Zālīte I., Eglīte S. 1941. gada 14. jūnija deportācijas struktūranalīze // Aizvestie / LVA; Zin. red. E. Pelkaus. — Rīga: LVA: Nordik, 2001. — 687.—693. lpp.
Žvinklis A. Latviešu prese nacistiskās Vācijas okupācijas laikā // Latvija Otrajā pasaules karā. Starptautiskās konferences materiāli. 1999. gada 14. — 15. jūnijs, Rīga. — Rīga: Latvijas vēstures istitūta apgāds, 2000. — 353. — 359. lpp. (Latvijas Vēsturnieku komisijas raksti. 1. sēj.)

ラトビア語以外の書籍および記事

Applebaum A. GULAG: A History. — New York: Doubleday, 2003. — 677 p.
『グラーグ ソ連集中収容所の歴史』川上洸訳、白水社、2006年。
Berdinsky V. Vyatlag. — Kirov: Kirovskaya oblastnaya tipografiya, 1998. — 319 s.

Latvija citu valstu saimē. Kulturāli saimniecisks apskats. — Rīga: MLAF, 1939. — 122 lpp.
Latvija Otrajā pasaules karā. Starptautiskās konferences materiāli. 1999. gada 14. — 15. jūnijs, Rīga. — Rīga: Latvijas vēstures institūta apgāds, 2000. — 391 lpp. (Latvijas Vēsturnieku komisijas raksti. 1. sēj.)
Latvijas ārpolitika un starptautiskais stāvoklis. 30. gadu otrā puse / Feldmanis I., Stranga A., Virsis M. — Rīga: Latvijas Ārpolitikas institūts, 1993. — 435 lpp.
Latvijas brīvības cīņas. 1918. — 1920. Enciklopēdija. — Rīga: Preses nams, 1999. — 447 lpp.
Latvijas Kara muzeja gadagrāmata. — Rīga: Latvijas Kara muzejs, 2000. — 191 lpp.
Latvijas Okupācijas muzeja gadagrāmata 1999. Genocīda politika un prakse. — Rīga: Latvijas 50 gadu okupācijas muzeja fonds, 2000. — 522 lpp.
Latvijas Okupācijas muzejs: Latvija zem Padomju Savienības un nacionālsociālistiskās Vācijas varas, 1940—1991 / Red. un teksta aut.: V. Nollendorfs. — Rīga: Latvijas Okupācijas muzejs, 2002. — 215 lpp.
Latvijas PSR vēsture. No vissenākiem laikiem līdz mūsu dienām / LPSR ZA Vēstures inst.; Red. A. Drīzulis. — 2. sēj. — Rīga: Zinātne, 1986. — 551 lpp.
Latvijas PSR vēsture / LPSR ZA vēst. un materiālās kultūras inst.; Atb. red. K. Stradiņš. — 3. sēj. No 1917. gada līdz 1950. gadam. — Rīga: LPSR ZA, 1959. — 384 lpp.
Latvijas valsts pasludināšana 1918. gada 18. novembrī. — Rīga: Madris, 1998. — 173 lpp.
Latvju enciklopēdija / Red. A. Švābe. — 1 —2.sēj. — Stockholm: Trīs Zvaigznes, 1950—1953.
Latvju enciklopēdija. 1962—1982 / E. Andersona red. — 1.—3 sēj. — Stokholma: Trīs Zvaigznes, 1987.
Lismanis J. 1915. — 1920. Kauju un kritušo karavīru piemiņai. — Rīga: NIMS, 1999. — 406 lpp.
Neiburgs U. Latviešu karavīri Vācijas un PSRS armijās: galvenās problēmas // Latvija Otrajā pasaules karā. Starptautiskās konferences materiāli. 1999. gada 14. — 15. jūnijs, Rīga. — Rīga: Latvijas vēstures institūta apgāds, 2000. — 197. — 207. lpp. (Latvijas Vēsturnieku komisijas raksti. 1. sēj.)
Okupācijas režīmi Latvijā 1940.—1959. gadā: Latvijas Vēsturnieku komisijas 2002. gada pētījumi / Latvijas Vēsturnieku komisija, Latvijas Universitātes Latvijas vēstures inst., Latvijas Universitātes Vēstures un filozofijas fak.; sast. Dz. Ērglis. — Rīga: Latvijas vēstures institūta apgāds, 2004. — 605 lpp. (Latvijas Vēsturnieku komisijas raksti, 10. sēj.)
Okupācijas varu politika Latvijā. 1939 — 1991: dok. krāj. / Latvijas Valsts arhīvs. — Rīga: Nordik, 1999. — 589 lpp.
Ozoliņš J. Mani sāpju ceļi. — Rīga: Latonia, 1991. — 79 lpp.
Pāri jūrai 1944. /45. g. 130 liecinieku atmiņas / Sakārt. V. Lasmane. — Stokholma: Memento, 1993. — 294 lpp.
Pilsoņu dzīvokļu tiesības. — Rīga: Liesma, 1969. — 216 lpp.
Pretestības kustība okupācijas varām Latvijā: atmiņās un dok. no 1941. līdz 1956. gadam. — Rīga: SolVita, 1997. — 366 lpp.
Riekstiņš J. 1941. gada jūnija deportācija Latvijā // Aizvestie / LVA; Zin. red. E. Pelkaus. — Rīga: LVA: Nordik, 2001. — 723.—744. lpp.
Riekstiņš J. Bāra bērni. — Rīga: Avots, 1992. — 190 lpp.
Riekstiņš J. Ekspropriācija (1940. — 1959. gads). — Rīga: Ievanda, 1998. — 125 lpp.
Riekstiņš J. Genocīds: 1949. gada 25. marta deportācijas akcija Latvijā // Latvijas Vēsture. — 1991. — Nr. 2. — 24. — 39. lpp. ; Nr. 3. — 24. — 29. lpp.
Riekstiņš J. "Kulaki" Latvijā (1940. — 1953. gads): kā varasvīri Latvijā "kulakus" taisīja un kādas sekas tas radīja. Dok. un fakti / Latvijas Valsts arhīvs. — Rīga: Ievanda, 1997. — 128 lpp.
Riekstiņš J. Lauksaimniecības kolektivizācija un "kulaku" deportācija Latvijā. 1949. gads // Latvijas ZA Vēstis. A daļa. — 2000. — Nr. 1/2. — 59. — 69. lpp.

Dribins L. Ebreji Latvijā. — Rīga: Latvijas ZA Filoz. un sociol. inst. Etnisko pētījumu centrs, 1996. — 117 lpp.

Dunsdorfs E. Kārļa Ulmaņa dzīve. Ceļinieks. Politiķis. Diktators. Moceklis. — Stokholma: Daugava, 1978. — 613 lpp.

Dzintars J. Komjaunieši Rīgas antifašistiskajā pagrīdē // LPSR ZA Vēstis. — 1968. — 10. — 21. lpp.

Dzirkalis J. Kāpēc viņi bēga. Patiesība par latviešu nacionālo fondu Zviedrijā. — Rīga: Zvaigzne, 1965. — 87 lpp.

Es sapni par dzimteni pagalvī likšu: atmiņu un dok. krāj. / Sast. G. Freimanis. — 3 sēj. — Rīga: Liesma, 1993 — 1996.

Ezergailis A. Holokausts vācu okupētajā Latvijā. 1941—1944. — Rīga: Latvijas vēstures institūta apgāds, 1999. — 465 lpp.

Feldmanis A.E. Masļenku traģēdija — Latvijas traģēdija / Zin. red. R. Pētersons, M. Kotts. — Rīga: Latvijas 50 gadu okupācijas fonds, 2002. — 355 lpp.

Feldmanis I. Latviešu un citu nevācu tautu ieroču *SS* vienības Otrajā pasaules karā: formēšana, ideoloģija un cīņas mērķi // Okupācijas režīmi Latvijā 1940.—1959. gadā: Latvijas Vēsturnieku komisijas 2002. gada pētījumi / Latvijas Vēsturnieku komisija, Latvijas Universitātes Latvijas vēstures inst., Latvijas Universitātes Vēstures un filozofijas fak.; sast. Dz. Ērglis. — Rīga: Latvijas vēstures institūta apgāds, 2004. — 334.—351. lpp. (Latvijas Vēsturnieku komisijas raksti, 10. sēj.).

Freivalds O. Kurzemes cietoksnis: dok., liecības un atmiņas par latv. tautas likteņiem 1944. / 1945. g. I daļa. — Kopenhāgena: Imanta, 1954. — 183 lpp.

Freivalds O. Lielā sāpju draudze: latviešu tautas posta, ciešanu un sāpju asinsliecinieki, Kristus ceļa gājēji — mocekļi. — Kopenhāgena: Imanta, 1952. — 335 lpp.

Gordons F. Latvieši un žīdi. Spīlēs starp Vāciju un Krieviju. — Stokholma: Memento, 1994. — 107 lpp.

Gore I., Stranga A. Latvija: neatkarības mijkrēslis. Okupācija: 1939. g. septembris — 1940. g. jūnijs. — Rīga: Izglītība, 1992. — 289 lpp.

Gūtmanis O. Dzīves grāmata: atmiņu tēlojumi. — Rīga: Liesma, 1992. — 296 lpp.

Kalme A. Totālais terors: genocīds Baltijā / No angļu val. tulk. M. Zelmenis. — Rīga: Kabata, 1993. — 318 lpp.

Kangeris K. Nacionālsociālistiskās Vācijas militārajos formējumos iesaistītie Latvijas iedzīvotāji: skaita problēma // Latvijas Kara muzeja gadagrāmata. — Rīga: Latvijas Kara muzejs, 2000. — 137.—148. lpp.

Kangeris K. Latvijas Statistikas pārvaldes materiāli par *Baigo gadu* Hūvera institūta arhīvā // Latvijas Arhīvi. — 1994. — Nr. 2. — 87.— 91. lpp.

Komunistiskā totalitārisma un genocīda prakse Latvijā. Zinātniskās konferences materiāli / LZA Latvijas vēst. inst. zin. asoc. "Latvija un latvieši pasaulē"; Rīgas politiski represēto klubs; Sast. I. Šneidere. — Rīga: Zinātne, 1992. — 180 lpp.

KPFSR kriminālkodekss: ar pārgroz. līdz 1944. g. 15. apr. / LPSR Tieslietu tautas komisariāts. — Maskava: PSRS TTK Jurid. izd., 1944. — 158 lpp.

Latviešu karavīrs otrā pasaules kara laikā: dok. un atmiņu krāj. (7 sēj.). — Minstere: Daugavas Vanagu centrālā valde, 1970 — 1979.

1: No 1939. gada septembra līdz 1941. gada jūnijam / Galv. red. O. Freivalds; Milit. red. O. Caunītis. — 1970. — 303 lpp.

5: Kaujas Vidzemē, Zemgalē un Kurzemē / Sakārt. R. Kociņš. — 1977. — 287 lpp.

7: Latviešu aviācija. Latviešu karavīru papildus un palīgvienības. Karavīru aprūpe. Latviešu leģiona ģenerālinspekcija. Otrā pasaules kara noslēgums / Red. V. Hāzners, A. J. Bērziņš. — 1979. — 440 lpp.

参考文献

ラトビア国立公文書館

LVA 1986. f., 1. apr., 17170. l., 1. — 9. sējums "Latvijas PSR VDK par sevišķi bīstamiem pretvalstiskiem noziegumiem apsūdzēto personu krimināllietas (1940 — 1985)." (A. Kalnieša un citu personu apsūdzības lieta.)

LVA 1987. f., 1. apr., 20293. l. "1941. gada 14. jūnijā no Latvijas izsūtīto iedzīvotāju personu lietas." (Jāņa Dreifelda izsūtīšanas lieta.)

LVA, 1894. f., 1. apr., 463. l. "1949. gada 25. martā no Latvijas izsūtīto iedzīvotāju personu lietas." (Bandītu atbalstītāja Aleksandra Kalnieša ģimenes uzskaites lieta.)

ラトビア語の書籍および記事

Aizsilnieks A. Latvijas saimniecības vēsture. 1914 — 1945. — Stockholm: Daugava, 1968. — 983 lpp.

Aizvestie. 1941. gada 14. jūnijs / LVA. — Rīga: Nordik, 2001. — 804 lpp.

Alks Dz. Latvijas mediķi politisko represiju dzirnās, 1940. — 1953. g. — Rīga: Rīgas starptaut. med. zin. un farm. centrs: Latvijas ebreju nacionālā kult. biedrība, 1993. — 104 lpp.

Andersons E. Latvijas vēsture. 1920 — 1940. Ārpolitika. — 2. sēj. — Stockholm: Daugava, 1984. — 697 lpp.

Avotiņš E. Kas ir Daugavas vanagi. — Rīga: LVI, 1962. — 125 lpp.

Baltais M. K. Piespiedu iesaukšana darbam Vācijā, militārajam dienestam un evakuācija uz Vāciju // Okupācijas varu nodarītie postījumi Latvijā: rakstu krāj. 1940. — 1990. — Stokholma: Memento; Toronto: Daugavas Vanagi, 2000. — 193. — 199. lpp.

Bambals A. 1940. /41. gadā represēto latviešu virsnieku piemiņai. Virsnieku golgātas ceļš un liktenis gulaga nometnēs (1941 — 1959) // Latvijas Okupācijas muzeja gadagrāmata 1999. Genocīda politika un prakse. — Rīga: Latvijas 50 gadu okupācijas muzeja fonds, 2000. — 92. — 158. lpp.

Beika A. Latvieši Padomju Savienībā — komunistiskā genocīda upuri (1929 — 1939) // Latvijas Okupācijas muzeja gadagrāmata 1999. Genocīda politika un prakse. — Rīga: Latvijas 50 gadu okupācijas muzeja fonds, 2000. — 43. — 91. lpp.

Bērziņš A. Labie gadi. Pirms un pēc 15. maija — New York: Grāmatu Draugs, 1963. — 414 lpp.

Bērziņš V., Bambals A. Latvijas armija / LZA Vēstures inst.; LCVKA. — Rīga: Zinātne, 1991. — 107 lpp.

Birznieks M. No *SS* un *SD* līdz.... — Rīga: Zvaigzne, 1979. — 175 lpp.

Ceturtā tautas skaitīšana Latvijā 1935. gadā / Valsts statistiskā pārvalde; sast. V. Salnītis, M. Skujenieks. — Rīga, 1936.

Darba likumdošana. PSRS darba likumdošanas un KPFSR darba likumu kodeka komentāri. — Rīga: LVI, 1950. — 501 lpp.

訳者紹介

黒沢　歩（くろさわ・あゆみ）

茨城県東海村出身。

1991年に大学卒業後、ソビエト崩壊後のモスクワで１年間の語学留学。再生ロシアでの生活を体験する。

1993年、来日した当時のラトビア文化大臣ライモンズ・パウルス氏に出会い、ラトビアに関心をもつ。

1993年、日本語教師としてラトビアのリーガの日本語学校へ。

1994年、日本語を教える傍ら、ラトビア大学文学部にてラトビア文学を学び始める。

1997年、ラトビア文学修士号取得。ラトビア語通訳および翻訳を始める。

2000年に開設された在ラトビア日本国大使館勤務を経て、2006年よりラトビア大学現代言語学部日本語講師を務める。

2009年、帰国。

著書として、歴史と伝統、民族関係と言語問題に触れた『木漏れ日のラトヴィア』（2004年、新評論）、『ラトヴィアの蒼い風』（2007年、新評論）がある。

ダンスシューズで雪のシベリアへ
――あるラトビア人家族の物語――

（検印廃止）

2014年３月３日　初版第１刷発行

訳　者　黒　沢　　歩

発行者　武　市　一　幸

発行所　株式会社　新　評　論

〒169-0051 東京都新宿区西早稲田 3-16-28
電話　03(3202)7391
振替・00160-1-113487

落丁・乱丁はお取り替えします。
定価はカバーに表示してあります。
http://www.shinhyoron.co.jp

印刷　フォレスト
製本　中永製本所
装幀　山田英春

Printed in Japan
ISBN978-4-7948-0947-6

好 評 既 刊

黒沢　歩

ラトヴィアの蒼い風

清楚な魅力の溢れる国

美しい街に暮らす人々と家族の素顔，
奥深い文化の魅力を清冽な筆致で描く
好評ラトヴィア紀行第２弾。

（四六上製　248 頁　2400 円　ISBN978-4-7948-0720-5）

表示価格：税抜本体価格

好評既刊

藤井　威

スウェーデン・スペシャル　I

高福祉高負担政策の背景と現状

この国の存在感はどこから来るのか？――元駐スウェーデン特命全権大使が，3年間の駐在経験をもとに綴る貴重な報告。

［四六上製　276頁　2500円　　ISBN4-7948-0565-9］

藤井　威

スウェーデン・スペシャル　II

民主・中立国家への苦闘と成果

遊び心の歴史散歩から，この国の民主・中立国家としての背景，国際的存在感の理由が見えてくる。好評レポート第2弾。

［四六上製　324頁　2800円　　ISBN4-7948-0577-2］

藤井　威

スウェーデン・スペシャル　III

福祉国家における地方自治

高度に発達した地方分権の現状を，地方自治体や市民の視点から検証。最良のスウェーデン社会入門書。

［四六上製　244頁　2200円　　ISBN4-7948-0620-5］

＊表示価格は税抜本体価格です